高等院校人文素质教育课程规划教材

中国古典文学作品选读
(第二版)

姜恩庆　主编

清华大学出版社
北　京

内容简介

中国古典文学凝聚了中国传统文化的精髓，是祖先留给我们的丰厚的精神财富。本书以年代为架构，按不同历史时期精选历代优秀作家的代表作品，设先秦文学、两汉文学、魏晋南北朝文学、唐代文学、宋代文学、元明清文学六个板块，涵盖了诗、文、词、歌、赋、小说、戏曲等多种文学形式。每一板块文选之前，均对这一历史时期文学发展作了简要介绍，以期对领悟作品有所裨益。每一篇目前给出了精练评点，导读部分从时代背景、写作动机、作品特点、文学流派、后世评价几个层面展开。后设感悟讨论、平行阅读，力求以丰富的信息量，最大限度地帮助读者汲取古典文学精华，感悟作品，把握作家的心路历程，涵养文化品格。

本书为全日制高等院校非中文类专业文化通识课编写，也可作为文学作品鉴赏的参考读物。

图书在版编目(CIP)数据

中国古典文学作品选读/姜恩庆主编. —2 版. —北京：清华大学出版社，2017（2024.8重印）
(高等院校人文素质教育课程规划教材)
ISBN 978-7-302-45425-0

Ⅰ. ①中…　Ⅱ. ①姜…　Ⅲ. ①中国文学—古典文学—作品综合集—高等学校—教材　Ⅳ. ①I212.01

中国版本图书馆 CIP 数据核字(2016)第 260868 号

责任编辑：韩　旭　陈立静
封面设计：刘孝琼
责任校对：周剑云
责任印制：丛怀宇
出版发行：清华大学出版社
　　网　　址：https://www.tup.com.cn，https://www.wqxuetang.com
　　地　　址：北京清华大学学研大厦 A 座　　**邮　　编**：100084
　　社 总 机：010-83470000　　**邮　　购**：010-62786544
　　投稿与读者服务：010-62776969, c-service@tup.tsinghua.edu.cn
　　质量反馈：010-62772015, zhiliang@tup.tsinghua.edu.cn
　　课件下载：https://www.tup.com.cn , 010-62791865
印 装 者：三河市铭诚印务有限公司
经　　销：全国新华书店
开　　本：185mm×260mm　　**印　张**：16.5　　**字　数**：398 千字
版　　次：2013 年 9 月第 1 版　2017 年 1 月第 2 版　　**印　次**：2024 年 8 月第 9 次印刷
定　　价：49.00元

产品编号：069911-02

Foreword 序

记得我的师友、著名的作家及小说史家何满子先生，在《文学史与人文环境》一文中说："直到晚清，约 19 世纪后半叶，中国人才开始发现世界，领悟了中国只是世界的一角。西方人也并不比中国人高明多少，虽然从 15、16 世纪起，就注意于东方这个庞大的神秘帝国，但所知实在不多……不是这些学者不想写，而是写不出来。他们的眼界也仅仅局限在自己周围的土地上，只能以欧洲为蓝本，加点新大陆和近东历史……至于世界文学史……涉及中国的只有老子、孔夫子这几个举世闻名的哲人，能提到李白、杜甫就已经够意思的了。"何公的评论很是犀利。且不论黑格尔在美学著作中对东方和中国文学、哲学的判断，歌德对于中国小说的论述实在是皮毛之论，就连当代西方被奉为执中国古代小说研究牛耳的所谓权威汉学家们，又何尝能准确把握中国文学的性格？原因之一是"以欧洲为本位"来评价中国古代文学。如美国汉学家夏志清在《中国小说导论》中就说："无论大陆上批评风尚如何，我以为有一点是不辩自明的：尽管我们清楚地知道中国小说有许多特色，但这些特色唯有通过历史才能充分了解，而除非以西方小说的尺度来考察，我们无法给中国小说以完全公正的评价(除了像《源氏物语》这种孤立的杰作以外，所有非西方小说与中国小说相比都显得微不足道，但在西方小说的冲击之下，它们在现代都采取了新的方向)。……我们不指望中国的白话小说以其脱于说书人的低微出身满足现代高格调的欣赏要求。"

夏志清先生虽然也承认中国古代白话小说"有许多特色""所有非西方传统小说与中国小说相比较都是微不足道的"，可是和西方传统小说，或是受"西方小说冲击之下""采取了新方向"的小说相比较，中国古代出身低微的说书人说的小说，则不能"满足现代高格调的欣赏要求"，言外之意，西方传统小说优于中国古代小说。同理，在夏先生看来，学者们在评价中国小说时，除非以西方小说的尺度来考察，否则"我们无法给中国小说以完全公正的评价"。这话看似有理，可细思之，其潜意识中充满着欧美文化中心论的气味和文化优越感的傲慢。因为客观地说，研究中国古代白话小说的艺术，包括中国古代的其他文学艺术，可以参照西方的理论和作品，但要以此判定中国古代小说的优劣，高雅与低俗，则未必准确公正。事实是任何一个国家民族的文学艺术形态的构成，都有其独特的社会、经济、政治、文化、心理、地域等诸因素，无论哪种形式，都显露了本民族的审美意识，反映了某个特定历史时期的文化现象，不同于别个国家和民族而存在，无所谓高低之分，更不必扬此抑彼。马克思在《评普鲁士最近的书报检查令》中说得好："你为什么要求世界上最丰富的东西——精神——只能有一种存在的形式呢？"看来西方人还没有深切体味到中国及中国传统文化的性格。

可是话得说回来，不要说文化迥异的外国人不了解中国历史和中国文化，难道生长在中国土地上的中国人，敢说自己都深切把握了中国传统文化的底蕴？

鲁迅在 20 世纪 30 年代《叶紫作〈丰收〉序》中说："《儒林外史》作者何尝在罗贯中之下，然而留学生漫天塞地以来，这部书好像不永久，也不伟大了。伟大也要有人懂。"鲁迅为《儒林外史》伟大还不被人懂而不胜叹息。不被人懂，那是因为"留学生漫天塞地以来"，轻贱了自己的文化，进言之，从"五四"始，西方文化冲击着中国传统文化，特别是 20 世纪 70 年代以后，理想主义幻变，信仰危机弥漫；20 世纪 80 年代的改革开放，西方的生活方式和思维观念、价值观念，像潮水般涌进。人们缺少理论准备和应对能力，加上许多人唯利是求，对政治生活由疲倦而转向淡漠，于是小市民的俗文化、快餐文化、猛男超女的选秀，种种奇装异服的搞怪动作占据了舞台中心。人们为调侃弱智、残疾人和肉麻的黄色段子而傻笑，某些人跟着“江南 Style”狂欢起来，开口“欧了”，闭口“Out”了。那么，先秦诸子散文、楚辞、汉赋、《史记》、唐诗、宋词、元曲、明清小说，到了现在社会转型时期，作为中华文化的传承者，难道我们要用那些无序的语言、低俗的垃圾，来建设适合中国国情的文化，实现文化梦？

不论人们是否承认，中国传统文化早已深入中国人的骨髓，融于血液之中，成为人们的集体无意识，任何文化复兴都必须在传统固有的历史文化的基础上进行。所谓探源析流，以见演变之迹。要复兴文化，首要的是了解认识传统文化，而要了解历史和传统文化，今人只能从古代留传下来的出土文物和文字记载中认识过去。毫不夸张地说，最丰富具体而又感性地呈现中国古人的社会形态结构、政治制度、中国人的生活方式和思维方式，以及中国人的精神与智慧的，莫过于中国古代的文学艺术。例如，神话志怪传说记述的古先民生生不息的奋斗精神。先秦诸子称扬的行大道、扬正义、修身、齐家、治国、平天下的责任感，“富贵不能淫，贫贱不能移”的浩然正气，“己所不欲，勿施于人”的自律。“先天下之忧而忧，后天下之乐而乐”的利国利民情怀，“人生自古谁无死，留取丹心照汗青”的气节等，已成为作家们经常歌颂的主题。先秦诸子首倡的天人合一、人与自然和谐共生，以人为中心的运思趋向，为人生的艺术，实用理性观照和反映人生的态度，成为作家们创作的指导思想。这使得中国古代的作家既没有走向希腊哲学家、文学家描象思辨的道路，也没有沉入厌弃人世而寻求解脱的印度式的冥想，而是执着于人世间的实用探求，使人际关系、社会伦理和人事实际异常突出，占据了作家思想考虑的首要地位。所以，中国的实用理性是历史(经验)和情感(人际)的理性，这是中国文化、中国古代文学的特征。

但是，真正引发国外学者关注和惊叹的，是中国古代作家的审美意识，有别于别国和民族的审美形式。试看先秦诸子散文中，言简意赅、洞穿人生的《论语》《孟子》，锋芒锐利的论辩，善于捕捉要害进行逻辑推理的韩非子散文。尤其是庄子散文，把人们的认识判断转换为趣味判断，推进了对艺术本质的认识，即作家视觉、知觉与想象力结合，超越了审美价值的表层认识，而去探求潜藏着的人生永恒存在的价值和意义。先秦诸子散文善用譬喻、寓言，而行文的节奏气势，如鲁迅赞颂《史记》为“史家之绝唱，无韵之《离骚》”，妙趣横生，汪洋恣肆，行云流水。胡绳说：“读一篇极精彩的论文时，每每能浮起读文学作品的兴趣，而伟大的文学作品中又似乎能读出一篇论文来。”同样地，读过汉代排比铺张、修饰整齐、音节和谐流畅、辞说纵横的赋，魏晋时陶渊明的田园诗，唐代浪漫豪气的李白，雄浑厚重的杜甫诗歌，白居易朴素平易的讽喻诗，深情绵邈、绮丽精工的李商隐，诡异迷离的李贺诗，乃至宋词的诸种格调和流派，我敢说还没有哪个国家能与之比肩。特别是诗词创作中，作家们积累了雕琢情境结合的意境，赋、比、兴，以及唐代批评家司空图在《二十四诗品》中强调的“不着一字，尽得风流”的含蓄手法，为追求精练、准确、多彩诗句，“吟安一个字，捻断数茎须”“两句三年得，一吟双泪流”的创作态度，虽然有点狂搜险觅、纯艺术的味道，但仍可为“驴友”“吐槽”“屌丝”等无序语言状态所借鉴。至于中国古代小说，如唐传奇无奇不传，第一人称的叙事方法；明清白话小说“看官听说”的叙事视角，全知叙事中又含第一人称的叙事观点。讲究连环体的故事结构，注重故事的悬念，冲突的戏剧性，行动中突现人物性格。在时间与空间的处理上，把现实时空放在心理时空的基础上，按照主观心理的原则重新加以组合，让空间呈现于流动的时间过程中。由于小说用人物游移的、流动的视点，把一个个空间画面串联拼接起来，赋予了运动形态，从而造成人物行动的连续性，这既是中国传统小说的特点，也是中国传统戏曲处理时空的手法，有别于西方小说和戏剧。

冯骥才说：“保护文化遗产就是保护历史，保护历史就是保护未来。”转换创造新的文化，离不开对传统文化——古代文学遗产的学习、吸收与借鉴，提升人的品格、素质、境界，同样离不开古代文学的修养，哪怕是从事具体的各种形态的文学艺术创作，都可以从古代文化中触发灵感。《少年派的奇幻漂流》的导演李安，在获得奥斯卡最佳导演奖后说：“我的左脑是中国思考模式，右脑是美国思考模式。两种思考模式并存，想法就一定与众不同。”即便是学习理科的青年朋友，对古代文学的学习也是不可或缺的。

不可否认，中国古代的文学艺术，毕竟是封建社会时期的产物，必然带有那个时代的种种烙印、种种局限，如封建专制主义与官本位的等级制，以男性为中心的封建礼教的宗法制，强烈的忠君观念，封建的伦理道德与宿命论，狭隘的义气，流民习气，清官与侠客等。毫无疑问，我们不能照单全收，必须予以批判地继承。即便是精华，也须根据时代需要，进行创造性的转换。

鲁德才

2013年春于南开大学

第二版前言

“粗缯大布裹生涯，腹有诗书气自华”，这是九百多年前北宋文学家苏轼《和董传留别》中的诗句。《和董传留别》是苏轼写给朋友董传的一首留别诗，这首诗可能不被大家熟知，而“腹有诗书气自华”这一句却广为传诵，原因就在于它经典地阐述了饱读诗书与精神风貌的关系。董传生活贫困、衣衫朴素，但他满腹经纶，脱俗的气质自内而生，平凡的衣着掩盖不住他乐观向上的精神风骨。丰富知识，开阔视野，养成高雅的气质，提升人的精神境界，这就是诗书对人的内化效果。

中国古典文学是祖先留给我们的丰厚财富，学习古典文学，对当今大学生的气质培养、人格养成意义重大，在通识教育的体系框架中，具有无可替代的作用。人文素质培养是将人类优秀文化成果通过知识传授、作品解读、氛围熏陶，内化为人格、气质、修养。就个体而言，是把民族文化的精髓深入每个人的心灵，使之成为相对稳定的、内在的品格；就集体而言，是塑造我们民族整体文化品格，铸就大国国民灵魂非常重要的一个环节。加强通识教育和人文素质培养，作为新时期人才培养的重要举措已经达成共识，而且受到越来越多的关注和重视。我们编写的这本《中国古典文学作品选读》，力求把中国各时期文学的整体风貌集中地呈献给大家，将优秀作品的精华和作家的精神风骨展现给大家。本着守正出新的指导思想，既沿袭传统古典文学研究综合运用文献考证、思想透视、意象品评、流派分析、综合比较的方法，又确立了历史文化视野下文本解读的新思路。从特定的历史文化背景出发，理性讨论文学作品的性质，考察文学观念以及文学现象的发生、发展状态，通过对作品的分析来透视作家的心灵或阐述文学流派、思想学说的成因、内容等，强调文化元典与文学经典的结合，注重历史知识、人文知识、文学知识的相互勾连。另外，突破传统教材模式的局限，每个篇目后面或给出平行阅读、拓展阅读，或给出链接，开阔视野，指导读书，最大限度地调动学生的学习热情，从传统文化中汲取养分，获得优秀文化的浸染。

本教材编写体例，以历史时期为单元。

文本选择文学文体和实用性文体并重，赏析诗文、辞赋、小说、奏疏、章表等精品，把握文学发展的多个侧面、深刻感悟文学之精髓。

导读部分：精要分析文本，穿插历史背景知识、文学、文体知识，品味作品解读与鉴赏之道，奠定学以致用之基。

感悟思考部分：引导学生发散思考，培养独立见解，特别是对一些有不同见解的文本，不设标准答案，鼓励学生研究、讨论、争论。

平行阅读部分：拓展学生视野，补充阅读篇目，着重培养和训练学生的自学能力，平行阅读所选篇目不再加注释。

每个单元均对本时期文学发展的概貌和特点作了简要介绍，有助于对作品深入理解；每个篇目题头均给出了精要点评，凝练要点，引发读者兴趣。

本书为全日制高等院校非中文类专业的文化通识课编写，本着与时俱进、精益求精的原则，为提高教材质量，我们对本教材进行了修订，2013 年由清华大学出版社出版，在使用过程中受到了广泛欢迎，取得了良好的效果。这次修订再版，我们对原书进行了认真推敲，在广泛听取各方面意见的基础上，对部分章节内容进行了调整和修订。修正了第一版导读中的一些观点，增加了篇后的平行阅读篇目，重新设计了部分感悟思考习题，旨在培养学生独立思考的能力。由姜恩庆任主编并负责全书的通纂、定稿、修订工作，张朝丽、孔庆庆、姜明明、赵宁、王甜、赵旭老师参加了本书的编写、修订。本书在编写、修订过程中，参阅并恭引、借鉴了相关专著和书刊，并在文选处注明了选本的来源，谨向原作者致以诚挚的谢意。特别要感谢南开大学教授鲁德才先生在百忙之中为本书作序，同时感谢清华大学出版社以及各位领导、专家、学者的支持和指导。由于编者水平所限，书中难免不当、疏漏之处，敬请读者不吝指正。

《中国古典文学作品选读》编写组

2016 年孟春

Contents 目录

目录

Contents

第一章　先 秦 文 学

第一节　先秦文学概述

“先秦”是指公元前 221 年秦统一六国之前的历史时期，这一时期是我国古典文学发生、发展的最初阶段。先秦文学主要包括远古神话、上古歌谣、《诗经》、先秦散文、楚辞等内容。

神话是远古时代人们对其所接触的自然现象、社会现象，幻想出来的具有艺术意味的解释和描述的集体口头创作，其中《山海经》是我国古代保存神话资料最多的典籍。这些神话按题材大致可分为创世神话、洪水神话、战争神话、英雄神话等，其中著名的有盘古开天地、女娲补天、黄帝战蚩尤、大禹治水、后羿射日、夸父追日、精卫填海等神话故事，远古神话对后世的文学影响很大，它是浪漫主义文学的源头。

自从文字产生以后，中国古典文学脱离了传说时期，产生了辉煌的篇章。《诗经》是我国第一部诗歌总集，收集了西周初年到春秋中期诗歌三百〇五篇，以四言为主，间以杂言，这是由上古歌谣发展演变而来的诗歌形式。《诗经》反映了周朝社会生活的方方面面，描述了沉重的兵役和徭役给人民带来的深重灾难，讽刺了统治者的荒淫腐朽，描述了劳动生活的情景，讲述了普通人的爱情和婚姻，反映了历史上的重大事件和农牧发展的情况等，可以说它是西周初期到春秋中期大约五百年间社会生活的一面镜子。《诗经》确立了中国诗歌“抒情言志”的基本品格，开创了赋、比、兴的表现手法，奠定了诗歌的现实主义传统，是中国现实主义文学的光辉起点。

《尚书》是我国第一部记述上古时期历史文献的汇编，是中国古代散文已经形成的标志，在中国古代散文史上具有重要的奠基意义。孔子修订的《春秋》是我国第一部编年体断代史，其语言极为精练，遣词井然有序，其体例和写法对后世产生了重大影响。《战国策》是一部国别体史书，主要记叙的是战国时期谋臣策士们的言行，是当时纵横家游说之辞的汇编，它文辞优美、语言生动、写人传神、善用寓言，具有独特的文学魅力，是历史散文中文学价值最高的一部，对后世史传政论的发展产生了积极的影响。

春秋战国时期，列国纷争，游说之风盛行，诸子散文是在百家争鸣的学术氛围中产生并繁荣起来的，标志着理性精神的觉醒。诸子散文的发展大体上经历了三个阶段：春秋末年至战国初期，以《论语》《老子》《墨子》为代表，《论语》以语录体的形式记述了孔子及其弟子的言行，比较集中地反映了早期儒家的思想和活动；《老子》是道家创始人老子的著作，其哲理思辨玄深，语言极富韵律，词约义丰；《墨子》是一部墨子及其后学著作的汇编，文质意显，富于逻辑性。战国中期，以《孟子》《庄子》为代表，《孟子》是孟子及其弟子的著作，它善用比喻、说理精辟、长于论辩，是语录体向专题论说文的过渡，反映了战国中期儒家思想的面貌；《庄子》是庄周及其门人的著作，它构思奇妙、语言汪洋恣肆。战国末期，以《荀子》《韩非子》《吕氏春秋》为代表，《荀子》一书多为荀子自作，其思想体系博大精深，推动儒学的进一步发展，标志着先秦说理散文的成熟；《韩非子》是法家思想的集大成之作，其文章峭拔锋锐、质朴无华；《吕氏春秋》是吕不韦门客的集体创作，它体制宏大、内容博杂、兼收并蓄，是先秦学术思想的一次大规模的总结，具有较强的文学性。

战国后期，南方产生了具有楚文化色彩的新体诗——楚辞，楚辞以六言、七言为主，长短参差，灵活多变，多用语气词“兮”，风格华美浪漫、感情激越奔放，内容多写神话、个人情感与想象，具有民歌的风格，表达了丰富的思想情感，呈现出精彩细腻的艺术技巧。爱国诗人屈原运用楚辞形式创作了大量诗篇，代表作《离骚》是古典文学史上最宏伟瑰丽的抒情长篇，它将诗歌创作推向了新的高峰。屈原是中国文学史上第一位留下姓名的伟大的爱国诗人，他被世人称为“诗歌之父”，是中国诗歌由集体创作走向个人创作的第一人，同时又是中国第一位伟大的浪漫主义诗人，为中国古代的诗歌创作开辟了一片新天地。

> 《诗经》是我国第一部诗歌总集，它开启了富有中国特色的诗歌创作方法——赋、比、兴，确立了中国诗歌抒情言志的基本品格。

第二节 溱 洧

《诗经·郑风》

溱与洧方涣涣兮[1]，士与女方秉蕑兮[2]。女曰：“观乎？”士曰：“既且[3]。”“且往观乎[4]！洧之外，洵订且乐[5]。”维士与女[6]，伊其相谑[7]，赠之以勺药[8]。

溱与洧浏其清矣[9]，士与女殷其盈兮[10]。女曰：“观乎？”士曰：“既且。”“且往观乎！洧之外，洵订且乐。”维士与女，伊其将谑[11]，赠之以勺药。

(选自《诗经选注》，赵浩如注释，上海古籍出版社，1980 年版)

注释

[1] 溱、洧(zhēn wěi)：郑国的两条河名，在今河南省境内。涣涣，春水泛流的样子。

[2] 秉：拿，持。　蕑(jiān)，古“兰”字，一种香草。郑国风俗，秉执兰草，祓(fú)除不祥。

[3] 既：已经，已是。　且(jū)，同“徂(cú)”，往。

[4] 且：再。乎，语气词。

[5] 洵訏(xún xū)：洵，的确。　訏，大。　且，又。

[6] 维：语气词。

[7] 伊其相谑：伊、其，语气词。相谑，互相说笑。

[8] 勺药：即芍药。古时男女以芍药相赠表示爱慕。

[9] 浏：水清朗的样子。

[10] 殷其盈：挤得满满的。殷，人多拥挤。

[11] 将：互相。

导读

本诗选自《诗经·郑风》。郑国风俗，每年三月初三要到溱、洧两河岸边祈求幸福，祛除不详，是人们迎春聚游的一个节日，特别是青年男女，虽然来自不同村邑，这一天都可以互赠礼物表示爱慕。这首诗就是描写这一天的游春景象，表现了人们对美好生活的憧

憬和对纯真爱情的赞美。

本诗采用了重章体，两章相重，略有变化，仅换数字。这种回环往复的叠章式，是古老民歌的常见形式，具有纯朴亲切的风格。各章皆可分为两层，两章略有不同，第一章第一层，落脚在“蕑”“溱与洧，方涣涣兮”，诗人以寥寥数笔描绘了一幅春天的风景画，“士与女，方秉蕑兮”，同时也描绘了一幅风俗画，男男女女手持兰草游春，表现出人们对新春万事吉祥如意的祈盼。第二章第一层，落脚“殷其盈”，言游春人多、场面宏大。诗的一二两章的第二层，均落脚在“勺药”，在宏大的游春场面中，作者选取了一对青年男女，记录下他们的呢喃私语、嬉笑谈情，更凸显出他们手中爱的信物——芍药。如果说对于成年的“士与女”，他们对新春的祈愿只是风调雨顺、万事如意，那么对于年青的“士与女”，他们的愿景则要加上一个重要内容——爱情，因为他们不仅拥有大自然的春天，还拥有生命的春天——青春。诗人反复吟唱、讴歌这个春天的节日，记下了人们的欢娱，肯定和赞美了纯真的爱情。

《诗经》多为整齐的四言，而这首《溱洧》却三言、四言、五言错杂参差，诵读全诗，如一溪春水般轻快活泼，诗意明朗、清新，情景俱佳。

感悟讨论

1. 本诗描写了三月初三人们游春的场面，表现了怎样的情感？
2. 你觉得这首诗艺术表现上有何特点？
3. 阅读《蒹葭》《采薇》《将仲子》，体会《诗经》重章体的诗歌形式。

平行阅读

蒹　葭

《诗经·秦风》

蒹葭苍苍，白露为霜。所谓伊人，在水一方。溯洄从之，道阻且长；溯游从之，宛在水中央。

蒹葭凄凄，白露未晞。所谓伊人，在水之湄。溯洄从之，道阻且跻；溯游从之，宛在水中坻。

蒹葭采采，白露未已。所谓伊人，在水之涘。溯洄从之，道阻且右；溯游从之，宛在水中沚。

采　薇

《诗经·小雅》

采薇采薇，薇亦作止。曰归曰归，岁亦莫止。靡室靡家，玁狁之故。不遑启居，玁狁之故。

采薇采薇，薇亦柔止。曰归曰归，心亦忧止。忧心烈烈，载饥载渴。我戍未定，靡使归聘。

采薇采薇，薇亦刚止。曰归曰归，岁亦阳止。王事靡盬，不遑启处。忧心孔疚，我行

不来。

彼尔维何？维常之华。彼路斯何？君子之车。戎车既驾，四牡业业。岂敢定居？一月三捷！

驾彼四牡，四牡骙骙。君子所依，小人所腓。四牡翼翼，象弭鱼服。岂不日戒？玁狁孔棘！

昔我往矣，杨柳依依。今我来思，雨雪霏霏。行道迟迟，载渴载饥。我心伤悲，莫知我哀！

将仲子

《诗经·郑风》

将仲子兮！无逾我里，无折我树杞。岂敢爱之，畏我父母。仲可怀也，父母之言亦可畏也。

将仲子兮！无逾我墙，无折我树桑。岂敢爱之，畏我诸兄。仲可怀也，诸兄之言亦可畏也。

将仲子兮！无逾我园，无折我树檀。岂敢爱之，畏人之多言。仲可怀也，人之多言亦可畏也。

(选自《诗经选注》，赵浩如注释，上海古籍出版社，1980年版)

《橘颂》堪称中国诗歌史上的第一首咏物言志诗，以拟人化的手法所塑造的艺术形象，是诗人的青春励志和品格的写照，宋代刘辰翁尊屈原为千古“咏物之祖”。

第三节　橘　　颂[1]

屈　　原

后皇嘉树，橘徕服兮[2]。受命不迁，生南国兮[3]。深固难徙，更壹志兮[4]。绿叶素荣，纷其可喜兮[5]。曾枝剡棘，圆果抟兮[6]。青黄杂糅，文章烂兮[7]。精色内白，类任道兮[8]。纷缊宜修，姱而不丑兮[9]。嗟尔幼志，有以异兮[10]。独立不迁，岂不可喜兮。深固难徙，廓其无求兮[11]。苏世独立，横而不流兮[12]。闭心自慎，不终失过兮[13]。秉德无私，参天地兮[14]。愿岁并谢，与长友兮[15]。淑离不淫，梗其有理兮[16]。年岁虽少，可师长兮。行比伯夷，置以为像兮[17]。

(选自《屈原集校注》，金开诚、高路明、董洪利注，中华书局，1981年版)

注释

[1] 《橘颂》：选自《九章》第八篇。

[2] 后皇：天地。　嘉：美，善。　徕：同“来”。　服：习惯，适应。

[3] 受命：禀受天命。　迁：迁徙。不迁，指橘树不能移植。传说橘树生于淮南则为

橘，生于淮北就变为枳。

[4] 壹志：志向专一。

[5] 素荣：白花。　纷：茂盛。

[6] 曾枝：一层层的枝条。　剡(yǎn)：尖锐。　棘：刺。　抟(tuán)：圆，楚方言。

[7] 糅：混杂。　文章：文采。

[8] 精：鲜明。　类：似。

[9] 纷缊：同“纷纭”，盛多，纷繁，指橘树枝繁叶茂，色彩斑斓。　宜修：修饰得很自然得体。　姱(kuā)：美好。　丑：同“俦”，同“类”。

[10] 尔：你，指橘树。

[11] 廓：廓落，指心胸阔大。

[12] 苏：醒。　横：横渡，垂直于流水方向而渡。

[13] 闭心：密闭其心。　自慎：自我谨慎。

[14] 参：配，合。

[15] 岁：年岁。　谢：去。

[16] 淑离：善良美丽。　梗：正直。　理：文理。

[17] 伯夷：孤竹君之子，纣王之臣，固守臣道，反对周武王伐纣，与弟叔齐逃到首阳山，不食周粟而死，古人认为他是贤人义士。事见《史记·伯夷列传》。　置：植。　像：榜样。

屈原(前 339—前 278 年)名平，字原，又名正则，字灵均，丹阳(今湖北秭归)人，出身楚国贵族，杰出的政治家和爱国诗人。屈原明于治乱，娴于辞令，早年深受楚怀王的宠信，位至左徒、三闾大夫，后来遭到诬陷而去职。屈原虽忠于楚怀王，却屡遭排挤，楚怀王死后又因楚襄王听信谗言而被流放，由于对楚国政治失望，最终投汨罗江自尽，以身殉国。屈原是伟大的浪漫主义诗人，创立了“楚辞”这种文体，也开创了“香草美人”的传统。屈原的作品形式上参差错落、灵活多变，语言上采用了大量楚地方言，极富乡土气息，其方言土语大都经过提炼，辞藻华美，传神状貌，极富于表现力。其代表品有《离骚》《九章》《九歌》《天问》等，《史记》有传。

导读

《橘颂》是屈原作品《九章》中的一首，为诗人早年所创作，通过赞颂橘树灿烂夺目的外表、坚定不移的品质和纯洁无私的情操，表达了诗人扎根故土、忠贞不渝的爱国情感和特立独行、怀德自守的人生理想。屈原开创了借物咏人咏志的文学传统，被后人称为“千古咏物诗之始祖”。

这是一首咏物诗，赞颂橘树之美，“颂”是一种诗体，取义于《诗经》“风、雅、颂”之“颂”。该作品可分为两部分，前半部分缘情咏物，以描写为主，重在描述橘树俊逸动人的外在美；后半部分缘物抒情，以抒情为主，从对橘树外在美的描绘，转入对它内在精神的热情讴歌，诗人赞美橘树“独立不迁”“廓其无求”“横而不流”“闭心自慎”“淑离不淫”“梗有其理”的美好品质。前后两部分各有侧重，而又互相勾连，融为一体。诗人用拟人的手法塑造了橘树的美好形象，巧妙地抓住橘树的生态和习性，运用类比联想，将它与人的精神、品格联系起来，给予热烈的赞美。全诗洋溢着昂扬向上、乐观开

朗的精神，表达了诗人对理想的深挚追求。

该作品采用四言形式，简朴而有节奏感，将诗人对橘树象征精神的追捧和青春励志的进取宣泄得淋漓尽致，令人激情澎湃。

感悟讨论

1. 这是一首咏物言志诗，读后谈谈你的体会。

2. 诗人赞美橘树“独立不迁”“廓其无求”“横而不流”“闭心自慎”“淑离不淫”“梗有其理”的美好品质，可不可以理解为青春励志宣言？为什么？

3. 阅读屈原的《渔父》，体会屈原和渔父的性格不同，在执着与旷达之间，你更倾向哪一种？为什么？

平行阅读

渔　父

屈　原

屈原既放，游于江潭，行吟泽畔，颜色憔悴，形容枯槁。渔父见而问之曰：“子非三闾大夫与？何故至于斯？”屈原曰：“举世皆浊我独清，众人皆醉我独醒，是以见放。”渔父曰：“圣人不凝滞于物，而能与世推移。世人皆浊，何不淈其泥而扬其波？众人皆醉，何不餔其糟而歠其酾？何故深思高举，自令放为？”屈原曰：“吾闻之，新沐者必弹冠，新浴者必振衣。安能以身之察察，受物之汶汶者乎？宁赴湘流，葬于江鱼之腹中，安能以皓皓之白，而蒙世俗之尘埃乎？”渔父莞尔而笑，鼓枻而去，乃歌曰：“沧浪之水清兮，可以濯吾缨；沧浪之水浊兮，可以濯吾足。”遂去不复与言。

(选自《屈原集校注》，金开诚、高路明、董洪利注释，中华书局，1981年版)

儒家把修己养身看作是立身处世、实现人生价值的根本，这一文化传统影响了世世代代的中国人。作为儒家的经典，《论语》集中了孔子学说的精华和他的人生智慧。

第四节　《论语》十则

子曰：“见贤思齐焉，见不贤而内自省也。”　《里仁篇第四》

子曰：“质胜文则野[1]，文胜质则史[2]。文质彬彬[3]，然后君子。”　《雍也篇第六》

子曰：“譬如为山，未成一篑[4]，止，吾止也。譬如平地，虽覆一篑，进，吾往也。”　《子罕篇第九》

子路问君子。子曰：“修己以敬[5]。”曰：“如斯而已乎？”曰：“修己以安人。”

曰："如斯而已乎？"曰："修己以安百姓。修己以安百姓，尧舜其犹病诸？"

《宪问篇第十四》

子曰："躬自厚而薄责于人[6]，则远怨矣。"　　《卫灵公篇第十五》

孔子曰："君子有九思：视思明，听思聪，色思温，貌思恭，言思忠，事思敬，疑思问，忿思难[7]，见得思义。"　　《季氏篇第十六》

子曰："由也！汝闻六言六蔽矣乎[8]？"对曰："未也。""居！吾语汝。好仁不好学，其蔽也愚；好知不好学，其蔽也荡[9]；好信不好学，其蔽也贼[10]；好直不好学，其蔽也绞[11]；好勇不好学，其蔽也乱；好刚不好学，其蔽也狂。"　　《阳货篇第十七》

子夏曰："博学而笃志[12]，切问而近思，仁在其中矣。"　　《子张篇第十九》

子贡曰："君子之过也，如日月之食焉：过也，人皆见之；更也，人皆仰之。"

《子张篇第十九》

子张问于孔子曰："何如斯可以从政矣？"子曰："尊五美，屏四恶[13]，斯可以从政矣。"子张曰："何谓五美？"曰："君子惠而不费，劳而不怨，欲而不贪，泰而不骄[14]，威而不猛。"子张曰："何谓惠而不费？"子曰："因民之所利而利之，斯不亦惠而不费乎？择可劳而劳之，又谁怨？欲仁而得仁，又焉贪？君子无众寡，无小大，无敢慢，斯不亦泰而不骄乎？君子正其衣冠，尊其瞻视，俨然人望而畏之，斯不亦威而不猛乎？"子张曰："何谓四恶？"子曰："不教而杀谓之虐；不戒视成谓之暴；慢令致期谓之贼[15]；犹之与人也，出纳之吝谓之有司[16]。"　　《尧曰篇第二十》

(选自《论语译注》，杨伯峻注释，中华书局，1980 年版)

注释

[1] 质：朴实。

[2] 史：言辞华丽，虚浮。

[3] 文质彬彬：形容人既文雅又朴实，后多用来指文雅有礼貌。　彬彬：掺杂搭配适当。

[4] 箦：盛土的竹筐。

[5] 敬：严肃，慎重。

[6] 躬自厚：当作"躬自厚责"，承下文"薄责"之"责"而省略。

[7] 忿思难：将发怒了，考虑有什么后患。

[8] 六言六蔽：六种品德和六种弊病。　言：名曰"言"，实指"德"。　蔽：通"弊"。

[9] 荡：无所适守。

[10] 贼：伤害。管同《四书纪闻》云：“大人之所以不必信者，唯其为学而知义之所在也。苟好信不好学，则唯知重然诺而不明事理之是非，谨厚者则硁硁为小人；苟又挟以刚勇之气，必如周汉刺客游侠，轻身殉人，扞文网而犯公义，自圣贤观之，非贼而何？”这是根据春秋侠勇之士的事实，结合儒家理论所发的议论，接近孔子的本意。

[11] 绞：指言辞尖刻。

[12] 笃志：坚守自己的志趣。

[13] 屏(bǐng)：排除，摒弃。

[14] 泰：安泰矜持。

[15] 慢令致期：政令下得晚却要限期完成。

[16] 出纳：这里单指“出”。 有司：古代管事者之称，职务卑微，这里译为“小家子气”。

孔子(前 551—前 479 年)名丘，字仲尼，春秋时鲁国陬邑(今山东曲阜)人，我国伟大的思想家、教育家。孔子五十岁时任鲁定公的司寇，掌管鲁国司法，五十五岁开始周游列国，宣传自己的主张，但均没有得到重用，六十八岁回到鲁国从事著述和讲学。孔子是儒家学派的创始人，在政治思想上，提倡“仁”和“礼”，主张“仁者爱人”“克己复礼”，在教育方面，首倡私人讲学，打破了“学在官府”的传统。他提出的“因材施教”“有教无类”的教育思想，“举一反三”“学思结合”“温故知新”的教学方法，“不耻下问”“学而不厌，诲人不倦”的治学态度至今仍影响着中国的教育。孔子整理《诗》《书》等古代文献，并删修鲁国史官所记《春秋》，成为我国第一部编年体历史著作，为保存和传播我国古代文化作出了重要贡献。孔子的学说自汉代开始就被奉为中国文化的正统，司马迁《史记·孔子世家》称其为“至圣”。他的学说不仅对我国思想文化的发展产生了深远影响，对世界文明也贡献巨大，联合国教科文组织将孔子列为世界十大文化名人之一。

导读

《论语》是一部语录体散文集，记载了我国思想家、教育家孔子及其弟子的言行，由孔子的弟子和再传弟子记录编纂而成。“《论语》者，孔子应答弟子、时人及弟子相与言而接闻于夫子之语也。当时弟子各有所记，夫子既卒，门人相与辑而论纂，故谓之《论语》。”(班固《汉书·艺文志》)

现在通行的《论语》共 20 篇，各章节独立成篇，涉及的内容极为广泛，是儒家学说的开创和经典之作。

孔子思想核心是“仁”，他对“仁”的解释是“仁者爱人”。《论语》记录了孔子一生的言行，“仁”贯穿始终，体现了这位春秋时期大教育家“爱”的教育理念。“君子”是儒家学说中追求理想、完美人格的象征，“君子”首先是“仁德之人”，如何成为“仁德之人”，那就要从自身做起，从生活、学习中的点点滴滴做起，“修身”是“齐家、治国、平天下”的基础，关于修己养身的精辟论说，占了《论语》相当大的篇幅。因此说一部《论语》，半部论“修身”实不为过。《论语》体现了中国传统文化“德智统一”“以德摄智”的深刻内涵。这里选取了其中的十则，内容涉及学习与修养，透过字里行间可以感受先哲的人生智慧，体现了《论语》词约义丰、简练纡徐的语言风格。厚德载物，修身

为本，加强修养不仅关乎个人的品德、学识、谈吐、气质，从大处说，也关乎国家、民族大业。《论语》于潜移默化中影响着世人的观念，对中华文化产生了深远影响。

感悟讨论

1. 你还知道《论语》中有哪些关于修己养身的语录？回忆并概括一下。

2. 将第六则“君子有九思”译成现代汉语，并谈谈你的看法。

3. 社会在发展，时代在变化，个人在发展变化中进步，传统在发展变化中传承。你怎么看待当今社会背景下儒家的修己养身学说？

平行阅读

曾子曰：“吾日三省吾身——为人谋而不忠乎？与朋友交而不信乎？传而不习乎？”

《学而篇第一》

子贡曰：“贫而无谄，富而无骄，何如？”子曰：“可也；未若贫而乐，富而好礼者也。”

子贡曰：“《诗》云：‘如切如磋，如琢如磨’，其斯之谓与？”子曰：“赐也，始可与言《诗》已矣，告诸往而知来者。”

《学而篇第一》

子曰：“吾十有五而志于学，三十而立，四十而不惑，五十而知天命，六十而耳顺，七十而从心所欲，不逾矩。”

《为政篇第二》

子贡曰：“如有博施于民，而能济众，何如？可谓仁乎？”子曰：“何事于仁，必也圣乎！尧舜其犹病诸。夫仁者，己欲立而立人，己欲达而达人，能近取譬，可谓仁之方也已。”

《雍也篇第六》

子张问仁于孔子。孔子曰：“能行五者于天下，为仁矣。”请问之。曰：“恭、宽、信、敏、惠。恭则不侮，宽则得众，信则人任焉，敏则有功，惠则足以使人。”

《阳货篇第十七》

(选自《论语译注》，杨伯峻注释，中华书局，1980 年版)

孟子曾自谓“我善养吾浩然之气”，他的散文长于论辩，气势浩然。下面这篇驳论文章，步步设问、层层深入、引君入彀，最后一举击破，缜密的思维、犀利的词锋，历来备受推崇。

第五节　有为神农之言者许行

孟　子

有为神农之言者许行[1]，自楚之滕[2]，踵门而告文公曰[3]：“远方之人，闻君行仁政，愿受一廛而为氓[4]。”文公与之处。其徒数十人，皆衣褐[5]，捆屦[6]、织席以为食。

陈良之徒陈相与其弟辛[7]，负耒耜而自宋之滕[8]，曰："闻君行圣人之政，是亦圣人也，愿为圣人氓。"

陈相见许行而大悦，尽弃其学而学焉。

陈相见孟子，道许行之言曰："滕君，则诚贤君也；虽然，未闻道也。贤者与民并耕而食，饔飧而治[9]；今也，滕有仓廪府库，则是厉民而以自养也，恶得贤？"

孟子曰："许子必种粟而后食乎？"

曰："然。"

"许子必织布然后衣乎？"

曰："否，许子衣褐。"

"许子冠乎？"

曰："冠。"

曰："奚冠[10]？"

曰："冠素[11]。"

曰："自织之与？"

曰："否，以粟易之。"

曰："许子奚为不自织？"

曰："害于耕。"

曰："许子以釜甑爨[12]，以铁耕乎？"

曰："然。"

"自为之与？"

曰："否，以粟易之。"

"以粟易械器者，不为厉陶冶；陶冶亦以其械器易粟者，岂为厉农夫哉！且许子何不为陶冶，舍皆取诸宫中而用之[13]？何为纷纷然与百工交易？何许子之不惮烦！"

曰："百工之事，固不可耕且为也。"

"然则治理天下独可耕且为与？有大人之事，有小人之事。且一人之事而百工之所为备，如必自为而后用之，是率天下而路也[14]。故曰：'或劳心，或劳力。'劳心者治人，劳力者治于人；治于人者食人，治人者食于人——天下之通义也。

"当尧之时，天下犹未平，洪水横流，泛滥于天下；草木畅茂，禽兽繁殖；五谷不登，禽兽偪人[15]。兽蹄鸟迹之道，交于中国。尧独忧之，举舜而敷治焉[16]。舜使益掌火[17]，益烈山泽而焚之，禽兽逃匿；禹疏九河，瀹济、漯而注诸海，决汝、汉，排淮、泗，而注之江[18]；然后中国可得而食也。当是时也，禹八年于外，三过其门而不入，虽欲耕，得乎？

"后稷教民稼穑[19]，树艺五谷，五谷熟而民人育。人之有道也，饱食暖衣、逸居而无教，则近于禽兽。圣人有忧之，使契为司徒[20]，教以人伦：父子有亲，君臣有义，夫妇有别，长幼有序，朋友有信。放勋[21]曰劳之、来之[22]，匡之、直之，辅之、翼之[23]，使自得之，又从而振德之[24]，圣人之忧民如此，而暇耕乎？

"尧以不得舜为己忧，舜以不得禹、皋陶为己忧[25]。夫以百亩之不易为己忧者，农夫也。分人以财谓之惠，教人以善谓之忠，为天下得人者谓之仁。是故以天下与人易，为天下得人难。孔子曰：'大哉，尧之为君！惟天为大，惟尧则之[26]，荡荡乎民无能名焉。君

哉，舜也！巍巍乎有天下而不与焉！’尧舜之治天下，岂无所用其心哉？亦不用耕耳。”

“吾闻用夏变夷者，未闻变于夷者也。陈良，楚产也，悦周公、仲尼之道，北学于中国。北方之学者，未能或之先也。彼所谓豪杰之士也。子之兄弟，事之数十年，师死而遂倍之[27]。昔者，孔子没[28]，三年之外，门人治任将归[29]，入揖于子贡，相向而哭，皆失声，然后归。子贡反，筑室于场，独居三年，然后归。他日，子夏、子张、子游以有若似圣人[30]，欲以所事孔子事之，强曾子。曾子曰：‘不可。江汉以濯之[31]，秋阳以暴之[32]，皜皜乎不可尚已[33]！’今也，南蛮鴃舌之人[34]，非先王之道，子倍子之师而学之，亦异于曾子矣！吾闻出于幽谷，迁于乔木者；未闻下乔木而入于幽谷者。《鲁颂》曰：‘戎狄是膺，荆舒是惩[35]。’周公方且膺之。子是之学，亦为不善变矣！”

“从许子之道，则市贾不贰[36]，国中无伪；虽使五尺之童适市，莫之或欺[37]。布帛长短同，则贾相若；麻缕丝絮轻重同，则贾相若；五谷多寡同，则贾相若；屦大小同，则贾相若。”

曰：“夫物之不齐，物之情也；或相倍蓰[38]，或相什百，或相千万。子比而同之，是乱天下也。巨屦小屦同贾，人岂为之哉！从许子之道，相率而为伪者也，恶能治国家？”

(选自《先秦文学史参考资料》，北京大学中国文学史教研室选注，中华书局，1962年版)

注释

[1] 为：研究。　神农：上古传说中的人物，相传是他开始教人类耕种，所以称神农。　言：指学说。以许行为代表的农家学说主张“君臣并耕”。

[2] 滕：国名，在今山东省滕县西南。

[3] 踵(zhǒng)：脚后跟。踵门：指“足至门”，走到门上，亲自拜谒。

[4] 廛(chán)：居所。

[5] 褐(hè)：粗麻编织的衣服。

[6] 捆屦(jù)：做麻鞋。

[7] 陈良：楚国的儒者。

[8] 耒耜(lěi sì)：古代一种类似犁的农具。

[9] 饔飧(yōng sūn)：早餐和晚餐，这里用作动词，指自己做饭。

[10] 奚冠：戴什么帽子。

[11] 素：生丝织成的绢帛。这里指用生绢做的帽子。

[12] 以釜甑爨：使用铁锅陶器做饭。　釜：一种锅。　甑(zèng)：古代做饭用的一种陶器。　爨(cuàn)：烧火做饭。

[13] 舍皆取诸宫中：舍，即“啥”，什么。　宫中：室中，家中。

[14] 路：在路上奔波。

[15] 偪：同“逼”，威胁。

[16] 敷：布，施，这里指治理水土。

[17] 益：又称伯益，舜的大臣。上古设五行之官，分别掌管金木水火土，益掌管火政。

[18] “禹疏九河”四句：疏：疏通。　九河：相传古时山东、河北一带黄河的九条

支流。　瀹(yuè)：疏导。　济(jǐ)、漯(tà)：古河名，在今山东省境内。　决：凿开缺口，导引水流。　汝：汝水，在今河南省境内。　汉：汉水。　排：排除，指清除水道淤塞。　淮：淮河。　泗：泗水，在今江苏省淮阴。　江：长江。

[19] 后稷：周朝的始祖，尧舜时做农官。

[20] 使契为司徒：契(xiè)：舜的臣子。　司徒：掌教化之官。

[21] 放勋：尧的号。

[22] 劳之、来之：慰劳他们，使他们归顺。　劳：慰劳。　来(lài)：使……来(归顺)。

[23] 辅之、翼之：帮助他们，保护他们。　辅：助。　翼：保护。

[24] 振德：指赈济施以恩惠。

[25] 皋陶(gāo yáo)：舜的司法官。

[26] 则：用作动词，效法。

[27] 倍：通“背”，背叛。

[28] 没：通“殁”，死。

[29] 治任：收拾行李。　任：担子，指行李。

[30] 有若：有子，孔子的弟子。

[31] 濯(zhúo)：洗。

[32] 暴：通“曝”，晒。

[33] 皜皜乎：光明洁白的样子。　皜皜，通“杲杲”。

[34] 鴃(jué)舌：鴃，鸟名，又名伯劳。这里比喻许行的话难听。

[35] 戎狄是膺，荆舒是惩：引自《诗经·鲁颂·閟宫》。　戎、狄指古代西部和北方的部族。　荆舒，指南方的部族。　膺：抵抗，抗击。

[36] 贾(jià)：价格。

[37] 莫之或欺：没有人欺骗他。

[38] 倍蓰(xǐ)：倍，一倍；蓰，五倍。

孟子(约前372—前289年)名轲，字子舆，邹国(今山东省邹城市)人，孔子之后儒家学派的主要代表，中国古代著名思想家，教育家和散文家，与孔子合称“孔孟”，其学说被称为“孔孟之道”，有儒家“亚圣”之称。他继承了孔子的思想核心“仁”，明确提出了“仁政”主张，“乐民之乐，忧民之忧”，并提出了著名的“民贵君轻”说。《孟子》共七篇，为孟子及其弟子所著，对后世的思想和散文都产生了较大影响。孟子善辩，善于掌握对方心理，运用逻辑推理，因势利导地进行辩论，常采用欲擒故纵的方法，善设机巧，引君入彀，笔锋一转，以子之矛攻子之盾，先破后立，在驳斥对方的基础上，提出自己的主张。孟子的文章常运用大量整齐对称的排偶句，行文如江水滔滔，气势磅礴，极富论辩力量。

导读

这是一篇先破后立的驳论文章，孟子重要的治国理念在文中得到了充分体现。通过与陈相的辩论，作者驳斥了农家“君臣并耕”、否定社会分工的观点，先破后立，然后提出

了“劳心者治人，劳力者治于人”社会分工必然性的中心论点，并对陈相兄弟背叛师门的行为进行了无情的鞭挞。

全文可分四部分。第一部分叙述论辩的起因，先写许行投奔滕国，次写陈相兄弟慕名投滕，表明滕文公施行仁政后的影响，为后面正面阐述儒家学说作了铺垫，再写陈相以农家“贤者与民并耕”的观点来否定接受孟子仁政主张的滕文公，引起论辩。第二部分写孟子对陈相的农家“君臣同耕”学说的驳斥，步步设问，层层深入，引君入彀，最后一举击破。当陈相承认“百工之事固不可耕且为也”时，孟子当即反诘，“然则治天下独可耕且为与？”使陈相无言以答。随后，孟子提出自己的主张，说明社会分工的必然性，接着列出尧、舜、益、禹解决天下水患，消灭天下猛兽的事实，举出后稷教民稼穑，关心人民的教育、人伦道德的事实和“尧以不得舜为己忧”的“为天下得人”的理念作为自己观点的有力支撑，达到了使对方无可辩驳的效果。第三部分对陈相背叛师门进行了无情鞭挞。第四部分，孟子以辩证的观点批驳陈相转述许行的“市贾不贰”的观点，捍卫了儒家的治国之道。

文章体现了孟子缜密纯熟的辩论技巧。孟子善设机巧、请君入瓮、开合擒纵、驾驭自如，全文观点鲜明、论证严密、气势浩然、感情强烈、词锋犀利，语言精练简约，明白晓畅，气盛而词壮。

感悟讨论

1. 孟子以善辩著称，本文体现了孟子的哪些论辩技巧？
2. 谈谈你对“劳心者治人，劳力者治于人”的理解。
3. “锋芒毕露”与“柔中寓刚”是不同的论辩风格，你更欣赏哪一种？
4. 说一说你所知道的孟子名言。
5. 阅读《大学》，选择一章分析其中蕴含的思想和哲理。

拓展阅读

大　学

第一章

大学之道，在明明德，在亲民，在止于至善。知止而后有定，定而后能静，静而后能安，安而后能虑，虑而后能得。物有本末，事有终始。知所先后，则近道矣。

古之欲明明德于天下者，先治其国；欲治其国者，先齐其家；欲齐其家者，先修其身；欲修其身者，先正其心；欲正其心者，先诚其意；欲诚其意者，先致其知。致知在格物。

物格而后知至，知至而后意诚，意诚而后心正，心正而后身修，身修而后家齐，家齐而后国治，国治而后天下平。

自天子以至于庶人，壹是皆以修身为本。其本乱，而末治者否矣。其所厚者薄，而其所薄者厚，未之有也。

第六章

所谓致知在格物者，言欲致吾之知，在即物而穷其理也。盖心之灵莫不有知，而天下之物莫不有理，惟于理有未穷，故其知又不尽也，是以《大学》始教，必使学者即凡于天下之物，莫不因其已知之理而益穷之，以求至乎其极。至于用力之久，而一旦豁然贯通焉，则众物之表里精粗无不到，而吾心之全体大用无不明矣。此谓物格。此谓知之至也。

第八章

所谓修身在正其心者，身有所忿懥，则不得其正；有所恐惧，则不得其正；有所好乐，则不得其正；有所忧患，则不得其正。心不在焉，视而不见，听而不闻，食而不知其味。此谓修身在正其心。

第九章

所谓齐其家在修其身者，人之其所亲爱而辟焉，之其所贱恶而辟焉，之其所畏敬而辟焉，之其所哀矜而辟焉，之其所敖惰而辟焉。故好而知其恶，恶而知其美者，天下鲜矣！故谚有之曰："人莫知其子之恶，莫知其苗之硕。"此谓身不修不可以齐其家。

第十章

所谓治国必先齐其家者，其家不可教而能教人者，无之。故君子不出家而成教于国。孝者，所以事君也；悌者，所以事长也；慈者，所以使众也。《康诰》曰："如保赤子。"心诚求之，虽不中不远矣。未有学养子而后嫁者也。一家仁，一国兴仁；一家让，一国兴让；一人贪戾，一国作乱。其机如此。此谓一言偾事，一人定国。尧、舜帅天下以仁，而民从之；桀、纣帅天下以暴，而民从之。其所令反其所好，而民不从。是故君子有诸己而后求诸人，无诸己而后非诸人。所藏乎身不恕，而能喻诸人者，未之有也。故治国在齐其家。

《诗》云："桃之夭夭，其叶蓁蓁。之子于归，宜其家人。"宜其家人，而后可以教国人。《诗》云："宜兄宜弟。"宜兄宜弟，而后可以教国人。《诗》云："其仪不忒，正是四国。"其为父子兄弟足法，而后民法之也。此谓治国在齐其家。

第十一章

所谓平天下在治其国者，上老老而民兴孝，上长长而民兴悌，上恤孤而民不倍，是以君子有絜矩之道也。所恶于上，毋以使下；所恶于下，毋以事上；所恶于前，毋以先后；所恶于后，毋以从前；所恶于右，毋以交于左；所恶于左，毋以交于右。此之谓絜矩之道。

《诗》云："乐只君子，民之父母。"民之所好好之，民之所恶恶之，此之谓民之父母。《诗》云："节彼南山，维石岩岩。赫赫师尹，民具尔瞻。"有国者不可以不慎，辟则为天下僇矣。《诗》云："殷之未丧师，克配上帝。仪鉴于殷，峻命不易。"道得众则得国，失众则失国。是故君子先慎乎德。有德此有人，有人此有土，有土此有财，有财此有用。德者，本也；财者，末也。外本内末，争民施夺。是故财聚则民散，财散则民聚。是故言悖而出者，亦悖而入；货悖而入者，亦悖而出。

《康诰》曰："惟命不于常。"道善则得之，不善则失之矣。《楚书》曰："楚国无以为宝，惟善以为宝。"舅犯曰："亡人无以为宝，仁亲以为宝。"《秦誓》曰："若有一个臣，断断兮无他技，其心休休焉，其如有容焉。人之有技，若己有之。人之彦圣，其心好之，不啻若自其口出。实能容之，以能保我子孙黎民，尚亦有利哉！人之有技，媢嫉以恶之；人之彦圣，而违之俾不通，实不能容。以不能保我子孙黎民，亦曰殆哉！"唯仁人放流之，迸诸四夷，不与同中国。此谓唯仁人为能爱人，能恶人。见贤而不能举，举而不能先，命也。见不善而不能退，退而不能远，过也。好人之所恶，恶人之所好，是谓拂

人之性，灾必逮夫身。

是故君子有大道：必忠信以得之，骄泰以失之。生财有大道：生之者众，食之者寡，为之者疾，用之者舒，则财恒足矣。仁者以财发身，不仁者以身发财。未有上好仁而下不好义者也，未有好义其事不终者也，未有府库财非其财者也。孟献子曰："畜马乘不察于鸡豚，伐冰之家，不畜牛羊；百乘之家，不畜聚敛之臣。与其有聚敛之臣，宁有盗臣。"此谓国不以利为利，以义为利也。长国家而务财用者，必自小人矣。彼为善之，小人之使为国家，灾害并至。虽有善者，亦无如之何矣！此谓国不以利为利，以义为利也。

(选自《大学·中庸》，王国轩译注，中华书局，2006 年版)

庄子认为，人生的最高境界是逍遥游。人的本性是无羁无绊，不应为外物所役使，每一个生命都应得到尊重。顺乎自然，释放人的本性，才能达到逍遥游的境界。

第六节　马　　蹄

庄　　子

马，蹄可以践霜雪，毛可以御风寒，龁草饮水[1]，翘足而陆[2]，此马之真性也。虽有义台路寝[3]，无所用之。及至伯乐[4]，曰："我善治马。"烧之，剔之，刻之，雒之[5]，连之以羁馽[6]，编之以皁栈[7]，马之死者十二三矣。饥之，渴之，驰之，骤之[8]，整之，齐之[9]，前有橛饰之患[10]，而后有鞭策之威[11]，而马之死者已过半矣。陶者曰[12]："我善治埴[13]，圜者中规，方者中矩。"匠人曰："我善治木，曲者中钩，直者应绳[14]。"夫埴木之性，岂欲中规矩钩绳哉？然且世世称之，曰"伯乐善治马"，而"陶、匠善治埴、木"，此亦治天下者之过也[15]。

吾意善治天下者不然。彼民有常性[16]，织而衣，耕而食，是谓同德[17]；一而不党，命曰天放[18]，故至德之世[19]，其行填填[20]，其视颠颠[21]。当是时也，山无蹊隧[22]，泽无舟梁[23]，万物群生，连属其乡[24]，禽兽成群，草木遂长。是故禽兽可系羁而游[25]，乌鹊之巢可攀援而窥。夫至德之世，同与禽兽居，族与万物并[26]，恶乎知君子小人哉[27]，同乎无知，其德不离；同乎无欲，是谓素朴[28]。素朴而民性得矣。及至圣人，蹩躠为仁[29]，踶跂为义[30]，而天下始疑矣[31]，澶漫为乐[32]，摘僻为礼[33]，而天下始分矣。故纯朴不残，孰为牺尊[34]！白玉不毁，孰为珪璋[35]！道德不废[36]，安取仁义！性情不离，安用礼乐！五色不乱，孰为文采[37]！五声不乱，孰应六律[38]！夫残朴以为器，工匠之罪也；毁道德以为仁义，圣人之过也！

夫马，陆居则食草饮水，喜则交颈相靡[39]，怒则分背相踶[40]。马知已此矣。夫加之以衡扼[41]，齐之以月题[42]，而马知介倪、闉扼、鸷曼、诡衔、窃辔[43]。故马之知而态至盗者[44]，伯乐之罪也。夫赫胥氏之时[45]，民居不知所为，行不知所之，含哺而熙[46]，鼓腹而游[47]，民能以此矣。及至圣人，屈折礼乐，以匡天下之形[48]，县企仁义以慰天下之心[49]，而民乃始踶跂好知，争归于利，不可止也。此亦圣人之过也。

(选自《庄子集解》，刘武撰，沈啸寰点校，中华书局，1987 年版)

注释

[1] 龁(hé)：咬，嚼。

[2] 翘：扬起。　陆：通作“踛”(lù)，跳跃。

[3] 义(é)：通“峨”。义台：即高台。　路：大，正。　寝：居室。

[4] 伯乐：姓孙名阳，伯乐为字，秦穆公时人，相传善于识马、驯马。

[5] “烧之”四句：均为治马的方法。　烧：指烧红铁器灼炙马毛。　剔：指剪剔马毛。　刻：指凿削马蹄甲。　雒(luò)：“雒”通作“烙”，指用烙铁留下标记。

[6] 连：系缀，连接。　羁(jī)：马笼头。　馽(zhí)：拴缚马足的绳索。

[7] 皂(zào)：饲马的槽枥。　栈：安放在马脚下的编木，用以防潮，俗称马床。

[8] 驰之、骤之：意指打马狂奔，要求马儿速疾奔跑。

[9] 整之、齐之：意指使马儿步伐、速度保持一致。

[10] 橛(jué)：即马嚼子。马口中所衔的横木。　饰：指马笼头上的装饰。

[11] 鞭策：马鞭。皮制为鞭，竹制称策。

[12] 陶者：制陶人。

[13] 埴(zhí)：黏土。

[14] “曲者”两句：把木料弄曲或弄直，使之和于曲钩或直绳的标准。钩、绳皆木匠用来定曲直的工具。

[15] 此亦治天下者之过也：这种违背天性的做法，也是治天下者易犯的错误。

[16] 常性：固有的天性。

[17] 同德：共同的品性。

[18] “一而”两句：浑然一体而没有偏私，所以叫任性自然。　党：偏私。　命：称。　天放：任其自然。

[19] 至德之世：人类天性保留最好的年代，即人们常说的原始社会。

[20] 填填：行路徐缓、稳重的样子。

[21] 颠颠：视物专一貌。

[22] 蹊(xī)：小路。　隧：隧道。

[23] 梁：桥。

[24] 连属其乡：各乡连在一起没有分界。　属(zhǔ)：连接。

[25] 系羁：用绳子牵引。

[26] 族：聚集，聚合。　并：俱。

[27] 恶(wù)乎：哪里。

[28] 素朴：喻指本色。　素：未染色的生绢。　朴：未加工的木料。

[29] 蹩躠(bié xiè)：有脚疾而勉力走路。引申为费力用心。

[30] 踶跂(zhì qǐ)：足跟上提、竭力向上的样子。

[31] 疑：猜度。

[32] 澶(dàn)漫：放纵。

[33] 摘僻：烦琐。

[34] “故纯朴”句：若原始木材未被削刻，谁能做出兽形的酒樽。

[35] 珪璋：玉器；上尖下方的为珪，半珪形为璋。

[36] 道德：指人类原始的自然本性。

[37] 文采：错杂华丽的色彩。

[38] “五声”句：各种天然的声音若不错杂配合，哪里能形成旋律。

[39] 靡(mó)：通“摩”，接触，擦，蹭。

[40] 踶(dì)：踢。

[41] 衡：车辕前面的横木。　扼：亦作“轭”，叉马颈的条木，缚在衡上。

[42] 月题：马额上状如月形的佩饰。

[43] “而马知”句：意为加上种种束缚，马反而知道种种不安分的做法了。　介倪：犹“睨”，侧目怒视之意。　闉(yīn)扼：屈曲脖子企图挣脱轭的束缚。　鸷(zhì)曼：暴戾不驯。　诡衔：诡谲地想吐出口里的马嚼子。　窃辔(pèi)：偷偷地啃咬辔绳。

[44] 盗：与人抗敌的意思。

[45] 赫胥氏：传说中的古代帝王。

[46] 哺：口含食物。　熙：通“嬉”，嬉戏。

[47] 鼓腹：鼓着肚子，意指吃得饱饱的。

[48] “屈折”两句：矫造礼乐来改变天下人的形象。　屈折：矫造的意思。匡：端正，改变。

[49] 县：同“悬”。　企：企望。

庄子(约前 369—前 286 年)名周，战国时期宋国蒙(今河南商丘东北)人，著名的思想家、文学家。庄子出身贫寒，贫而乐道，不慕富贵，力求在乱世中保持独立的人格，追求逍遥无恃的精神自由。庄子是继老子之后，战国时期道家学派的代表人物，他继承和发展了老子的思想，学说涵盖当时社会生活的方方面面，后世将他与老子并称为“老庄”。他认为一切事物无不在变化之中，人要安时处顺，道法自然，故道无所不在，强调事物的自生自化，否认有任何主宰。庄子提出“通天下一气耳”，追求“天地与我并生，而万物与我为一”的精神境界。其代表作《庄子》(又被称为《南华经》)阐发了道家思想的精髓，发展了道家学说，使之成为对后世产生深远影响的哲学流派。庄子的散文想象丰富，汪洋恣肆，辞藻瑰丽，妙语隽永，机趣横生，善用寓言故事形式，幽默讥刺，富有浪漫主义色彩，艺术风格独特。

导读

本篇选自《庄子·外篇·马蹄第九》。以篇首两字作题，是先秦早期散文中常用的命篇方式。本文以马设喻，旨在宣讲恢复人的自然本性，表现了反对束缚和羁绊，提倡一切返归自然的政治主张，希望唤起人们对仁义的反思和对人的本性的珍视。作者反对“圣人”以仁义礼乐禁锢人的自由思想，主张个性解放，在当时来说，具有很大的进步意义。同时，作者因主张恢复人的自然本性，而向往愚昧无知的原始社会，又带有消极虚幻色彩。

全文可分成三个部分。第一部分以“伯乐善治马”和“陶、匠善治埴、木”为例，寄

喻一切从政者治理天下的规矩和办法，都直接残害了事物的自然和人的本性。第二部分对比上古时代，一切都具有共同的本性，一切都生成于自然，谴责后代推行所谓仁、义、礼、乐，摧残了人的本性和事物的真情，并直接指出这就是“圣人之过”。第三部分继续以马为喻，对马的天然生活形态作了描绘之后，又对治马引起的各种反抗加以罗列，进一步说明一切羁绊都是对自然本性的摧残，圣人推行的所谓仁义，只能是鼓励人们“争归于利”。在庄子的眼里，当世社会的纷争动乱都源于所谓圣人的“治”，因而他主张摒弃仁义和礼乐，取消一切束缚和羁绊，让社会和事物都回到它的自然和本性上去。庄子对于仁义、礼乐的虚伪性、蒙蔽性揭露是深刻的，三个部分分别以“此亦治天下者之过也”“圣人之过也”“此亦圣人之过也”收结，充分显示了作者的用意所在。

本文善于通过生动的形象，以比喻、象征手法代替逻辑推理的论述，妙趣横生，排比、设问句式的运用，更增添了文章不可阻遏的雄辩气势。

感悟思考

1. 本篇说马，作者的真正用意何在？采用了什么论证方法表达观点？
2. 庄子认为人生的最高境界是逍遥游，你如何看待逍遥的境界？
3. 阅读《老子》，点评你最喜欢的一章。

拓展阅读

老　子

一　章

道可道，非常道；名可名，非常名。无，名天地之始；有，名万物之母。故常无，欲以观其妙；常有，欲以观其徼。此两者，同出而异名，同谓之玄。玄之又玄，众妙之门。

八　章

上善若水，水善利万物而不争，处众人之所恶，故几于道。居善地，心善渊，与善仁，言善信，政善治，事善能，动善时。夫唯不争，故无尤。

二十七章

善行，无辙迹；善言，无瑕谪；善数，不用筹策；善闭，无关键而不可开；善结，无绳约而不可解。是以圣人常善救人，故无弃人；常善救物，故无弃物。是谓“袭明”。故善人者不善人之师，不善人者善人之资。不贵其师，不爱其资，虽智大迷。是谓“要妙”。

三十二章

道常无名，朴。虽小，天下莫能臣。侯王若能守之，万物将自宾。天地相合，以降甘露，民莫之令而自均。始制有名，名亦既有，夫亦将知止，知止可以不殆。譬道之在天下，犹川谷之于江海。

四十一章

上士闻道，勤而行之；中士闻道，若存若亡；下士闻道，大笑之，——不笑不足以为道。故建言有之：明道若昧；进道若退；夷道若颣；上德若谷，广德若不足，建德若偷，质真若渝。大白若辱，大方无隅，大器晚成。大音希声，大象无形，道隐无名。夫唯道，

善贷且成。

四十五章

大成若缺，其用不弊。大盈若冲，其用不穷。大直若屈，大巧若拙，大辩若讷，大赢若绌。静胜躁，寒胜热。清静，为天下正。

四十九章

圣人常无心，以百姓心为心。善者，吾善之；不善者，吾亦善之；德善。信者，吾信之；不信者，吾亦信之；德信。圣人在天下，歙歙焉，为天下浑其心，百姓皆注其耳目，圣人皆孩之。

六十章

治大国，若烹小鲜。以道莅天下，其鬼不神。非其鬼不神，其神不伤人；非其神不伤人。圣人亦不伤人。夫两不相伤，故德交归焉。

七十七章

天之道，其犹张弓与？高者抑之，下者举之；有余者损之，不足者补之。天之道，损有余而补不足；人之道则不然，损不足以奉有余。孰能有余以奉天下？唯有道者。（是以圣人为而不恃，功成而不处，其不欲见贤。）

八十一章

信言不美，美言不信。善者不辩，辩者不善。知者不博，博者不知。圣人不积，既以为人，己愈有；既以与人，己愈多。天之道，利而不害；圣人之道，为而不争。

(选自《老子》，饶尚宽译注，中华书局，2006年版)

“兼相爱，交相利”是墨子治国救世的政治纲领，也是他做人的根本准则，“兼爱非攻”构成了墨子学说的核心。

第七节　兼爱(上)

墨　子

圣人以治天下为事者也，必知乱之所自起，焉能治之[1]；不知乱之所自起，则不能治。譬之如医之攻人之疾者然[2]：必知疾之所自起，焉能攻之；不知疾之所自起，则弗能攻。治乱者何独不然[3]！必知乱之所自起，焉能治之；不知乱之所自起，则弗能治。圣人以治天下为事者也，不可不察乱之所自起。

当察乱何自起[4]，起不相爱。臣子之不孝君父，所谓乱也。子自爱不爱父，故亏父而自利[5]；弟自爱不爱兄，故亏兄而自利；臣自爱不爱君，故亏君而自利：此所谓乱也。虽父之不慈子，兄之不慈弟，君之不慈臣，此亦天下之所谓乱也。父自爱也，不爱子，故亏子而自利；兄自爱也，不爱弟，故亏弟而自利；君自爱也，不爱臣，故亏臣而自利。是何也？皆起不相爱。

虽至天下之为盗贼者亦然。盗爱其室，不爱异室，故窃异室以利其室；贼爱其身，不爱人，故贼人以利其身。此何也？皆起不相爱。

虽至大夫之相乱家、诸侯之相攻国者亦然。大夫各爱其家，不爱异家，故乱异家以利

其家；诸侯各爱其国，不爱异国，故攻异国以利其国。天下之乱物[6]，具此而已矣。察此何自起，皆起不相爱。

若使天下兼相爱，爱人若爱其身，犹有不孝者乎？视父兄与君若其身，恶施不孝？犹有不慈者乎？视弟子与臣若其身，恶施不慈？故不孝不慈亡有。犹有盗贼乎？故视人之室若其室，谁窃？视人身若其身，谁贼[7]？故盗贼亡有。犹有大夫之相乱家、诸侯之相攻国者乎？视人家若其家，谁乱？视人国若其国，谁攻？故大夫之相乱家、诸侯之相攻国者亡有。若使天下兼相爱，国与国不相攻，家与家不相乱，盗贼亡有，君臣父子皆能孝慈，若此则天下治。

故圣人以治天下为事者，恶得不禁恶而劝爱[8]！故天下兼相爱则治，交相恶则乱。故子墨子曰“不可以不劝爱人”者，此也。

(选自《先秦文学史参考资料》，北京大学中国文学史教研室编，中华书局，1962 年版)

注释

[1] 焉：作“乃”解。

[2] 攻：治。

[3] 治乱者何独不然：人们治理纷乱的社会又哪能单独例外不这样呢？

[4] 当：通“尝”，试。

[5] 亏：损害。

[6] 乱物：言“乱事”。

[7] 贼：用作动词，作“残害”解。

[8] 恶得不禁恶而劝爱：怎能不禁止互相仇恨而鼓励互相亲爱。

墨子(前 468—前 376 年)名翟，鲁国人，墨家学派的创始人，战国初期著名的思想家，出身于“贱人”，甘愿与下层社会为伍。墨子主张简朴节俭，反对礼乐繁饰，主张勤劳刻苦，反对声色逸乐。《墨子》一书是记录墨子思想政治主张的文献，大部分是其弟子根据他的言行记录编纂而成的，书中极力主张“兼爱”和“非攻”，宣扬“天下兼相爱则治，交相恶则乱”，主张不分贫富贵贱，天下人“兼相爱，交相利”。这种思想反映了小生产者的道德要求和理想，在当时有一定的进步意义。《墨子》的文章质朴而富有逻辑性，善于用生动的比喻说理。

导读

《兼爱》有上、中、下三篇，均论述“天下兼相爱则治”的道理，这里选录了上篇。本文采用了归纳论证的方法，作者从圣人治天下说起，提出问题，认为圣人治天下“不可不察乱之所自起”，而后指出乱起“不相爱”，接着用君臣、父子、兄弟之间的利己与亏人为例予以证明，再以盗贼爱其身而不爱人身、大夫各爱其家而不爱异家、诸侯各爱其国而不爱异国的事实加强论证，又以假设继续推理得出结论——“若使天下兼相爱，国与国不相攻，家与家不相乱，盗贼亡有，君臣父子皆能孝慈，若此则天下治”，最后再次强调“故天下兼相爱则治，交相恶则乱”，使文章中心得以突出，作者的意图得以充分体现。墨子的“兼爱”，主张爱无差等，即给一切人同样的爱，这是小生产者的道德要求和人生理想，在当时的历史条件下是不可能实现的。

本文充满了逻辑思辨色彩，条分缕析，善于用具体的事例论证道理，由小及大，层层

推导，正反对比，说理酣畅，文字质朴，通俗易懂。作者善于抓住事物的内在联系，揭示其相互间的利害关系，如君臣、父子、大夫和诸侯之间的爱与不爱的关系及其正反不同的结果，随着层层深入的分析，道理逐步厘清。比喻的运用化理论为形象，生动、明白、晓畅；反诘的运用使说理具有无可辩驳的效果；大量排比句式的运用，更增加了文章雄辩的气势。

感悟讨论

1. 你如何看待墨家提出的兼爱主张？
2. 找出文中的排比句和反诘句，体会其对于表达主旨作用。
3. 谈谈“兼爱非攻”思想的现实意义。

平行阅读

非　攻　(上)

墨　子

今有一人，入人园圃，窃其桃李，众闻则非之，上为政者得则罚之。此何也？以亏人自利也。至攘人犬豕鸡豚者，其不义又甚入人园圃窃桃李。是何故也？以亏人愈多，其不仁兹甚，罪益厚。至入人栏厩、取人牛马者，其不仁义又甚攘人犬豕鸡豚。此何故也？以其亏人愈多。苟亏人愈多，其不仁兹甚，罪益厚。至杀不辜人也，扡其衣裘、取戈剑者，其不义又甚入人栏厩，取人牛马。此何故也？以其亏人愈多。苟亏人愈多，其不仁兹甚矣，罪益厚。当此天下之君子，皆知而非之，谓之不义。今至大为攻国，则弗知非，从而誉之，谓之义。此可谓知义与不义之别乎？

杀一人，谓之不义，必有一死罪矣。若以此说往，杀十人，十重不义，必有十死罪矣；杀百人，百重不义，必有百死罪矣。当此天下之君子，皆知而非之，谓之不义。今至大为不义，攻国，则弗知非，从而誉之，谓之义。情不知其不义也，故书其言以遗后世；若知其不义也，夫奚说书其不义以遗后世哉？

今有人于此，少见黑曰黑，多见黑曰白，则以此人不知白黑之辩矣；少尝苦曰苦，多尝苦曰甘，则必以此人为不知甘苦之辩矣。今小为非，则知而非之；大为非攻国，则不知非，从而誉之，谓之义。此可谓知义与不义之辩乎？是以知天下之君子也，辩义与不义之乱也。

(选自《先秦文学史参考资料》，北京大学中国文学史教研室选注，中华书局，1962年版)

韩非子的文章说理缜密，文锋犀利，议论透辟，切中要害，气势逼人，堪称当时的大手笔。

第八节　说　难

韩　非　子

凡说之难[1]，非吾知之有以说之之难也[2]，又非吾辩之能明吾意之难也[3]，又非吾敢横失而能尽之之难也[4]。凡说之难，在知所说之心[5]，可以吾说当之[6]。所说出于为名高者也，而说之以厚利，则见下节而遇卑贱[7]，必弃远矣。所说出于厚利者也，而说之以名高，则见无心而远事情[8]，必不收矣。所说阴[9]为厚利而显为名高者也[10]，而说之以名高，则阳收其身，而实疏之；说之以厚利，则阴用其言，显弃其身矣。此不可不察也。

夫事以密成，语以泄败。未必其身泄之也[11]，而语及所匿之事[12]，如此者身危。彼显有所出事[13]，而乃以成他故，说者不徒知所出而已矣，又知其所以为，如此者身危。规异事而当[14]，知者揣之外而得之，事泄于外，必以为己也，如此者身危。周泽未渥也[15]，而语极知[16]，说行而有功[17]，则德忘；说不行而有败，则见疑，如此者身危。贵人有过端[18]，而说者明言礼义以挑其恶，如此者身危。贵人或得计，而欲自以为功，说者与知焉，如此者身危。彊以其所不能为[19]，止以其所不能已，如此者身危。故与之论大人，则以为间己矣；与之论细人[20]，则以为卖重[21]；论其所爱，则以为藉资[22]；论其所憎，则以为尝己矣；径省其说[23]，则以为不智而拙之；米盐博辩[24]，则以为多而史之[25]；略事陈意，则曰怯懦而不尽；虑事广肆[26]，则曰草野而倨侮[27]。此说之难，不可不知也。

凡说之务[28]，在知饰所说之所矜，而灭其所耻[29]。彼有私急也，必以公义示而强之[30]。其意有下也，然而不能已，说者因为之饰其美，而少其不为也[31]。其心有高也，而实不能及，说者为之举其过而见其恶，而多其不行也[32]。有欲矜以智能，则为之举异事之同类者多为之地[33]，使之资说于我[34]，而佯不知也，以资其智。欲内相存之言[35]，则必以美名明之，而微见其合于私利也。欲陈危害之事，则显其毁诽，而微见其合于私患也。誉异人与同行者，规异事与同计者。有与同污者，则必以大饰其无伤也；有与同败者，则必以明饰其无失也。彼自多其力，则毋以其难概之也[36]；自勇其断，则无以其谪怒之；自智其计，则毋以其败穷之。大意无所拂悟，辞言无所系縻[37]，然后极骋智辩焉。此道所得：亲近不疑而得尽辞也。

伊尹为宰，百里奚为虏[38]，皆所以干其上也[39]。此二人者，皆圣人也；然犹不能无役身以进，如此其污也。今以吾言为宰虏，而可以听用而振世，此非能仕之所耻也[40]。夫旷日弥久，而周泽既渥，深计而不疑，引争而不罪，则明割利害以致其功[41]，直指是非以饰其身，以此相持，此说之成也。

昔者郑武公欲伐胡[42]，故先以其女妻胡君，以娱其意。因问于群臣："吾欲用兵，谁可伐者？"大夫关其思对曰："胡可伐。"武公怒而戮之，曰："胡，兄弟之国也。子言伐之，何也？"胡君闻之，以郑为亲己，遂不备郑。郑人袭胡，取之。宋有富人，天雨，墙坏。其子曰："不筑，必将有盗。"其邻人之父亦云。暮而果大亡其财。其家甚智其子，而疑邻人之父。此二人说者皆当矣，厚者为戮，薄者见疑[43]，则非知之难也，处知则难也。故绕朝之言当矣[44]，其为圣人于晋，而为戮于秦也，此不可不察。

昔者弥子瑕有宠于卫君[45]。卫国之法，窃驾君车者罪刖。弥子瑕母病，人间往夜告弥子，弥子矫驾君车以出。君闻而贤之，曰："孝哉，为母之故，忘其犯刖罪。"异日，与君游于果园，食桃而甘，不尽，以其半啖君。君曰："爱我哉！亡其口味，以啖寡人。"及弥子色衰爱弛，得罪于君，君曰："是固尝矫驾吾车，又尝啖我以余桃。"故弥子之行未变于初也，而以前之所以见贤而后获罪者，爱憎之变也。故有爱于主，则智当而加亲；有赠于主，则智不当见罪而加疏。故谏说谈论之士，不可不察爱憎之主而后说焉。

夫龙之为虫也，柔可狎而骑也[46]；然其喉下有逆鳞径尺，若人有婴之者[47]，则必杀

人。人主亦有逆鳞，说者能无婴人主之逆鳞，则几矣。

(选自《韩非子直解》，俞志慧著，浙江文艺出版社，2000年版)

注释

[1] 说(shuì)：游说，谏说。

[2] 知：通“智”，才智。

[3] 辩：口辩，口才。

[4] 横失：失通“佚”，横佚通“横逸”，纵横捭阖，无所顾忌。

[5] 所说：游说的对象，指国君。

[6] 当：适应，迎合。

[7] 见下节而遇卑贱：被看作品德低下，因而得到卑下的待遇。

[8] 见无心而远事情：被看作没头脑，脱离实际。

[9] 阴：暗中。

[10] 显：表面上。

[11] 其身：指游说者自己。

[12] 所匿之事：君王心中秘而不宣的事。

[13] 彼：代君王。

[14] 异事：不寻常的事。

[15] 周泽未渥：交情不深。　周：亲密。　泽：恩泽，恩惠。　渥：浓厚、深厚。

[16] 语极知：说尽所知，掏出心里话。

[17] 说行：建议被采纳。

[18] 贵人：指君王。

[19] 彊：强(qiǎng)，勉强。

[20] 细人：小臣，与大人相对。

[21] 卖重：卖权，出卖君王的权势。

[22] 藉资：凭借，依靠。指借别人的力量，以为己助。

[23] 径省：直截了当。　径：直。　省：略。

[24] 米盐博辩：辩词广博，言辞琐碎。　米盐：指日常琐碎之事。

[25] 史：此处“史”的意义与《论语十则》注释[2]释义相同(见本书第7页)。

[26] 广肆：放言无忌。

[27] 倨侮：傲慢。

[28] 务：要旨。

[29] 在知饰所说之所矜，而灭其所耻：在于懂得美化君王所推崇的事情，而掩盖他认为丑陋的事情。　饰，粉饰，美化，与“灭”相对。　矜，注重，崇尚。

[30] 彼有私急也，必以公义示而强之：君王有私人的迫切要求，进言者一定要以公义的名义鼓励他做。　强：劝，鼓励。

[31] 少：不满。

[32] 多：赞美。

[33] 有欲矜以智能，则为之举异事之同类者多为之地：被进言者倘若想自夸他的才智，

进言者就为他举出同类中的另外一些事情，让他从中得到引证的依据。 地：根据。

[34] 资：借。

[35] 内：通“纳”，采纳。

[36] 概：古代量谷物时，用以刮平斗斛的器具。《管子·枢言篇》：“釜鼓满，则人概之”，这里用作动词，为平抑之意。

[37] 系縻：应为击摩、抵触、摩擦之意。

[38] 伊尹为宰，百里奚为虏：伊尹，夏末商初人，曾辅佐商汤王建立商朝，是历史上佐天子治理国家的杰出庖人，被后人尊之为中国历史上的贤相，他创立的“五味调和说”与“火候论”，至今仍影响着中国烹饪。 百里奚，春秋时期楚国宛人，曾任虞国大夫，后为晋国所俘，并作为晋献公女儿陪嫁奴仆入秦，后又逃回宛地，秦穆公以五张羊皮将其赎回，任用为相，号五羖大夫。

[39] 干：求。

[40] 仕：通“士”。

[41] 明割：明白地剖析。

[42] 郑武公：春秋时郑国国君。

[43] 厚者为戮，薄者见疑：言重则被杀，言轻则见疑。

[44] 绕朝：春秋时秦大夫。晋大夫士会逃亡在秦，晋人用计诱使归国，绕朝劝秦王不要把士会遣送回国，秦王不听，士会遂归晋。后来士会畏惧绕朝的才能，又用反间计借秦王之手杀了绕朝。

[45] “昔者弥子瑕”句：卫君，春秋时卫国君王卫灵公。 弥子瑕，卫灵公宠幸的臣子。

[46] 柔：驯服。

[47] 婴：通“撄”，触。

韩非(约前 280—前 233 年) 战国末期韩国人(今河南省新郑)，中国古代著名的哲学家、思想家、政论家和散文家，后世称“韩子”或“韩非子”，中国古代著名法家思想的代表人物。韩非出身于韩国贵族，师从荀子，见韩国国势削弱，屡谏韩王改革政治，不被见用，于是发愤著书。秦王见其书，急于得到韩非，起兵攻韩，韩王遣非使秦，秦王留而不用，遭陷害，死于狱中。《韩非子》一书是他逝世后后人辑集而成的。韩非的文章构思精巧，描写大胆，语言幽默，于平实中见奇妙，具有耐人寻味、警策世人的艺术效果。韩非还善于用大量浅显的寓言故事和丰富的历史知识作为论证资料，说明抽象的道理，形象化地体现他的法家思想和他对社会人生的深刻认识。他文章中出现的很多寓言故事，因其丰富的内涵、生动的情节，成为脍炙人口的成语典故。

导读

《说难》是《韩非子》五十五篇中最重要的作品之一。通过对游说对象——君王心理细致入微的洞察刻画，历数游说的艰难与险恶，笔锋犀利地剖析了君王的内心世界，揭示出当时社会的人情世故，警示世人。

文章前半部分细言说难。游说难，难在何处？作者首先明确指出，“凡说之难，在知

所说之心”，进而分析游说对象的几种心理状况，有好高名的，有图厚利的，还有表面好高名暗地谋私利的，这几种心理游说者不可不察。接着，作者列举了游说君王的种种困难和游说过程中可能遇到的种种危险，一连列举了七条“如此者身危”，即因游说失当而招致身首异处的危险；随后道出了“八难”，警示游说者对这些苦难凶险应该了然于胸。通过分析，作者告诫游说者，进说之难不在游说者一方，而“在知所说之心”，而所说者之心理又深不可测，说者“不可不察”“不可不知”，解决之道，那就是“可以吾说当之”。后半部分在揣摩君王心理后提出了一系列的应对之术，并举出了历史上的经验教训作为自己观点的佐证。其中揣摩迎合、纵横捭阖、辩才无碍、巧舌如簧、装聋作哑、粉饰赞美、虚与委蛇、顺水推舟等，就游说之术而言，无疑集战国游说技巧之大成，同时也为我们展示了当时社会复杂多变的人情世故。随后列举了郑武公伐胡、宋人亡其财、弥子瑕失宠于卫灵公等典型事例，进一步有力地佐证了自己所阐明的观点。

全文主旨可归结为三：一要研究人主对于游说的种种逆反心理；二要注意审时度势仰承君王的爱憎厚薄；三是断不可撄君王的“逆鳞”。文章论证细致缜密，论据典型有力，其中谈到“七危”“八难”时整段全用排比句式，条分缕析而切中肌理。《说难》一文体现了韩非子文章的分析透彻、解剖不留情而又峭拔挺峻、气势逼人的风格。

感悟思考

1. 对于《说难》的中心主旨历来有不同的见解，有人认为这是一篇教人如何拍马逢迎之作，有人认为这是一篇讽刺揭露之作，也有人认为这是一篇教人如何审时度势施展自己抱负的理性文章，你怎么看呢？

2. 概括本文的写作特点。

3. 阅读《孤愤》，说一说韩非子的治国理政思想。

平行阅读

孤　愤

韩非子

智术之士，必远见而明察，不明察，不能烛私；能法之士，必强毅而劲直，不劲直，不能矫奸。人臣循令而从事，案法而治官，非谓重人也。重人也者，无令而擅为，亏法以利私，耗国以便家，力能得其君，此所为重人也。智术之士，明察听用，且烛重人之阴情；能法之士，劲直听用，且矫重人之奸行。故智术能法之士用，则贵重之臣必在绳之外矣。是智法之士与当涂之人不可两存之仇也。

当涂之人擅事要，则外内为之用矣。是以诸侯不因则事不应，故敌国为之讼；百官不因则业不进，故群臣为之用；郎中不因则不得近主，故左右为之匿；学士不因则养禄薄礼卑，故学士为之谈也。此四助者，邪臣之所以自饰也。重人不能忠主而进其仇，人主不能越四助而烛察其臣，故人主愈弊而大臣愈重。

凡当涂者之于人主也，希不信爱也，又且习故。若夫即主心同乎好恶，固其所自进也。官爵贵重，朋党又众，而一国为之讼。则法术之士欲干上者，非有所信爱之亲，习故之泽也，又将以法术之言矫人主阿辟之心，是与人主相反也。处势卑贱，无党孤特。夫以疏远与近爱信争，其数不胜也；以新旅与习故争，其数不胜也；以反主意与同好恶争，其数不胜也；以轻贱与贵重争，其数不胜也；以一口与一国争，其数不胜也。法术之士操五不胜之势，以岁数而又不得见；当涂之人乘五胜之资，而旦暮独说于前。故法术之士奚道得进，而人主奚时得悟乎？故资必不胜而势不两存，法术之士焉得不危!其可以罪过诬者，以公法而诛之；其不可被以罪过者，以私剑而穷之。是明法术而逆主上者，不戮于吏诛，必死于私剑矣。朋党比周以弊主，言曲以便私者，必信于重人矣。故其可以攻伐借者，以官爵贵之；其可借以美名者，以外权重之。是以弊主上而趋于私门者，不显于官爵，必重于外权矣。今人主不合参验而行诛，不待见功而爵禄，故法术之士安能蒙死亡而进其说，奸邪之臣安肯乘利而退其身！故主上愈卑，私门益尊。

夫越虽富兵强，中国之主皆知无益于己也，曰："非吾所得制也。"今有国者虽地广人众，然而人主壅蔽，大臣专权，是国为越也。智不类越，而不智不类其国，不察其类者也。人主所以谓齐亡者，非地与城亡也，吕氏弗制而田氏用之；所以谓晋亡者，亦非地与城亡也，姬氏不制而六卿专之也。今大臣执柄独断而上弗知收，是人主不明也。与死人同病者，不可生也；与亡国同事者，不可存也。今袭迹于齐、晋，欲国安存，不可得也。

凡法术之难行也，不独万乘，千乘亦然。人主之左右不必智也，人主于人有所智而听之，因与左右论其言，是与愚人论智也。人主之左右不必贤也，人主于人有所贤而礼之，因与左右论其行，是与不肖论贤也。智者决策于愚人，贤士程行于不肖，则贤智之士羞而人主之论悖矣。人臣之欲得官者，其修士且以精洁固身，其智士且以治辩进业。其修士不能以货赂事人，恃其精洁，而更不能以枉法为治，则修智之士不事左右，不听请谒矣。人主之左右，行非伯夷也，求索不得，货赂不至，则精辩之功息，而毁诬之言起矣。治乱之功制于近习，精洁之行决于毁誉，则修智之吏废则人主之明塞矣。不以功伐决智行，不以参伍审罪过，而听左右近习之言，则无能之士在廷而愚污之吏处官矣。

万乘之患大臣太重；千乘之患左右太信，此人主之所公患也。且人臣有大罪，人主有大失，臣主之利与相异者也。何以明之哉？曰：主利在有能而任官，臣利在无能而得事；主利在有劳而爵禄，臣利在无功而富贵；主利在豪杰使能，臣利在朋党用私。是以国地削而私家富，主上卑而大臣重。故主失势而臣得国，主更称蕃臣，而相室剖符。此人臣之所以谲主便私也。故当也之重臣，主变势而得固宠者，十无二三。是其故何也？人臣之罪大也。臣有大罪者，其行欺主也，其罪当死亡也。智士者远见而畏于死亡，必不从重人矣；贤士者修廉而羞与奸臣欺其主，必不从重臣矣。是当涂者之徒属，非愚而不知患者，必污而不避奸者也。大臣挟愚污之人上与之欺主，下与之收利，侵渔朋党，比周相与，一口惑主败法，以乱士民，使国家危削，主上劳辱，此大罪也。臣有大罪而主弗禁，此大失也。使其主有大失于上，臣有大罪于下，索国之不亡者，不可得也。

(选自《韩非子集解》，(清)王先慎撰，钟哲点校，中华书局，2003 年版)

《战国策》是汇编而成的历史著作，主要记载了战国时期纵横家的政治主张，汉代刘向考订整理，定名为《战国策》。全书以策士的游说活动为中心，反映出战国时期各国的政治、外交情状。

第九节　冯谖客孟尝君

《战国策 · 齐策》

齐人有冯谖者[1]，贫乏不能自存[2]，使人属孟尝君[3]，愿寄食门下[4]。孟尝君曰："客何好？"曰："客无好也。"曰："客何能？"曰："客无能也。"孟尝君笑而受之，曰："诺。"

左右以君贱之也[5]，食以草具[6]。居有顷，倚柱弹其剑，歌曰："长铗归来乎[7]！食无鱼！"左右以告。孟尝君曰："食之比门下之客[8]。"居有顷，复弹其铗，歌曰："长铗归来乎！出无车！"左右皆笑之，以告。孟尝君曰："为之驾，比门下之车客。"于是，乘其车，揭其剑，过其友，曰："孟尝君客我[9]！"后有顷，复弹其剑铗，歌曰："长铗归来乎！无以为家[10]！"左右皆恶之，以为贪而不知足。孟尝君问："冯公有亲乎？"对曰："有老母。"孟尝君使人给其食用，无使乏。于是冯谖不复歌。

后孟尝君出记[11]，问门下诸客："谁习计会[12]，能为文收责于薛者乎[13]？"冯谖署曰："能。"孟尝君怪之曰："此谁也？"左右曰："乃歌夫长铗归来者也。"孟尝君笑曰："客果有能也。吾负之[14]，未尝见也。"请而见之，谢曰[15]："文倦于事[16]，愦于忧[17]，而性懧愚[18]，沉于国家之事，开罪于先生。先生不羞，乃有意欲为收责于薛乎？"冯谖曰："愿之。"于是，约车治装[19]，载券契而行[20]，辞曰："责毕收，以何市而反[21]？"孟尝君曰："视吾家所寡有者。"

驱而之薛。使吏召诸民当偿者，悉来合券[22]。券遍合，起，矫命以责赐诸民[23]，因烧其券，民称万岁。

长驱到齐，晨而求见。孟尝君怪其疾也[24]，衣冠而见之，曰；"责毕收乎？来何疾也？"曰："收毕矣。""以何市而反？"冯谖曰："君云'视吾家所寡有者'，臣窃计君宫中积珍宝，狗马实外厩，美人充下陈。君家所寡有者以义耳[25]。窃以为君市义。"孟尝君曰："市义奈何？"曰："今君有区区之薛，不拊爱子其民[26]，因而贾利之[27]。臣窃矫君命，以责赐诸民，因烧其券，民称万岁，乃臣所以为君市义也。"孟尝君不说，曰："诺，先生休矣！"

后期年[28]，齐王谓孟尝君曰[29]："寡人不敢以先王之臣为臣[30]！"孟尝君就国于薛[31]，未至百里，民扶老携幼，迎君道中。孟尝君顾谓冯谖曰："先生所为文市义者，乃今日见之。"

冯谖曰："狡兔有三窟，仅得免其死耳。今君有一窟，未得高枕而卧也，请为君复凿二窟。"孟尝君予车五十乘，金五百斤，西游于梁[32]，谓惠王曰："齐放其大臣孟尝君于诸侯[33]，诸侯先迎之者富而兵强。"于是，梁王虚上位[34]，以故相[35]为上将军，遣使者黄金千斤，车百乘，往聘孟尝君。冯谖先驱，诫孟尝君曰："千金，重币也；百乘，显使也[36]，齐其闻之矣！"梁使三反[37]，孟尝君固辞不往也。

齐王闻之，君臣恐惧，遣太傅赍黄金千斤[38]，文车二驷[39]，服剑一[40]，封书谢孟尝君曰[41]："寡人不祥，被于宗庙之祟[42]，沉于谄谀之臣，开罪于君，寡人不足为也[43]。愿君顾先王之宗庙，姑反国，统万人乎[44]？"冯谖诫孟尝君曰："愿请先王之祭器，立宗庙于薛[45]。"庙成，还报孟尝君曰："三窟已就，君姑高枕为乐矣[46]！"

孟尝君为相数十年，无纤介之祸者[47]，冯谖之计也。

(选自《战国策注释》，何建章注释，中华书局，1990 年版)

注释

[1] 冯谖(xuān)：齐国孟尝君的门客。　孟尝君：姓田，名文，齐国贵族，封于薛地，孟尝君是他的封号。战国时期，孟尝君与魏信陵君、楚春申君、赵平原君并称为“四君”，以好养士闻名。

[2] 自存：养活自己。

[3] 属(zhǔ)：嘱托，请求。

[4] 寄食门下：在孟尝君门下做食客。　寄食：依附别人而生活。

[5] 左右：孟尝君身边的人。　贱之：以之为贱，看不起他。

[6] 食(sì)以草具：给他粗劣的饭菜吃。　草具：粗劣的事物。　具：馔具，指吃的东西。

[7] 长铗(jiá)：长剑。　铗：剑柄。

[8] 比门下之客：按门下中等客人那样对待。孟尝君的门客分为三种：草具之客，食无鱼；门下之客，食有鱼；车客，出有车。

[9] 客我：把我当作客人看待。客，用作动词。

[10] 无以为家：没有用来养家的东西，意思是没有力量养家。

[11] 出记：出了一个文告。　记：古代一种公文文种。

[12] 计会：会计。

[13] 文：孟尝君自称其名。　责，同“债”，债务。　薛：齐国地名，孟尝君的封地，今山东藤县东南。

[14] 负之：对不起他。

[15] 谢：道歉。

[16] 倦于事：疲于琐事。

[17] 愦(kuì)于忧：被忧愁弄得心烦意乱。　愦，昏乱。

[18] 懧(nuò)愚：懦弱无能。懧，同“懦”。

[19] 约车治装：预备马车，整理行装。

[20] 券契：借契。

[21] 以何市而反：用收回来的贷款买些什么东西带回来。　市，买。　反，同“返”。

[22] 合券：合验借契。

[23] 矫命：假托(孟尝君的)命令。　矫，假托。

[24] 疾：快，急速。

[25] 以义耳：只有义罢了。　以，有“只有”“只是”的意义，用法较特殊。

[26] 拊(fǔ)爱：抚爱。　子其民：视民为子。子，意动用法。

[27] 贾利之：用做买卖的方法从他们那里得利。

[28] 期(jī)年：满一年。

[29] 齐王：指齐闵王。齐宣王之子，田齐政权第六任国君，公元前 301 年即位。

[30] “寡人”句：我不敢以先王的臣子做我的臣子。先王，指齐宣王。

[31] 就国：回到自己的封邑。

[32] 西游于梁：游，游说。　梁，即魏国。因魏国迁都于大梁，故魏亦称梁。　大梁：今河南开封。

[33] 放：放逐。

[34] 虚上位：让出上位。上位，指国相位置。

[35] 故相：原来的国相。

[36] 显使：地位显贵的使者。

[37] 三反：往返三次。反，同“返”。

[38] 赍(jī)：赠送。

[39] 文车二驷(sì)：文车，有彩绘纹饰的车。　二驷，两辆四匹马拉的车。驷：四匹马拉的车。

[40] 服剑一：佩剑一把。

[41] 封书：封好书信。

[42] 被于宗庙之祟：受到宗庙神灵的惩罚。　祟，灾祸。

[43] 不足为：不值得辅佐。　为，帮助，辅佐。

[44] 统：治理。

[45] “愿请先王”两句：希望向齐王请求先王祭器，在薛地建立先王的宗庙。这是冯谖为孟尝君出的安身之计，薛地有了先王宗庙，齐王必加以保护，这样孟尝君的地位就更加稳固了。

[46] 姑：姑且。

[47] 纤介：细小，细微，一点点。介，同“芥”。

导读

《战国策》是一部国别体史书。主要记述了战国时期谋臣策士纵横捭阖的斗争以及相关的谋议或辞说，展示了战国时期的历史特点和社会风貌，是研究战国历史的重要典籍。西汉末刘向编订为三十三篇，书名亦为刘向所拟定。本文选自《战国策·齐策》，记叙了冯谖为巩固孟尝君的政治地位而进行的种种政治外交活动，通过焚券市义、谋复相位、在薛地建立宗庙几个情节，表现了冯谖的政治识见等多方面的才能，塑造了一个足智多谋、大智若愚的策士形象，也展现了孟尝君宽容大度、宅心仁厚、礼贤下士的品德。

冯谖是战国时期“士”中比较杰出的一位。他有政治上的远见卓识，知道民心的重要，善于利用统治者的内部矛盾，见机行事提出正确的谋略，为孟尝君赢得了民心，使他安于相位。本文刻画人物性格，采取了先抑后扬、欲露先隐的表现手法。冯谖初到孟尝君门下做食客，受到“食以草具”的待遇，他三次弹铗而歌，反映他怀才不遇的愤懑，这时的冯谖是所谓的“才美不外见”。冯谖主动为孟尝君去薛地收债，孟尝君对他的态度有所转变。冯谖在薛地以特殊方式为孟尝君收债并回齐复命，他有胆有识、处事果敢迅速的性格特点得以展现，也表明他认识到民心对于统治者的重要性的深谋远虑。一年后，孟尝君“就国于薛”时，才认识到冯谖为他“市义”的意义，因而由衷地称赞冯谖。在孟尝君陶

醉于“市义”所取得的成就时，冯谖却提醒他“未能高枕而卧”，主动提出“为君复凿二窟”的任务，利用齐与魏的矛盾解决了齐王与孟尝君的矛盾，为巩固孟尝君的政治地位创造了足够的条件。随着故事的发展，冯谖的智慧和才能逐一展现在读者面前，使得冯谖的形象丰满而有层次，给人以深刻印象。

文章还通过细节描写刻画人物的性格，如语言描写、神态描写、侧面映衬烘托等手法，将一个善于审时度势、顺应潮流、处事果敢、大智若愚的策士形象生动传神地勾勒出来。

感悟讨论

1. 冯谖是一个怎样的人？怎样理解他为孟尝君“焚券市义”？
2. 课文描写了哪几个主要情节？作者是采用什么方法刻画冯谖这个人物形象的？
3. 文中对孟尝君着墨不多，找出来仔细体会，概括孟尝君的性格特征。
4. 《颜斶说齐王贵士》反映了怎样的思想？有何现实意义？

平行阅读

颜斶说齐王贵士

《战国策·齐策》

齐宣王见颜斶，曰：“斶前！”斶亦曰：“王前！”宣王不说。左右曰：“王，人君也；斶，人臣也；王曰‘斶前’，斶亦曰‘王前’，可乎？”斶对曰：“夫斶前为慕势，王前为趋士。与使斶为慕势，不如使王为趋士。”王忿然作色曰：“王者贵乎？士贵乎？”对曰：“士贵耳，王者不贵。”王曰：“有说乎？”斶曰：“有。昔者秦攻齐，令曰：‘有敢去柳下季垄五十步而樵采者，死不赦！’令曰：有能得齐王头者，封万户侯，赐金千镒。’由是观之，生王之头，曾不若死士之垄也。”宣王默然不悦。

左右皆曰：“斶来，斶来！大王据千乘之地，而建千石锺，万石虡。天下之士，仁义皆来役处；辩知并进，莫不来语；东西南北，莫敢不来服；求万物无不备具，而百姓无不亲附。今夫士之高者，乃称匹夫，徒步而处农亩，下则鄙野，监门闾里；士之贱也亦甚矣！”斶对曰：“不然。斶闻古大禹之时，诸侯万国。何则？德厚之道得，贵士之力也。故舜起农亩，出于岳鄙，而为天子。及汤之时，诸侯三千。当今之世，南面称寡者乃二十四。由此观之，非得失之策与？稍稍诛灭，灭亡无族之时，欲为监门闾里，安可得而有乎哉？是故《易传》不云乎，‘居上位未得其实，以喜其为名者，必以骄奢为行；据慢骄奢，则凶必从之。’是故无其实而喜其名者削；无德而望其福者约；无功而受其禄者辱；祸必握！故曰：‘矜功不立，虚愿不至。’此皆幸乐其名华，而无其实德者也。是以尧有九佐，舜有七友，禹有五丞，汤有三辅，自古及今，而能虚成名于天下者，无有；是以君王无羞亟问，不愧下学。是故成其道德，而扬功名于后世者，尧、舜、禹、汤、周文王是也。故曰：‘无形者，形之君也。无端者，事之本也。’夫上见其原，下通其流，至圣明学，何不吉之有哉！老子曰：‘虽贵必以贱为本，虽高必以下为基。是以侯王称孤、寡、不谷，是其贱必本与？’非夫孤寡者，人之困贱下位也；而侯王以自谓，岂非下人而尊贵士与？夫尧传舜，舜传禹，周成王任周公旦，而世世称曰明主，是以明乎士之贵也！”

宣王曰："嗟乎！君子焉可侮哉，寡人自取病耳！及今闻君子之言，乃今闻细人之行，愿请受为弟子。且颜先生与寡人游，食必太牢，出必乘车，妻子衣服丽都。"颜斶辞去，曰："夫玉生于山，制则破焉，非弗宝贵矣，然夫璞不完。士生乎鄙野，推选则禄焉；非不得尊遂也，然而形神不全。斶愿得归，晚食以当肉，安步以当车，无罪以当贵，清静贞正以自虞。制言者，王也；尽忠直言者，斶也。言要道已备矣，愿得赐归，安行而反臣之邑屋！"则再拜而辞去也。

曰："斶知足矣，归反璞，则终身不辱也。"

(选自《先秦文学史参考资料》，北京大学中国文学史教研室选注，中华书局，1962 年版)

李斯的散文师承战国荀卿，不仅布局谋篇构思严密，而且设喻说理纵横驰骋，重质实，饶文采，文质互生，在寂寥的秦代文坛上一枝独秀。鲁迅曾称赞："秦之文章，李斯一人而已。"

第十节 谏逐客书

李 斯

臣闻吏议逐客[1]，窃以为过矣[2]。

昔缪公求士[3]，西取由余于戎[4]，东得百里奚于宛[5]，迎蹇叔于宋[6]，来丕豹、公孙支于晋[7]。此五子者，不产于秦，而缪公用之，并国二十，遂霸西戎。孝公用商鞅之法[8]，移风易俗，民以殷盛，国以富强，百姓乐用，诸侯亲服，获楚、魏之师[9]，举地千里[10]，至今治强。惠王用张仪之计[11]，拔三川之地[12]，西并巴、蜀[13]，北收上郡[14]，南取汉中[15]，包九夷[16]，制鄢、郢[17]，东据成皋之险[18]，割膏腴之壤，遂散六国之从[19]，使之西面事秦，功施到今[20]。昭王得范雎[21]，废穰侯，逐华阳[22]，强公室，杜私门，蚕食诸侯，使秦成帝业。此四君者，皆以客之功。由此观之，客何负于秦哉？向使四君却客而不内[23]，疏士而不用，是使国无富利之实，而秦无强大之名也。

今陛下致昆山之玉[24]，有隋、和之宝[25]，垂明月之珠[26]，服太阿之剑[27]，乘纤离之马[28]，建翠凤之旗，树灵鼍之鼓[29]。此数宝者，秦不生一焉，而陛下说[30]之，何也？必秦国之所生然后可，则是夜光之璧不饰朝廷，犀象之器不为玩好[31]，郑、卫之女不充后宫[32]，而骏良駃騠不实外厩[33]，江南金锡不为用，西蜀丹青不为采[34]。所以饰后宫、充下陈、娱心意、说耳目者，必出于秦然后可，则是宛珠之簪，傅玑之珥，阿缟之衣[35]，锦绣之饰不进于前，而随俗雅化，佳冶窈窕，赵女不立于侧也[36]。夫击瓮叩缶[37]，弹筝搏髀[38]，而歌呼呜呜快耳者，真秦之声也。《郑》、《卫》、《桑间》、《昭虞》、《武象》者[39]，异国之乐也。今弃击瓮叩缶而就《郑》、《卫》，退弹筝而取《昭虞》，若是者何也？快意当前，适观而已矣。今取人则不然。不问可否，不论曲直，非秦者去，为客者逐。然则是所重者在乎色、乐、珠、玉，而所轻者在乎人民也。此非所以跨海内、制诸侯之术也。

臣闻地广者粟多，国大者人众，兵强则士勇。是以泰山不让土壤，故能成其大；河海不择细流，故能就其深；王者不却众庶[40]，故能明其德。是以地无四方，民无异国，四时充美，鬼神降福，此五帝三王之所以无敌也[41]。今乃弃黔首以资敌国[42]，却宾客以业诸侯，使天下之士退而不敢西向，裹足不入秦，此所谓“藉寇兵而赍盗粮”者也[43]。

夫物不产于秦，可宝者多；士不产于秦，而愿忠者众。今逐客以资敌国，损民以益仇[44]，内自虚而外树怨于诸侯，求国无危，不可得也。

[选自《史记》，(汉)司马迁著，中华书局，1982年版]

注释

[1] 吏议逐客：公元前237年，韩国人郑国来秦，以帮助秦修渠灌田为名，消耗大量的财力，使秦无暇攻韩。宗室大臣以此为由，提议驱逐客卿。当时李斯为客卿，亦在被逐之列。

[2] 窃：谦辞，“私下”之意。　过，错误。

[3] 缪(mù)公：即秦穆公，春秋五霸之一。缪，同“穆”。

[4] 由余：春秋时战国人，流亡于戎，后被秦穆公收为谋臣。

[5] 百里奚：楚国宛人，曾任虞国大夫，后为晋俘，并作为晋献公女儿的奴仆入秦，后逃回宛，秦穆公以五张羊皮将其赎回，任用为相，号五羖大夫。

[6] 蹇叔：岐(今陕西境内)人，寓居于宋，由百里奚推荐被聘为秦上大夫。

[7] 丕豹：晋人，晋国大夫丕郑之子。丕郑被晋惠公杀死后，丕豹投奔秦国，秦缪公任其为大将攻晋，打下八城，生俘晋惠公。　公孙支，岐人，秦穆公收为谋臣，任用他为大夫。

[8] 孝公：即秦孝公，名渠梁。　商鞅，本名公孙鞅，战国卫国人，故称卫鞅，入秦后，被封为商地，又称商鞅。他曾辅佐秦孝公两次变法，由此奠定了秦统一六国的基础。

[9] 获楚、魏之师：公元前340年，秦战胜楚国、魏国的军队。

[10] 举：攻克，占领。

[11] 惠王：即秦惠王，秦孝公之子。　张仪，魏人，秦惠王时为相，献连横之策，瓦解了六国的合纵之策。

[12] 拔：攻取。　三川之地：时属韩国，在今河南省黄河以南、灵宝以东的地区，境内有黄河、洛水、伊水，故称“三川”。

[13] 巴、蜀：当时两个诸侯国，在今四川境内。

[14] 上郡：魏郡名，今陕西西北一带。

[15] 汉中：楚地，今陕西西南、湖北西北。

[16] 九夷：楚国境内的各少数民族。

[17] 鄢、郢：楚国地名，在今湖北境内。

[18] 成皋：又称虎牢，今河南荥阳汜水镇。

[19] 散：瓦解。　从，同“纵”，指合纵，当时六国联合对付秦的一种策略。

[20] 施(yì)：延续。

[21] 昭王：即秦昭王，秦惠文王之子，秦武王之弟。　范雎，魏国人，后入秦，为秦昭王相国。

[22] 穰侯：即魏冉，秦昭王之舅，封于穰(今河南邓县)，故称穰侯，为秦相，擅权三十余载。　华阳，名芈(mǐ)戎，封于华阳，故称华阳君，与穰侯一起专权，后被逐。

[23] 内：同“纳”。

[24] 昆山：即昆仑山，传说那里盛产美玉。

[25] 隋、和之宝：指隋侯珠、和氏璧。　隋是春秋时小国，相传隋侯曾令人医好一条大蟒蛇，蟒蛇衔来一颗大明珠相报，故称“隋侯珠”。　和，相传楚国人卞和得璞玉于山中，献给楚王，琢为美玉，称之为“和氏璧”，后成为秦国玉玺。

[26] 明月之珠：夜间发光犹如明月般的宝珠。

[27] 太阿：剑名，相传为春秋时期吴国欧冶子、干将所铸。

[28] 纤离：骏马名。

[29] 灵鼍(tuó)：即扬子鳄。

[30] 说：同“悦”。

[31] 犀象之器：用犀牛角、象牙制成的器物。

[32] 郑、卫之女：郑国、卫国的女子。相传郑国、卫国多美女。

[33] 駃騠(jué tí)：良马名。

[34] 丹青：颜料。

[35] 宛珠之簪：用宛珠装饰的头簪。　傅玑之珥：缀有珠玑的耳饰。　阿缟：山东东阿(今山东阳谷)产的白绢。

[36] 随俗雅化：随着时尚打扮得高雅漂亮。　佳冶窈窕：佳丽美好，娴静优雅。

[37] 击瓮叩缶：秦地的打击乐。瓮、缶是两种瓦器。

[38] 搏髀：拍击大腿。髀(bì)，大腿。

[39] 《郑》、《卫》：郑国、卫国的音乐。　《桑间》：卫国桑间(今河南境内)一带的音乐。　《昭虞》：相传为舜时的音乐。　《武象》：周武王时的音乐。

[40] 众庶：民众。

[41] 五帝三王：是指黄帝、颛顼、帝喾、尧、舜五位明君和夏启、商汤、周武王三位国君。

[42] 黔首：战国、秦时对百姓的称呼。黔，黑色头巾。

[43] 藉：借。　赍(jī)：给予。

[44] 损民以益仇：减少本国百姓，增强敌国力量。

李斯(？—前 208 年)楚国上蔡(今河南上蔡西南方)人，秦著名政治家、文学家和书法家。青年时代的李斯在楚国做过小吏，后师从儒学大师荀卿学习“帝王之术”，公元前 247 年西行入秦，初为秦国丞相吕不韦舍人，后任廷尉等职，受到秦王赏识，拜为客卿。他继承了商鞅、荀卿等人的思想，是战国时期法家代表人物。他协助秦统一六国，为秦国的强大作出了巨大贡献，官拜丞相。秦始皇死后，赵高另立胡亥，李斯被迫屈从，最后仍为赵高所杀。李斯在秦统一中国的过程中起了重大作用，在制定统一各国的战略时，他提出了各个击破的建议，得到了秦始皇的赞赏。秦统一中国后，他提出了废除分封制的主张，在全国推行郡县制，也被秦始皇采纳，从而巩固了秦的政权。而后他又参与了统一各国文字、货币、度量衡等工作。李斯是秦代散文的代表作家，他的散文构思严密、说理透辟、论证充分、文质互生。

导读

《谏逐客书》是李斯写的一篇奏章。谏，为古时下对上的劝谏，书，即上书，是臣子向君王陈述意见的一种文体。公元前 237 年，秦王嬴政受“水工事件”的刺激，在宗室大臣的怂恿下，下逐客令，即将从六国来秦服务的各类人才驱逐出境。在这种情况下，李斯上书劝谏秦王嬴政。

这篇奏章开门见山地提出了中心观点——驱逐客卿是错误的。文章紧扣中心，采用铺陈事实、正反对比、利害对比、正面论说等方法加以论证。作者首先援古论今，列举了秦四位先王礼遇客卿、信任客卿、利用客卿的才智使秦富国强兵、成就帝业的历史事实作为论据，与秦王嬴政驱逐客卿的做法两相对比，明确指出逐客之非；其次，文章铺陈排列了秦王日常生活喜好的器物、珠玉、音乐、美女等大量事实材料，与其驱逐客卿的行为构成鲜明对比，揭示了他重物轻人之非；最后，作者从理论上进行概括性阐述，仍采用对比手法，将五帝三王海纳百川的胸襟和功业与秦王嬴政驱逐客卿的狭隘做法映衬比照，说明这种做法无异于“藉寇兵而赍盗粮”。作者在论证过程中，始终抓住秦王欲富国强兵、统一天下的心理，每一部分的最后都以精练警策的语句总结陈词，归纳逐客之害，“使国无富利之实，而秦无强大之名也”“此非所以跨海内、制诸侯之术也”“此所谓‘藉寇兵而赍盗粮’者也”“求国无危，不可得也”，取得了毋庸置疑、不可辩驳的效果。文章选材精当，材料运用典型集中，从秦几百年的二十余位君王中，精选出最有作为、最有成就的四位国君，列举他们任用客卿使秦国繁荣的史实，高度凝练概括。从谋篇布局的角度来说，立足点选择十分恰当，通篇不为客卿说话，而是站在维护秦的立场上，痛陈逐客之非，观点自然易于被对方接受。

文章大量铺陈，多用排比和对偶，设喻精当，论辩有力，气势充沛，文采飞扬，通篇洋溢着雄浑的格调，力道十足。

感悟讨论

1. 本文主要运用了什么论证方法？采用了哪些论据？

2. 李斯本在被逐之列，但文章通篇不为客卿说话，处处为秦谋，文章这样处理有什么效果？

3. 找出课文中的排比句和对偶句，体会其作用。

拓展阅读

李斯列传(节选)

司马迁

李斯者，楚上蔡人也。年少时，为郡小吏，见吏舍厕中鼠食不絜，近人、犬，数惊恐之。斯入仓，观仓中鼠：食积粟，居大庑之下，不见人、犬之忧。于是李斯乃叹曰：“人之贤、不肖譬如鼠矣，在所自处耳！”乃从荀卿学帝王之术。

学已成，度楚王不足事，而六国皆弱，无可为建功者。欲西入秦，辞于荀卿曰：“斯闻得时无怠，今万乘方争时，游者主事。今秦王欲吞天下，称帝而治，此布衣驰骛之时，而游说者之秋也。处卑贱之位而计不为者，此禽鹿视肉，人面而能强行者耳。故诟莫大于

卑贱，而悲莫甚于穷困。久处卑贱之位，困苦之地，非世而恶利，自讬于无为，此非士之情也。故斯将西说秦王矣。”

至秦，会庄襄王卒，李斯乃求为秦相文信侯吕不韦舍人；不韦贤之，任以为郎。李斯因以得说，说秦王曰：“胥人者去其几也。成大功者，在因瑕衅而遂忍之。昔者秦穆公之霸，终不东并六国者，何也？诸侯尚众，周德未衰，故五伯迭兴，更尊周室。自秦孝公以来，周室卑微，诸侯相兼，关东为六国；秦之乘胜役诸侯，盖六世矣。今诸侯服秦，譬若郡县。夫以秦之强，大王之贤，由灶上骚除，足以灭诸侯，成帝业，为天下一统，此万世之一时也！今怠而不急就，诸侯复强，相聚约从，虽有黄帝之贤，不能并也。”秦王乃拜斯为长史，听其计，阴遣谋士，赍持金玉，以游说诸侯。诸侯名士可下以财者，厚遗结之；不肯者，利剑刺之；离其君臣之计，秦王乃使其良将随其后。秦王拜斯为客卿。

(选自《两汉文学史参考资料》，北京大学中国文学史教研室选注，中华书局，1962 年版)

第二章 两 汉 文 学

第一节 两汉文学概述

两汉是指公元前 206 年到公元 220 年这一历史时期，以长安为都城，史称西汉，以洛阳为都城，史称东汉。两汉文学以乐府诗和五言诗成就最为突出，历史散文和政论散文影响最为显著，产生了一种新的文体——汉赋，佳作颇丰。

在两汉长达四百年的时光里，汉代大一统的政治局面基本得以持续，疆土辽阔，国力强大，为文学的发展提供了有利条件，汉赋应运而生。汉赋是在汉代出现的一种有韵的散文，散韵结合，长于铺陈，体物言志，渲染宫殿建筑，描写帝王游猎，成为汉代最流行的文体，盛极一时，并被视为汉代文学的代表。汉赋的形成和发展可以分为三个阶段：汉初的赋家，继承楚辞的余绪，即所谓“骚体赋”，代表作如贾谊的《吊屈原赋》；其后则逐渐演变为有独立特征的所谓散体大赋，这是汉赋的主体，也是汉赋最兴盛的阶段，枚乘的《七发》是汉大赋正式形成的标志，司马相如的大赋如《子虚赋》等代表着汉赋的最高成就；东汉中叶以后，散体大赋逐渐衰微，抒情、言志的小赋开始兴起，张衡的《归田赋》开启了抒情小赋的先声。

两汉诗歌以乐府诗和五言诗成就最为显著。两汉乐府诗是继《诗经》、楚辞之后的又一种新诗体，使中国诗歌从《诗经》开始的现实主义精神，发展成为延续不断的更加丰富、更有活力的创作传统。乐府本是建于西汉武帝时期的官方采诗机构，其所采集的民歌即称为乐府诗，乐府民歌多“感于哀乐，缘事而发”，深刻反映了两汉社会的各个侧面，体现了当时人们的心态、愿望和追求，长于叙事铺陈，语言富于生活气息，句式以五言和杂言为主，体现了诗歌艺术的新发展，代表作有著名的《孔雀东南飞》等。在汉乐府民歌的哺育下，汉代文人五言诗也逐步发展起来，东汉末年出现的《古诗十九首》是文人五言诗成熟的标志。《古诗十九首》是一组由寒门文士创作的抒情短诗，写动乱社会下层士子的牢骚和不平，哀愁与苦闷，情调伤感，委婉含蓄，具有浑然天成的艺术风格，被后世誉为“五言诗之冠冕”。

两汉散文有政论散文、历史散文和学术散文之分，这些作品或针对社会与国家大事，表达政治、哲学、伦理道德的思想观念、意见主张，或在生活中行诸如赞誉、思念、哀悼等情感的交流，不仅种类繁多、诸体具备，而且文质相生、异彩纷呈。西汉前期的散文强调务实，见解深刻，颇具文采，以贾谊、晁错成就最高，贾谊的名篇《过秦论》从各个方面分析秦王朝的过失，旨在总结秦亡的历史教训，以作为汉王朝建立制度、巩固统治的借鉴，文章见解深刻而又极富艺术感染力，《治安策》不仅以其政治思量被后人称赞，更以其文调优雅而被后人推崇，有“西汉第一雄文”的美誉。西汉中期文坛上空前繁荣，出现了《淮南子》《史记》两部散文大作，刘安主持撰写的《淮南子》继《庄子》踵武，用优美的语言来谈论哲学问题，继承并发展了先秦诸子散文的创作风格。《史记》则代表汉代散文的最高成就，它不仅是我国古代源远流长的历史散文作品的顶峰，而且还开创了传记

文学这一新的文学样式，以高超的写人艺术、深刻的人生感慨、优秀的语言艺术树立了一座后人难以企及的丰碑，有“史家之绝唱，无韵之《离骚》”的赞誉。西汉后期的散文，代表作有桓宽的《盐铁论》，这是一部保存汉代有关经济、思想史料的极有权威的辩论专著。刘向的散文，可分为两类：一是上疏言事的政论；二是校书时所作的叙录。

东汉前期的散文以《汉书》和《论衡》为代表。班固编纂的《汉书》是继《史记》之后又一部重要的历史著作，是中国第一部纪传体断代史，文字严谨，长于叙事和描写人物，详赡谨严，用赋家的笔墨来写历史。王充的《论衡》则表现了独立思考、自出机杼的个性，成一家之言。东汉后期的散文，风格缺乏西汉前期的气势，也没有东汉前期的朴实厚重，蔡邕是汉末有名的文学家，他的文章讲究音节协调、字句典雅，多用偶句，典雅清丽的魏晋文风悄然开启，蔡邕就是这个转变中的代表作家。

汉乐府继承了《诗经》以来的现实主义传统，具有浓郁的生活气息，长于叙事，以五言为主，间以杂言，标志着叙事诗的发展进入了一个更趋成熟的新阶段。

第二节　饮马长城窟行[1]

《乐府诗集》

青青河畔草，绵绵思远道[2]。远道不可思[3]，宿昔梦见之[4]。梦见在我傍，忽觉在他乡[5]。他乡各异县，展转不相见[6]。枯桑知天风，海水知天寒[7]。入门各自媚[8]，谁肯相为言[9]。客从远方来，遗我双鲤鱼[10]。呼儿烹鲤鱼[11]，中有尺素书[12]。长跪读素书[13]，书中竟何如？上言加餐食，下言长相忆。

(选自《乐府诗集》，(宋)郭茂倩编，中华书局，1979 年版)

注释

[1] 饮马长城窟行：曲名。相传古长城边有水窟，可供饮马，征人路此伤悲，曲名由此而来。

[2] 绵绵：绵延不绝。

[3] 不可思：相思也无用，无奈之反语。

[4] 宿昔：同“夙夕”，言多次。

[5] 忽觉：忽然惊醒。

[6] 展转：同“辗转”，翻来覆去。

[7] “枯桑”两句：枯桑虽然没有叶，仍然感到风吹，海水虽然不结冰，仍然感到天冷。比喻夫妇久别，自知孤苦。

[8] 媚：爱。

[9] 谁肯相为言：谁能告诉我一点消息呢？

[10] 遗(wèi)：送。　双鲤鱼：指藏书信的函，刻成鲤鱼形的两块木板，一底一盖，把书信夹在里面。一说鲤鱼腹中藏有书信。

[11] 烹鲤鱼：比喻开函取信。

[12] 尺素：素是生绢，古人用绢写信，长不过尺，故称尺素。

[13] 长跪：伸直了腰跪着。

乐府原指音乐机关。自秦代以来设立专门的官署配置乐曲、训练乐工和采集民歌，汉武帝刘彻时扩充为大规模的专署，其主要任务是采集民间歌词予以配乐，以及将文人歌功颂德之诗制谱，以供祭祀和朝会宴饮时演奏使用。后代将乐府所唱的诗歌直接称作“乐府”，于是乐府便由机关的名称变为带有音乐性质的诗体名称，“汉乐府”即指汉代的乐府诗。汉乐府继承了《诗经》以来的现实主义传统，其优秀作品真实、广泛、深刻地反映了当时的社会现实，具有浓郁的生活气息。叙事性是汉乐府的基本艺术特色，作品通过人物的语言、行动塑造出个性鲜明的形象，语言朴素而富有感情。汉乐府打破了《诗经》的四言格式，采用杂言和五言，长短参差，整散不拘，是一种具有口语化特色的新诗体，对中国古典诗歌的发展影响重大。

导读

这首诗是汉乐府怀人诗中的力作。全诗以思念出门在外久无音讯的亲人的情感为主脉，展现了思妇复杂的内心世界。“天籁自鸣，直抒己志，如风行水上，自然成文，言有尽而意无穷。”((清)刘毓崧《古遥谚序》)把思念远方亲人的情感抒发得淋漓尽致。

全诗二十句，可分为三层。第一层写思妇夜思梦想的悲伤。“青青河畔草，绵绵思远道。”以沿河的青草连绵不断作为起兴，引出对远在他乡丈夫的思念，终日思念，梦里相见，一觉醒来发现丈夫原来还在外乡漂泊，不能相见。第二层写寒门独居的痛苦和不平。“枯桑知天风，海水知天寒。”也是比兴，枯桑虽然没有叶，仍然感到风吹，海水虽然不结冰，仍然感到天冷，远方归来的游子纵然同我陌生，也该想到我的凄凉，可是他们各自走进自己的家门，只顾怜爱自己的亲人，谁肯向我报告丈夫的一点信息呢？诗人运用悲与欢、忧与乐的反衬，把思情更加强烈地表现出来。第三层写接到丈夫书信的情况。接到书信应该是一件喜事，但书信的内容却带来更大的悲痛，“上言加餐食，下言长相忆”。丈夫回家遥遥无期，思妇陷入了更深的思念之中，孤苦的日子还将继续。最后两句留给读者无限的想象空间，一个柔情百转、肝肠寸断的思妇形象跃然纸上。

这首诗充分显示了民歌的特点，也彰显了五言诗最初阶段的活力，不拘守任何框框，分节和用韵无拘无束，不借助任何雕饰，不用典故，一任真情自然流露，语言清新活泼，以情驭文，文以情表，于朴素的语言中抒写了一片浓浓的相思之情。

感悟思考

1. 为什么说这首诗体现出特有的民歌风格？
2. 阅读《上邪》和《东门行》，体味汉乐府的艺术特色。
3. 结合《诗经》中的作品，谈谈现实主义诗歌的特色。

平行阅读

上 邪

上邪！我欲与君相知，长命无绝衰。山无陵，江水为竭，冬雷震震，夏雨雪，天地合，乃敢与君绝！

东门行

出东门，不顾归；来入门，怅欲悲。盎中无斗米储，还视架上无悬衣。拔剑东门去，舍中儿母牵衣啼。“他家但愿富贵，贱妾与君共铺糜。上用仓浪天故，下当用此黄口儿，今非！”“咄！行！吾去为迟！白发时下难久居。”

(选自《乐府诗集》，(宋)郭茂倩编，中华书局，1979年版)

《古诗十九首》多写离愁别绪、游子思乡、思妇闺怨，情感真挚，语言朴素，委婉蕴藉，“观其结体散文，直而不野，婉转附物，怊怅切情，实五言之冠冕也”(《文心雕龙·明诗》)。

第三节 行行重行行

《古诗十九首》[1]

行行重行行[2]，与君生别离[3]。相去万余里[4]，各在天一涯[5]；道路阻且长[6]，会面安可知？胡马依北风[7]，越鸟巢南枝[8]。相去日已远[9]，衣带日已缓[10]；浮云蔽白日，游子不顾反[11]。思君令人老，岁月忽已晚[12]。弃捐勿复道[13]，努力加餐饭。

(选自《中国历代文学作品选》，朱东润主编，上海古籍出版社，2003年版)

注释

[1] 《古诗十九首》：汉代无名氏作品，作者多为落魄文人。因各篇风格相近，南朝梁太子萧统辑在一起，收入《文选》卷二十九“杂诗”类，题为《古诗十九首》，一直沿用至今。

[2] 重(chóng)行行：行而不已。

[3] 生别离：活着分开，“生离死别”的意思。屈原《九歌·少司命》：“悲莫悲兮生别离。”

[4] 相去：相距，相离。

[5] 天一涯：天一方。

[6] 阻：艰险。

[7] “胡马”句：胡马，北方所产的马。这句的意思是说，胡马南去后仍然依恋北风。

[8] “越鸟”句：越鸟，南方所产的鸟。这句的意思是说，越鸟北飞后仍然筑巢在南向的树枝。

[9] 日已远：一天远似一天。

[10] 缓：宽松。这句话的意思是说，人因相思而躯体一天天消瘦，因腰身瘦损而衣带显得宽松。

[11] 顾反：还返，回家。

[12] “岁月”句：表明春秋忽代谢，相思又一年，暗喻青春易逝。

[13] 弃捐：抛弃。　道：谈说。

《古诗十九首》出自汉代文人，作者无从考证，多写游子羁旅情怀和思妇闺怨，诗中展示的游子思妇的复杂心态以及所传达的思想感情极具代表性和典型意义，诗中蕴含的对人生无常的无限感慨也引起了后世的共鸣。《古诗十九首》长于抒情，委曲婉转，反复低回，多用起兴发端，写景叙事，情景交融，构成浑然圆融的艺术境界，语言清新自然，明白晓畅，简洁生动，理深意浓。

导读

这是一首表现女子思念远行异乡的夫君的诗歌，尽管该诗创作的具体年代和作者无从考证，但诗中流露的缱绻之情真挚感人，读罢不禁令人扼腕。

首句用四个“行”字连叠，以“重”字连接，复以久远之意，在时空轮转中递进，给人以沉重的压抑感，痛苦感伤的氛围笼罩全诗。远方的丈夫越走越远，两人已经相隔万里，天各一方，路途坎坷曲折，遥遥万里，两个人何时才能相见？女子的希望已经到了绝望的边缘。“胡马依北风，越鸟巢南枝。”运用比兴的手法，表现了少妇对远方丈夫的深深眷恋，不断的思念、担心、猜测、焦虑，加速了生命的衰老，极度的相思，使得人心力憔悴。当女主人公对镜自照之时，蓦然发现，自己青春不再、红颜迟暮。这就是“思君令人老，岁月忽已晚”。与其憔悴自弃，不如保重身体，留住青春，以待来日相见。最后，诗人以无限期待和勉强宽慰的口气，结束了她的相思离歌。

这首诗歌具有淳朴清新的民歌风格，语言单纯优美，或显、或寓、或直、或曲、或托物比兴的表现手法，层层深入、张弛有序，构成了诗歌的内在节奏，在反复吟咏中深化了主题。

感悟讨论

1. 试讨论这首诗的艺术成就。
2. 试分析《行行重行行》的思妇形象。
3. 结合以下两首诗歌，讨论《古诗十九诗》蕴含的人生哲理。

平行阅读

冉冉孤生竹

《古诗十九首》

冉冉孤生竹，结根泰山阿。与君为新婚，兔丝附女萝。兔丝生有时，夫妇会有宜。千里远结婚，悠悠隔山陂。思君令人老，轩车来何迟！伤彼蕙兰花，含英扬光辉；过时而不采，将随秋草萎。君亮执高节，贱妾亦何为？

明月何皎皎

《古诗十九首》

明月何皎皎，照我罗床帏。忧愁不能寐，揽衣起徘徊。客行虽云乐，不如早旋归。出户独彷徨，愁思当告谁？引领还入房，泪下沾裳衣。

(选自《中国历代文学作品选》，朱东润主编，上海古籍出版社，2003 年版)

鲁迅在《汉文学史纲要》中说：“武帝时文人，赋莫若司马相如，文莫若司马迁，而一则寥寂，一则被刑。盖雄于文者，常桀骜不欲迎雄主之意。”

第四节　子 虚 赋[1]

司马相如

楚使子虚于齐，王悉发车骑，与使者出畋[2]。畋罢，子虚过奼乌有先生[3]，亡是公存焉[4]。坐定，乌有先生问曰：“今日畋乐乎？”

子虚曰：“乐。”

“获多乎？”

曰：“少。”

“然则何乐？”

对曰：“仆乐齐王之欲夸仆以车骑之众，而仆对以云梦之事也。”

曰：“可得闻乎？”

子虚曰：“可。王车架千乘，选徒万骑，畋于海滨。列卒满泽，罘网弥山[5]。掩兔辚鹿，射麋脚麟[6]。骛于盐浦，割鲜染轮[7]。射中获多，矜而自功。顾谓仆曰：‘楚亦有平原广泽，游猎之地，饶乐若此者乎？楚王之猎，孰与寡人乎？’

“仆下车对曰：‘臣，楚国之鄙人也。幸得宿卫十有余年[8]，时从出游，游于后园，览于有无[9]，然犹未能遍睹也；又焉足以言其外泽乎？’

“齐王曰：‘虽然，略以子之所闻见而言之。’

“仆对曰：‘唯唯。’

“臣闻楚有七泽，尝见其一，未睹其余也。臣之所见，盖特其小小者耳，名曰云梦。云梦者，方九百里，其中有山焉。其山则盘纡岪郁，隆崇嵂崒[10]；岑崟参差，日月蔽亏。交错纠纷，上干青云[11]；罢池陂陀，下属江河[12]。其土则丹青赭垩，雌黄白坿，锡碧金银；众色炫耀，照烂龙鳞[13]。其石则赤玉玫瑰，琳瑉昆吾；瑊玏玄厉，碝石碔砆[14]。其东则有蕙圃：蘅兰芷若，芎藭菖蒲；江蓠蘼芜，诸柘巴苴[15]。其南侧有平原广泽：登降陁靡，案衍坛曼；缘以大江，限以巫山[16]。其高燥则生葴菥苞荔，薛莎青薠[17]。其埤湿则生藏莨蒹葭，东蘠雕胡，莲藕觚卢，奄闾轩于[18]。众物居之，不可胜图。其西则有涌泉清池，激水推移：外发芙蓉菱华，内隐钜石白沙；其中则有神龟蛟鼍，玳瑁鳖鼋[19]。其北则有阴林：其树楩柟豫章，桂椒木兰，檗离朱杨，樝梨梬栗，橘柚芬芳[20]；其上则有鹓鶵孔鸾，腾远射干[21]；其下则有白虎玄豹，蟃蜒貙犴[22]。

“于是乎乃使剸诸之伦，手格此兽[23]。楚王乃驾驯驳之驷[24]，乘雕玉之舆；靡鱼须之桡旃[25]，曳明月之珠旗；建干将之雄戟，左乌号之雕弓，右夏服之劲箭[26]。阳子骖乘，孅阿为御[27]；案节未舒，即陵狡兽[28]。蹴蛩蛩，辚距虚[29]；轶野马，轊陶駼[30]；乘遗风，射游骐[31]。倏眒倩浰，雷动熛至[32]，星流霆击；弓不虚发，中心决眦[33]；洞胸达掖[34]，绝乎心系。获若雨兽，掩草蔽地[35]。于是楚王乃弭节徘徊[36]，翱翔容与；览乎阴林，观壮士之暴怒，与猛兽之恐惧；徼谻受诎[37]，殚睹众物之变态。

“于是郑女曼姬[38]，被阿緆，揄纻缟；杂纤罗，垂雾縠；襞积褰绉，纡徐委曲，郁桡溪谷[39]。衯衯裶裶，扬施戌削，蜚襳垂髾[40]。扶舆猗靡，翕呷萃蔡[41]；下靡兰蕙，上拂羽盖[42]；错翡翠之葳蕤，缪绕玉绥[43]。眇眇忽忽[44]，若神仙之仿佛。

“于是乃相与獠于蕙圃[45]：媻姗勃窣[46]，上乎金隄[47]；掩翡翠，射鵕鸃[48]；微矰出，孅缴施[49]。弋白鹄，连驾鹅[50]；双鸧下，玄鹤加[51]。怠而后发，游于清池。浮文鹢，扬旌栧[52]；张翠帷，建羽盖；罔玳瑁，钓紫贝；摐金鼓，吹鸣籁；榜人歌，声流喝[53]；水虫骇，波鸿沸；涌泉起，奔扬会[54]。礧石相击，硠硠磕磕[55]；若雷霆之声，闻乎数百里之外。将息獠者，击灵鼓，起烽燧[56]；车按行，骑就队；纚乎淫淫，般乎裔裔[57]。

“‘于是楚王乃登阳云之台，怕乎无为，憺乎自持[58]；芍药之和具，而后御之[59]。不若大王终日驰骋，曾不下舆，脟割轮粹[60]，自以为娱。臣窃观之，齐殆不如。’于是齐王无以应仆也。”

乌有先生曰：“是何言之过也！足下不远千里，来贶齐国[61]：王悉发境内之士，备车骑之众，与使者出畋；乃欲戮力致获，以娱左右，何名为夸哉？问楚地之有无者，愿闻大国之风烈，先生之馀论也[62]。今足下不称楚王之德厚，而盛推云梦以为高；奢言淫乐，而显侈靡，窃为足下不取也。必若所言，固非楚国之美也；无而言之，是害足下之信也。彰君恶，伤私义，二者无一可；而先生行之，必且轻于齐而累于楚矣！且齐东陼钜海，南有琅邪[63]；观乎成山，射乎之罘；浮渤澥，游孟诸[64]。邪与肃慎为邻，右以汤谷为界；秋田乎青邱，彷徨乎海外[65]；吞若云梦者八九于其胸中，曾不蒂芥；若乃俶傥瑰玮[66]，异方殊类。珍怪鸟兽，万端鳞萃[67]。充牣其中[68]，不可胜记；禹不能名，卨不能计[69]。然在诸侯之位，不敢言游戏之乐，苑囿之大；先生又见客[70]，是以王辞不复，何为无以应哉？”

(选自《司马相如集校注》，(汉)司马相如著，金国永校注，上海古籍出版社，1993 年版)

注释

[1] 子虚赋：此篇与《上林赋》，最早见于《史记·司马相如列传》，《汉书·司马相如传》和《昭明文选》也都收入，《史记》《汉书》皆作一篇，至《昭明文选》始分为两篇，本文依《文选》录之。

[2] 畋(tián)：打猎。

[3] 过奼(chà)：过：过访。　奼：“姹”之假借字，作“夸耀”解。

[4] 存焉：存：在。　焉：于此。

[5] 罘(fú)网：捕兔之网。

[6] “掩兔”二句：掩：用网掩捕。　辚：用车轮碾压。　脚麟：脚，用作动词，抓住一只脚。　麟：普通的鹿类，不是传说中的麒麟。

[7] “骛于”二句：骛：驰骋。　盐浦：海边的盐滩。　割鲜染轮：割杀猎物，染

红车轮。

[8] 宿卫：在宫禁担任值宿守卫工作。

[9] 览于有无：观园中何者为有，何者为无。

[10] “其山”二句：盘纡(yū)茀(fú)郁：迂回曲折。　隆崇嵂崒(lǜ zú)：高耸险危。

[11] “岑崟”四句：岑崟(yín)：高峻。　参差：不平。　蔽：全隐。　亏：半缺。　干：触。

[12] 罢池陂陀，下属江河：罢(pí)池陂陀(pō tuó)：倾斜而下貌。　属：连。

[13] “其土”五句：丹青赭垩(zhě è)：朱砂、石青、赤土、白土。　雌黄白坿(fù)：石黄、石灰。　照烂龙鳞：言色彩相耀，若龙鳞之间杂。烂，灿烂。

[14] “其石”四句：赤玉：赤色的玉。　玫瑰：火齐珠，色紫而有光泽。　琳：玉石。　珉、昆吾：次于玉的石名。　瑊玏(jiān lè)：次于玉的石名。　玄厉：黑色磨刀石。　碝(ruǎn)石：似玉的美石，白者如冰，半带赤色。　碔砆(wǔ fū)：赤质白纹的玉石。

[15] “其东”五句：蘅(héng)兰芷(zhǐ)若：杜蘅、泽兰、白芷、杜若四种香草。　芎藭(xiōng qióng)菖蒲：两种香草名。　江蓠(lí)蘼芜(mí wú)：两种水草名。　诸柘(zhè)巴苴(jū)：甘蔗、芭蕉。

[16] “其南”五句：陁(yí)靡：山势倾斜绵延貌。　案衍坛曼：地势宽广之貌。巫山：一名阳台山，在今湖北汉阳境内。

[17] “其高”二句：葴(zhēn)菥(sī)苞荔(lì)：马蓝、菥草、苞草、马荔四种草名。薛莎青薠(fán)：赖蒿、莎草、青色的薠草。以上诸草皆生于高地干燥处。

[18] “其埤”五句：埤(pí)：同“卑”，指地势低洼之处。　藏莨(jiǎn láng)：俗称狗尾巴草。　东墙(qiáng)：沙蓬。　雕胡：菰米。　觚(gū)卢：即葫芦。　菴闾(ān lǘ)轩芋：两种蒿艾类的水草。以上诸草皆生于低洼潮湿处。

[19] “其西”六句：外发芙蓉菱华，言水面盛开芙蓉、菱花。　钜石：巨大的石头。　鼍(tuó)：扬子鳄。　玳瑁(dài mào)：龟类动物。　鼋(yuán)：大鳖。

[20] “其北”五句：楩柟(pián nán)：楩木、楠木。　豫章：樟木。　檗(bò)离：黄柏、山梨。　朱杨：即河柳。　樝(zhā)梨梬(yǐng)栗：山楂、黑枣。　橘柚：橘子、柚子。

[21] “其上”二句：鹓鶵(yuān chú)：古书上类似凤凰的鸟。　孔鸾：孔雀、鸾鸟。腾远射(yè)干：猿猴、小狐。

[22] “其下”二句：玄豹：黑豹。　蟃蜒(wàn yán)：狼属而似狸的大兽。　貙豻(chū àn)：似狸而大的猛兽。

[23] “于是”二句：剸(tuán)诸：即专诸，吴国勇士，曾为吴国公子光(即吴王阖闾)刺死吴王僚。　伦：类。此言像专诸一类的人。　手格：谓赤手空拳击之。

[24] 驯驳之驷：驯：驯服。　驳，通“驳”，指毛色驳杂的马。　驷：四马合驾一车。

[25] “靡鱼”句：此句言楚王的从者挥动着以鱼须作流穗花边的旌旗。　靡：同“麾”，挥动。　桡旃(ráo zhān)：轻柔飘荡的旗帜。

[26] “建干将”三句：干将：有刃的大戟。　乌号：良弓名。　夏服：良箭名。

[27] “阳子”二句：阳子：即善相马的孙阳，字伯乐。　骖(cān)乘：古代乘车时居

右陪乘的人。　孅(qiān)阿：善驾者。

[28] “案节”二句：案节：马行缓而有节奏。　未舒：指马足尚未舒展，言未尽意驱驰。　陵：践踏。

[29] “蹴蛩”二句：蹴：踩倒。　蛩(qióng)蛩：像马的一种青兽。　距虚：比骡小的野兽。

[30] “轶野”二句：轶(dié)：突击，冲犯。　轊(wèi)：车轴头。　陶駼(táo tú)：一种北方产的青毛野马。

[31] “乘遗”二句：遗风：千里马名。　游骐：游荡的骐。骐，青色有花纹的马。

[32] “倏眒”二句：倏眒：疾驰貌。眒，通“瞬”。　倩浰(qiàn liàn)：迅速奔驰。

[33] 眦(zì)：目眶。

[34] 掖：通“腋”。

[35] “获若”二句：谓禽兽被杀，纷纷坠地，如天之降雨，把草原和平地都遮盖了。

[36] 弭节：停车，驻车。

[37] 徼郄(yāo jù)受诎(qū)：拦住并收拾疲乏绝路之野兽。　徼：拦截。　郄：疲乏。　诎：力尽。

[38] 曼姬：肤色姣好的女子。

[39] “被阿”七句：被阿緆(xī)：披薄绸。　揄纻缟：拖着麻绢裙。　杂：饰。縠(hú)：质地纤细轻薄有皱纹的纱。　襞(bì)积：腰间裙幅折叠很多。　褰(qiān)绉：言衣裙纹理很多。　纡徐委曲：言衣服线条婉曲多姿。　郁桡溪谷：言衣服表里若溪谷深邃。郁桡：深曲貌。

[40] “衯衯”三句：衯(fēn)衯裶(fēi)裶：衣长垂貌。　扬袘(yì)：掀动衣裙下端的边缘。　戌削(xū xuē)：衣服裁制合体。　蜚襳(xiān)：飘摆的织带。蜚，通“飞”。　垂髾(shāo)，指燕尾形的衣尾。

[41] “扶舆”二句：扶舆猗靡(yī mí)：言衣服合身、体态婀娜貌。猗靡，随风飘拂。　翕呷、萃蔡：均为象声词，形容走动时衣服发出的摩擦声。

[42] “下靡”二句：靡：通“摩”。　拂：与“摩”同义对文。

[43] “错翡”二句：错：杂。　葳蕤：羽饰貌。　缪(miù)绕：相缠结。　玉绥：玉做的缨饰。

[44] 眇眇忽忽：行踪飘忽不定的样子。

[45] 獠：夜间打猎。

[46] 媻(pán)姗勃窣(bó sū)：谓缓行之貌。

[47] 金隄：堤名。一说水塘之堤坚如金。

[48] 鵔鸃(jùn yì)：锦鸡。

[49] “微矰”二句：矰(zēng)：短箭。　缴：箭上细绳。

[50] “弋白鹄”二句：弋(yì)：用带绳子的箭射鸟。　白鹄：水鸟。　连：与“弋”对文，“弋”的另一种说法。　驾鹅：野鹅。

[51] “双鸧”二句：鸧(cāng)鸹(guā)：似雁的水鸟。　加：被箭射中。

[52] “浮文鹢”二句：浮：泛舟于水。　鹢(yì)：水鸟名。古代天子所乘龙舟常画鹢

于船首，后乃以鹢作船的代称。　栧：同“枻”，船桨。

[53] “榜人”二句：榜人：船夫。　流喝：歌声抑扬而悲凉。

[54] 奔扬会：波涛汇合。

[55] “礧石”二句：礧石：众石。礧：同“磊”。　硠(láng)硠礚(kài)礚：水石相击之声。

[56] “击灵鼓”二句：灵鼓：六面的鼓。　烽燧：指火炬。

[57] “缅乎”二句：言队伍鱼贯相连，络绎不绝地前进。　缅(xī)：若织丝相连。淫淫：渐进。　般(pán)：依次相连而行。　裔裔：流行貌。

[58] “怕乎”二句：怕：同“泊”，憺：同“澹”，憺怕：即澹泊，安静无事貌。无为：言安泰。　自持：保持宁静心情。

[59] 御：进食。

[60] 脟(luán)割轮粹：切小块肉在车轮旁烤吃。　脟：切成小块的肉。　粹：烤炙。

[61] 贶(kuàng)：赐。

[62] “愿闻”二句：风：美好的风俗习尚。　烈：光辉的事迹德业。　馀论：美言高论。

[63] “东陼”二句：陼(zhǔ)：同“渚”。　钜海：大海。　琅邪：亦作“琅琊”，山名，在今山东诸城东南海滨。

[64] “观乎”四句：成山：在今山东荣成东。　之罘：山名，在今山东福山。　渤澥(xiè)：古称东海的一部分，即渤海。　孟诸：宋之大泽，故属齐。

[65] “邪与”四句：邪：同“斜”。　肃慎：古国名，今黑龙江、吉林、辽宁皆在其境。　汤谷：即阳谷，在今山东境内。　青邱：指辽东、高丽一带。　彷徨：徜徉。

[66] 俶傥瑰玮：俶傥(tì tǎng)：卓尔不凡。　瑰玮：指奇珍异产种种宝贵之物。

[67] 万端鳞萃：万端：指前所言奇珍异产和珍禽异兽。　鳞萃：如鱼鳞般荟萃，极言多。

[68] 充牣(rèn)：充满。

[69] 卨(xiè)：即“契”，尧时任司徒之职。

[70] 见客：受到礼遇优待。　见：被。　客：用作动词，言礼遇。

司马相如(约前 179—前 127 年)字长卿，蜀郡(今四川成都)人，西汉辞赋家，因仰慕战国时名相蔺相如而改名司马相如，少爱读书习剑术，工于辞赋，二十多岁时做了汉景帝的武骑常侍，景帝不好辞赋，因而有不遇知音之叹，后因病退职，前往梁地与志趣相投的文士共事，为梁王写下了著名的《子虚赋》。他的作品辞藻富丽，结构宏大。司马相如成为汉赋的代表作家，后人称之为“赋圣”和“辞宗”。《汉书·艺文志》载司马相如有赋二十九篇，今存《子虚赋》《上林赋》《大人赋》《长门赋》《美人赋》《哀二世赋》六篇。鲁迅称誉司马相如的赋“不师故辙，自摅妙才，广博宏丽，卓绝汉代”，后人辑有《司马文园集》。

导读

《子虚赋》是司马相如的代表作，主要描写了楚国的子虚先生与齐国的乌有先生各自夸说本国国君田猎时的盛况和疆土的辽阔，通过乌有先生对子虚先生的批评，表现出作者对诸侯及其使臣竞相侈靡、不崇德义思想行为的否定，具有鲜明的讽喻意图，彰显了作者维护中央统一的政治态度。

全篇由三部分组成：第一部分写子虚出使齐国，齐王盛待子虚，悉发车骑，与使者出猎，猎罢，子虚访问乌有先生，引出下文，近似于全篇的“序言”；第二部分主要写了子虚炫耀楚王游猎的盛况，为整篇赋的重点部分，子虚认为齐王对他的盛情接待是大国君主的自炫，作为楚国使臣，感觉这是对自己国家和君主的轻慢，他以维护国家和君主尊严的态度讲述了楚国的辽阔和云梦游猎的盛大规模；第三部分写乌有先生反驳子虚，批评他言过其实，不应该夸耀楚王淫乐、侈靡的生活，寄托了作者的讽谏之意。作品结构宏伟谨严，气脉贯通；文辞富丽堂皇，使用了大量的排比句、对偶句、双声叠韵词；叙述铺陈夸张，意象恢宏，极尽能事；句式灵活多变，骈散结合，以四言六言为主，辅以长句或短句，段首用散文领起，中间用韵文铺叙，段末又用散文收结。纵观全篇，尽管内容丰富庞杂，但并无零乱拖沓之感，而是层次清楚、段落分明、结构紧凑。作者以高超的艺术表现能力，使作品具有了超乎寻常的华丽之美。

中华历史上第一个盛世的辉煌在司马相如的赋中得以集中反映，展现出那个年代人们对于民族统一、国家富强的希冀和追求，也对后世赋家及散文家产生了积极深远的影响。

感悟讨论

1. 鲁迅先生讲：“武帝时文人，赋莫若司马相如，文莫若司马迁，而一则寥寂，一则被刑。盖雄于文者，常桀骜不欲迎雄主之意。”你如何理解这段话？

2. 结合作品，分析《子虚赋》的艺术特点，并谈谈你对赋这种文学形式的认知。

3. 阅读《哀二世赋》，试作一点评。

平行阅读

哀二世赋

司马相如

登陂陁之长阪兮，坌入曾宫之嵯峨。临曲江之隑州兮，望南山之参差。岩岩深山之谾谾兮，通谷豁兮谽谺。汩淢噏习以永逝兮，注平皋之广衍。观众树之蓊薆兮，览竹林之榛榛。东驰土山兮，北揭石濑。弭节容与兮，历吊二世。持身不谨兮，亡国失势。信谗不寤兮，宗庙灭绝。呜呼哀哉。操行之不得兮，坟墓芜秽而不修兮，魂无归而不食。敻邈绝而不齐兮，弥久远而愈佅。精罔阆而飞扬兮，拾九天而永逝。呜呼哀哉！

(选自《司马相如集校注》，(汉)司马相如著，金国永校注，上海古籍出版社，1993年版)

七律·咏贾谊

毛泽东

少年倜傥廊庙才，壮志未酬事堪哀。胸罗文章兵百万，胆照华国树千台。雄英无计倾圣主，高节终竟受疑猜。千古同惜长沙傅，空白汨罗步尘埃。

第五节　治安策[1](节选)

贾　谊

臣窃惟事势，可为痛哭者一，可为流涕者二，可为长太息者六[2]，若其它背理而伤道者，难遍以疏举。进言者皆曰天下已安已治矣，臣独以为未也。曰安且治者，非愚则谀，皆非事实知治乱之体者也。夫抱火厝之积薪之下而寝其上[3]，火未及燃，因谓之安，方今之势，何以异此！本末舛逆[4]，首尾衡决[5]，国制抢攘，非甚有纪，胡可谓治！陛下何不一令臣得熟数之于前，因陈治安之策，试详择焉！

夫射猎之娱，与安危之机孰急？使为治劳智虑，苦身体，乏钟鼓之乐，勿为可也。乐与今同，而加之诸侯轨道，兵革不动，民保首领，匈叙宾服，四荒乡风，百姓素朴，狱讼衰息。大数既得，则天下顺治，海内之气，清和咸理，生为明帝，没为明神，名誉之美，垂于无穷。《礼》祖有功而宗有德，使顾成之庙称为太宗，上配太祖，与汉亡极[6]。建久安之势，成长治之业，以承祖庙，以奉六亲，至孝也；以幸天下，以育群生，至仁也；立经陈纪[7]，轻重同得，后可以为万世法程，虽有愚幼不肖之嗣，犹得蒙业而安，至明也。以陛下之明达，因使少知治体者得佐下风，致此非难也。其具可素陈于前，愿幸无忽。臣谨稽之天地，验之往古，按之当今之务，日夜念此至孰也，虽使禹舜复生，为陛下计，亡以易此。

夫树国固，必相疑之势[8]，下数被其殃，上数爽其忧[9]，甚非所以安上而全下也。今或亲弟谋为东帝[10]，亲兄之子西乡而击[11]，今吴又见告矣[12]。天子春秋鼎盛，行义未过[13]，德泽有加焉，犹尚如是，况莫大诸侯，权力且十此者乎[14]！然而天下少安[15]，何也？大国之王幼弱未壮，汉之所置傅相方握其事[16]。数年之后，诸侯之王大抵皆冠[17]，血气方刚，汉之傅相称病而赐罢，彼自丞尉以上偏置私人[18]，如此，有异淮南、济北之为邪！此时而欲为治安，虽尧舜不治。

黄帝曰："日中必熭，操刀必割[19]。"今令此道顺而全安，甚易，不肯早为，已乃堕骨肉之属而抗刭之[20]，岂有异秦之季世乎[21]！夫以天子之位，乘今之时，因天之助，尚惮以危为安，以乱为治，假设陛下居齐桓之处，将不合诸侯而匡天下乎[22]？臣又以知陛下有所必不能矣。假设天下如曩时，淮阴侯尚王楚，黥布王淮南，彭越王梁，韩信王韩，张敖王赵，贯高为相，卢绾王燕，陈豨在代[23]，令此六七公者皆亡恙[24]，当是时而陛下即天子位，能自安乎？臣有以知陛下之不能也。天下肴乱[25]，高皇帝与诸公并起，非有仄室之势以豫席之也[26]。诸公幸者，乃为中涓，其次廑得舍人，材之不逮至远也[27]。高皇帝以明圣威武即天子位，割膏腴之地以王诸公，多者百余城，少者乃三四十县，恩至渥也，然其后十年之间，反者九起。陛下之与诸公，非亲角材而臣之也，又非身封王之也[28]，自高皇帝不能以是一岁为安[29]，故臣知陛下之不能也。

然尚有可诿者，曰疏，臣请试言其亲者[30]。假令悼惠王王齐，元王王楚，中子王赵，幽王王淮阳，共王王梁，灵王王燕，厉王王淮南[31]，六七贵人皆亡恙，当是时陛下即位，能为治乎？臣又知陛下之不能也。若此诸王，虽名为臣，实皆有布衣昆弟之心[32]，虑亡不帝制而天子自为者[33]。擅爵人，赦死罪，甚者或戴黄屋[34]，汉法令非行也。虽行不轨如厉王者，令之不肯听，召之安可致乎！幸而来至，法安可得加！动一亲戚，天下圜视而起[35]，陛下之臣虽有悍如冯敬者，适启其口，匕首已陷其匈矣[36]。陛下虽贤，谁与领此？故疏者必危，亲者必乱，已然之效也。其异姓负强而动者[37]，汉已幸胜之矣，又不易其所以然[38]。同姓袭是迹而动，既有徵矣[39]，其势尽又复然。殃祸之变，未知所移，明帝处之尚不能以安，后世将如之何！

屠牛坦一朝解十二牛，而芒刃不顿者[40]，所排击剥割，皆众理解也[41]。至於髋髀之所，非斤则斧[42]。夫仁义恩厚，人主之芒刃也；权势法制，人主之斤斧也。今诸侯王皆众髋髀也，释斤斧之用，而欲婴以芒刃[43]，臣以为不缺则折。胡不用之淮南、济北？势不可也。臣窃迹前事[44]，大抵强者先反。淮阴王楚最强，则最先反；韩信倚胡，则又反；贯高因赵资，则又反；陈豨兵精，则又反；彭越用梁，则又反；黥布用淮南，则又反；卢绾最弱，最后反。长沙乃在二万五千户耳，功少而最完，势疏而最忠[45]，非独性异人也，亦形势然也。曩令樊、郦、绛、灌据数十城而王，今虽以残亡可也[46]；令信、越之伦列为彻侯而居[47]，虽至今存可也。然则天下之大计可知已。欲诸王之皆忠附，则莫若令如长沙王；欲臣子之勿菹醢[48]，则莫若令如樊、郦等；欲天下之治安，莫若众建诸侯而少其力。力少则易使以义，国小则亡邪心。令海内之势如身之使臂，臂之使指，莫不制从，诸侯之君不敢有异心，辐凑并进而归命天子[49]，虽在细民，且知其安，故天下咸知陛下之明。割地定制[50]，令齐、赵、楚各为若干国，使悼惠王、幽王、元王之子孙毕以次各受祖之分地[51]，地尽而止，及燕、梁它国皆然。其分地众而子孙少者，建以为国，空而置之，须其子孙生者，举使君之[52]。诸侯之地其削颇入汉者[53]，为徙其侯国及封其子孙也，所以数偿之[54]。一寸之地，一人之众，天子亡所利焉，诚以定治而已，故天下咸知陛下之廉。地制壹定，宗室子孙莫虑不王，下无倍畔之心[55]，上无诛伐之志，故天下咸知陛下之仁。法立而不犯，令行而不逆，贯高、利几之谋不生[56]，柴奇、开章之计不萌[57]，细民乡善[58]，大臣致顺，故天下咸知陛下之义。卧赤子天下之上而安[59]，植遗腹，朝委裘[60]，而天下不乱，当时大治，后世诵圣[61]。壹动而五业附[62]，陛下谁惮而久不为此？

天下之势，方病大瘇[63]。一胫之大几如要，一指之大几如股[64]，平居不可屈信[65]，一二指搐，身虑亡聊[66]。失今不治，必为锢疾，后虽有扁鹊[67]，不能为已。病非徒肿也，又苦跖戾[68]。元王之子，帝之从弟也[69]；今之王者[70]，从弟之子也。惠王，亲兄子也[71]；今之王者，兄子之子也[72]。亲者或亡分地以安天下，疏者或制大权以逼天子[73]，臣故曰：非徒病瘇也，又苦跖戾。可痛哭者，此病是也。

(选自《贾谊集校注》，吴云、李春台注，天津古籍出版社，2010 年版)

注释

[1] 《治安策》：又名《陈政事疏》，全文分为三大部分，本文节选第一部分。

[2] 长太息：深长地叹息。《楚辞·离骚》：“长太息以掩涕兮，哀民生之多艰。”

[3] 厝(cuò)：安置。

[4] 舛(chuǎn)逆：颠倒。

[5] 衡决：横裂，不衔接。

[6] 亡极：无穷尽，没有止境。

[7] 立经陈纪：创设准则，标立纪纲。

[8] 树国：建立诸侯国。　相疑：指朝廷同封国之间互相猜忌。

[9] “下数”二句：数：常常。　被：遭受。　爽：受伤，伤累。

[10] 亲弟：淮南王刘长，汉文帝之弟。　东帝：《汉书·五行志下之上》载，刘长封地淮南(今属安徽)，在长安东方，故称。文帝六年(前174年)谋反，事败自杀。

[11] 亲兄之子：指齐悼惠王刘肥的儿子济北王刘兴居，汉文帝三年(前177年)济北王谋反，发兵袭击荥阳，失败被杀。　乡：向。

[12] 见告：被告发，指汉高帝之侄吴王刘濞不循汉法、扩充势力而被告发。

[13] 春秋鼎盛：指年龄正值盛壮。　行义未过：行为得宜，没有过失。

[14] 莫大：最大。　十此：十倍于此。　全句意指吴王等诸侯的实力，要比前述亲弟、亲兄之子大得多。

[15] 少安：暂时安宁。

[16] “大国”二句：大国之王：指较大封国的诸侯。　傅相：太傅和丞相，二者均由皇帝指派。

[17] 冠：古代男子二十岁时行冠礼，标志已成年，这里指成年执政。

[18] 丞尉：县丞和县尉，泛指诸侯国之官吏。　偏：同“遍”。

[19] 日中必熭，操刀必割：太阳盛时，抓紧曝晒；有刀在手，及时切割。　熭(wèi)：曝晒。

[20] 堕：毁弃。　骨肉之属：指同姓诸侯王，他们都是皇帝的亲属。　抗：举。刭(jǐng)：割头颈。

[21] 季世：末年。

[22] “假设”二句：齐桓：即齐桓公，春秋第一霸主，曾多次会合诸侯订立盟约。匡：匡正，挽救。

[23] “假设天下”十句：曩(nǎng)：从前，以往。　淮阴侯即韩信，汉朝建立时封为楚王，后降为淮阴侯，高帝十一年(前196年)因谋反为吕后所杀。　黥布即英布，汉初封为淮南王。　彭越汉初封为梁王，都因谋反被刘邦所杀。　韩信指韩王信(与淮阴侯姓名相同)，战国时韩襄王后代，汉初封韩王，后投降匈奴反汉，兵败被杀。　张敖指汉高祖刘邦的女婿，汉初诸侯王赵王张耳的儿子，袭封赵王，后因与赵丞相贯高谋刺刘邦的事有牵连，改封宣平侯。　贯高：赵王张敖丞相，谋刺高帝，被捕自杀。　卢绾(wǎn)：汉初封燕王，高帝十二年(前195年)叛逃匈奴，被封为东胡卢王。　陈豨(xī)：汉初任诸侯国代国丞相，高帝十一年谋反，自立为赵王，兵败被杀。

[24] 亡恙：无恙，即健在。

[25] 肴乱：混乱。肴：同“淆”。

[26] 高皇帝：即汉高祖刘邦。　并起：一齐起兵反秦。　仄室：侧室，对嫡子以外众子的称呼，这里有很小之意。　豫：预。　席：凭借。

[27] “乃为”三句：中涓：皇帝的亲近侍从。　廑，通“仅”。　舍人：低于侍从官的近侍官。　不逮：不及。

[28] “非亲”二句：角：竞争、较量。　臣之：使他们臣服。　身：亲自。

[29] 自：本来。　是：此，这里指亲自分封诸侯之事。

[30] “然尚”三句：诿：推诿，推托。　疏：疏远，指皇帝与异姓诸侯不是亲属关系。　亲者：指和皇帝同姓诸侯。

[31] “假令”七句：悼惠王：刘肥，刘邦之子，封齐王。　元王：刘交，刘邦之弟，封楚王。　中子：指刘邦之子刘如意，封赵王。　幽王：刘邦之子刘友，封淮阳王，后徙赵。　共王：刘邦之子刘恢，封梁王。　灵王：刘邦之子刘健，封燕王。　厉王：即淮南王刘长，厉为谥号。

[32] 昆弟：兄弟。

[33] 帝制：指仿行皇帝的礼仪制度。

[34] 黄屋：黄缯车盖，皇帝专用。

[35] 圜：围绕。　起：发生骚乱。

[36] “陛下”三句：冯敬：汉初御史大夫，曾弹劾淮南厉王刘长，被刺客杀死。　匈：通“胸”。

[37] 负强而动：凭恃强大发动暴乱。

[38] 其所以然：指导致这种局面的分封制度。

[39] “同姓”二句：袭：沿袭，指异姓诸侯王的反叛之路。　徵：徵象，兆头。

[40] 坦：春秋时人名，以屠牛为业。　芒刃：锋刃。　顿：通“钝”。

[41] 理：肌理。　解(xiè)：通“懈”，四肢关节、骨头之间的缝隙。

[42] 髋：上股与尻之间的大骨。　髀：股骨。髋髀：泛指动物体中的大骨。　斤：砍木的斧头。

[43] 婴：触。

[44] 迹：追寻。

[45] 长沙：长沙王。汉初吴芮被封为长沙王。　在：通“才”，只。　完：保全。　疏：弱。

[46] 樊：舞阳侯樊哙。　郦：曲周侯郦商。　绛：绛侯周勃。　灌：颍阴侯灌婴。

[47] 信：韩信。　越：彭越。　伦：辈。　彻侯：爵位名，后避汉武帝刘彻讳改为通侯，又改为列侯，只享受封地的租税，不问封地行政，也不一定住在封地。

[48] 菹醢(zū hǎi)：把人杀死剁成肉酱。

[49] 辐凑：归聚。　辐：插入轮毂以支撑轮圈的细条。

[50] 割地定制：定出分割土地的制度。

[51] 次：次序。

[52] 举使君之：让他们去做空置的诸侯国的国君。

[53] 削颇入汉者：诸侯王有不少被削地由汉朝中央政府没收的。　颇：大量。

[54] 徙：迁徙。　　以数偿之：照数偿还。

[55] 倍畔：背叛。

[56] 利几：项羽部将，降汉被封为颍川侯，后反叛被杀。

[57] 柴奇、开章：两人均为淮南王刘长的谋士，参与谋反事件，为之出谋献计。

[58] 乡：向。

[59] 卧：使动用法，使之卧。　　赤子：婴儿，这里指年幼的皇帝。

[60] 植：立。　　遗腹：遗腹子，亦指幼年君主。　　委裘：亡君留下的衣冠，这里指新君未立，以遗物代替君主。

[61] 诵圣：称颂圣明。

[62] 壹动：一次举动，指前文所说众建诸侯少其力的战略大计。　　五业：指上文所说的明、廉、仁、义、圣五项功业。

[63] 瘇(zhǒng)：腿脚浮肿。

[64] “一胫”二句：胫：小腿。　　要：通“腰”。　　指：脚趾。　　股：大腿。

[65] 平居：平时。　　信：伸。

[66] 搐：牵动而痛。　　虑：焦虑。　　亡聊：无所依恃。

[67] 扁鹊：春秋战国名医。

[68] 跖(zhí)戾：脚掌扭折。

[69] 元王：楚元王刘交，刘邦的弟弟。元王之子，楚夷王刘郢客。　　从弟：这里指堂弟。

[70] 今之王者：指楚王刘戊。

[71] 惠王：即齐悼惠王刘肥。

[72] 今之王者：指齐共王刘喜。

[73] 亲者：指文帝的近亲。　　疏者：指远亲。

贾谊(前200—前168 年)世称贾生，洛阳(今河南洛阳)人，西汉初年著名的政论家、文学家，少时即以博学能文著称，由河南郡守吴公推荐，二十余岁被文帝召为博士，受到文帝赏识，不久被破格提为太中大夫，但是在二十三岁时，因遭群臣忌恨，被贬为长沙王太傅，后被召回长安，为梁怀王太傅。梁怀王坠马身亡，贾谊自责失职，忧伤而死。贾谊一生虽然短暂，但成就斐然，其著作主要有散文和辞赋两类。散文如《过秦论》《论积贮疏》《陈政事疏》等都很有名；辞赋以《吊屈原赋》《鵩鸟赋》最为著名。其文说理透彻，逻辑严密，气势汹涌，词句铿锵有力，对后代散文影响很大。刘勰在《文心雕龙·奏启》中称其奏疏是：“理既切至，辞亦通畅，可谓识大体矣。”贾宜著有《新书》十卷。

导读

为巩固中央集权，汉高帝刘邦晚年一方面将他所封的七个异姓王逐步加以消灭，仅余一个吴姓长沙王；另一方面，他却大封同姓王。汉文帝(前202—前157 年)即位之初，全国有诸侯王十多个；除长沙王为异姓王之外，其余均为刘姓王，诸侯王势力日强，形成“尾大不掉”之势，刘氏宗室内部在皇权和王权的分割问题上矛盾尖锐。汉文帝三年(前 177年)，济北王刘兴居叛乱，首开诸侯王武装反抗汉廷之先例，文帝派兵镇压，刘兴居被俘后

自杀。三年后，淮南王刘长又举起了叛旗，事败自杀而亡。面对日益激化的宗室矛盾，贾谊敏锐地洞察到这些矛盾的发展趋势，实际上已成为对抗中央朝廷的分裂势力，遂向汉文帝进言，写下了这篇被誉为“西汉第一雄文”的《治安策》。

文章开宗明义，开门见山地提出“进言者皆曰天下已安已治矣，臣独以为未也”的中心观点，阐明写作此文的目的和意义所在。作者从分析当时淮南王刘长和济北王刘兴居反叛的事实入手，引出汉高帝分封异姓诸侯王十年九反的历史事实，又对同姓诸侯工的心理状态进行了深刻剖析，一针见血地指出诸侯王的分封是中央政权的危害所在，无论是异姓诸侯王，还是同姓诸侯王，都存在着势力一旦过大，便私欲膨胀的潜在威胁，明确地提出“众建诸侯而少其力”的政治主张，既作了理论上的分析，又针对当时的局势提出具体的解决方案，最后以形象的比喻道出作者担忧所在，谏言汉文帝当机立断，根治顽疾。全文正反对举，围绕遏制诸侯王势力，以达到“上安下全”的目的展开充分论证，层层深入，条分缕析，令人折服。

全文铺陈事实，大气磅礴，手笔不凡，引用巧妙，而比喻的运用，既增添了论说的形象性，又使得说理变得透辟深刻，发人深省，令人回味。

感悟讨论

1. 题头的七言律诗是毛泽东对贾谊的评价，结合课文，领悟这首《七律·咏贾谊》。
2. 你如何看待在当时的历史背景下作者提出的“众建诸侯而少其力”的政治主张?
3. 将“天下之势，方病大瘇”一段译成现代汉语，并试作一点评。
4. 贾谊一生虽然短暂，但为我们留下了丰厚的文化遗产，你如何理解《鹏鸟赋》的主题思想?

平行阅读

鹏鸟赋

贾　谊

单阏之岁兮，四月孟夏，庚子日斜兮，鹏集予舍。止于坐隅兮，貌甚闲暇。异物来萃兮，私怪其故；发书占之兮，谶言其度，曰：“野鸟入室兮，主人将去。”请问于鹏兮：“予去何之？吉乎告我，凶言其灾。淹速之度兮，语予其期。”鹏乃叹息，举首奋翼；口不能言，请对以臆，曰：“万物变化兮，固无休息。斡流而迁兮，或推而还；形气转续兮，变化而蟺。沕穆无穷兮，胡可胜言！祸兮福所倚，福兮祸所伏；忧喜聚门兮，吉凶同域。彼吴强大兮，夫差以败；越栖会稽兮，勾践霸世。斯游遂成兮，卒被五刑；傅说胥靡兮，乃相武丁。夫祸之与福兮，何异纠缠；命不可说兮，孰知其极！水激则旱兮，矢激则远；万物回薄兮，振荡相转。云蒸雨降兮，纠错相纷；大钧播物兮，坱圠无垠。天不可预虑兮，道不可预谋；迟速有命兮，焉识其时！

“且夫天地为炉兮，造化为工；阴阳为炭兮，万物为铜。合散消息兮，安有常则？千变万化兮，未始有极，忽然为人兮，何足控抟；化为异物兮，又何足患！小智自私兮，贱彼贵我；达人大观兮，物无不可。贪夫殉财兮，烈士殉名。夸者死权兮，品庶每生。怵迫之徒兮，或趋西东；大人不曲兮，意变齐同。愚士系俗兮，窘若囚拘；至人遗物兮，独与道俱。众人惑惑兮，好恶积亿；真人恬漠兮，独与道息。释智遗形兮，超然自丧；寥廓忽荒兮，与道翱翔。乘流则逝兮，得坻则止；纵躯委命兮，不私与己。其生兮若浮，其死兮若休；澹乎若深渊止之静，泛乎若不系之舟。不以生故自宝兮，养空而浮；德人无累兮，知命不忧。细故蒂芥兮，何足以疑！”

(选自《两汉文学史草考资料》，北京大学中国文学史教研室选注，中华书局，1962 年版)

王粲登楼作赋，道出了众多文人士子的心声，引发了李义山的共鸣，遂有“永忆江湖归白发，欲回天地入扁舟”的千古咏叹。

第六节　登　楼　赋[1]

王　粲

登兹楼以四望兮，聊暇日以销忧[2]。览斯宇之所处兮[3]，实显敞而寡仇[4]。挟清漳之通浦兮[5]，倚曲沮之长洲[6]。背坟衍之广陆兮[7]，临皋隰之沃流[8]。北弥陶牧[9]，西接昭丘[10]。华实蔽野[11]，黍稷盈畴[12]。虽信美而非吾土兮[13]，曾何足以少留[14]！

遭纷浊而迁逝兮[15]，漫逾纪以迄今[16]。情眷眷而怀归兮[17]，孰忧思之可任！凭轩槛以遥望兮[18]，向北风而开襟。平原远而极目兮，蔽荆山之高岑[19]。路逶迤而修迥兮[20]，川既漾而济深[21]。悲旧乡之壅隔兮[22]，涕横坠而弗禁[23]。昔尼父之在陈兮，有“归欤”之叹音[24]；钟仪幽而楚奏兮[25]，庄舄显而越吟[26]；人情同于怀土兮，岂穷达而异心！

惟日月之逾迈兮[27]，俟河清其未极[28]。冀王道之一平兮[29]，假高衢而骋力[30]。惧匏瓜之徒悬兮[31]，畏井渫之莫食[32]。步栖迟以徙倚兮[33]，白日忽其将匿。风萧瑟而并兴兮[34]，天惨惨而无色。兽狂顾以求群兮[35]，鸟相鸣而举翼。原野阒其无人兮[36]，征夫行而未息。心凄怆以感发兮[37]，意忉怛而憯恻[38]。循阶除而下降兮[39]，气交愤于胸臆。夜参半而不寐兮，怅盘桓以反侧[40]。

(选自《两汉文学史参考资》，北京大学中国文学史教研室选注，中华书局，1962 年版)

注释

[1] 《登楼赋》：王粲于建安九年(205 年)在荆州登麦城(今湖北当阳东南)城楼，感而作赋。

[2] 暇日：假借此日。　　暇：通“假”，借。　　销忧：消除忧闷。

[3] 斯宇：此楼。　　宇：本指屋檐。

[4] 显敞：显，豁亮；敞，宽敞。　　仇：作“匹”解。

[5] 挟清漳之通浦：此句言城楼所处正在漳水别支之上，宛如挟带着洁净的漳水一般。　挟：带。　障：指漳水，发源于湖北南漳县西南，东南流经当阳，与沮水汇合。通浦：两条河流相通之处。

[6] 曲沮：弯曲的沮水。沮水发源于湖北保康，流经南漳，在当阳与漳水汇合。

[7] 背坟衍之广陆：背：背靠，指北面。　　坟：高。　　衍：平。　　广陆：广袤的原野。

[8] 皋隰(gāoxī)：水边低洼之地。　　沃流：指可以灌溉的流水。

[9] 北弥陶牧：弥：终。　　陶：指越国范蠡，春秋时范蠡助越王勾践灭吴后弃官来到陶，自称陶朱公。　　牧：郊外。湖北江陵西有陶朱公墓，故称陶牧。

[10] 昭丘：楚昭王墓址，在当阳东南 70 里处。楚昭王熊壬(约前523—前489 年)，能纳臣谏的开明君主。

[11] 华实：花和果实。　　华：同“花”。

[12] 黍稷盈畴：农作物遍布田野。　　黍稷：泛指农作物。

[13] 信：的确，确实。

[14] 少留：暂居，停留。

[15] 纷浊：纷扰污秽，喻乱世。　迁逝：指避乱荆州。

[16] 漫逾纪以迄今：漫：长久，漫长。　逾：超过。　纪：十二年。

[17] 眷眷(juàn)：留恋貌。

[18] 轩槛：指楼上的窗和阑干。

[19] 荆山：在湖北南漳县。

[20] 修迥：修，长。　迥：远。

[21] 漾：荡漾。　济深：渡口水深。

[22] 壅：阻塞。

[23] 弗禁：止不住。

[24] “昔尼父”二句：尼父：孔子。《论语·公冶长》载，孔子周游列国，在陈、蔡绝粮时感叹：“归欤，归欤！”此处王粲以孔子自喻，以见思归之情。

[25] 钟仪幽而楚奏兮：《左传·成公九年》载，楚人钟仪被郑国作为俘虏献给晋国，晋侯让他弹琴，钟仪仍奏楚曲。　幽：囚。

[26] 庄舄(xì)显而越吟：《史记·张仪列传》载：“越人庄舄仕楚执珪，有顷而病。楚王曰：‘舄故越之鄙细人也，今仕楚执珪，贵富矣，亦思越不？’对曰：‘凡人之思故，在其病也。彼思越则越声，不思越则楚声。’使人往听之，犹尚越声也。”

[27] 日月逾迈：言光阴逝去。

[28] 未极：未至。

[29] 冀：希望。　一：犹言统一。　平：稳定。

[30] 高衢(qú)：犹言大道，喻指帝王良好的治国之策。　骋力：施展才智。

[31] 惧匏(páo)瓜之徒悬：《论语·阳货》有“吾岂匏瓜也哉？焉能系而不食？”比喻不为世所用，担心自己像匏瓜那样被白白地挂在那里。

[32] 井渫(xiè)：淘井。

[33] 步栖迟以徙倚兮：在楼上漫步徘徊。　栖迟：徙倚均为徘徊、漫步义。

[34] 并兴：指风从不同的地方同时吹起。

[35] 狂顾：惊恐地回头望。

[36] 阒(qù)：静寂无人的样子。

[37] 感发：犹言感触。

[38] 意忉怛(dāo dá)而憯(cǎn)恻：心中有所感触而凄怆不已。　忉怛：忧劳之貌。憯恻：与上句“凄怆”同义互文。

[39] 阶除：台阶。

[40] 盘桓：犹言思来想去。

王粲(177—217 年)字仲宣，山阳高平(今山东邹县西南)人，汉魏文学家。王粲少时即才华出众，博闻强记，曾深得著名学者蔡邕的赏识，十七岁时往荆州避难，依附刘表十五载，未被重用，后为曹操幕僚，备受曹操重用，官拜军谋祭酒、侍中，赐爵关内侯，辅佐曹操在兴革制度、谋划军事方面发挥了重要作用，后随曹操征吴，病死途中。由于“遭乱流寓，自伤情多”，他的诗赋情调比较苍凉，深刻地反映了当时的社会动乱和人民的苦难。王粲一生以文才闻名天下，其诗辞气慷慨，与曹植并称为“曹王”，为“建安七子”中文学成就最高者。刘勰在《文心雕龙》中称他为“七子之冠冕”，著有诗、赋、论等六十篇，多篇作品收入《文选》。明代人辑录其作品，编成《王侍中文集》流传后世。

导读

这篇赋见于《文选》。据《三国志・魏志・王粲传》记载，献帝西迁，粲从至长安，以西京扰乱，乃南至荆州依附刘表，刘表以其体弱、相貌不佳为由，不予重用。王粲生逢乱世，寓流荆州十五年，才华卓越，却不被刘表重用，空有建功立业之志而不得施展。建安九年(205 年)，客居他乡已十二载的王粲在荆州登上麦城(在今湖北当阳东南)城楼，极目远望，思绪万千，倾吐故乡之思，抒发抱负难以施展之悲慨。

以悲天悯人与建功立业为精髓的建安风骨，在这篇赋中浓缩成沉郁悲愤的失意咏叹，全赋以一个“忧”字贯穿，惆怅凄怆，深沉悲郁。本赋先写登楼所见景色，以及登楼观景引起的思乡之情，诗人登楼观景，浮想联翩，缅怀明主贤臣，仰慕他们治乱的功德，蕴含着对经世济民宏大抱负的向往，然而想到自己寄寓他乡，不禁发出了“虽信美而非吾土兮，曾何足以少留”的慨叹；次写遥望故乡，抒发了强烈的怀乡思归之情，表达了沉重的内心忧思，诗人的隐痛不光是流落他乡的思乡之情，更多的是对自己生逢乱世怀才不遇的怨愤；接着诗人对思乡怀归之情进一步抒发升华，揭示出“忧思”深层的政治内涵，其境界超越了一般的怀乡之作，虽时逢动荡且自身悲惨不幸，但诗人却表达了以天下为己任、渴望建功立业的使命感以及宏图难展而引发的悲慨。

整篇作品主题深刻，音节流畅，语言优美，用典精当，即景生情，寓情于景，诗人把内心感情的抒发，与有明暗虚实变化的景物描写结合起来，情随景迁，达到了情景交融的境界，使全篇惆怅凄怆的愁思真切动人、引发共鸣，成为传诵千古的佳作。

感悟思考

1. 结合“建安风骨”，谈谈这篇赋为什么能引起历代中国文人的共鸣。
2. 指出这篇赋中的用典，试分析其各表达了什么样的感情？
3. 这篇赋即景生情，寓情于景，分析一下景物描写和感情抒发的内在联系。

平行阅读

七哀诗

王　粲

(其一)

西京乱无象，豺虎方遘患。复弃中国去，委身适荆蛮。 亲戚对我悲，朋友相追攀。

出门无所见，白骨蔽平原。路有饥妇人，抱子弃草间。顾闻号泣声，挥涕独不还。“未知身死处，何能两相完？”驱马弃之去，不忍听此言。南登霸陵岸，回首望长安。悟彼下泉人，喟然伤心肝。

(其二)

荆蛮非我乡，何为久滞淫。方舟溯大江，日暮愁我心。山冈有余映，岩阿增重阴。狐狸驰赴穴，飞鸟翔故林。流波激清响，猴猿临岸吟。迅风拂裳袂，白露沾衣襟。独夜不能寐，摄衣起抚琴。丝桐感人情，为我发悲音。羁旅无终极，忧思壮难任。

(选自《两汉文学史参考资》，北京大学中国文学史教研室选注，中华书局，1962年版)

《垓下之围》是一首末路英雄的悲歌，情节疾徐有致，节奏疏密相间，重彩浓墨，展现了一代英豪最后时刻的风采。

第七节 垓下之围

司马迁

项王军壁垓下[1]，兵少食尽，汉军及诸侯兵围之数重。夜闻汉军四面皆楚歌[2]，项王乃大惊曰：“汉皆已得楚乎？是何楚人之多也！”项王则夜起，饮帐中。有美人名虞，常幸从[3]；骏马名骓[4]，常骑之。于是项王乃悲歌忼慨[5]，自为诗曰：“力拔山兮气盖世，时不利兮骓不逝[6]。骓不逝兮可奈何，虞兮虞兮奈若何[7]！”歌数阕，美人和之。项王泣数行下，左右皆泣，莫能仰视。

于是项王乃上马骑[8]，麾下壮士骑从者八百余人，直夜[9]溃围南出，驰走。平明[10]，汉军乃觉之，令骑将灌婴以五千骑追之。项王渡淮，骑能属者[11]，百余人耳。项王至阴陵[12]，迷失道，问一田父，田父绐曰[13]：“左。”左，乃陷大泽中。以故汉追及之。项王乃复引兵而东，至东城[14]，乃有二十八骑。汉骑追者数千人。项王自度不得脱，谓其骑曰：“吾起兵至今，八岁矣，身七十余战[15]，所当者破[16]，所击者服，未尝败北，遂霸有天下。然今卒困于此，此天之亡我，非战之罪也。今日固决死[17]，愿为诸君快战[18]，必三胜之，为诸君溃围，斩将，刈旗[19]，令诸君知天亡我，非战之罪也。”乃分其骑以为四队，四向[20]。汉军围之数重。项王谓其骑曰：“吾为公取彼一将。”令四面骑驰下，期山东为三处[21]。于是项王大呼，驰下，汉军皆披靡，遂斩汉一将。是时，赤泉侯为骑将[22]，追项王，项王瞋目而叱之[23]，赤泉侯人马俱惊，辟易数里[24]。与其骑会为三处。汉军不知项王所在，乃分军为三，复围之。项王乃驰，复斩汉一都尉，杀数十百人，复聚其骑，亡其两骑耳。乃谓其骑曰：“何如？”骑皆伏曰：“如大王言！”

于是项王乃欲东渡乌江[25]。乌江亭长舣船待[26]，谓项王曰：“江东虽小，地方千里，众数十万人，亦足王也。愿大王急渡。今独臣有船，汉军至，无以渡。”项王笑曰：“天之亡我，我何渡为！且籍与江东子弟八千人渡江而西，今无一人还，纵江东父兄怜而王我，我何面目见之？纵彼不言，籍独不愧于心乎？”乃谓亭长曰：“吾知公长者。吾骑此马五岁，所当无敌，尝一日行千里，不忍杀之，以赐公。”乃令骑皆下马步行，持短兵

接战。独籍所杀汉军数百人。项王身亦被十余创[27]，顾见汉骑司马吕马童[28]，曰：“若非吾故人乎[29]？”马童面之[30]，指王翳曰[31]：“此项王也。”项王乃曰：“吾闻汉购我头千金，邑万户，吾为若德[32]。”乃自刎而死。王翳取其头，余骑相蹂践争项王，相杀者数十人。最其后，郎中骑杨喜，骑司马吕马童，郎中吕胜、杨武各得其一体。五人共会其体，皆是。故分其地为五：封吕马童为中水侯，封王翳为杜衍侯，封杨喜为赤泉侯，封杨武为吴防侯，封吕胜为涅阳侯。

……

太史公曰：吾闻之周生曰[33]，舜目盖重瞳子[34]，又闻项羽亦重瞳子，羽岂其苗裔邪[35]？何兴之暴也[36]！夫秦失其政，陈涉首难，豪杰蜂起，相与并争，不可胜数。然羽非有尺寸[37]，乘势起陇亩之中[38]，三年，遂将五诸侯灭秦，分裂天下，而封王侯，政由羽出[39]，号为“霸王”，位虽不终[40]，近古以来未尝有也。及羽背关怀楚，放逐义帝而自立[41]，怨王侯叛己，难矣。自矜功伐[42]，奋其私智而不师古[43]，谓霸王之业，欲以力征经营天下[44]，五年卒亡其国，身死东城，尚不觉悟，而不自责，过矣[45]。乃引“天亡我，非用兵之罪也[46]”，岂不谬哉！

(选自《史记故事选译》，中华书局上海编辑所，中华书局，1959 年版)

注释

[1] 壁：此处用作动词，驻扎。　　垓下：地名，在今安徽亳县。

[2] 四面皆楚歌：四面八方都响起了用楚方言唱的歌，暗指楚人多已降汉。

[3] 幸从：得到宠爱，跟随在项羽身边。

[4] 骓(zhuī)：毛色黑白相间的马。

[5] 忼慨：同“慷慨”，悲愤激昂。

[6] 逝：奔驰。

[7] 奈若何：将你怎么办。

[8] 骑(jì)：名词，一人乘一马为一骑。

[9] 直夜：当夜。

[10] 平明：天亮。

[11] 骑能属(zhǔ)者：能跟从而来的骑兵。　　属：随从，跟从。

[12] 阴陵：地名，在今安徽定远西北。

[13] 田父(fǔ)：老农。　　绐(dài)：欺骗。

[14] 东城：地名，在今安徽定远东南。

[15] 身：亲身参加。

[16] 所当者：所遇到的敌人。

[17] 固：必定。

[18] 快战：痛痛快快地打一仗。

[19] 刈(yì)：割，砍。

[20] 四向：面朝四个方向。

[21] 期山东为三处：约定在山的东面分三处集合。

[22] 赤泉：地名，在今河南淅川县西。　赤泉侯：汉将杨喜，后封赤泉侯。

[23] 瞋目而叱之：瞪大眼睛，大声呵斥。

[24] 辟易：倒退。

[25] 乌江：即今安徽和县东北的乌江浦。

[26] 亭长：乡官，秦汉时期十里一亭，设亭长一人。　舣(yǐ)：移船靠岸。

[27] 创：创伤。

[28] 顾：回头。

[29] 故人：旧相识。

[30] 面之：面向项羽。

[31] 指王翳：把项羽指给王翳看。

[32] 吾为若德：我就给你个好处吧。

[33] 周生：汉代儒者，周姓，名不详。

[34] 重瞳子：一只眼睛里有两个眸子。

[35] 苗裔：后代。

[36] 暴：骤然，突然。

[37] 尺寸：指极少的封地、权势。

[38] 陇亩：田间。

[39] 政：政令。

[40] 不终：没有较为长远的好结果。

[41] 放逐义帝而自立：义帝：战国时期楚怀王熊槐之孙，名熊心。公元前 208 年，项羽之叔项梁起兵，拥立熊心为王，灭秦后，项羽尊其为义帝，后项羽自立为西楚霸王，逼义帝徙往长沙郴县，暗中令人途中将其杀害。

[42] 自矜功伐：自夸武力征伐之功。

[43] 私智：一己之能。　师古：以古代功成业立的帝王为师。

[44] 经营：治理。

[45] 过矣：实在是大错了。

[46] 引：援引。

司马迁(约前 145—？)字子长，西汉夏阳(今陕西韩城)人，我国古代伟大的历史学家和杰出的文学家。司马迁早年曾师从董仲舒、孔安国，受到良好的经学和史学教育，研读了大量的历史文献，后漫游大江南北，探访古迹，采集传说，考察民俗，汉武帝元丰三年(公元前 108 年)，承父职，为太史令。司马迁继承父亲遗志，博览群书，收集整理史料，开始编纂史书。汉武帝天汉二年(公元前 99 年)，司马迁因李陵事件触怒汉武帝而下狱，受宫刑，出狱后任中书令，他强忍愤懑，发愤著书，终于在汉武帝征和初年(约公元前 92 年)撰写完成我国第一部纪传体通史，时称《太史公书》，三国后通称为《史记》，不久即去世。

《史记》是我国第一部纪传体通史，上起传说中的黄帝，下至汉武帝太初年间，记载了三千多年的历史。司马迁参酌古今，创造出史书撰写的新体例。全书包括十二本纪、十表、八书、三十世家、七十列传，总计一百三十篇。全书反映了汉武帝太初以前的社会政治、经济、文化发展演变的概貌，举凡治乱兴衰、典章制度，均分门别类，条分缕析，分

量之大、卷帙之多、内容之富、结构之严、体制之备，均可谓空前。班固称《史记》："其文直，其事核，不虚美，不隐恶，故谓之实录。"《史记》不仅是历史著作，而且也是一部文学著作，它向我们展示了广阔的社会生活画面，人物形象栩栩如生，性格鲜明，语言生动，具有强烈的感染力，对后世文学影响巨大而深远。故鲁迅先生誉之为"史家之绝唱，无韵之《离骚》"(《汉文学史纲要》)。

导读

《垓下之围》节选自《史记·项羽本纪》，是《史记》中最为精彩的篇章之一。它通过描写项羽一生中最后的经历，刻画了这位盖世英雄骁勇善战而又富于人情味的形象，展示了其复杂的内心世界。全文笼罩着一种悲怆伤感的情调，极具打动人心的力量，是一首末路英雄的悲歌。

本篇由垓下之围、东城快战、乌江自刎三个场面组成，其中包含了夜闻楚歌、别姬悲唱、阴陵失道、东城快战、拒渡赠马、赐头故人等系列情节和细节。作者运用史实、传说和想象，塑造了一个个性十分鲜明的悲剧英雄形象：四面楚歌中霸王别姬，悲歌慷慨，苍凉寂寥，表现了英雄末路多情而又无可奈何的悲哀；东城快战，则着意于进一步展开他力拔山兮气盖世的意气和个人英雄主义的性格，他丝毫不存侥幸突围之心，只图痛快打一仗给追随他的残部看，确证他的失败是"天之亡我"，展现了项羽骁勇善战、勇猛无比的英姿；乌江自刎这一场面写了拒渡、赠马、赐头三个细节，表现出他淳朴直爽、真挚豪迈、重情重义的性格，揭示了他宁死不屈、知耻重义的内心世界。通过多角度的个性描写与刻画，使项羽的形象丰满立体，光彩照人。

本篇构思巧妙，善于将复杂的事件安排得井然有序，张弛有度，在激烈的军事冲突中，插入情意缠绵的悲歌别姬一段，使情节发展疾徐有致，节奏疏密相间成趣。突围快战，高潮迭起，情节连接紧密，过渡自然，结构浑成，气势磅礴。一系列对话、行动细节描写，使得人物性格鲜活灵动。篇末的点评，既肯定了项羽在灭秦过程中建立的丰功伟绩，同时也批评了他自矜武力以经营天下的错误，扼要而中肯。

感悟讨论

1. 这篇课文描写了哪三个场面？展现了项羽怎样的性格特征？

2. 本篇张弛有度、疾徐有致，三个场面中包含了哪些具体情节和细节？这些情节和细节描写对刻画人物有何作用？

3. 阅读下面节选的《项羽本纪》，你认为项羽是一个怎样的人？你同意司马迁的评价吗？为什么？

平行阅读

项羽本纪(节选)

司马迁

项籍者，下相人也，字羽。初起时，年二十四。其季父项梁。梁父即楚将项燕，为秦将王翦所戮者也。项氏世世为楚将；封于项，故姓项氏。

项籍少时，学书不成，去；学剑，又不成。项梁怒之。籍曰："书，足以记名姓而已；剑，一人敌，不足学——学万人敌！”于是项梁乃教籍兵法，籍大喜，略知其意，又不肯竟学。

项梁尝有栎阳逮捕，乃请蕲狱掾曹咎书，抵栎阳狱掾司马欣，以故，事得已。项梁杀人，与籍避仇于吴中，吴中贤士大夫皆出项梁下。每吴中有大徭役及丧，项梁常为主办，阴以兵法部勒宾客及子弟，以是知其能。

秦始皇帝游会稽，渡浙江，梁与籍俱观。籍曰：“彼可取而代也。”梁掩其口，曰：“毋妄言！族矣！”梁以此奇籍。籍长八尺余，力能扛鼎，才气过人，虽吴中子弟，皆已惮籍矣。

秦二世元年七月，陈涉等起大泽中。其九月，会稽守通谓梁曰：“江西皆反，此亦天亡秦之时也！吾闻：先，即制人；后则为人所制。吾欲发兵，使公及桓楚将。”是时，桓楚亡在泽中。梁曰：“桓楚亡，人莫知其处，独籍知之耳。”梁乃出诫籍，持剑居外待。梁复入，与守坐，曰：“请召籍，使受命召桓楚。”守曰：“诺。”梁召籍入。须臾，梁眴籍曰：“可行矣！”于是籍遂拔剑斩守头。项梁持守头，佩其印绶。门下大惊，扰乱，籍所击杀数十百人。一府中皆慴伏，莫敢起。梁乃召故所知豪吏，谕以所为起大事，遂举吴中兵。使人收下县，得精兵八千人。梁部署吴中豪杰，为校尉、候、司马。有一人不得用，自言于梁。梁曰：“前时某丧，使公主某事，不能办，以此不任用公。”众乃皆伏。

于是梁为会稽守，籍为裨将，徇下县。

广陵人召平于是为陈王徇广陵，未能下；闻陈王败走，秦兵又且至，乃渡江，矫陈王命，拜梁为楚王上柱国。曰：“江东已定，急引兵西击秦！”项梁乃以八千人渡江而西。

闻陈婴已下东阳，使使欲与连和俱西。——陈婴者，故东阳令史，居县中，素信谨，称为长者。东阳少年杀其令，相聚数千人，欲置长；无适用，乃请陈婴。婴谢不能，遂强立婴为长；县中从者得二万人。少年欲立陈婴便为王，异军苍头特起。陈婴母谓婴曰：“自我为汝家妇，未尝闻汝先古之有贵者。今暴得大名，不祥；不如有所属。事成，犹得封侯；事败，易以亡，非世所指名也。”婴乃不敢为王。谓其军吏曰：“项氏世世将家，有名于楚；今欲举大事，将非其人不可。我倚名族，亡秦必矣！”于是众从其言，以兵属项梁。

项梁渡淮，黥布、蒲将军亦以兵属焉。凡六七万人，军下邳。

当是时，秦嘉已立景驹为楚王；军彭城东，欲距项梁。项梁谓军吏曰：“陈王先首事，战不利，未闻所在。今秦嘉倍陈王而立景驹，逆无道！”乃进兵击秦嘉。秦嘉军败走，追之至胡陵。嘉还战一日。嘉死，军降。景驹走死梁地。

项梁已并秦嘉军，军胡陵；将引军而西。

章邯军至栗，项梁使别将朱鸡石、馀樊君与战。馀樊君死；朱鸡石军败，亡走胡陵。项梁乃引兵入薛，诛鸡石。项梁前使项羽别攻襄城，襄城坚守不下；已拔，皆坑之。还报项梁。

项梁闻陈王定死，召诸别将，会薛计事。此时，沛公亦起沛，往焉。

居鄛人范增——年七十，素居家，好奇计——往说项梁曰：“陈胜败固当。夫秦灭六国，楚最无罪。自怀王入秦不反，楚人怜之至今，故楚南公曰：‘楚虽三户，亡秦必楚也！’今陈胜首事，不立楚后而自立，其势不长。今君起江东，楚蜂起之将皆争附君者，以君世世楚将，为能复立楚之后也。”于是项梁然其言；乃求楚怀王孙心——民间为人牧

羊——立以为楚怀王，从民所望也。

陈婴为楚上柱国，封五县，与怀王都盱台。项梁自号为武信君。

居数月，引兵攻亢父；与齐田荣、司马龙且军救东阿，大破秦军于东阿。田荣即引兵归，逐其王假。假亡走楚。假相田角亡走赵；角弟田间，故齐将，居赵不敢归。田荣立田儋市市为齐王。项梁已破东阿下军，遂追秦军。数使使趣齐兵，欲与俱西。田荣曰："楚杀田假，赵杀田角、田间，乃发兵。"项梁曰："田假为与国之王，穷来从我，不忍杀之。"赵亦不杀田角、田间以市于齐。齐遂不肯发兵助楚。

项梁使沛公及项羽别攻城阳，屠之。西破秦军濮阳东，秦兵收入濮阳。沛公、项羽乃攻定陶。定陶未下，去，西略地，至雍丘，大破秦军，斩李由，还攻外黄，外黄未下。

项梁起东阿西，此至定陶，再破秦军，项羽等又斩李由，益轻秦，有骄色。宋义乃谏项梁曰："战胜而将骄卒惰者败。今卒少惰矣，秦兵日益，臣为君畏之！"项梁弗听。乃使宋义使于齐。道遇齐使者高陵君显，曰"公将见武信君乎？"曰："然。"曰："臣论武信君军必败。公徐行即免死，疾行则及祸。"秦果悉起兵益章邯，击楚军，大破之定陶，项梁死。

沛公、项羽去外黄，攻陈留，陈留坚守，不能下。沛公、项羽相与谋曰："今项梁军破，士卒恐。"乃与吕臣军俱引兵而东，吕臣军彭城东，项羽军彭城西，沛公军砀。

章邯已破项梁军，则以为楚地兵不足忧，乃渡河击赵，大破之。

当此时，赵歇为王，陈馀为将，张耳为相；皆走入巨鹿城。章邯令王离、涉间围巨鹿。章邯军其南，筑甬道而输之粟。陈馀为将，将卒数万人而军巨鹿之北，此所谓河北之军也。

楚兵已破于定陶，怀王恐，从盱台之彭城，并项羽、吕臣军，自将之。以吕臣为司徒，以其父吕青为令尹，以沛公为砀郡长，封为武安侯，将砀郡兵。

初，宋义所遇齐使者高陵君显在楚军，见楚王曰："宋义论武信君之军必败，居数日，军果败。兵未战而先见败征，此可谓知兵矣！"王召宋义与计事，而大说之，因置以为上将军；项羽为鲁公，为次将；范增为末将：救赵。诸别将皆属宋义，号为"卿子冠军"。

行至安阳，留四十六日不进。项羽曰："吾闻秦军围赵王巨鹿，疾引兵渡河，楚击其外，赵应其内，破秦军必矣。"宋义曰："不然；夫搏牛之虻，不可以破虮虱。今秦攻赵：战胜，则兵罢，我承其敝；不胜，则我引兵鼓行而西，必举秦矣。故不如先斗秦、赵。夫被坚执锐，义不如公；坐而运策，公不如义。"因下令军中曰："猛如虎，很如羊，贪如狼，强不可使者，皆斩之！"乃遣其子宋襄相齐，身送之至无盐，饮酒高会。天寒，大雨，士卒冻饥。项羽曰："将戮力而攻秦，久留不行；今岁饥民贫，士卒食芋菽，军无见粮，乃饮酒高会；不引兵渡河，因赵食，与赵并力攻秦，乃曰：'承其敝。'夫以秦之强，攻新造之赵，其势必举赵；赵举而秦强，何'敝'之'承'！且国兵新破，王坐不安席，埽境内而专属于将军，国家安危，在此一举。今不恤士卒而徇其私，非社稷之臣！"项羽晨朝上将军宋义，即其帐中斩宋义头；出，令军中曰："宋义与齐谋反楚，楚王阴令羽诛之！"当是时，诸将皆慑服，莫敢枝梧，皆曰："首立楚者，将军家也。今将军诛乱！"乃相与共立羽为假上将军。使人追宋义子，及之齐，杀之。使桓楚报命于怀王。怀王因使项羽为上将军。当阳君、蒲将军皆属项羽。

项羽已杀卿子冠军，威震楚国，名闻诸侯。乃遣当阳君、蒲将军将卒二万，渡河，救巨鹿。战少利，陈馀复请兵。项羽乃悉引兵渡河，皆沉船，破釜甑，烧庐舍，持三日粮，以示士卒必死，无一还心。于是，至，则围王离，与秦军遇，九战，绝其甬道，大破之；杀苏角，虏王离。涉间不降楚，自烧杀。

当是时，楚兵冠诸侯。诸侯军救巨鹿下者十余壁，莫敢纵兵。及楚击秦，诸将皆从壁上观。楚战士无不一以当十。楚兵呼声动天，诸侯军无不人人惴恐。于是已破秦军，项羽召见诸侯将；入辕门，无不膝行而前，莫敢仰视。项羽由是始为诸侯上将军，诸侯皆属焉。

章邯军棘原，项羽军漳南，相持未战。秦军数却，二世使人让章邯。章邯恐，使长史欣请事。至咸阳，留司马门三日，赵高不见，有不信之心。长史欣恐，还走其军，不敢出故道。赵高果使人追之，不及。欣至军，报曰："赵高用事于中，下无可为者。今战能胜，高必疾妒吾功；战不能胜，不免于死。愿将军孰计之。"陈馀亦遗章邯书曰："白起为秦将，南征鄢、郢，北坑马服，攻城略地，不可胜计，而竟赐死。蒙恬为秦将，北逐戎人，开榆中地数千里，竟斩阳周。何者？功多，秦不能尽封，因以法诛之。今将军为秦将三岁矣，所亡失以十万数，而诸侯并起滋益多。彼赵高素谀日久，今事急，亦恐二世诛之，故欲以法诛将军以塞责，使人更代将军以脱其祸。夫将军居外久，多内隙，有功亦诛，无功亦诛。且天之亡秦，无愚智皆知之。今将军内不能直谏，外为亡国将，孤特独立而欲常存，岂不哀哉！将军何不还兵，与诸侯为从，约共攻秦，分王其地，南面称孤？此孰与身伏斧质，妻子为戮乎？"章邯狐疑，阴使候始成使项羽，欲约。约未成，项羽使蒲将军日夜引兵渡三户，军漳南，与秦战，再破之。项羽悉引兵击秦军污水上，大破之。章邯使人见项羽，欲约。项羽召军吏谋曰："粮少，欲听其约。"军吏皆曰"善。"项羽乃与期洹水南殷墟上。

已盟，章邯见项羽而流涕，为言赵高。项羽乃立章邯为雍王，置楚军中。使长史欣为上将军，将秦军，为前行。到新安。诸侯吏卒异时故繇使屯戍过秦中，秦中吏卒遇之多无状。及秦军降诸侯，诸侯吏卒乘胜，多奴虏使之，轻折辱秦吏卒。秦吏卒多窃言曰："章将军等诈吾属降诸侯！今能入关破秦，大善；即不能，诸侯虏吾属而东，秦必尽诛吾父母妻子。"诸将微闻其计，以告项羽。项羽乃召黥布、蒲将军计曰："秦吏卒尚众，其心不服，至关中不听，事必危。不如击杀之，而独与章邯、长史欣、都尉翳入秦。"于是楚军夜击坑秦卒二十余万人新安城南。

行，略定秦地，函谷关。有兵守关，不得入。又闻沛公已破咸阳，项羽大怒，使当阳君等击关，项羽遂入，至于戏西。

(选自《两汉文学史参考资料》，北京大学中国文学史教研室选注，中华书局，1962年版)

《史记》既是一部伟大的历史著作，也是一部伟大的传记文学作品，在史学和文学两方面对后世都产生了深远影响，被鲁迅先生誉为"史家之绝唱，无韵之《离骚》"。

第八节　孙 庞 斗 智

司马迁

孙武既死[1]，后百余岁有孙膑[2]。膑生阿、鄄之间[3]。膑亦孙武之后世子孙也。

孙膑尝与庞涓俱学兵法[4]。庞涓既事魏[5]，得为惠王将军[6]，而自以为能不及孙膑，乃阴[7]使召孙膑。膑至，庞涓恐其贤于己，疾之[8]，则以法刑断其两足而黥之[9]，欲隐勿见[10]。齐使者如梁[11]，孙膑以刑徒阴见，说齐使[12]。齐使以为奇[13]，窃载与之齐。齐将田忌善而客待之[14]。

忌数与齐诸公子驰逐重射[15]。孙子见其马足不甚相远[16]，马有上、中、下辈。于是孙子谓田忌曰："君第重射[17]，臣能令君胜。"田忌信然之，与王及诸公子逐射千金。及临质[18]，孙子曰："今以君之下驷与彼上驷，取君上驷与彼中驷，取君中驷与彼下驷。"既驰三辈毕，而田忌一不胜而再胜，卒得王千金。于是忌进孙子于威王。威王问兵法，遂以为师[19]。

其后魏伐赵，赵急，请救于齐。齐威王欲将孙膑，膑辞谢曰："刑余之人不可。"于是乃以田忌为将，而孙膑为师，居辎车中[20]，坐为计谋。田忌欲引兵之赵，孙子曰："夫解杂乱纷纠者不控拳[21]，救斗者不搏击，批亢捣虚[22]，形格势禁[23]，则自为解耳。今梁、赵相攻，轻兵锐卒必竭于外，老弱罢于内；君不若引兵疾走大梁，据其街路，冲其方虚[24]，彼必释赵而自救。是我一举解赵之围而收弊于魏也[25]。"田忌从之。魏果去邯郸[26]，与齐战于桂陵[27]，大破梁军。

后十三岁，魏与赵攻韩，韩告急于齐。齐使田忌将而往，直走大梁。魏将庞涓闻之，去韩而归，齐军既已过而西矣[28]。孙子谓田忌曰："彼三晋之兵[29]，素悍勇而轻齐，齐号为怯，善战者因其势而利导之。兵法：百里而趋利者蹶上将[30]，五十里而趋利者军半至。使齐军入魏地为十万灶，明日为五万灶，又明日为三万灶。"庞涓行三日，大喜，曰："我固知齐军怯，入吾地三日，士卒亡者过半矣[31]。"乃弃其步军，与其轻锐倍日并行逐之[32]。

孙子度其行，暮当至马陵[33]。马陵道狭，而旁多阻隘[34]，可伏兵，乃斫大树白而书之曰"庞涓死于此树之下"[35]。于是令齐军善射者万弩夹道而伏，期曰[36]："暮见火举而俱发。"庞涓果夜至斫木下，见白书，乃钻火烛之。读其书未毕，齐军万弩俱发，魏军大乱相失。庞涓自知智穷兵败，乃自刭，曰："遂成竖子之名！"齐因乘胜尽破其军，虏魏太子申以归。孙膑以此名显天下，世传其兵法。

(选自《史记故事选译》，中华书局上海编辑所，中华书局，1959年版)

注释

[1] 孙武：春秋时期齐国人，著名军事家，曾率领吴军大破楚军，著《孙子兵法》十三篇，为后世兵法家所推崇，被誉为"兵学圣典"。

[2] 孙膑(bìn)：战国时期军事家，孙武后人，曾被齐威王任命为军师，帮助齐国取得了桂陵之战和马陵之战的胜利。

[3] 阿(ē)：地名，今山东阳谷县。　鄄(juàn)：地名，今山东鄄城。

[4] 庞涓：战国时期魏国大将。　俱：一同。
[5] 事魏：在魏国做官。
[6] 惠王：即魏惠王，战国时期魏国第三代国君，公元前 369 年至公元前 319 年在位。
[7] 阴：暗中。
[8] 疾之：妒忌他。
[9] 法：罪名。　黥(qíng)：古代在面上刺字涂墨的刑罚。
[10] 欲隐勿见：使他不能抛头露面。见：通“现”。
[11] 梁：即大梁，魏国都城，今河南开封。
[12] 说：用话说动。
[13] 奇：难得的人才。
[14] 田忌：田齐宗族，战国时期齐国名将。
[15] 数：多次。　驰逐重射：赛马下很大的赌注。　射：打赌。
[16] 马足：马的足力。
[17] 第：只。
[18] 临质：临场比赛。
[19] 师：军师。
[20] 辎车：古代一种有帷盖的大车。
[21] 纷纠：乱丝。　控拳：用劲握拳。
[22] 批亢捣虚：撇开充实的地方，攻击空虚的地方。
[23] 格：阻碍。　禁：顾忌。
[24] 方虚：恰巧空虚的地方。
[25] 收弊于魏：使魏国疲惫。
[26] 邯郸：赵国国都，今河北邯郸。
[27] 桂陵：地名，今山东菏泽。
[28] 已过而西：已过国界，西行入魏。
[29] 三晋：指战国赵、魏、韩，三国由晋国分出，简称为三晋，这里指魏。
[30] 蹶：损折。
[31] 亡：逃跑。
[32] 倍日：两天路程并作一天走。
[33] 马陵：魏地名，今河北大名。
[34] 阻隘：险要之地。
[35] 斫(zhuó)：砍削。
[36] 期：约定。

导读

本文选自《史记·孙子吴起列传》，题目是编者加的。作品通过田忌赛马、围魏救赵、马陵之战三个故事刻画了孙膑善于观察分析、正确判断、忍辱内敛、足智多谋的性格，也从侧面反映了庞涓的狭隘阴险、嫉贤妒能、骄傲自负，最终导致身败名裂。

田忌赛马，用同样的马匹，只是调换一下比赛的出场顺序，就得到转败为胜的结果，

由此揭示了如何善用自己的长处去对付对手的短处，从而在竞技中获胜。围魏救赵，精彩之处在于，以逆向思维的方式，以表面看来舍近求远的方法，绕开问题的表面现象，从事物的本源上去解决问题，从而取得一招制胜的神奇效果。马陵之战，孙膑针对魏军轻视齐军的心理，对症下药，精心设计了“减灶诱敌”的策略，向魏军示以怯懦，诱使魏军轻敌冒进，己方则设伏张网以逸待劳，魏军果然中了孙膑的计策，乖乖地钻进了齐军的包围圈，以致全军覆没。

孙膑的才能并没有什么神秘的地方，而是从他细心观察和仔细研究中得来的。扩大敌人的缺点和错误，就是这种足智多谋的集中体现。

感悟讨论

1. 找出文中相应的文章段落，总结孙膑和庞涓的性格特点。
2. 结合本篇文章探讨《史记》的思想和叙事艺术特色。

东汉无名氏有诗云：“黄鹄一远别，千里顾徘徊。胡马失其群，思心常依依。何况双飞龙，羽翼临当乖。幸有弦歌曲，可以喻中怀。请为游子吟，泠泠一何悲……”

第九节 苏 武 传[1]

班 固

武字子卿[2]，少以父任，兄弟并为郎[3]。稍迁至栘中厩监[4]。时汉连伐胡，数通使相窥观[5]。匈奴留汉使郭吉、路充国等前后十余辈[6]。匈奴使来，汉亦留之以相当。天汉元年，且鞮侯单于初立[7]，恐汉袭之，乃曰：“汉天子，我丈人行也[8]。”尽归汉使路充国等。武帝嘉其义，乃遣武以中郎将使持节送匈奴使留在汉者[9]；因厚赂单于，答其善意。武与副中郎将张胜及假吏常惠等、募士、斥候百余人俱[10]。既至匈奴，置币遗单于[11]。单于益骄，非汉所望也。

方欲发使送武等，会缑王与长水虞常等谋反匈奴中——缑王者，昆邪王姊子也[12]，与昆邪王俱降汉；后随浞野侯没胡中[13]——及卫律所将降者，阴相与谋劫单于母阏氏归汉[14]。会武等至匈奴。虞常在汉时，素与副张胜相知，私候胜曰：“闻汉天子甚怨卫律，常能为汉伏弩射杀之。吾母与弟在汉，幸蒙其赏赐[15]。”张胜许之，以货物与常。

后月余，单于出猎，独阏氏、子弟在。虞常等七十余人欲发，其一人夜亡，告之。单于子弟发兵与战，缑王等皆死；虞常生得[16]。单于使卫律治其事。张胜闻之，恐前语发，以状语武[17]。武曰：“事如此，此必及我。见犯，乃死，重负国[18]！”欲自杀。胜、惠共止之。虞常果引张胜[19]。单于怒，召诸贵人议，欲杀汉使者。左伊秩訾曰[20]：“即谋单于[21]，何以复加？宜皆降之。”单于使卫律召武受辞[22]。武谓惠等：“屈节辱命，虽生，何面目以归汉！”引佩刀自刺。卫律惊，自抱持武，驰召毉[23]。凿地为坎，置煴火[24]，覆武其上；蹈其背以出血[25]。武气绝，半日复息。惠等哭，舆归营[26]。单于壮其节，朝夕遣人候问武，而收系张胜。

武益愈，单于使使晓武会论虞常[27]，欲因此时降武。剑斩虞常已，律曰：“汉使张胜，谋杀单于近臣，当死。单于募降者赦罪。”举剑欲击之，胜请降。律谓武曰：“副有罪，当相坐[28]。”武曰：“本无谋，又非亲属，何谓连坐？”复举剑拟之，武不动。律曰：“苏君！律前负汉归匈奴，幸蒙大恩，赐号称王；拥众数万，马畜弥山；富贵如此！苏君今日降，明日复然。空以身膏草野，谁复知之！”武不应。律曰：“君因我降[29]，与君为兄弟，今不听吾计，后虽欲复见我，尚可得乎？”

武骂律曰：“汝为人臣子，不顾恩义，畔主背亲[30]，为降虏于蛮夷，何以汝为见！且单于信汝，使决人死生；不平心持正，反欲斗两主，观祸败！南越杀汉使者，屠为九郡[31]；宛王杀汉使者，头县北阙[32]；朝鲜杀汉使者，即时诛灭[33]；独匈奴未耳！若知我不降明，欲令两国相攻。匈奴之祸，从我始矣！”律知武终不可胁，白单于。单于愈益欲降之，乃幽武，置大窖中，绝不饮食[34]。天雨雪，武卧啮雪，与旃毛并咽之[35]，数日不死。匈奴以为神，乃徙武北海上无人处，使牧羝，羝乳乃得归[36]。别其官属常惠等[37]，各置他所。

武既至海上，廪食不至[38]，掘野鼠、去草实而食之[39]。杖汉节牧羊，卧起操持，节旄尽落。积五六年，单于弟於靬王弋射海上[40]。武能网纺缴，檠弓弩[41]，於靬王爱之，给其衣食。三岁余，王病，赐武马畜、服匿、穹庐[42]。王死，后人众徙去；其冬，丁令盗武牛羊，武复穷厄。

初，武与李陵俱为侍中。武使匈奴明年[43]，陵降，不敢求武。久之，单于使陵至海上，为武置酒设乐。因谓武曰：“单于闻陵与子卿素厚，故使陵来说。足下虚心欲相待，终不得归汉，空自苦亡人之地[44]，信义安所见乎？前长君为奉车[45]，从至雍棫阳宫[46]，扶辇下除[47]，触柱折辕；劾大不敬[48]，伏剑自刎，赐钱二百万以葬。孺卿从祠河东后土[49]，宦骑与黄门驸马争船[50]，推堕驸马河中，溺死；宦骑亡。诏使孺卿逐捕，不得；惶恐饮药而死。来时，太夫人已不幸[51]，陵送葬至阳陵。子卿妇年少，闻已更嫁矣。独有女弟二人[52]，两女一男，今复十余年，存亡不可知。人生如朝露，何久自苦如此！陵始降时，忽忽如狂[53]，自痛负汉；加以老母系保宫[54]，子卿不欲降，何以过陵！且陛下春秋高，法令亡常[55]，大臣亡罪夷灭者数十家——安危不可知。子卿尚复谁为乎？愿听陵计，勿复有云！”

武曰：“武父子亡功德，皆为陛下所成就[56]；位列将，爵通侯，兄弟亲近[57]。常愿肝脑涂地。今得杀身自效，虽蒙斧钺汤镬[58]，诚甘乐之。臣事君，犹子事父也；子为父死，亡所恨。愿勿复再言。”

陵与武饮数日，复曰：“子卿壹听陵言[59]。”

武曰：“自分已死久矣[60]！王必欲降武[61]，请毕今日之欢，效死于前！”

陵见其至诚，喟然叹曰：“嗟乎，义士！陵与卫律之罪，上通于天！”因泣下霑衿[62]，与武决去。陵恶自赐武[63]，使其妻赐武牛羊数十头。

后陵复至北海上，语武：“区脱捕得云中生口[64]，言太守以下吏民皆白服，曰：上崩！”武闻之，南乡号哭欧血，旦夕临数月[65]。

昭帝即位数年[66]，匈奴与汉和亲。汉求武等，匈奴诡言武死。后汉使复至匈奴，常惠请其守者与俱[67]，得夜见汉使，具自陈道。教使者谓单于：“言‘天子射上林中[68]，得雁，足有系帛书，言武等在荒泽中’。”使者大喜，如惠语以让单于[69]。单于视左右而惊，谢汉使曰：“武等实在。”

于是李陵置酒贺武曰："今足下还归，扬名于匈奴，功显于汉室。虽古竹帛所载，丹青所画，何以过子卿！陵虽驽怯，令汉且贳陵罪，全其老母[70]，使得奋大辱之积志，庶几乎曹柯之盟[71]，此陵宿昔之所不忘也！收族陵家，为世大戮[72]，陵尚复何顾乎？已矣，令子卿知吾心耳！异域之人，壹别长绝！"陵起舞，歌曰："径万里兮度沙幕[73]，为君将兮奋匈奴。路穷绝兮矢刃摧，士众灭兮名已隤[74]；老母已死，虽欲报恩将安归！"陵泣下数行，因与武决。单于召会武官属[75]，前以降及物故[76]，凡随武还者九人。

武以始元六年春至京师[77]。诏武奉一太牢，谒武帝园庙。拜为典属国[78]，秩中二千石[79]；赐钱二百万，公田二顷，宅一区。常惠、徐圣、赵终根皆拜为中郎[80]，赐帛各二百匹。其余六人，老，归家，赐钱人十万，复终身[81]。常惠后至右将军，封列侯，自有传。武留匈奴凡十九岁，始以彊壮出[82]，及还，须发尽白。

武来归明年，上官桀、子安与桑弘羊及燕王、盖主谋反[83]。武子男元，与安有谋，坐死。[84]初，桀、安与大将军霍光争权[85]，数疏光过失予燕王，令上书告之。又言："苏武使匈奴二十年，不降，还，乃为典属国；大将军长史无功劳，为搜粟都尉，光颛权自恣[86]。"及燕王等反，诛，穷治党与[87]。武素与桀、弘羊有旧，数为燕王所讼[88]，子又在谋中：廷尉奏请逮捕武[89]。霍光寝其奏[90]，免武官。

数年，昭帝崩。武以故二千石与计谋[91]，立宣帝。赐爵关内侯，食邑三百户。久之，卫将军张安世荐武明习故事[92]，奉使不辱命，先帝以为遗言。宣帝即时召武待诏宦者署[93]，数进见。复为右曹典属国[94]。以武著节老臣，命朝朔望，号称祭酒[95]，甚优宠之。武所得赏赐，尽以施予昆弟、故人[96]，家不余财。皇后父平恩侯、帝舅平昌侯、乐昌侯、车骑将军韩增、丞相魏相、御史大夫丙吉[97]，皆敬重武。

武年老，子前坐事死，上闵之，问左右："武在匈奴久，岂有子乎？"武因平恩侯自白："前发匈奴时，胡妇适产一子通国，有声问来[98]，愿因使者致金帛赎之。"上许焉。后通国随使者至，上以为郎。又以武弟子为右曹。武年八十余，神爵二年病卒[99]。

(选自《两汉文学史参考资料》，北京大学中国文学史教研室选注，中华书局，1962 年版)

注释

[1] 《苏武传》：原载《汉书》卷五十四《李广苏建传》，《苏建传》后附《苏武传》，本篇省去了传后附载麒麟阁画图功臣一段。

[2] 武字子卿：汉书各传体例，首句必载其人姓名。此传因附在《苏建传》后，故仅称武，而未载姓氏。

[3] "少以"二句：父：指苏武的父亲苏建，爵为平陵侯，官至太守。　以父任：由于父亲职位的关系。　兄弟：指苏武与其兄苏嘉、弟苏贤。　郎：侍卫。

[4] "稍迁"句：迁：升迁。　栘(yí)中厩：马厩名。　监：管理马厩的官。

[5] 相窥观：互相窥测、观察。

[6] 十余辈：犹言十几批。

[7] "天汉"二句：天汉元年，即公元前 100 年。　且鞮(zū dī)侯单于：西汉时匈奴君主，即位前为左大都尉，公元前 96 年卒于任。

[8] 丈人行：言父辈。

[9] 节：使者所持信物，又称旄(máo)节，以竹为杆，缀以旄牛尾。　持节：拿着代

表皇帝的旄节。

[10] “武与”句：假吏：犹“兼吏”，临时委任的使臣属吏。 常惠：太原人，随苏武同时出使匈奴，与苏武同时归国。 募士：招募来的士卒。 斥候：侦察兵。

[11] 币：泛指车、马、皮、帛、玉器等礼物。

[12] “会缑王”二句：会：恰逢。 缑(gōu)王：匈奴的一个亲王。 长水：水名，又名浐水。长水虞常：长水人虞常。 昆邪王：匈奴的一个亲王。据《汉书·匈奴传》载，张骞、李陵击匈奴，杀俘数万人，单于怒，欲杀昆邪，昆邪恐，谋降汉。 姊子：姐姐的儿子。

[13] “后随”句：言后来缑王随浞(zhuó)野侯攻匈奴，兵败重新沦落胡中。浞野侯；即赵破奴，太原人，早年亡命匈奴，后归国，为霍去病军司马，公元前 103 年，汉派赵破奴征匈奴，兵败，降匈奴，后逃归，因罪灭族。

[14] “及卫律”二句：卫律：匈奴人，生长在汉朝，后降匈奴，被封为丁灵王。 阏氏(yān zhī)：匈奴皇后。

[15] 幸蒙其赏赐：希望受到汉朝的赏赐。其：指汉廷。

[16] 虞常生得：虞常被活捉。

[17] “恐前”二句：前语：指虞常与张胜私人谈话的内容。 发：泄露。 状：经过情形。

[18] “见犯”三句：见犯：受到侮辱。 重：更加。 负国：辜负了国家。

[19] 引：牵连。

[20] 左伊秩訾：匈奴的王号，有左、右之分。

[21] 即：假使。

[22] 受辞：接受审讯。

[23] 毉：通“医”。

[24] 煴(yūn)火：初燃未旺的火。

[25] 蹈：“搯”(tāo)的假借字，意为轻轻敲打。

[26] 舆：作动词，抬。

[27] “武益”二句：益：渐渐。 晓：通知。 会：共同。 论：判定罪名。

[28] 副有罪，当相坐：副使有罪，正使应连带治罪。

[29] 君因我降：你依靠我的引荐而降匈奴。

[30] 畔：通“叛”。

[31] “南越”二句：《汉书·武帝纪》载，公元前 112 年，南越王相吕嘉杀其国王及汉使者，汉乃遣路博德等征南越，平定南海、苍梧、郁林、合浦等九郡。

[32] “宛王”二句：《资治通鉴》载，公元前 104 年，汉使壮士车灵入大宛求良马，大宛国王毋寡不肯献马，令其贵族郁成王把汉使截杀在途中。武帝大怒，遂伐大宛，杀毋寡，并将其首级悬挂在汉宫阙下。

[33] “朝鲜”二句：《史记·朝鲜列传》载，公元前 109 年，武帝命使臣涉何说降朝鲜王右渠，右渠杀涉何，武帝乃遣杨朴征右渠，右渠投降。

[34] “置大窖”二句：大窖：藏粮食的地窖。 绝不饮食：不给水喝，不给饭吃。

[35] “天雨雪”三句：雨雪：犹言落雪。 啮：咬，嚼。 旃(zhān)：毛织物。

[36] “乃徙”三句：北海：即今俄罗斯境内的贝加尔湖，当时为匈奴极北之地。　羝(dī)：公羊。

[37] 别：分别隔离。

[38] 廪食：供给的事物。

[39] 去：通“弆”(jǔ)，收藏。

[40] “单于”句：於靬(wū jiān)王：且鞮侯单于的弟弟。　弋射：射猎。

[41] “武能”二句：能网纺缴：擅长结网和纺制系在箭尾的丝绳。缴(zhuó)：拴在箭上的生丝绳，用于射鸟。　檠(qíng)，矫正弓弩的器具，此处用作动词。

[42] 服匿、穹庐：服匿，盛酒酪之器。　穹庐：圆顶的帐篷。

[43] 明年：次年，即公元前 99 年。

[44] “足下”三句：足下：指苏武。　虚心：平心静气。　亡人之地：言无人之地。

[45] 前长君为奉车：前：前些时候。　长君：指苏武长兄苏嘉。　奉车，即奉车都尉。

[46] 雍棫阳宫：雍：地名，在今陕西凤翔县。　棫(yù)阳宫：秦昭王时所建的宫殿。

[47] 除：宫殿台阶。

[48] 劾大不敬：劾：弹劾。　大不敬：犯了大不敬的罪。

[49] “孺卿”句：孺卿：苏武弟苏贤的字。　祠：祀。　河东：郡名，治所在今山西夏县北。　后土：对皇天而言，指地神。

[50] “宦骑”句：宦骑，骑马侍卫皇帝的宦官。　黄门：禁宫之门。　驸马：即副马，本指皇帝副车之马，后成乘副马之官为驸马。

[51] “太夫人”句：太夫人：指苏武母亲。　不幸：死的代称。

[52] 女弟：妹妹。

[53] 忽忽如狂：忽忽，迷惘恍惚。　狂：失去知觉。

[54] 保宫：即居室，凡大臣及其眷属犯罪，皆囚于此处。

[55] “且陛下”句：春秋高：年纪老了。　法令亡常：法令经常随意改变。

[56] “武父子”句：亡：无。　成就：犹言栽培、提拔。

[57] 兄弟亲近：言兄弟三人都是皇帝的近臣。

[58] 斧钺汤镬：指被处以极刑。　钺：大斧。　镬：古代的大锅。

[59] 壹：决定之辞，犹“一定”。

[60] 分：认定。

[61] 王：指单于。

[62] 霑衿：沾襟。

[63] 恶：羞恶，自愧。

[64] “区脱”句：区(ōu)脱：边境上散居的部落。　云中：即云中郡，秦置云中郡，统阴山以南，今山西北部、内蒙古鄂尔多斯一带，皆其地。　生口：即活口。

[65] “南乡”二句：乡：通“向”。　欧血：吐血。欧：通“呕”。　临(lìn)：哭，专用于哭奠死者。

[66] 昭帝：汉武帝少子，名弗陵，公元前 87 年继位，次年改年号始元，始元六年，与匈奴和议始成。

[67] “常惠”句：言常惠亦被匈奴人看守，行动不自由，知汉使来，请求看守他的人一同见汉使，表示不会逃走。

[68] 射上林：在上林苑射猎。

[69] 让：责备，谴责。

[70] “令汉”句：令：假使。　贳(shì)：宽恕。　全：保全。

[71] “使得”二句：大辱：指降敌之事。　积志：积蓄已久的心愿。　庶几：或许。　曹柯之盟，齐桓公伐鲁，鲁败，割地并定在柯(齐邑)缔约。两国正欲签约时，齐将曹沫拔出匕首，将齐桓公劫持，要求齐国退还以前侵占的鲁国国土，齐桓公受制于人，只能答应。

[72] 大戮：大耻辱。

[73] “径万里”句：径：穿过。　度：与“径”互文。　沙幕：沙漠。

[74] 聩：丧失。

[75] 会：聚集。

[76] 物故：亡故。

[77] 始元六年：即公元前 81 年，汉昭帝继位的第六年，自天汉元年(公元前 100 年)至此，为十九年。

[78] 典属国：本秦代官名，掌管归附的各外族属国的政务。

[79] 秩中二千石：汉代石的官秩分为三等，最高为“中二千石”，次为“二千石”，再次为“比二千石”。

[80] 常惠、徐圣、赵终根：皆为随苏武出使的官吏，其余六人则未载姓名。

[81] 复：免除赋税徭役。

[82] 彊壮：壮年。苏武出使匈奴时，年方四十。

[83] “武来归”二句：明年，即昭帝元凤元年，公元前 80 年。　上官桀：字少叔，武帝末年，封安阳侯，与霍光同辅昭帝。　安：上官桀之子，封桑乐侯。　桑弘羊：本洛阳商人之子，为武帝理财，至昭帝时不受重用。　燕王，名旦，武帝三子，昭帝之兄。　盖主，武帝长女，昭帝长姊，封鄂邑长公主，为盖侯妻，故又名盖主。

[84] “武子男元”三句：子男：儿子。　坐死：受牵连处死。

[85] 霍光：字子孟，汉昭帝辅政大臣，执掌汉室最高权力近二十年。

[86] “大将军”三句：大将军：指霍光。　长史：指杨敞，陕西华阴人，素为霍光厚爱。　搜粟都尉：负责催索军粮的官职。　颛：通“专”。　自恣：自己放肆胡为。

[87] 穷治党与：穷治：根治。　党与：犹党羽。

[88] 讼：申诉，此处意谓替苏武功多赏薄鸣不平。

[89] 廷尉：司法官。

[90] 寝：搁置。

[91] “武以”句：故二千石，犹言前二千石，苏武曾受中二千石，后被免职，所以称故。　与：参与。

[92] “卫将军”句：张安世，字子孺，昭帝时封富平侯，宣帝时以定策有功，拜大司马。　明习：理解、熟悉。　故事：旧事，指过去的典章制度等。

[93] “宣帝”句：待诏：等待皇帝宣召。　宦者署：宦者令的衙署。

[94] 右曹典属国：右曹：尚书令下属的官员，苏武的主要官职是典属国，另加右曹衔。

[95] “以武”二句：著：众所周知。　命朝朔望：令苏武每逢初一、十五上朝。朔，初一；望，十五。　祭酒：对年长有德之人的敬称。

[96] 昆弟、故人：谓亲戚、朋友。

[97] “皇后父”句：平恩侯，宣帝后父亲许广汉。　帝舅平昌侯，宣帝母王夫人的哥哥王无故。　乐昌侯，王无故的弟弟王武。　车骑将军，韩增，字季君，与霍光一同谋立宣帝。　丞相魏相，字弱翁，宣帝时由御史大夫为丞相。　御史大夫丙吉，字少卿，后代魏相为丞相，封博阳侯。

[98] 声问：音信。

[99] 神爵二年：即汉宣帝继位的第十四年，公元前60年。

班固(32—92年)字孟坚，扶风安陵(今陕西咸阳)人，东汉著名的史学家、文学家。班固幼年聪慧好学，九岁即能写文章、诵诗书，十三岁时得到当时学者王充的赏识，建武二十三年(47年)前后入洛阳太学，博览群书，穷究九流百家之言，性情谦和，深受当时儒者敬重。其父班彪曾作《史记后传》，去世后，班固承父志，在《史记后传》的基础上撰写《汉书》。因受诬告，班固遂以私修国史的罪名被捕入狱，幸其弟班超上书解释，汉明帝读了班固的书稿大为赞赏，召为兰台令史，后迁校书郎。利用朝廷良好的藏书条件和工作环境，班固“潜精积思二十余年”，基本完成了《汉书》写作。《汉书》是我国第一部纪传体断代史，是继《史记》之后又一部重要的史书。班固还是东汉著名的辞赋家之一，著有《两都赋》《答宾戏》《幽通赋》等。

导读

自从班固的《汉书》问世以后，苏武的英名就反复出现在后世历代文学作品中，诗词、散文、辞赋、戏曲、小说都有苏武这一艺术形象，他感天地、泣鬼神的爱国主义精神，一直为后人称颂。《苏武传》是《汉书》中最出色的篇章之一，记述了苏武出使匈奴，面对威胁利诱坚守节操，历尽艰辛而不辱使命的事迹，生动地刻画了一个“富贵不能淫，威武不能屈”的爱国志士的光辉形象，热情讴歌了其坚贞不屈的民族气节和忠于祖国的高尚品德。

传记分为三部分，第一部分介绍了苏武的身世、出使的背景及原因，写明苏武出使时的严酷历史环境；第二部分重点记述了苏武留胡十九年备受艰辛而坚持民族气节的事迹，以精彩的笔墨描写了苏武反抗匈奴统治者招降的种种斗争情形，先是卫律软硬兼施想迫使苏武投降，被苏武正气凛然地怒斥所呵退，接着写匈奴企图用艰苦的生活条件来消磨苏武的斗志，把他囚禁于地窖中，使他备受饥寒，进而流放到荒无人烟的北海让他去牧羊，在极端恶劣的环境中，苏武再一次粉碎了匈奴的险恶用心，最后故友李陵劝降，这段描写不但表现了苏武可贵的气节，同时也刻画了叛将李陵的复杂心态，他那尚未泯灭的爱国之情、知耻之心在苏武的崇高境界面前被唤醒了；第三部分介绍了苏武被放回国的经过。坚强隐忍的个性、流淌于血液中的民族气节、坚贞不渝的爱国意志构成了苏武性格的重要特征，作者通过独具匠心的一系列细节描绘，将这一英雄形象鲜活生动地展现在读者面前，语言俭省精净，刻画入骨三分，将史家笔法与文学语言较好地结合起来。

这篇传记运用纵式结构来组织文章，以时间为序，顺叙为主，适当运用插叙的方法，脉络清晰，故事完整，而精彩的描写又使故事一波三折，情节跌宕起伏，扣人心弦。

感悟思考

1. 了解时代背景，结合课文分析苏武的性格特征。
2. 找出文章中的细节刻画部分，体会对人物形象塑造的作用。
3. 你如何看待李陵这一形象？李陵和苏武形象的对比映衬起到了什么作用？
4. 你还看过哪些形式关于苏武的艺术作品？说出来大家分享一下。
5. 阅读《张骞传》，体会《汉书》人物传记的艺术特点。

平行阅读

张骞传

班　固

张骞，汉中人也，建元中为郎。时匈奴降者言匈奴破月氏王，以其头为饮器，月氏遁而怨匈奴，无与共击之。汉方欲事灭胡，闻此言，欲通使，道必更匈奴中，乃募能使者。骞以郎应募，使月氏，与堂邑氏奴甘父俱出陇西。径匈奴，匈奴得之，传诣单于。单于曰："月氏在吾北，汉何以得往使？吾欲使越，汉肯听我乎？"留骞十余岁，予妻，有子，然骞持汉节不失。

居匈奴西，骞因与其属亡向月氏，西走数十日至大宛。大宛闻汉之饶财，欲通不得，见骞，喜，问欲何之。骞曰："为汉使月氏而为匈奴所闭道，今亡，唯王使人道送我。诚得至，反汉，汉之赂遗王财物不可胜言。"大宛以为然，遣骞，为发译道，抵康居。康居传致大月氏。大月氏王已为胡所杀，立其夫人为王。既臣大夏而君之，地肥饶，少寇，志安乐，又自以远远汉，殊无报胡之心。骞从月氏至大夏，竟不能得月氏要领。

留岁余，还，并南山，欲从羌中归，复为匈奴所得。留岁余，单于死，国内乱，骞与胡妻及堂邑父俱亡归汉。拜骞太中大夫，堂邑父为奉使君。

骞为人强力，宽大信人，蛮夷爱之。堂邑父胡人，善射，穷急射禽兽给食。初，骞行时百余人，去十三岁，唯二人得还。

骞身所至者，大宛、大月氏、大夏、康居，而传闻其旁大国五六，具为天子言其地形，所有。语皆在西域传。

骞曰："臣在大夏时，见邛竹杖、蜀布，问安得此，大夏国人曰：'吾贾人往市之身毒国。身毒国在大夏东南可数千里。其俗土著，与大夏同，而卑湿暑热，其民乘象以战。其国临大水焉。'以骞度之，大夏去汉万二千里，居西南。今身毒又居大夏东南数千里，有蜀物，此其去蜀不远矣。今使大夏，从羌中，险，羌人恶之；少北，则为匈奴所得；从蜀，宜径，又无寇。"天子既闻大宛及大夏、安息之属皆大国，多奇物，土著，颇与中国同俗，而兵弱，贵汉财物；其北则大月氏、康居之属，兵强，可以赂遗设利朝也。诚得而以义属之，则广地万里，重九译，致殊俗，威德遍于四海。天子欣欣以骞言为然。乃令因蜀犍为发间使，四道并出：出駹，出莋，出徙、邛，出僰，皆各行一二千里。其北方闭氐、莋，南方闭嶲、昆明。昆明之属无君长，善寇盗，辄杀略汉使，终莫得通。然闻其西

可千余里，有乘象国，名滇越，而蜀贾间出物者或至焉，于是汉以求大夏道始通滇国。初，汉欲通西南夷，费多，罢之。及骞言可以通大夏，乃复事西南夷。

骞以校尉从大将军击匈奴，知水草处，军得以不乏，乃封骞为博望侯。是岁元朔六年也。后二年，骞为卫尉，与李广俱出右北平击匈奴。匈奴围李将军，军失亡多，而骞后期当斩，赎为庶人。是岁骠骑将军破匈奴西边，杀数万人，至祁连山。其秋，浑邪王率众降汉，而金城、河西并南山至盐泽，空无匈奴。匈奴时有候者到，而希矣。后二年，汉击走单于于幕北。

天子数问骞大夏之属。骞既失侯，因曰："臣居匈奴中，闻乌孙王号昆莫。昆莫父难兜靡本与大月氏俱在祁连、敦煌间，小国也。大月氏攻杀难兜靡，夺其地，人民亡走匈奴。子昆莫新生，傅父布就翎侯抱亡置草中，为求食，还，见狼乳之，又乌衔肉翔其旁，以为神，遂持归匈奴，单于爱养之。及壮，以其父民众与昆莫，使将兵，数有功。时，月氏已为匈奴所破，西击塞王。塞王南走远徙，月氏居其地。昆莫既健，自请单于报父怨，遂西攻破大月氏。大月氏复西走，徙大夏地。昆莫略其众，因留居，兵稍强，会单于死，不肯复朝事匈奴。匈奴遣兵击之，不胜，益以为神而远之。今单于新困于汉，而昆莫地空。蛮夷恋故地，又贪汉物。诚以此时厚赂乌孙，招以东居故地，汉遣公主为夫人，结昆弟，其势宜听，则是断匈奴右臂也。既连乌孙，自其西大夏之属皆可招来而为外臣。"天子以为然，拜骞为中郎将，将三百人，马各二匹，牛羊以万数，赍金币帛直数千钜万，多持节副使，道可使遣之旁国。骞既至乌孙，致赐谕指，未能得其决。语在西域传。骞即分遣副使使大宛、康居、月氏、大夏。乌孙发译道送骞，与乌孙使数十人，马数十匹，报谢，因令窥汉，知其广大。

骞还，拜为大行。岁馀，骞卒。后岁余，其所遣副使通大夏之属者皆颇与其人俱来，于是西北国始通于汉矣。然骞凿空，诸后使往者皆称博望侯，以为质于外国，外国由是信之。其后，乌孙竟与汉结婚。

(选自《汉书》，(汉)班固著，中华书局，1999年版)

第三章　魏晋南北朝文学

第一节　魏晋南北朝文学概述

从公元220年至589年的近四百年，是中国历史上的魏晋南北朝时期，这一时期的文学称为魏晋南北朝文学。这是一个承上启下、走向繁荣的过渡时期，文学获得更加广阔的发展，文学思想、文学题材、体裁以及整体风貌，都呈现出许多新的变化，诗歌、散文、辞赋、骈文、小说等文学样式也都取得了显著成就。

魏晋南北朝时期是中国历史上的乱世，王朝更迭带来的争斗以及南北对峙带来的相互攻伐，使这一时期战乱不断，这些都深刻地影响了文人的心态与精神风貌，同时也影响到整个文学创作的主题、题材与作品的基调，而“上品无寒门，下品无士族”的门阀制度，佛道思想盛行，隐逸之风流行，对这一时期文学特色的形成也产生了深刻的影响。汉末魏初，“世积乱离，风衰俗怨”，文人诗歌进入了“五言腾踊”的大发展期，以曹操、曹丕、曹植父子为核心，加上王粲、孔融等“建安七子”组成的文人集团，形成了众星璀璨的局面。诗歌创作继承了汉乐府民歌的现实主义传统，采用五言形式，反映社会动乱和民生的疾苦，歌唱理想和壮志，以风骨遒劲而著称，并具有慷慨悲凉的阳刚之气，形成了文学史上独特的“建安风骨”。其中曹植、王粲的诗歌最为杰出，为五言诗在文学史上奠定了坚实基础，后经过正始诗人阮籍、西晋诗人左思、东晋诗人陶渊明、刘宋诗人谢灵运等一批诗人的努力，形成了五言古诗兴盛的时期，陶渊明开创的田园诗，谢灵运开创的山水诗对后代影响很大。七言诗也在这一时期确立下来，并得到发展，确立了它在诗坛的地位。南朝齐永明年间产生的“新体诗”，是我国律诗的开端，经过谢朓、庾信等人的努力，具备了后来各体律诗的雏形，为唐诗的发展和繁荣准备了充分的条件。

除了文人的诗歌创作外，南北朝的乐府民歌继承了《诗经》国风和汉乐府民歌的现实主义传统，表现了人民自己的思想感情和爱憎。南朝民歌清丽婉转，更多地反映了人民纯洁真挚的爱情生活；北朝民歌粗犷刚健，广泛地反映了北方动乱不安的社会现实和人民深重的苦难。这一时期的辞赋，虽然数量不少，但已失去了汉赋那样统治文坛的地位，而多以抒情短赋为主。散文是这一时期最不发达的文体，在六朝形式主义文风的影响下，散文渐为骈文所代替。然而需要指出的是，这一时期随着文学创作氛围日益浓厚、文学创作日益受到重视，对文学创作理论的探索和对作家作品的评价逐步发展起来，出现了很多不朽的著作。曹丕的《典论·论文》是我国文学批评史上较早的一篇专论，开文学批评之先河。陆机的《文赋》探讨了文章写作的方法技巧和艺术性的问题。到南朝齐梁时代，出现了两部文学批评专著，即刘勰的《文心雕龙》和钟嵘的《诗品》，其中《文心雕龙》“体大而周”，是中国文学理论批评史上第一部文学理论专著，全面总结了齐梁时期以前的美学成果，细致地探索和论述了语言文学的审美本质及其创造、鉴赏的美学规律。

小说在魏晋南北朝时期开始兴盛，这个时期的小说，就其内容来说，大体上分为两类：志怪小说和逸事小说。志怪小说大都采用非现实的故事题材，篇幅短小，情节简练，

干宝的《搜神记》就是这类小说的代表作。志怪小说对后世影响很大，唐代传奇的很多故事就是在它的基础上发展而来的。逸事小说专门写人物言行逸事，这与当时社会品评人物的清谈风尚有密切关系，刘义庆的《世说新语》成为记录逸闻隽语笔记小说的先驱。

由于文学创作的积累日益丰富以及文学批评的发展，文学的选本应运而生。现存的文集，以萧统的《文选》为最早，这部总集是梁昭明太子萧统(501—531 年)召集文人们共同编订的，选文的标准是“文出于沉思，义归乎翰藻”，成书后，“后进英髦，咸资准的”，后人的选本，无不受到《文选》的启发。

曹操的乐府诗多写社会时事、统一天下的壮志雄心，开启了以悲凉慷慨为主旨的建安风骨，对后世影响重大，这首《苦寒行》为曹操的代表之作。

第二节　苦　寒　行[1]

曹　操

北上太行山[2]，艰哉何巍巍[3]！羊肠坂诘屈[4]，车轮为之摧[5]。树木何萧瑟[6]，北风声正悲。熊罴[7]对我蹲，虎豹夹路啼。溪谷少人民[8]，雪落何霏霏[9]！延颈[10]长叹息，远行多所怀。我心何怫郁[11]，思欲一东归[12]。水深桥梁绝，中路[13]正徘徊。迷惑失故路，薄暮[14]无宿栖。行行日已远，人马同时饥。担囊行取薪，斧[15]冰持作糜[16]。悲彼《东山》[17]诗，悠悠使我哀。

(选自《魏晋南北朝文学史参考资料》，北京大学中国文学史教研室选注，中华书局，1962 年版)

注释

[1] 《苦寒行》：汉乐府旧题，曹操借旧题写时事，反映严寒时节在太行山中行军的艰辛。

[2] 太行山：起于河南北部，向北经山西、河北边境入河北北部。

[3] 巍巍：高峻的样子。

[4] 羊肠坂(bǎn)：地名，在壶关西南。　坂：斜坡。　诘(jí)屈：盘旋曲折。

[5] 摧：折毁。

[6] 萧瑟：凋零。

[7] 罴(pí)：一种大熊。

[8] 溪谷：山中低而有水之地，山里人多住于此。

[9] 霏(fēi)霏：雪下得大的样子。

[10] 延颈：伸长脖子，指眺望。

[11] 怫(fú)郁：忧虑不安。

[12] 东归：指返回故乡。

[13] 中路：中途。

[14] 薄暮：傍晚。薄：迫近。

[15] 斧：砍，用作动词。

[16] 糜：粥。

[17] 《东山》：《诗经·豳风》中的一篇，写远征士卒对故乡的思念。

曹操(155—220 年)字孟德，小字阿瞒，沛国谯(今安徽亳州市)人，东汉末年著名政治家、军事家、文学家、诗人。他少时任侠放荡，好权术，为人简易无威重，被认为是“治世之能臣，乱世之奸雄”(《三国志·魏书·武帝纪》裴注引孙盛《异同杂语》)，曾随袁绍伐董卓，后迎献帝迁都许昌，自任大将军和丞相，“挟天子以令诸侯”，成为北方的实际统治者，为统一中国北方、恢复农业生产作出了重大贡献。其子曹丕代汉自立后，追封他为魏武帝。曹诗“跌宕悲凉，独臻超绝”(《采菽堂古诗选》卷五)，现存二十余首，均为乐府诗，以旧题写实事，来抒发自己的壮志未酬、霸业难成、人生苦短的感慨，秉承了汉乐府“感于哀乐，缘事而发”的精神。他的诗作开启并繁荣了建安文学，成就了建安风骨，鲁迅评价其为“改造文章的祖师”。

导读

这首诗源于袁绍外甥高干降曹后反，建安十一年(公元 206 年)曹操率兵西伐高干，途径太行山著名的羊肠坂道，写下该诗。纵览全诗，曹操写出了对西征的志在必胜，又将途中遇到的艰险和进退两难的复杂心情，表现得淋漓尽致、张弛有度。

本诗以“北上太行山，艰哉何巍巍”统领全篇，突出征途中亲见之“艰”。前四句说明了曹军的动向，呈现出太行山的雄伟高耸，翻越之艰险与辛苦。为了烘托出行军的艰险卓绝，诗人用粗放的笔法描绘出太行山凛寒的冬景：“树木何萧瑟，北风声正悲”，强劲的北风无情地刮在将士的脸上，痛苦和难受可想而知。天寒路险还不是最难以忍受的。接下来的四句，写出了山林困兽对行军勇士的虎视眈眈。人烟稀少，一片荒凉的溪谷地带，面对这种荒寂的环境，听着北风的呼啸、恶兽的吼声，更加凸显了行军途中的艰辛、恐惧与险阻。行军路上的艰难和孤寂更加引起军士对家乡亲人的思念，所以紧接着诗人笔锋一转，道出思乡之情。行军路程远而艰难，在恶劣的环境下，只能把挑行李的担子当作柴薪生火取暖做饭，只能用斧头砍冰当粥喝，展现了行军部队生活的艰难困苦，字里行间渗透着对士兵的深切怜惜之情。最末两句，诗人借《诗经·东山》的典故自比周公，表达了带领将士取得成功、凯旋的愿望。

整首诗弥漫着悲壮凄凉之感，诗人用质朴的语言，真情流露的细腻情怀与曹操原有的霸气相结合，让人回味无穷、感人至深。

感悟讨论

1. 这首诗表现了诗人怎样的思想感情？
2. 谈谈这首诗歌的艺术特色。
3. 阅读下面曹操的两首诗歌《短歌行》《蒿里行》，讨论曹操诗歌的特点。

平行阅读

短歌行

曹 操

对酒当歌，人生几何？譬如朝露，去日苦多。慨当以慷，忧思难忘。何以解忧？惟有杜康。青青子衿，悠悠我心。但为君故，沉吟至今。呦呦鹿鸣，食野之苹。我有嘉宾，鼓瑟吹笙。明明如月，何时可掇？忧从中来，不可断绝。越陌度阡，枉用相存。契阔谈宴，心念旧恩。月明星稀，乌鹊南飞。绕树三匝，何枝可依。山不厌高，水不厌深。周公吐哺，天下归心。

蒿里行

曹操

关东有义士，兴兵讨群凶。初期会盟津，乃心在咸阳。军合力不齐，踌躇而雁行。势利使人争，嗣还自相戕。淮南弟称号，刻玺于北方。铠甲生虮虱，万姓以死亡。白骨露于野，千里无鸡鸣。生民百遗一，念之断人肠。

(选自《魏晋南北朝文学史参考资料》，北京大学中国文学史教研室选注，中华书局，1962年版)

建安诗歌继承了现实主义的诗歌传统，以五言形式，写建功立业英雄气概，抒慷慨悲凉阳刚豪情，是为文学史上的“建安风骨”。

第三节　白马篇[1]

曹植

白马饰金羁[2]，连翩西北驰[3]。借问谁家子？幽并游侠儿[4]。少小去乡邑，扬声沙漠垂[5]。宿昔秉良弓，楛矢何参差[6]。控弦破左的，右发摧月支[7]。仰手接飞猱[8]，俯身散马蹄[9]。狡捷过猴猿，勇剽若豹螭[10]。边城多警急，虏骑数迁移。羽檄从北来[11]，厉马登高堤[12]。长驱蹈匈奴，左顾凌鲜卑[13]。弃身锋刃端，性命安可怀？父母且不顾，何言子与妻？名编壮士籍[14]，不得中顾私[15]。捐躯赴国难，视死忽如归。

(选自《魏晋南北朝文学史参考资料》，北京大学中国文学史教研室选注，中华书局，1962年版)

注释

[1] 《白马篇》：本篇是乐府歌词，以诗首二字名篇。

[2] 羁：马笼头。

[3] 连翩：本指鸟飞，这里喻指马飞奔的姿态。

[4] 幽并：幽州和并州，幽州即今河北东北部及辽宁西南部一带，并州即今山西和陕西北部一带。

[5] 垂：同“陲”，边疆。

[6] 楛(hù)矢：用楛木做箭杆的箭。　楛：古书上指荆一类的植物，茎可制箭杆。参差：长短不一，言箭多。

[7] 月支：箭靶的名称，又名素支。

[8] 接：射击迎面飞来的东西。　猱(náo)：猿猴的一种，善攀缘，轻捷如飞，故称飞猱。

[9] 散：射碎。　马蹄：箭靶的名称。

[10] 剽：行动轻捷。　螭(chī)：传说中似龙的黄色猛兽。

[11] 羽檄：插有羽毛的战书。

[12] 堤：防御工事。

[13] 左顾：四顾、回顾。　凌：压制。　鲜卑：古代东北方的少数民族。

[14] 籍：名册。

[15] 顾：顾念。

曹植(192—232 年)字子建，曹操三子，丕同母弟，封陈王，谥思，故世称陈思王。他自幼聪敏，富于才学，曾为曹操钟爱，几次欲立为太子，终因“任性而行，不自雕励，饮酒不节”而失宠。曹植一生以曹丕称帝为界，分为前、后两期：前期受曹操宠爱，尝随征伐，诗文多写其安逸生活和建功立业的抱负；后期备受曹丕父子迫害，郁郁而终，诗文多表现其愤抑不平之情以及要求个人自由解脱的心境。他是建安时代最负盛名的作家，诗歌、辞赋、散文都有突出成就。他的诗注意对偶、炼字和色彩，富于音乐性，被钟嵘称为“骨气奇高，词采华茂”，现存诗八十余首，有《曹子建集》。

导读

这是一首英雄少年的赞歌。诗人饱含青春的激情，生动传神地刻画了一位武艺高超、渴望建功立业、英勇杀敌乃至不惜为国捐躯的游侠少年的形象，抒发了强烈的爱国情怀和报国之志。

诗歌以“白马饰金羁，连翩西北驰”突兀而起，一位驰马奔赴西北战场的少年英雄跃动而出，接下来以“借问谁家子，幽并游侠儿”的问答缓笔宕开，以铺陈的笔墨补叙白马英雄的来历，造成节奏上张弛变化，生动形象而又凝练概括地交代了这位英雄的不凡来历和精湛出众的武艺，并为后面续写他的英雄事迹作了坚实的铺垫。“边城多警急”既是白马少年西北驰的原因，又是侠肝义胆的英雄在国家危难之际奔赴前线的继续。“长驱蹈匈奴，左顾凌鲜卑”两句，正面刻画少年的英武骁勇，“蹈”“凌”二字充分表现出游侠少年克敌制胜的豪迈气概。末八句展示英雄精忠报国、视死如归的崇高精神境界，“捐躯赴国难，视死忽如归”既是白马英雄的内心独白，又是诗人对英雄崇高精神世界的礼赞。诗人从乐府民歌中汲取养分，创作中倾注了自己的崇高理想和满腔激情，使“白马英雄”这一艺术形象成为经典和永恒。

诗歌风格雄健高昂，情感激越奔放，气氛火热炽烈，前后句文意互应，语言凝练精湛，读来撼人心灵。

感悟讨论

1. 结合曹植生平，谈谈你对“白马英雄”这一艺术形象的认识。

2. 曹植的诗往往一开头就能给人以强烈的印象，所谓“陈思最工起调”，谈谈你对这首诗结构的看法。

3. 曹植对五言诗的发展起了很大的推动作用，《诗品》评价“骨气奇高，辞采华茂”，从内容和语言两方面谈谈你对《白马篇》的理解。

4. 曹植的诗歌创作分前、后两期，阅读《野田黄雀行》《七哀》，体会曹植后期诗歌

创作的特点。

平行阅读

野田黄雀行

曹　植

高树多悲风，海水扬其波。利剑不在掌，结友何须多？不见篱间雀，见鹞自投罗？罗家得雀喜，少年见雀悲。拔剑捎罗网，黄雀得飞飞。飞飞摩苍天，来下谢少年。

七　　哀

曹　植

明月照高楼，流光正徘徊。上有愁思妇，悲叹有余哀。借问叹者谁？自云宕子妻。君行逾十年，孤妾常独栖。君若清路尘，妾若浊水泥。浮沉各异势，会合何时谐？愿为西南风，长逝入君怀。君怀良不开，贱妾当何依？

(选自《魏晋南北朝文学史参考资料》，北京大学中国文学史教研室选注，中华书局，1962年版)

《典论》一书已经散佚，幸运的是作为中国文学批评史上第一篇文学专论《典论·论文》，因被选入《昭明文选》而得以保存下来。

第四节　典论·论文[1]

曹　丕

文人相轻，自古而然。傅毅之于班固[2]，伯仲之间耳。而固小之[3]，与弟超[4]书曰："武仲以能属文[5]，为兰台令史[6]，下笔不能自休。"夫人善于自见[7]，而文非一体[8]，鲜能备善，是以各以所长，相轻所短。里语[9]曰："家有弊帚，享之千金。"斯不自见之患也。

今之文人，鲁国孔融文举[10]、广陵陈琳孔璋[11]、山阳王粲仲宣[12]、北海徐干伟长[13]、陈留阮瑀元瑜[14]、汝南应玚德琏[15]、东平刘桢公干[16]，斯七子者[17]，于学无所遗，于辞无所假[18]，咸自以骋骥騄于千里[19]，仰齐足而并驰。以此相服，亦良难矣。盖君子审己以度人，故能免于斯累[20]，而作论文。

王粲长于辞赋，徐干时有齐气[21]，然粲之匹也。如粲之初征、登楼、槐赋、征思，干之玄猿、漏卮、圆扇、橘赋，虽张、蔡不过也[22]。然于他文[23]，未能称是。琳、瑀之章表书记，今之隽也[24]。应玚和而不壮[25]。刘桢壮而不密[26]。孔融体气高妙，有过人者；然不能持论[27]，理不胜辞；至于杂以嘲戏，及其所善，扬、班俦也[28]。

常人贵远贱近，向声背实[29]，又患闇于自见[30]，谓己为贤。夫文本同而末异[31]，盖奏议宜雅，书论宜理，铭诔尚实[32]，诗赋欲丽。此四科不同，故能之者偏也；唯通才能备其体。

文以气为主，气之清浊有体[33]，不可力强而致。譬诸音乐，曲度虽均，节奏同检，至于引气不齐，巧拙有素[34]，虽在父兄，不能以移子弟。

盖文章经国之大业[35]，不朽之盛事。年寿有时而尽，荣乐止乎其身，二者必至之常期，未若文章之无穷。是以古之作者，寄身于翰墨，见意于篇籍[36]，不假良史之辞，不托飞驰之势[37]，而声名自传于后。故西伯幽而演易[38]，周旦显而制礼[39]，不以隐约而弗务[40]，不以康乐而加思[41]。夫然，则古人贱尺璧而重寸阴[42]，惧乎时之过已。而人多不强力[43]，贫贱则慑于饥寒，富贵则流于逸乐，遂营目前之务，而遗千载之功。日月逝于上，体貌衰于下，忽然与万物迁化[44]，斯志士之大痛也。融等已逝，唯干著论[45]，成一家言。

(选自《魏晋南北朝文学史参考资料》，北京大学中国文学史教研室选注，中华书局，1962年版)

注释

[1] 《典论·论文》：《论文》是曹丕所著《典论》中的一篇，吕向在《六臣注文选》中说："文帝典论二十篇，兼论古者经典文事。有此篇，论文章之体也。"

[2] 傅毅之于班固：傅毅，字武仲，茂陵(今陕西兴平县西北)人，东汉文学家，与班固等一起主持校勘书籍。　班固，字孟坚，扶风安陵(今陕西咸阳东北)人，东汉史学家、文学家，潜心二十余年，修成我国第一部断代史《汉书》。

[3] 小之：小看他(指傅毅)。

[4] 超：即班超，字仲升，班固之弟，东汉著名的军事家、外交家。

[5] 属文：写文章。

[6] 兰台令史：汉时宫中藏书之处称"兰台"，由御史中丞掌管，后设置兰台令史，主持整理图书和办理书奏工作。

[7] 自见：看见自己的长处。

[8] 文非一体：文章并非只有一种体裁。

[9] 里语：民间谚语。

[10] 孔融：字文举，鲁国(今山东曲阜)人，东汉文学家，孔子二十世孙，能诗善文，喜抨议时政，言辞激烈，后因触怒曹操，为曹操所杀。

[11] 陈琳：字孔璋，广陵(今江苏江都市东)人，东汉末文学家，当时军中书檄多为陈琳所撰。

[12] 王粲：字仲宣，山阳高平(今山东邹县西南)人，东汉末文学家，博学多才，善诗赋。

[13] 徐干：字伟长，北海(今山东寿光市)人，东汉末文学家，以诗赋散文见长。

[14] 阮瑀：字元瑜，陈留(今河南陈留县)人，东汉末文学家，所作章表书檄非常出色。

[15] 应玚：字德琏，汝南(今河南汝南县东)人，东汉末文学家，擅长作赋。

[16] 刘祯：字公干，东平(今山东东平县东)人，东汉末文学家，擅长五言诗。

[17] 七子：后世所称"建安七子"，始于此。

[18] 于辞无所假：在文章的写作上不抄袭前人的陈词滥调。　假：借。

[19] 骥騄(lù)：泛指好马。

[20] 斯累：指前文所说文人相轻而无自见之明的毛病。

[21] 齐气：齐人文体舒缓之气。

[22] "如粲之初征"三句：像王粲的初征、登楼、槐赋、征思，徐干的玄猿、漏卮(zhī)、圆扇、橘赋等作品，就是张衡、蔡邕的作品也不能超过。　张衡，字平子，东汉

著名的文学家和科学家，代表作《东京赋》《西京赋》。　　蔡邕，字伯喈(jiē)，东汉文学家、书法家，博学，好辞章。

[23] 他文：其他题材的文章。

[24] 隽：通“俊”，才华出众。

[25] 和而不壮：(语言风格)平和而不壮健。

[26] 壮而不密：(语言风格)壮健而不缜密。

[27] 持论：立论，议论。

[28] “至于杂以嘲戏”三句：至于孔融那些杂以嘲戏的议论文，好的可以与班固、杨雄的文字相匹敌。　　杨雄，字子云，西汉著名辞赋家，博学多思。　　俦(chóu)：匹配。

[29] 向声背实：趋向虚名而背弃实际。

[30] 闇于自见：意谓无自知之明，看不清自己的毛病。　　闇：暗。

[31] 文本同而末异：各种文体基本上是相同的，但也有细枝末节上的差异。

[32] 铭诔：铭：文体名，多刻于器物之上，秦汉以后刻于石之上。　　诔(lěi)：哀祭文的一种。

[33] 体：分别。

[34] 素：本，这里指人的本性。

[35] 经国：治理国家。

[36] 见意于篇籍：将自己的意见表现在文章书籍中。　　见：通“现”，显露。

[37] 飞驰：指飞黄腾达、驰骋仕途的达官显贵。

[38] 西伯：指周文王，文王在殷时称为西伯。　　幽：囚禁。　　演：推演。

[39] 周旦：即周公旦，周武王之弟。　　显：显达。

[40] 隐约：穷困，困厄。

[41] 加思：改变想法。

[42] 尺璧：一尺长的美玉。

[43] 强力：努力。

[44] 迁化：变化，谓死亡。

[45] 唯干著论：只有徐干著有《中论》。“伟长独怀文抱质，恬淡寡欲，有箕山之志，可谓彬彬君子者矣。著中论二十余篇，成一家之言，辞义典雅，足传于后，此子为不朽矣。”(曹丕《与吴质书》)

曹丕(187—226 年)字子桓，曹操次子，沛国谯(今安徽省亳州市)人，三国时期著名的政治家、文学家，由于文学方面的成就而与其父曹操、其弟曹植并称为“三曹”。曹操死后，曹丕袭位为魏王，公元 220 年废汉献帝自立，称魏文帝，在位七年。称帝之初，他效法汉文帝施行清静无为、与民休息的政策，国力进一步增加，版图得以扩大，多次击败羌胡、鲜卑等族的进犯。他确立并推行九品中正制，用人权从地方收归了中央，世族门阀统治开始确立。曹丕在文学上有相当高的成就，他的《燕歌行》是中国现存最早的文人七言诗，五言和乐府诗写得清绮动人，所著《典论·论文》为我国文学批评史上第一篇文学专论。

导读

《典论·论文》开中国文学史文学批评之先河，可谓开山和奠基之作。建安以前，中国没有文学批评的专著，只是在子书、史书中散存着一些有关文学的言论。建安时代，由于社会政治的变化，时代思潮也随之产生震荡，文学创作非常活跃，受东汉品评人物清议风气的影响，品评文章的风气也逐渐形成，《典论·论文》正是在这种背景下产生的较为系统的文学批评论著。

文章首先批评了“文人相轻”的陋习，指出那是“不自见之患”，提出应当“审己以度人，故能免于斯累”；其次评论了“建安七子”在文学创作上各有偏执的艺术风格和审美特征，提出“文本同而末异”这一著名论点，接着分析不同文体不同的写作要求，文体四科的区别特征，为各种文体文章的创作和批评拟就了一个初步的客观标准；再次，提出了“文以气为主”的命题，提出“气之清浊有体，不可力强而致”“虽在父兄，不能以移子弟”的观点，这里所讲的“气”，实际上指的是作家个人独特的气质和个性，表明作者对文学创作个性的重要性已有比较充分的认识；最后，本着文以致用的精神，强调文章是“经国之大业，不朽之盛事”，充分显示了他的远见卓识。作者把文章写作与治理国家的大义和对生命个体的自身价值联系起来思考，具有强烈的思辨色彩。

《典论·论文》立意显明，气势不凡，论述有序，既有对文学一般规律的宏观研究和探讨，又有对著名作家的具体分析和评价；既发挥了文学批评的社会作用，同时又对文学理论的研究作出了贡献。

感悟思考

1. 你怎么理解“文本同而末异”这一观点？“本”指什么？“末”指什么？

2. 谈谈你对文中提到的“盖文章经国之大业，不朽之盛事”观点的看法。

3. 曹丕的《燕歌行》和《杂诗》历来备受推崇，结合《典论·论文》和你了解的其他资料，谈谈你对曹丕的印象。

平行阅读

燕歌行

曹　丕

秋风萧瑟天气凉，草木摇落露为霜。群燕辞归雁南翔，念君客游思断肠。慊慊思归恋故乡，君何淹留寄他方？贱妾茕茕守空房，忧来思君不敢忘，不觉泪下沾衣裳。援琴鸣弦发清商，短歌微吟不能长。明月皎皎照我床，星汉西流夜未央。牵牛织女遥相望，尔独何辜限河梁？

杂　诗

曹　丕

西北有浮云，亭亭如车盖。惜哉时不遇，适与飘风会。吹我东南行，行行至吴会。吴

会非我乡，安得久留滞？弃置勿复陈，客子常畏人。

(选自《魏晋南北朝文学史参考资料》，北京大学中国文学史教研室选注，中华书局，1962 年版)

翻译家杨宪益在《菊花》一文中提到，自陶渊明之后，人们对菊花的观念发生了变化，菊花不再是单纯的药物，而是有了高洁人格的象征意义。

第五节　和郭主簿[1](其二)

陶渊明

和泽周三春[2]，清凉素秋节[3]。露凝无游氛[4]，天高肃景澈[5]。陵岑耸逸峰[6]，遥瞻皆奇绝[7]。芳菊开林耀[8]，青松冠岩列[9]。怀此贞秀姿[10]，卓为霜下杰[11]。衔觞念幽人[12]，千载抚尔诀[13]。检素不获展[14]，厌厌竟良月[15]。

(选自《魏晋南北朝文学史参考资料》，北京大学中国文学教研室注释，中华书局，1962 年版)

注释

[1] 郭主簿：事迹不详。主簿：官名，主管簿书，各级政府均有。

[2] 和泽：雨水调和。　　周：遍。　　三春：谓春季三月。

[3] 素秋：秋季。　　素：白。古人以五色配五方，西尚白；秋行于西，故曰素秋。

[4] 露凝：露水凝结为霜。　　游氛：飘游的云气。

[5] 肃景：秋景。　　澈：清澈，明净。

[6] 陵：大土山。　　岑：小而高的山。　　逸峰：飞逸高耸的山峰。

[7] 远瞻：远望。

[8] 耀：耀眼，增辉。

[9] 冠岩列：在山岩高处挺拔而整齐排列。

[10] 贞秀姿：坚贞秀美的姿态。

[11] 卓：卓然挺立。

[12] 衔觞(shāng)：指饮酒。觞：古代酒器。　　幽人：指古代的隐士。

[13] 抚尔诀：坚守你们的节操。　　抚：持，坚持。　　尔：指幽人。　　诀：法则，原则，引申为节操。

[14] 检素：自检平素心怀。　　展：施展。

[15] 厌厌：精神不振的样子。　　竟：终。　　良月：指十月。

陶渊明(365—427 年)字元亮，一说名潜，字渊明，号“五柳先生”，死谥“靖节”，浔阳柴桑(今江西九江)人，东晋著名诗人。陶渊明曾祖为东晋名臣陶侃，后家道中落。陶渊明九岁丧父，与母妹三人在外祖父家里生活，“存心处世，颇多追仿其外祖辈者”。他阅读了大量古籍，接受了儒家和道家两种不同的思想，培养了“猛志逸四海”和“性本爱丘山”两种不同的志趣。陶渊明先后担任过江州祭酒、镇军参军、彭泽令等小官，因不满官场黑暗，辞官归隐，过着躬耕自资的生活。他是我国最早创作田园诗的诗人，写

了大量风格质朴自然、冲淡平和的田园诗，这些诗表现了诗人鄙夷功名利禄的高远志趣和守志不阿的高尚节操，表露了诗人对污浊官场的极端憎恶和彻底决裂之心，抒发了诗人对淳朴的田园生活的热爱和对理想世界的追求向往，对后世影响重大，有《陶渊明集》。

导读

这首诗是陶渊明《和郭主簿》的第二首，描绘秋天的景色，在写实中兼用比兴、象征的手法，表现出诗人望云怀古的避世幽情和不愿与世俗同流合污、矢志秋菊般傲霜贞秀的高洁品格。

诗人写秋色独辟蹊径，别开生面。“和泽周三春”首句不写秋景，却写春雨之多，继承了《诗经》中“兴”的表现手法，由多雨的春引起对肃爽的秋的吟唱，且两相对比，令人觉得下文描绘的清秀奇绝的秋色，大有胜过春光之意。接下来具体写秋景，天高气爽，清新澄澈，远眺群山挺秀奇绝，近看林中菊花灿烂耀眼，苍松巍然挺立山岩。写松菊，发出了“霜下杰”的赞美，进而引出对孤高傲世、守节自励的古代幽人的怀念，赞美“幽人”的节操，也寓有诗人内在品格的自喻和自励。在向往“幽人”隐逸的同时，诗人内心始终潜藏着一股壮志未酬而悲愤不平的激流，这种矛盾的心情，反映在结尾两句：诗人检查平素有志而不获施展，清秋明月之下，不由得黯然神伤。

本诗描绘的意象，具有强烈的象征意味：写秋景的清凉澄澈，象征着幽人和诗人清廉纯洁的品质；写陵岑逸峰的奇绝，象征着幽人和诗人傲岸不屈的精神；写芳菊、青松的贞秀，象征着幽人和诗人卓异于流俗的节操。诗中的露凝、景澈、陵岑、逸峰、芳菊、青松等意象，无不象征着“幽人”的品质节操，寄寓着诗人的高洁志趣，物我融一，妙合无痕，充分体现了陶渊明清新淡然的审美情趣和平易自然的诗作风格。

感悟讨论

1. 这首诗表现了诗人怎样的思想感情？

2. 诗中哪些地方运用了比兴和象征的手法？有什么效果？

3. 阅读《饮酒(其八)》和《和郭主簿(其一)》，结合熟悉的作品谈谈你对陶渊明人格操守的看法。

平行阅读

饮酒(其八)

陶渊明

青松在东园，众草没其姿，凝霜殄异类，卓然见高枝。连林人不觉，独树众乃奇。提壶挂寒柯，远望时复为。吾生梦幻间，何事绁尘羁。

和郭主簿(其一)

陶渊明

蔼蔼堂前林，中夏贮清阴。凯风因时来，回飙开我襟。息交游闲业，卧起弄书琴。园蔬有余滋，旧谷犹储今。营己良有极，过足非所钦。舂秫作美酒，酒熟吾自斟。弱子戏我

侧，学语未成音。此事真复乐，聊用忘华簪。遥遥望白云，怀古一何深。

(选自《魏晋南北朝文学史参考资料》，北京大学中国文学教研室注释，中华书局，1962 年版)

谢朓的五言新诗，是“永明体”的旗帜，影响了唐代众多诗人，杜甫说“谢朓每诗篇堪诵”，李白更有“我吟谢朓诗上语，朔风飒飒吹飞雨”的诗句。

第六节　暂使下都夜发新林至京邑赠西府同僚[1]

谢　朓

大江流日夜，客心悲未央[2]。徒念关山近，终知返路长[3]。秋河曙耿耿，寒渚夜苍苍。引领见京室，宫雉[4]正相望。金波丽鳷鹊，玉绳低建章[5]。驱车鼎门外，思见昭丘阳[6]。驰晖[7]不可接，何况隔两乡？风云有鸟路，江汉限无梁[8]。常恐鹰隼击，时菊委[9]严霜。寄言罻罗者[10]，寥廓已高翔。

(选自《魏晋南北朝文学史参考资料》，北京大学中国文学史教研室选注，中华书局，1962 年版)

注释

[1] 谢朓曾为随王萧子隆文学。子隆好辞赋，谢朓深被赏识，为长史王秀之所嫉，因事还都，途中作诗寄同僚，叙恋旧之情。　下都：荆州随王之国。　京邑：指金陵。　西府：指荆州随王府。　新林：浦名，在今南京西南。

[2] 大江：长江。　未央：未已。

[3] 关山：指险阻的旅途。此二句言离京邑金陵已近，而离西府荆州更远。

[4] 宫雉：宫墙。

[5] 金波：指月光。　鳷(zhī)鹊：汉观名，在甘泉宫外。　玉绳：星名。　建章：汉宫名。此处“鳷鹊”“建章”都是借指金陵宫殿。

[6] 鼎门：李善注引《帝王世纪》：“春秋，成王定鼎于郏鄏(jiá rǔ)，其南门名定鼎门。盖九鼎所从入也。”此指金陵南门。　昭丘：楚昭王墓，在荆州当阳。

[7] 驰晖：指太阳。

[8] 梁：桥梁。

[9] 委：枯萎。

[10] 罻(wèi)罗：捕鸟的网。作者以鸟自比，以罗者比王秀之。

谢朓(464—499 年)字玄晖，陈郡阳夏(今河南太康县)人，出身世家大族，南朝齐时著名的山水诗人。谢朓与谢灵运同族，世称“小谢”，初任竟陵王萧子良功曹、文学，为“竟陵八友”之一，后出任宣城太守，终尚书吏部郎，又称谢宣城、谢吏部，东昏侯永元初，遭始安王萧遥光诬陷，下狱死。曾与沈约等共创“永明体”，今存诗二百余首，多描写自然景物，间亦直抒怀抱，诗风清新秀丽，圆美流转，善于发端，平仄协调，对偶工整，开启唐代律绝之先河。今人郝立权有《谢宣城诗注》。

导读

据《南齐书·谢朓传》载，谢朓曾为随王萧子隆文学，“子隆在荆州，好辞赋，朓以文才尤被赏爱，流连晤对，不舍日夕。长史王秀之以朓年少相动，密以启闻。”于是齐武帝诏令谢朓回金陵。这首诗是诗人返还金陵途中所作，写沿途所见之景和内心感受，表达了对西府同僚和随王的留恋之情，同时透露出对奉诏回京的疑惧和对前途的担忧。

诗的起句“人江流日夜，客心悲未央”意象阔大鲜明，滔滔江水，日夜不息，恰似诗人一腔悲愤之情，这一象征把诗人心中巨大的愤懑和不平表现得气势壮阔。诗人从荆州西府带来悲沉的心境，但眼望京邑，心情却是矛盾的，既有思归京邑的急切心情，又有对荆州随王及同僚的无限眷恋。“金波丽鳷鹊，玉绳低建章”，拂晓之际，京城的身影渐渐淡化了诗人怅然若失的心情，但当他驱车到达金陵南门时，不由得悲从中来：金陵与荆州，远隔千山万水，更何况诗人与西府同僚人隔两地呢？他的情绪，旋即又跌入了悲沉的深谷。诗人“至京邑”的感情是十分复杂的，离开西府，既可悲可愤，又可喜可幸；回到金陵，既亲切亲近，又惶恐不安，所以，悲喜交织形成一种百感交集的意绪，浸润在全诗当中。随后诗人采用比兴、比喻等手法来抒发忧愤交聚的心情，“常恐鹰隼击”，把自已喻为飞鸟，把毁谤中伤他的人比喻为“鹰隼”，“时菊委严霜”把自已喻为菊花，担心自已在严霜中枯萎。最后两句“寄言罻罗者，寥廓已高翔”，诗人表达更多的是他对前途的期望和希冀。

全诗格调高古苍凉，起句意境尤为雄浑，情感波澜曲折，表现含蓄婉转，文质相映生辉。

感悟讨论

1. 谢朓是永明体的代表诗人，享有盛名，对于唐代诗坛有着深刻的影响。查阅相关资料，了解永明诗人。

2. 诗的起句“大江流日夜，客心悲未央”历来备受推崇，你能说说原因吗？

3. 谢朓的山水诗秀丽清新，寓意深远，风格独具，读《江上曲》《之宣城出新林浦向板桥》，仔细体会感悟。

平行阅读

江　上　曲

谢　朓

易阳春草出，踟蹰日已暮。莲叶尚田田，淇水不可渡。愿子淹桂舟，时同千里路。千里既相许，桂舟复容与。江上可采菱，清歌共南楚。

之宣城出新林浦向板桥

谢　朓

江路西南永，归流东北骛。天际识归舟，云中辨江树。旅思倦摇摇，孤游昔已屡。既

欢怀禄情，复协沧洲趣。嚣尘自兹隔，赏心于此遇。虽无玄豹姿，终隐南山雾。

(选自《魏晋南北朝文学史参考资料》，北京大学中国文学史教研室选注，中华书局，1962 年版)

《西洲曲》是南朝乐府中最长的抒情民歌，描写了少女从初春到深秋，从现实到梦境，对钟爱之人的苦苦思念，洋溢着浓厚的生活气息和鲜明的感情色彩。

第七节　西　洲　曲[1]

乐府民歌

忆梅下[2]西洲，折梅寄江北。单衫杏子红，双鬓鸦雏色[3]。西洲在何处？两桨桥头渡。日暮伯劳[4]飞，风吹乌臼树。树下即门前，门中露翠钿[5]。开门郎不至，出门采红莲。采莲南塘秋，莲花过人头。低头弄莲子[6]，莲子清如水。置莲怀袖中，莲心[7]彻底红[8]。忆郎郎不至，仰首望飞鸿[9]。鸿飞满西洲，望郎上青楼。楼高望不见，尽日栏杆头。栏杆十二曲，垂手明如玉。卷帘天自高，海水摇空绿。海水梦悠悠[10]，君愁我亦愁。南风知我意，吹梦到西洲。

(选自《魏晋南北朝文学史参考资料》，北京大学中国文学史教研室注释，中华书局，1962 年版)

注释

[1] 西洲：地名，未详所在。它是本篇中男女共同纪念之地。
[2] 下：落。落梅时节是诗中男女共同纪念的时节。
[3] 鸦雏色：形容头发乌黑发亮。鸦雏，小鸦。
[4] 伯劳：鸣禽，仲夏始鸣。
[5] 翠钿：用翠玉做成或镶嵌的首饰。
[6] 莲子：谐音“怜子”，“怜爱你”的意思。
[7] 莲心：和“怜心”双关，就是相爱之心。
[8] 彻底红：就是红得通透。
[9] 望飞鸿：有望书信的意思，古人有鸿雁传书的传说。
[10] 悠悠：邈远。天海辽阔无边，所以说它“悠悠”，天海的“悠悠”正如梦的“悠悠”。

导读

这首《西洲曲》是经文人润色的一首南朝民歌，抒写了一个姑娘对情郎的漫长相思，文笔十分精致流丽，广为后人传诵。

本诗以四句为一节，基本上也是四句一换韵，节与节之间用民歌惯用的“接字”法相勾连，读来音调和美，声情摇曳。沈德潜在《古诗源》中说它“续续相生，连跗接萼，摇曳无穷，情味愈出”，确实道出了它在艺术上的特色。“折梅寄相思”，六朝人早有折梅寄远以示思念的习俗，而这里的“梅”是女子与情郎幽会时所见之“梅”，因而含义特殊，意蕴深长，诗文开篇以“梅”牵出浓浓的情，将女主人公对情郎的思念表现得淋漓尽

致，女子的衣着打扮更透露出对情郎的痴心思念。随后作品通过“莲子”与“怜子”，“莲心”与“怜心”的谐音表达出女主人公与情郎之间坦诚真挚的爱恋。莲心的“彻底红”比喻爱情的赤城坚贞，而莲子“清如水”，更是通过对情郎品格的赞美表达对他的爱恋，女主人公对情郎的品格溢于言表。接着细腻地刻画女子的丰富情感、绵绵情思，最后以“南风知我意，吹梦到西洲”收结，情之所至，理之所然。女主人公将一片情托付给能吹到情郎所在的西洲的“南风”，盼望情郎知晓女主人公的牵挂，更盼望能够早一点与情郎相聚。

全诗巧藏心思，托物寄情，格调优美迷人，乃南朝抒情诗中的绝品。

感悟讨论

1. 找出本诗以景写情的诗句，并说明是如何达到情景交融的艺术效果的。
2. 本诗用了哪些修辞手法？分别起到了怎样的作用？

平行阅读

长 干 曲

南朝乐府

(一)

君家何处住？妾住在横塘。停船暂借问，或恐是同乡。

(二)

家临九江水，来去九江侧。同是长干人，生小不相识。

(三)

下渚多风浪，莲舟渐觉稀。那能不相待？独自逆潮归。

(四)

三江潮水急，五湖风浪涌。由来花性轻，莫畏莲舟重。

(选自《魏晋南北朝文学史参考资料》，北京大学中国文学教研室注释，中华书局，1962年版)

“昔我往矣，杨柳依依；今我来思，雨雪霏霏”，这样优美的诗句，委婉地表达了离人依依惜别的情怀，并被后人传承，于是，“折柳送别”便成为文化习俗。

第八节　折杨柳歌辞

(一)

上马不捉[1]鞭，反折杨柳枝。蹀座吹长笛[2]，愁杀行客儿。

(二)

腹中愁不乐，愿作郎马鞭。出入擐[3]郎臂，蹀座郎膝边。

(三)

遥看孟津河[4]，杨柳郁婆娑[5]。我是虏[6]家儿，不解汉儿歌。

(四)

健儿须快马，快马须健儿。跸跋黄尘下，然后别雄雌[7]。

(选自《魏晋南北朝文学史参考资料》，北京大学中国文学史教研室选注，中华书局，1962 年版)

注释

[1] 捉：抓、拿。

[2] 蹀座：偏义复词，取“座”义。蹀，行；座，通“坐”。　　长笛：指当时流行北方的羌笛。

[3] 擐(huàn)：系，拴，挂。

[4] 孟津河：指孟津处的黄河。孟津，在河南孟市南。

[5] 婆娑：盘旋舞动，此处指杨柳随风摇曳的样子。

[6] 虏：胡虏，古代汉族对北方少数民族的称呼。

[7] 跸跋(bì bá)：快马飞奔时马蹄击地声。

导读

《折杨柳歌辞》属丁《梁鼓角横吹曲》，共五首，此选四首，集中代表了北朝民歌质朴刚健的美学特征。

第一首先写离人“上马”，但并未扬起马鞭，策马而行，“反折杨柳枝”的一个“反”字，既表现了出乎意料的讶异之意，也突出了离人恋恋难舍的心境，再加上悠远的长笛声，令人倍感惆怅，虽没有直接写漂泊流离之苦，却使离愁别绪见于言外。第二首中“愁不乐”写出了女子的心情，“愿作郎马鞭”点出了“愁不乐”的原因和解决问题的办法，女子希望像马鞭一样，如影相随地终日陪伴在情人身边，亲密无间。这样的笔法，一反女子委婉含蓄的常态，大胆泼辣的心声袒露，让读者觉得诗中女子质朴可爱。第三首诗先写远处孟津河的景致，杨柳郁郁葱葱，枝条随风摇曳，但这样的美景不足以吸引远征的士卒。看到杨柳，想到的却是远离的故土，在异地他乡连语言都不能沟通，更何况其他。整首诗写出了一个少数民族青年背井离乡的哀愁，以及对长期征战的不满情绪。第四首诗集中体现了北方民族的尚武精神。“快”和“健”体现了北方民族对于“马”和“人”的审美标准，马要善于奔跑，人要善于骑术，不仅如此，还要分出高下，这才是尚武精神的要点。“跸跋黄尘”则给大家展现了赛马时的激烈场景，让人仿佛身临其境，给人豪迈刚健之感。

这组诗风格爽朗豪放，表达坦率直接，与委婉含蓄的南朝民歌相映成趣。

感悟讨论

1. 你觉得这四首诗有没有内在的联系？谈谈你的感受。
2. 你学过哪些关于“折柳送行”的诗句？结合具体诗文，谈谈你的理解。

平行阅读

折杨柳枝歌

北朝乐府民歌

门前一株枣，岁岁不知老。阿婆不嫁女，那得孙儿抱？敕敕何力力，女子临窗织。不闻机杼声，只闻女叹息。问女何所思？问女何所忆？阿婆许嫁女，今年无消息。

敕　勒　歌

北朝乐府民歌

敕勒川，阴山下，天似穹庐，笼盖四野。天苍苍，野茫茫，风吹草低见牛羊。

(选自《魏晋南北朝文学史参考资料》，北京大学中国文学史教研室选注，中华书局，1962 年版)

为文之心在于精雕细刻，“人工”可夺“天巧”，文如“天成”“行云流水”，泯其“斧凿痕”，所臻醇化之境非功力厚积无以至。

第九节　文心雕龙·知音[1]

刘　勰

知音其难哉！音实难知，知实难逢，逢其知音，千载其一乎！

夫古来知音，多贱同[2]而思古，所谓“日进前而不御，遥闻声而相思[3]”也。昔《储说》始出，《子虚》初成[4]，秦皇、汉武，恨不同时[5]。既同时矣，则韩囚而马轻[6]，岂不明鉴同时之贱哉！至于班固、傅毅[7]，文在伯仲，而固嗤毅云“下笔不能自休”。及陈思论才，亦深排孔璋[8]；敬礼请润色，叹以为美谈[9]；季绪好诋诃，方之于田巴[10]；意亦见矣。故魏文称“文人相轻”，非虚谈也。至如君卿唇舌[11]，而谬欲论文；乃称史迁著书，咨东方朔[12]；于是桓谭[13]之徒，相顾嗤笑。彼实博徒[14]，轻言负诮[15]，况乎文士，可妄谈哉？故鉴照洞明[16]，而贵古贱今者，二主[17]是也；才实鸿懿，而崇己抑人者，班、曹是也[18]；学不逮文[19]，而信伪迷真者，楼护是也。酱瓿之议[20]，岂多叹哉？

夫麟凤与麏雉悬绝[21]，珠玉与砾石超殊，白日垂其照，青眸写其形；然鲁臣以麟为麏[22]，楚人以雉为凤[23]，魏民以夜光为怪石[24]，宋客以燕砾为宝珠[25]。形器易征[26]，谬乃若是；文情难鉴，谁曰易分？

夫篇章杂沓，质文交加，知多偏好，人莫圆该[27]。慷慨者逆声而击节，酝藉者见密而高蹈[28]，浮慧者观绮而跃心[29]，爱奇者闻诡而惊听[30]；会己则嗟讽，异我则沮弃[31]，各执一隅之解，欲拟万端之变[32]；所谓东向而望，不见西墙也。

凡操千曲而后晓声[33]，观千剑而后识器[34]；故圆照之象[35]，务先博观。阅乔岳以形培塿，酌沧波以喻畎浍[36]；无私于轻重，不偏于憎爱；然后能平理若衡，照辞如镜矣[37]。

是以将阅文情，先标六观：一观位体，二观置辞，三观通变，四观奇正，五观事义，六观宫商[38]。斯术既形，则优劣见矣。

夫缀文者情动而辞发[39]，观文者披文以入情[40]，沿波讨源，虽幽必显[41]。世远莫见其面，觇文辄见其心[42]。岂成篇之足深，患识照之自浅耳。夫志在山水，琴表其情；况形之笔端，理将焉匿？故心之照理，譬目之照形：目瞭则形无不分[43]，心敏则理无不达。然而俗监之迷者，深废浅售[44]，此庄周所以笑《折杨》，宋玉所以伤《白雪》也[45]。

昔屈平有言：“文质疏内，众不知余之异采[46]。”见异唯知音耳[47]。扬雄自称“心好沈博绝丽之文”[48]，其事浮浅[49]，亦可知矣。夫唯深识鉴奥，必欢然内怿[50]；譬春台之熙众人，乐饵之止过客[51]。盖闻兰为国香，服媚弥芬[52]；书亦国华，玩绎方美[53]。知音君子，其垂意焉[54]。

赞曰[55]：洪钟万钧，夔、旷所定[56]。良书盈箧，妙鉴乃订[57]。流郑淫人[58]，无或失听。独有此律，不谬蹊径[59]。

(选自《文心雕龙校注》，(晋)刘勰著，李详补等校注，中华书局，1959年版)

注释

[1] 知音：本指懂得音律，对音乐能作正确的理解和评价，这里借指对文学作品的正确理解和评价。《吕氏春秋・本味》：“伯牙鼓琴，钟子期听之。方鼓琴而志在太山，钟子期曰：‘善哉乎鼓琴，巍巍乎若太山。’少选之间，而志在流水；钟子期又曰：‘善哉乎鼓琴，汤汤乎若流水。’钟子期死，伯牙破琴绝弦，终身不复鼓琴。以为世无足复为鼓琴者。”

[2] 同：指同时代的人。

[3] “日进”二句：出自《鬼谷子》：“君臣上下之事，有远而亲，近而疏；就之不用，去之反求；日进前而不御，遥闻声而相思。”御：用。

[4] “昔《储说》”二句：《储说》：指《韩非子》中的《内储说》《外储说》。《子虚》：指司马相如的《子虚赋》。

[5] “秦皇”二句：《史记・老庄申韩列传》中说，秦始皇读了韩非的《孤愤》等篇曾说：“寡人得见此人，与之游，死不恨矣！”《汉书・司马相如传》中说，汉武帝读了司马相如的《子虚赋》曾说：“朕独不得与此人同时哉！”

[6] 韩囚而马轻：韩非入狱，司马相如受冷落。

[7] 傅毅：字武仲，和班固大致同时期的文学家。

[8] “及陈思”二句：陈思，即曹植，封陈王，谥思。曹植《与杨德祖书》：“以孔璋之才，不闲于辞赋。而自谓能与司马长卿同风，譬画虎不成，反类狗者也。”　孔璋，陈琳的字。

[9] “敬礼”二句：曹植《与杨德祖书》：“昔丁敬礼尝作小文，使仆润饰之，仆自以才不过若人，辞不为也。敬礼谓仆：‘卿何所疑难？文之佳恶，吾自得之。后世谁相知定吾文者邪？’吾常叹此达言，以为美谈。”　敬礼，丁廙(yì)的字，东汉作家。

[10] “季绪”二句：曹植《与杨德祖书》：“刘季绪才不能逮于作者，而好诋诃文章，掎摭利病。昔田巴毁五帝、罪三王，訾五霸于稷下，一旦而服千人。鲁连一说，使终

身杜口。刘生之辩，未若田氏；今之仲连，求之不难，可无叹息乎？” 季绪，刘修的字，汉末作家。 诋诃(hē)：诽谤。 田巴，战国时齐国辩士。

[11] 君卿唇舌：楼护的字，西汉末年的辩士。 唇舌：指有口才。

[12] “乃称”二句：史迁，指太史公司马迁。 东方朔，字曼倩，西汉武帝时辞赋家。

[13] 桓谭：东汉初年学者，著有《新论》。

[14] 博徒：赌徒，指贱者。

[15] 轻言负诮(qiào)：轻率议论，遭人讥嘲。

[16] 鉴照洞明：观察深刻明白。 鉴：镜子。 照：察看。 洞：深。

[17] 二主：指秦始皇与汉武帝。

[18] “才实”三句：鸿懿：鸿大深美。 班曹：指班固、曹植。

[19] 逮：及。

[20] 酱瓿(bù)之议：瓿：小瓮，《汉书·扬雄传赞》中说，扬雄著《太玄经》时，“刘歆亦尝观之，谓雄曰：‘空自苦。今学者有禄利，然尚不能明《易》，又如《玄》何？吾恐后人用覆酱瓿也。’雄笑而不答。”这里是借指真正有价值的作品只能被人用来盖酱坛子，难以得到正确的评价。

[21] “麟凤”句：麟：麒麟。 麏(jūn)：同“麇”，獐子，似鹿而小。 雉：野鸡。

[22] “鲁臣”句：《公羊传》哀公十四年：“春，西狩获麟，……有以告者曰：有麏而角者。”

[23] “楚人”句：《尹文子·大道上》：“楚人担山雉者，路人问：‘何鸟也？’担雉者欺之曰：‘凤凰也。’路人曰：‘我闻有凤凰，今直见之。’”

[24] “魏民”句：《尹文子·大道上》：“魏田父有耕于野者，得宝玉径尺，弗知其玉也，以告邻人。邻人阴欲图之，谓之曰：‘怪石也。’……于是遽而弃于远野。”

[25] “宋客”句：《艺文类聚》卷六引《阚子》：“宋之愚人得燕石于梧台之东，归而藏之以为宝。周客闻而观焉。主任斋七日，端冕玄服以发宝，革匮十重，缇巾十袭，客观之掩口而笑曰：‘此特燕石也，其与瓦甓不殊。’”

[26] 形器易征：形器：具体的东西。 征：证验。

[27] “知多”二句：知：即知音。 圆该：完备，指正确评价文学作品的能力。

[28] “酝藉”句：酝藉：指性情含蓄的人。 密：缜密。 高蹈：举足顿地。

[29] “浮慧”句：浮慧：聪明外显的人。 绮：有花纹的丝织品，这里借指文辞华丽的作品。

[30] 惊听：注意听。

[31] “会己”二句：会：合。 嗟：称叹。 讽：诵读。 沮弃：颓然抛弃。

[32] 拟：度量，衡量。

[33] “操千曲”句：东汉琴家桓谭《新论·琴道》：“成少伯工吹竽，见安昌侯张子夏鼓瑟，谓曰：‘音不通千曲以上，不足以为知音。’”

[34] “观千剑”句：桓谭《新论·道赋》：“扬子云工于赋，王君大习兵器，予欲从二子学，子云曰：‘能读千赋则善赋。’君大曰：‘能观千剑则晓剑。’”

[35] 圆照之象：圆照，完备的认识。 象：方法。

[36] “阅乔岳”二句：乔岳：高山。 形：看清。 培塿(pǒu lǒu)：小土山。 酌：酌量。 沧：沧海。 畎浍(quǎn kuài)：田间小沟。

[37] 照辞：看清文辞。

[38] “一观”六句：位体：确定体裁。 置辞：安排文辞。 通变：会通适变。 奇正：奇异的表达和雅正的表达。 事义：典故与文义的贴切。 宫商：五音宫、商、角、徵、羽五音中的两种，借指诗文的声律。

[39] 缀文：言写作。

[40] 披：披阅。

[41] 幽：隐微。

[42] 觇(chān)：观看。

[43] 目瞭：眼明。

[44] 深废浅售：深刻的作品被抛弃，浅薄的作品有市场。

[45] “此庄周”二句：庄周，即庄子。《折杨》，一种庸俗的歌曲。《庄子·天地》中说：“大声不入千里耳，《折杨》、《皇华》则嗑然而笑。” 宋玉，战国时楚诗人。 《白雪》，一种高雅的乐曲。宋玉《对楚王问》：“客有歌于郢中者，其始曰《下里》、《巴人》，国中属而和者数千人，……其为《阳春》《白雪》，国中属而和者，不过数十人。”

[46] “文质”句：文：指外在。 质：指本性。 疏：粗疏。 内：即“讷”，此处谓朴实。

[47] 见异：识别奇才。

[48] “扬雄”句：扬雄，字子云，西汉末年著名作家。引语见《答刘歆书》。 沉博：深沉广博。

[49] 其事浮浅：范文澜谓“疑当为‘不事肤浅’”，指扬雄不喜欢肤浅的作品。

[50] “夫唯”二句：深识鉴奥，即“识深鉴奥”，看得深刻。 怿(yì)：喜悦。

[51] “譬春台”二句：《老子》二十章：“众人熙熙，如享太牢，如登春台。” 乐饵：音乐美食。

[52] “盖闻”二句：《左传·宣公三年》：“以兰有国香，人服媚之如是。” 国香：一国最香的花。 服：佩戴。 媚：喜爱。

[53] 玩绎：细细体会玩味。

[54] 垂意：留意。

[55] 赞曰：总而言之，用于篇末议论。《文心雕龙》仿效《后汉书》，每篇之后以四言八句对全文作结。

[56] “洪钟”二句：洪钟：大钟。 钧：古计量单位，三十斤为一钧。 夔：舜时的乐官。 旷：指师旷，春秋时晋国的乐师。

[57] “良书”二句：箧：箱子。 妙鉴：高明的鉴赏者。

[58] “流郑”句：流郑：放荡的郑国音乐。 淫人：使人迷惑。

[59] “独有”二句：律：鉴赏规则。 蹊径：途径。

刘勰(约 465—520 年)字彦和，山东莒县(今山东日照)人，南北朝时期著名的文学理论家，曾官县令、步兵校尉、宫中通事舍人，颇有清名。刘勰早年家境贫寒，笃志好学，终生未娶，曾寄居江苏镇江，在钟山的南定林寺里研读佛书及儒家经典，三十二岁时开始写《文心雕龙》，历时五年，终于书成我国最早的文学评论巨著，奠定了他在中国文学史上和文学批评史上不可或缺的地位。该书共计三万七千余字，分十卷五十篇，书超前人，体大而虑周，风格迥异，独树一帜，对后世影响颇大，现存版本有影元至正本、《四部丛刊》影印明嘉靖本，另有今人范文澜《文心雕龙注》、杨明照《文心雕龙校注》《文心雕龙校注拾遗》、周振甫《文心雕龙注释》、王利器《文心雕龙校证》等。

导读

《知音》是《文心雕龙》的第四十八篇，研究文学鉴赏的理论专篇。在《知音》篇中，刘勰系统地阐述了文学鉴赏理论，论述了何为知音以及如何成为知音的问题，提出了“六观说”和“披文入情”的观点，为文学批评理论的发展奠定了基础。《知音》为我国古代文学批评论的开山之作，相对全面地论述了文学批评的态度、特点、方法和文学批评的基本原理，启示意义重大。

全篇分四个部分，第一部分讲“知音难逢”， 作者列举了历史上众多的例子，从秦始皇、汉武帝、班固、曹植到楼护，说明古来文学批评存在着“贵古贱今”“崇己抑人”“信伪迷真”等不良倾向，而正确的文学评论者是很难遇见的；第二部分讲“音实难知”，要做好文学批评，的确存在着一定的困难，文学作品本身比较抽象而复杂多变，评论家又见识有限而各有偏好，所以难于做得恰当；第三部分提出了正确鉴赏的方法，即如何成为“知音”，“操千曲而后晓声，观千剑而后识器”，作者提出了“圆照之象，务先博观”的观点，并明确给出了审察文章情思的“一观位体，二观置辞，三观通变，四观奇正，五观事义，六观宫商”的“六观说”，即从体裁安排、辞句运用、继承革新、表达奇正、典故运用、音节处理等六个方面着手，考察其能否恰当地为内容服务；第四部分提出文学批评的基本原理，即“缀文者情动而辞发，观文者披文以入情”，说明文学批评虽有一定困难，但正确地理解作品和评价作品是完全可能的，最后强调批评者必须仔细深入地玩味作品，才能领会作品的微妙，体味作品的情感。文章条分缕析，恣意汪洋，文采斐然，引经据典，成一家言。

感悟讨论

1. 刘勰认为古来文学批评存在着“贵古贱今”“崇己抑人”“信伪迷真”等不良倾向，你赞同这种看法吗？谈谈理由。

2. 你怎么理解“操千曲而后晓声，观千剑而后识器”？

3. “沿波讨源，虽幽必显”与“六观说”有怎样的内在联系？

4. 阅读《明诗》，体会刘勰的诗歌批评观念。

平行阅读

明　诗

刘　勰

大舜云："诗言志，歌永言。"圣谟所析，义已明矣。是以在心为志，发言为诗，舒文载实，其在兹乎？诗者，持也，持人情性；三百之蔽，义归无邪，持之为训，有符焉尔。

人禀七情，应物斯感，感物吟志，莫非自然。昔葛天氏乐辞云，《玄鸟》在曲；黄帝《云门》，理不空绮。至尧有《大唐》之歌，舜造《南风》之诗，观其二文，辞达而已。及大禹成功，九序惟歌；太康败德，五子咸怨。顺美匡恶，其来久矣。自商暨周；雅颂圆备，四始彪炳，六义环深。子夏监绚素之章，子贡悟琢磨之句，故商、赐二子，可与言诗。自王泽殄竭，风人辍采；春秋观志，讽诵旧章；酬酢以为宾荣，吐纳而成身文。逮楚国讽怨，则《离骚》为刺。秦皇灭典，亦造《仙诗》。汉初四言，韦孟首唱，匡谏之义，继轨周人。孝武爱文，柏梁列韵；严、马之徒，属辞无方。至成帝品录，三百馀篇，朝章国采，亦云周备。而辞人遗翰，莫见五言，所以李陵、班婕妤见疑于后代也。按《召南·行露》，始肇半章；孺子《沧浪》，亦有全曲。"暇豫"优歌，远见春秋；"邪径"童谣，近在成世。阅时取证，则五言久矣。又古诗佳丽，或称枚叔，其《孤竹》一篇，则傅毅之词，比采而推，两汉之作乎！观其结体散文，直而不野，婉转附物，怊怅切情，实五言之冠冕也。至于张衡《怨篇》，清典可味；《仙诗缓歌》，雅有新声。暨建安之初，五言腾踊，文帝陈思，纵辔以骋节；王、徐、应、刘，望路而争驱。并怜风月，狎池苑，述恩荣，叙酣宴，慷慨以任气，磊落以使才。造怀指事，不求纤密之巧；驱辞逐貌，唯取昭晰之能，此其所同也。乃正始明道，诗杂仙心。何晏之徒，率多浮浅。唯嵇志清峻，阮旨遥深，故能标焉。若乃应璩《百一》，独立不惧，辞谲义贞，亦魏之遗直也。晋世群才，稍入轻绮。张、潘、左、陆，比肩诗衢，采缛于正始，力柔于建安；或析文以为妙，或流靡以自妍，此其大略也。江左篇制，溺乎玄风，嗤笑徇务之志，崇盛忘机之谈，袁、孙已下，虽各有雕采，而辞趣一揆，莫与争雄，所以景纯《仙篇》，挺拔而为隽矣。宋初文咏，体有因革，庄、老告退，而山水方滋。俪采百字之偶，争价一句之奇；情必极貌以写物，辞必穷力而追新，此近世之所竞也。

故铺观列代，而情变之数可监；撮举同异，而纲领之要可明矣。若夫四言正体，则雅润为本；五言流调，则清丽居宗；华实异用，惟才所安。故平子得其雅，叔夜含其润，茂先凝其清，景阳振其丽，兼善则子建、仲宣，偏美则太冲、公干。然诗有恒裁，思无定位，随性适分，鲜能通圆。若妙识所难，其易也将至；忽以为易，其难也方来。至于三六杂言，则出自篇什；离合之发，则萌于图谶；回文所兴，则道原为始；联句共韵，则柏梁馀制；巨细或殊，情理同致，总归诗囿，故不繁云。

赞曰：民生而志，咏歌所含。兴发皇世，风流二《南》。神理共契，政序相参。英华弥缛，万代永耽。

(选自《魏晋南北朝文学史参考资料》，北京大学中国文学史教研室选注，中华书局，1962 年版)

陆游在《老学庵笔记》中说："方其盛时，士子至为之语曰：'《文选》烂，秀才半。'"意谓"熟读《文选》，考取秀才便成功了一半"的说法广为流传，足见《文选》对后世影响之深远。

第十节　文选序[1]

萧　统

式观元始，眇觌玄风[2]，冬穴夏巢之时，茹毛饮血之世，世质民淳，斯文未作[3]。逮乎伏羲氏之王天下也[4]，始画八卦[5]，造书契，以代结绳之政，由是文籍生焉。《易》曰："观乎天文，以察时变；观乎人文，以化成天下。"[6]文之时义，远矣哉！[7]

若夫椎轮为大辂之始，大辂宁有椎轮之质？[8]增冰为积水所成，积水曾微增冰之凛[9]，何哉？盖踵其事而增华[10]，变其本而加厉。物既有之，文亦宜然。随时变改，难可详悉[11]。

尝试论之曰：《诗序》云："诗有六义焉：一曰风，二曰赋，三曰比，四曰兴，五曰雅，六曰颂。"至于今之作者，异乎古昔。古诗之体，今则全取赋名[12]。荀、宋表之于前[13]，贾、马继之于末[14]。自兹以降，源流实繁。述邑居则有"凭虚"、"亡是"之作[15]。戒畋游则有《长杨》、《羽猎》之制[16]。若其纪一事，咏一物，风云草木之兴，鱼虫禽兽之流，推而广之，不可胜载矣。又楚人屈原，含忠履洁[17]，君匪从流[18]，臣进逆耳，深思远虑，遂放湘南。耿介之意既伤[19]，壹郁之怀靡愬[20]；临渊有"怀沙"之志[21]，吟泽有"憔悴"之容[22]。骚人之文，自兹而作。

诗者，盖志之所之也，情动于中而形于言[23]。《关雎》、《麟趾》，正始之道著[24]；桑间濮上，亡国之音表[25]。故风雅之道，粲然可观。自炎汉中叶[26]，厥途渐异[27]。退傅有"在邹"之作[28]，降将著"河梁"之篇[29]。四言五言，区以别矣。又少则三字，多则九言，各体互兴，分镳并驱[30]。颂者，所以游扬德业[31]，褒赞成功。吉甫有"穆若"之谈[32]，季子有"至矣"之叹[33]。舒布为诗，既言如彼[34]；总成为颂[35]，又亦若此。次则箴兴于补阙[36]，戒出于弼匡[37]，论则析理精微，铭则序事清润，美终则诔发[38]，图像则赞兴[39]；又诏诰教令之流[40]，表奏笺记之列[41]，书誓符檄之品[42]，吊祭悲哀之作[43]，答客指事之制[44]，三言八字之文[45]，篇辞引序，碑碣志状[46]，众制锋起，源流间出[47]。譬陶匏异器，并为入耳之娱；黼黻不同，俱为悦目之玩[48]。作者之致[49]，盖云备矣。

余监抚余闲[50]，居多暇日。历观文囿[51]，泛览辞林[52]，未尝不心游目想[53]，移晷忘倦[54]。自姬、汉以来[55]，眇焉悠邈[56]。时更七代，数逾千祀[57]。词人才子，则名溢于缥囊[58]；飞文染翰，则卷盈乎缃帙[59]。自非略其芜秽[60]，集其清英[61]，盖欲兼功太半[62]，难矣。

若夫姬公之籍[63]，孔父之书，与日月俱悬，鬼神争奥[64]，孝敬之准式，人伦之师友，岂可重以芟夷[65]，加之剪截？老、庄之作，管、孟之流，盖以立意为宗，不以能文为本，今之所撰，又以略诸。

若贤人之美辞，忠臣之抗直[66]，谋夫之话，辨士之端[67]，冰释泉涌，金相玉振[68]。所谓坐狙丘，议稷下[69]，仲连之却秦军[70]，食其之下齐国[71]，留侯之发八难[72]，曲逆之吐

六奇[73]，盖乃事美一时，语流千载，概见坟籍[74]，旁出子史[75]。若斯之流，又亦繁博。虽传之简牍，而事异篇章[76]。今之所集，亦所不取。至于记事之史，系年之书[77]，所以褒贬是非，纪别异同[78]，方之篇翰[79]，亦已不同。若其赞论之综缉辞采[80]，序述之错比文华[81]，事出于深思，义归乎翰藻[82]，故与夫篇什[83]，杂而集之。

远自周室，迄于圣代[84]，都为三十卷[85]，名曰《文选》云耳。凡次文之体，各以汇聚；诗赋体既不一，又以类分；类分之中，各以时代相次。

(选自《魏晋南北朝文学史参考资料》，北京大学中国文学史教研室选注，中华书局，1962年版)

注释

[1] 《文选序》：本篇是萧统为其主持编纂的《文选》作的序，原序作三十卷，后唐李善作注时析为六十卷。

[2] “式观”两句：式：发语词。　元始：即原始，远古时代。　眇：通“渺”，远。　觌(dí)：见、观。　玄风：原始风俗。

[3] “世质”两句：世风民情质朴淳厚，文字文章都未兴起。质：质朴。　斯文：指礼乐法度教化，这里指文字和文章。

[4] 伏羲氏：传说中的上古帝王。“古者伏羲氏之王天下也，始画八卦，造书契，以代结绳之政，由是文籍生焉。”(《尚书序》)　逮：及、到了。

[5] 八卦：传谓最早的象形文字。

[6] “观乎”四句：天文：犹日月星辰。　人文：指诗书礼乐。　化成天下：施以教化，可服天下。

[7] “文之”两句：文章典籍对于时代的意义早已有了。

[8] “若夫”两句：若夫：承接连词。　椎轮：无辐条的车轮，此处指简陋的小车。大辂(lù)：大车。　质：朴质。

[9] “增冰”两句：增冰：厚冰。　微：无、没有。　凛：犹言寒。

[10] 踵其事：事物继续发展。　踵：因、继。　华：文饰。

[11] 悉：明晰。

[12] “古诗”两句：班固《两都赋序》：“赋者，古诗之流也。”这两句意思是赋也是古诗的一种体裁，现在统称为赋。

[13] 荀、宋：指荀卿和宋玉。荀卿著《赋篇》，自此文体中就有了“赋”的名称，宋玉有《风赋》。　表：标。

[14] 贾、马：指贾谊和司马相如，汉赋的代表作家。

[15] “述邑”句：张衡的《西京赋》托凭虚公子以述西京繁华，司马相如的《子虚赋》托子虚以述帝王游猎上林苑的盛况。　邑居：里邑住宅。

[16] “戒畋”句：扬雄作《长杨》、《羽猎》二赋以戒田猎。　畋(tián)：田猎。

[17] 含忠履洁：含：言怀。　履洁：行为高洁。履：行、为。

[18] 君匪从流：楚王不能纳谏。从流：从善如流，比喻勇于求善。

[19] 耿介：刚直。

[20] 壹郁：忧愤不平。　靡愬：无处倾诉。愬：通“诉”。

[21] “临渊”句：《史记·屈原贾生列传》：“屈原至于江滨，……乃作怀沙之赋，……于是怀石，遂自投汨罗以死。”

[22] “吟泽”句：《楚辞·渔父》：“屈原既放，游於江潭，行吟泽畔，颜色憔悴，形容枯槁。”即此句所本。

[23] “诗者”三句：《毛诗·关雎序》：“诗者，志之所之也。在心为志，发言为诗。情动于中而形于言。”

[24] 《关雎》、《麟趾》：《诗经》二南篇名。　正始之道，本《毛诗序》：“周南、召南，正始之道，王化之基。”谓《关雎》等篇彰明教化。

[25] “桑间”二句：《礼记·乐记》：“桑间濮上之音，亡国之音也。”郑玄注：“濮水之上，地有桑间者，亡国之音于此水出也。昔殷纣使师延作靡靡之乐，已而自沉于濮水。后师涓过焉，夜闻而写之，为晋平公鼓之，是之谓也。”这两句说桑间濮上标志着亡国之音。

[26] 炎汉：古代阴阳五行，认为汉火德，故称汉代为炎汉。

[27] 厥途：其道路。　厥：其。　途：道路，此处指诗歌发展道路。

[28] “退傅”句：《汉书》载：汉代彭城人韦孟为楚元王、子夷王及孙王戊傅(相)，“戊荒淫不遵道，孟作诗讽谏，后遂去位。”退傅：指韦孟。韦孟去位后，移居邹，又作《在邹诗》。

[29] “降将”句：降将：指李陵。李陵，汉武帝时拜骑都尉，后与匈奴作战，力竭而降。　河梁之篇，指传为李陵所作的《携手上河梁》一诗。

[30] 分镳并驱：言其乘骑各异而齐足并驰。这里用来形容不同诗体并兴的情况。镳(biāo)：马嚼子。

[31] “颂者”二句：《毛诗序》：“颂者，美盛德之形容，以其成功告于神明者也。”　游扬：称道其美德，使名远播。

[32] 吉甫：尹吉甫，周人，作《蒸民》(见《诗经·大雅》)，有“穆如清风”句。穆：温和。

[33] “季子”句：《左传·襄公二十九年》载，吴公子季札至鲁观乐，听到“颂”诗，赞美道：“至矣哉！”　叹：赞美。

[34] “舒布”二句：舒布：犹言表现。舒：展示。　布：敷陈其言。　言：助词，无意。

[35] 总成：概括而成。

[36] 箴兴于补阙：为了弥补缺点就产生了箴。《文心雕龙·铭箴》篇：“箴者，针也。所以攻疾防患，喻箴石也。”

[37] 弼匡：辅助匡正(错误)。

[38] 美终：赞美有功业而终者。　诔：写死者生前德行的文体，后世为哀祭文的一种。

[39] “图像”句：六臣注《文选》：“若有德者，后世图画其形，为文以赞美也。”

[40] 诏诰教令：古代帝王或朝廷发布的四种公文。　诏诰：诏书告示之类。　教：《文心雕龙·诏策》篇：“教，效也。出言而民效也。”

[41] 表奏笺记：表奏：臣下向其主上进言陈事的公文。《文心雕龙·章表》篇：“章

以谢恩，奏以按劾，表以陈情，议以执异。”　笺记：《文心雕龙·书记》篇：“记之言志，进己之志也。笺者，表也。表识其情也。”

[42] 书誓符檄：书：指互相往来的书札，古称书，今称信。　誓：盟誓之词。符，做凭信用的符契。　檄：檄文。

[43] 吊祭悲哀：吊：吊祭亡者或慰问其家属。　祭：祭文。　悲哀：哀悼之作。

[44] 答客指事：答客：指借回答别人的问难来抒发情怀的一种文体，如东方朔的《答客难》。　指事：即“七”体，如枚乘的《七发》，说七事以启发太子，所以称为“指事”。

[45] 三言八字：具体所指不详，有人认为指隐语，有人认为指有韵之作。

[46] “篇章”二句：篇：诗章之称。　辞：辞赋的一种。　引：乐府诗的一种。序：序文，用来陈述作者意旨的文章。　碑：刻记功德于石为碑，此处指碑文。碣：圆顶的石碑，此处亦指碑文。　志：史传记事之文。　状：叙述事实并上陈的文辞为状。

[47] “众制”二句：锋：通“蜂”。　间出：交错出现。

[48] “譬陶”四句：陶：指埙。　匏：以匏(葫芦)制成的乐器。　黼黻(fǔ fú)：古代礼服上刺绣的花纹，白与黑相配叫作黼，黑与青相配叫作黻。

[49] 致：情致。

[50] 监抚：监国、抚军。皇帝外行，太子代理国事，叫监国；从天子巡行外地，叫抚军。

[51] 文囿：文坛。

[52] 辞林：谓文辞荟萃如林，极言其多。

[53] 心游目想：“目游心想”的倒文，谓边看边想。

[54] 移晷：日影移动，比喻时间流逝。

[55] 姬：指周代，周王室为姬姓。

[56] 眇焉悠邈：谓年代久远。眇、悠、邈，义相近，久远。

[57] “时更”二句：七代，指周、秦、汉、魏、晋、南朝宋、南朝齐七代。　逾：超过。　祀：年。

[58] 缥(piǎo)囊：缥，青白色的帛。缥囊，盛书的淡青色布囊。

[59] 缃帙：浅黄色绸子做的书套。

[60] 芜秽：糟粕。

[61] 清英：精华。

[62] 兼功太半：即事半功倍。

[63] 姬公：周公。

[64] 争奥：较量深奥玄妙。

[65] 芟(shān)夷：芟，割草。夷，删削。

[66] 抗直：刚直之言。

[67] 端：舌端，指言论。

[68] 金相玉振：喻文章的内容和形式俱美。　相：质。　玉振：玉声振扬。

《诗经·大雅·棫朴》："金玉其相。"《孟子·万章下》："集大成也者，金声而玉振之也。"

[69] "坐狙丘"二句：李善为曹植的《与杨德祖书》作注，引《鲁连子》："齐之辩者曰田巴，辩于狙丘，而议于稷下，毁五帝，罪三王，一日而服千人。"《史记·田敬仲完世家》："宣王喜文学游说之士……是以齐稷下学士复盛。" 狙丘、稷下：皆为齐国地名。

[70] "仲连"句：《战国策·赵策》载，赵孝成王时，秦军围困邯郸，魏国派使者劝赵尊秦为帝。此时齐国高士鲁仲连恰好在赵国，他驳斥了魏国使者的投降主张。秦将听说后，为之退军五十里。

[71] 食其(yì jī)：即郦食其。他少年好饮酒，自称高阳酒徒，郦食其投奔刘邦时，已经年过六旬，楚汉相争，汉派郦食其说齐王田广归汉，下齐七十余城。事见《史记·郦生陆贾列传》。

[72] "留侯"句：《史记·留侯世家》载，汉高祖从郦食其之计，欲复封六国后代以削弱楚，张良用八事难之，遂罢。 留侯：张良的封号。

[73] "曲逆"句：曲逆侯，指陈平，助刘邦立汉有功，被封为曲逆侯。《史记·陈丞相世家》："凡六出奇计，奇计或颇秘，世莫能闻也。"

[74] 坟籍：泛指典籍。《尚书序》："伏羲、神农、黄帝之书，谓之三坟，言大道也。"

[75] 旁出子史：旁：侧面，指遗闻逸事。 子史：子书史书。

[76] 事异篇章：事：指上述的贤士、忠臣、谋夫、辩士的言辞。 篇章：指合乎文学标准的文章。

[77] 系年之书：编年体史书，泛指史书。

[78] 纪别异同：言记远近，别同异，即按照时间远近的顺序记载不同的历史事件。

[79] 方之篇翰：方：比。 篇翰：指文学作品。

[80] "若其"句：赞论：指史论，即对某一历史事件或人物加以评论。 综缉：综合连缀。 辞采：指华美的辞藻。

[81] "序述"句：序述：对历史人物作扼要的叙述并寓有褒贬之意的文章。 错比：错杂连缀。

[82] "义归"句：义：义理。 归：附丽。 翰藻：谓有文采的辞藻。

[83] 篇什：诗章之称。《诗经》中雅、颂部分十篇为一组，称为"什"，后人把诗篇称为"篇什"。这里泛指文学作品。

[84] 圣代：梁代。

[85] 都：凡，总共。

萧统(501—531 年)字德施，小字维摩，南兰陵(今江苏常州)人，梁武帝萧衍长子，南朝梁代文学家，天监元年立为太子，性情纯孝仁厚，深通礼仪，喜愠不形于色。萧统天资聪颖，酷爱读书，五岁就遍读儒家的"五经"，博闻强记，"数行并下，过目皆忆"。《南史·萧统传》载，他喜欢"引纳才学之士，赏爱无倦"，经常聚在一起"讨论坟籍，

或与学士商榷古今，继以文章着述，率以为常。于时东宫有书几三万卷，名才并集，文学之盛，晋、宋以来未之有也”。萧统三十一岁未及即位即病逝，谥“昭明”，后世称“昭明太子”，主持编撰的《文选》又称《昭明文选》，为我国现存最早、影响最深远的诗文选集。

导读

梁太子萧统主持编纂的《文选》开诗文分类先河，收录了从先秦到梁代一百三十位作者的五百一十三篇各种体裁的文学作品。由于《文选》选录了各朝代思想性和艺术性颇佳且具代表性的文学作品，从而使得这一诗文总集成为后世文人学习的典范。

《文选序》是萧统对《文选》一书所作的序言。作者开篇落笔远古时代，梳理文明演进的脉络，肯定了文章典籍的重大社会意义；随后提出“踵其事而增华，变其本而加厉”的文章随社会发展而发展变化的观点，由诗体演变出赋体，并论及诗赋的代表作家和作品；接着作为全文的重点部分，历数诗赋之外其他文体的发展和不同功用，然后以“众制锋起，源流间出”加以总括，点出了“众制”和“源流”是他考虑选文的要点；进而论及历代作家众多，文籍浩瀚，若不加以选择，难以尽如人意，明确提出必须秉持“略其芜秽、集其清英”的选文指导思想；最后对于先秦经书子集不入选的理由作了解释，也对不选贤人、忠臣、谋夫、辩士的论著，以及不选史籍而选其中赞、论等部分文字的理由作了说明，强调“事出于沉思，义归乎翰藻”的选文准则，基本划定了文学和经、子、史的界限，明确了选文的范围。萧统认为，文章应该“丽而不浮，典而不野”，因此，《文选》所选的作品，都应是经过作者深思熟虑而又辞采华美的作品，选文既注重内容，又注重形文采的主张，体现了萧统“文质并重”的理念，许多作家正是因为其作品被《文选》收录才得以被世人重视。这篇序言堪称大手笔，高屋建瓴，恣意汪洋，内容翔实，词采斐然，序言本身即为一篇文质并重的典范之作。

《文选》一问世，便备受推崇。唐显庆年间，李善把《文选》分为六十卷进行了注释，自李善注本产生后，《文选》得到更为广泛的流传。唐开元年间，又有吕延济、刘良、张铣、吕向、李周翰五人合注《文选》，称“五臣注”。 其后宋人将唐人二注合刊为一书，是为《六臣注文选》。

感悟讨论

1. 唐代、宋代科举考试以诗赋取士，因此民间有“文选烂，秀才半”的说法。王安石改革科举考试，以新经学取士，此后《文选》才不再为士人的课本，但依然受到极大的重视，你觉得原因是什么？谈谈你的看法。

2. 你如何理解“事出于沉思，义归乎翰藻”的选文准则？

3. 在你以前学习过的诗文中，有哪些出自《文选》？回忆和整理一下。

拓展阅读

文选・别赋

江　淹

黯然销魂者，唯别而已矣。况秦、吴兮绝国，复燕、赵兮千里。或春苔兮始生，乍秋风兮暂起。是以行子肠断，百感凄恻。风萧萧而异响，云漫漫而奇色。舟凝滞于水滨，车逶迟于山侧。棹容与而讵前，马寒鸣而不息。掩金觞而谁御，横玉柱而沾轼。居人愁卧，恍若有亡。日下壁而沉彩，月上轩而飞光。见红兰之受露，望青楸之离霜。巡层楹而空掩，抚锦幕而虚凉。知离梦之踯躅，意别魂之飞扬。

故别虽一绪，事乃万族。至若龙马银鞍，朱轩绣轴，帐饮东都，送客金谷。琴羽张兮箫鼓陈，燕、赵歌兮伤美人。珠与玉兮艳暮秋，罗与绮兮娇上春。惊驷马之仰秣，耸渊鱼之赤鳞。造分手而衔涕，感寂寞而伤神。

乃有剑客惭恩，少年报士，韩国赵厕，吴宫燕市，割慈忍爱，离邦去里。沥泣共诀，抆血相视，驱征马而不顾，见行尘之时起。方衔感于一剑，非买价于泉里。金石震而色变，骨肉悲而心死。

或乃边郡未和，负羽从军。辽水无极，雁山参云。闺中风暖，陌上草薰。日出天而曜景，露下地而腾文。镜朱尘之照烂，袭青气之烟煴，攀桃李兮不忍别，送爱子兮沾罗裙。

至如一赴绝国，讵相见期？视乔木兮故里，决北梁兮永辞。左右兮魂动，亲宾兮泪滋。可班荆兮憎恨，唯樽酒兮叙悲。值秋雁兮飞日，当白露兮下时。怨复怨兮远山曲，去复去兮长河湄。

又若君居淄右，妾家河阳，同琼佩之晨照，共金炉之夕香。君结绶兮千里，惜瑶草之徒芳。惭幽闺之琴瑟，晦高台之流黄。春宫闭此青苔色，秋帐含此明月光，夏簟清兮昼不暮，冬釭凝兮夜何长！织锦曲兮泣已尽，回文诗兮影独伤。

傥有华阴上士，服食还山。术既妙而犹学，道已寂而未传。守丹灶而不顾，炼金鼎而方坚。驾鹤上汉，骖鸾腾天。暂游万里，少别千年。惟世间兮重别，谢主人兮依然。

下有芍药之诗，佳人之歌，桑中卫女，上宫陈娥。春草碧色，春水渌波，送君南浦，伤如之何！至乃秋露如珠，秋月如珪，明月白露，光阴往来，与子之别，思心徘徊。

是以别方不定，别理千名，有别必怨，有怨必盈。使人意夺神骇，心折骨惊，虽渊、云之墨妙，严、乐之笔精，金闺之诸彦，兰台之群英，赋有凌云之称，辨有雕龙之声，谁能摹暂离之状，写永诀之情者乎！

(选自《文选》，(梁)萧统编，(唐)李善注,中华书局，1981 年版)

第四章 唐代文学

第一节 唐代文学概述

唐代(618—907 年)是我国古代文学发展的高峰期，作家之多，成就之高，影响之大，前所未有，其中唐诗是唐代文学的代表。在不到三百年的时间中，两千三百余位诗人为后世留下诗歌近五万首，李白、杜甫的诗歌，更是把浪漫主义诗歌和现实主义诗歌的创作带到了高峰。散文方面，由于古文运动的影响，创作出许多传记、游记、寓言、杂说等新型短篇散文，形成了散文发展的又一高潮。小说方面，唐传奇的出现标志着中国古代小说的成熟。变文一类通俗说唱文体在民间广泛流传，成为说唱文学的先驱。词是律诗成熟后新兴的诗体，从民间到文人，从萌芽到成熟，为后代创作的繁荣作了充足的铺垫。

结束了将近四百年的分裂动乱，唐代实现了国家的统一，经济空前繁荣，疆土空前辽阔，中外交流频繁，思想十分活跃，为文学繁荣提供了有利条件。同时，唐代文学的繁荣，也是文学本身不断发展的结果，从先秦到汉魏六朝，文学经历了漫长的发展过程，诗歌、散文、小说等方面都积累了丰厚的积淀，现实主义和浪漫主义的建立和发展，不同思想倾向的表现，不同题材领域的开拓，不同文体特征的探索，以及声律的运用，语言风格的创造，手法技巧的革新，都为唐代文学的发展提供了值得借鉴的财富。唐诗代表了唐代文学的最高成就，堪称诗歌史上的黄金时代。唐代的君主重视诗歌，倡导作诗的风气，进士科考，诗歌是重要内容之一，这种制度对诗歌的繁荣也起到了一定作用。各种风格的诗歌流派异彩纷呈，古体、近体争奇斗艳，初唐、盛唐、中唐、晚唐各个时期，都名家辈出、佳作云集。“初唐四杰”突破宫体诗风的束缚，上承汉魏风骨，发为清新健康的歌唱，陈子昂高举革新大旗，以自己的理论和创作为盛唐诗歌健康发展开辟了道路。盛唐诗歌发展达到了顶峰，王维、孟浩然为代表的山水田园诗派，高适、岑参为代表的边塞诗派，大诗人李白、杜甫，各以其浪漫主义、现实主义创作，共同成就了盛唐诗歌的繁荣局面。中唐是唐诗发展史上创作最为丰富的时期，诗人多，流派也多，白居易是这一时期的杰出代表。晚唐时期诗歌创作感伤色彩浓厚，追求形式之美风气日盛，最有成就的诗人当推杜牧和李商隐。

词于中唐兴起，是一种配合燕乐歌唱的新诗体，最早起源于民间，后文人有所参与，温庭筠是晚唐写词最多的作家，第一部文人词集《花间集》问世，香而软的词风影响后世，形成了以温庭筠为鼻祖的“花间派”。在唐五代的词人中，从作品和词的发展来看，最有成就的当推南唐后主李煜，王国维《人间词话》这样评价李煜的词作：“词至李后主而眼界始大，感慨遂深，遂变伶工之词而为士大夫之词。”李煜之后的宋代，词的创作高度繁荣，成为标志着一个时代特色的文学形式。

散文是唐代文学的又一重大收获。初唐骈文盛行，歌功颂德、粉饰太平，内容空洞浮夸，虽不断有人提倡简古实用的散文，但影响不大。中唐韩愈和柳宗元以复古相号召，致力于恢复散文的主导地位，领导了一场实质是文学革新的古文运动，明确提出了“文以明

道”，要求用散文来阐明儒家古道的宗旨，摆脱骈俪体裁的束缚，使文章的形式为内容服务。他们的散文创作，有较为充实的内容，力求反映各种社会问题，感情真切，内容和形式都达到了推陈出新的境地，达到了唐代散文创作的顶峰。苏轼赞誉韩愈：“文起八代之衰，而道济天下之溺。”晚唐散文以罗隐、皮日休等所写的小品文为代表，鲁迅曾赞誉为：“一场糊涂的泥塘里的光彩和锋芒。”

诗词散文之外，唐代传奇也取得了令人瞩目的成就，标志着我国古代小说艺术的日趋成熟。唐代传奇的内容丰富多彩，有表现男女情人悲欢离合及社会原因的，如蒋防的《霍小玉传》、元稹的《莺莺传》等，有通过幻想形式反映人们追求幸福生活美好理想的，如《南柯太守传》等，有歌颂见义勇为、反抗强暴的豪侠行为的，如《聂隐娘》等，大都具有积极意义。唐代传奇对宋代以后的戏曲以及讲唱文学影响重大。

这首乐府旧题赞叹美丽的大自然，讴歌纯洁的爱情，将游子思妇的情感拓展开来，与对人生哲理的探求相结合，汇成了一种情、景、理水乳交融的意境，幽美而又邈远，耐人寻味。

第二节　春江花月夜[1]

张若虚

春江潮水连海平，海上明月共潮生。
滟滟随波千万里[2]，何处春江无月明。
江流宛转绕芳甸[3]，月照花林皆似霰[4]。
空里流霜不觉飞[5]，汀上白沙看不见[6]。
江天一色无纤尘，皎皎空中孤月轮。
江畔何人初见月，江月何年初照人。
人生代代无穷已[7]，江月年年只相似。
不知江月待何人[8]，但见长江送流水。
白云一片去悠悠[9]，青枫浦上不胜愁[10]。
谁家今夜扁舟子[11]，何处相思明月楼[12]。
可怜楼上月徘徊[13]，应照离人妆镜台[14]。
玉户帘中卷不去[15]，捣衣砧上拂还来[16]。
此时相望不相闻，愿逐月华流照君[17]。
鸿雁长飞光不度[18]，鱼龙潜跃水成文[19]。
昨夜闲潭梦落花[20]，可怜春半不还家。
江水流春去欲尽，江潭落月复西斜。
斜月沉沉藏海雾，碣石潇湘无限路[21]。
不知乘月几人归，落月摇情满江树[22]。

(选自《唐诗选》，中国社科学院文学研究所编，人民文学出版社，1981 年版)

注释

[1] 春江花月夜：乐府旧题，属《清商曲辞·吴声歌曲》，相传创自南朝陈后主叔宝。

[2] 滟滟：水面闪光貌。

[3] 芳甸：花草丛生的原野。

[4] 霰(xiàn)：细密的雪珠。

[5] “空里”句：皎洁的月光犹如流霜飞泻。霜在古人想象中像雪一样从空中落下，所以常说“飞霜”。这里以霜喻月色，所以觉“流”而不觉“飞”。

[6] 汀：水中或水边平地。

[7] 无穷已：没有止尽。

[8] 待：一本作“照”。

[9] 白云：喻指游子。 去悠悠：形容白云缓缓飘逝。

[10] 青枫浦：在今湖南浏阳境内，一名双枫浦。此处泛指离别处。 不胜：经不起。

[11] 扁(piān)舟：小船。 扁舟子：舟行的游子。

[12] “何处”句：有多少思妇伫立搂头，思念丈夫。 “何处”与前句“谁家”互文见义。

[13] 月徘徊：月影缓缓移动。

[14] 妆镜台：梳妆台。

[15] “玉户”句：说月光似乎故意与思妇为难，帘卷不去，手拂还来。 玉户：指思妇居室。

[16] 捣衣砧(zhēn)：捣衣服的垫石。

[17] 逐：追随。 月华：月光。

[18] 鸿雁：指信使。 长飞光不度：鸿雁飞得再远，也无法逾越月光。 度：同“渡”。

[19] 鱼龙：指鲤鱼。《古诗·饮马长城窟行》：“客从远方来，遗我双鲤鱼。呼儿烹鲤鱼，中有尺素书，长跪读素书，书中竟何如？上言加餐饭，下言长相忆。”说鲤鱼也能传递书信。

[20] 闲潭：幽静的水潭。

[21] 碣石潇湘：指天南地北。 碣石：山名，在今河北。 潇湘：水名，在今湖南。

[22] 摇情：激荡情思，犹言牵情。

张若虚(约 660—约 720 年)扬州人，曾任兖州兵曹，唐中宗神龙(706—707)年间，与贺知章、贺朝、万齐融、邢巨、包融等都以文词俊秀驰名于京都，他与贺知章、张旭、包融并称为“吴中四士”，玄宗开元时尚在世。张若虚在《全唐诗》中存诗仅两首(另一首为《代答闺梦还》)，然而他的名篇《春江花月夜》却成为数万首诗歌的璀璨群星中最耀眼的一颗，有“孤篇盖全唐”之誉。《春江花月夜》原为乐府《吴声歌曲》名，原词已佚，隋炀帝、温庭筠等都曾作有此曲，最为出名就是张若虚所作。闻一多先生曾给这首诗以极高的评价：“在这首诗面前，一切的赞叹是饶舌，几乎是渎亵。”并认为：“这是诗中的诗，顶峰上的顶峰。”

导读

这首诗沿用陈隋乐府旧题，描绘了春江花月夜的幽美景色，抒写真挚动人的离情别绪及富有哲理意味的人生感慨，语言清新优美，韵律宛转悠扬，洗去了宫体诗的浮艳脂粉，给人以清丽自然、澄空明澈之感。

全诗紧扣春、江、花、月、夜的背景来写，以“月”统摄群像，随着“月”的升起——高悬——西斜——落下，描绘了潮水、波光、花林、沙滩、夜空、白云、青枫、闺阁、镜台、海雾等一系列景象，组成了一幅意趣盎然的水墨长卷。“月”是诗中魂灵，在全诗中犹如一条律动的纽带，触处生神。在描绘月夜美景的同时，作者还写了漂泊的游子、望月思人的思妇，融入了美景常在而人不在、明月常圆而人难圆的感怀，引发了宇宙与人生的思索。诗人尽情赞叹大自然的奇丽景色、讴歌人间纯洁的爱情、思索人生的哲理、探寻自然宇宙的奥秘，画意、诗情、哲理交相融汇，令人思索不尽。

本诗语言优美，声韵和谐自然，章法结构以整齐为基调，以错杂显变化。三十六行诗，共分为九组，每四句一组，各组用韵不同，九个韵脚富于平仄变化。开头一三组用平韵，二四组用仄韵，随后五六七八组皆用平韵，最后用仄韵结束，错落穿插，声调整齐而不呆板。在句式上，本诗大量使用排比句、对偶句句式，起承转合皆妙。整首诗神气凝聚，浑然一体，清丽婉畅。

感悟讨论

1. “月”是否是全诗的灵魂？为什么？
2. 找出诗中的对偶句式，分析一下其作用。
3. 本诗三十六句，用了九个韵脚，试分析本诗用韵的特点。
4. 结合初唐的时代精神，体会全诗虽写忧思惆怅却又柔婉轻盈的艺术特色。

平行阅读

望 月 怀 远

张九龄

海上生明月，天涯共此时。
情人怨遥夜，竟夕起相思。
灭烛怜光满，披衣觉露滋。
不堪盈手赠，还寝梦佳期。

枫 桥 夜 泊

张 继

月落乌啼霜满天，江枫渔火对愁眠。
姑苏城外寒山寺，夜半钟声到客船。

(选自《唐诗选》，中国社科院文学研究所编，人民文学出版社，1981 年版)

杜甫这样评价“初唐四杰”的诗歌创作——王杨卢骆当时体，轻薄为文哂未休，尔曹身与名俱灭，不废江河万古流。(《戏为六绝句》)

第三节 在狱咏蝉

骆宾王

西陆蝉声唱[1]，南冠客思侵[2]。
那堪玄鬓影[3]，来对白头吟[4]。
露重飞难进，风多响易沉[5]。
无人信高洁[6]，谁为表予心[7]。

(选自《唐诗选》，中国社科院文学研究所编，人民文学出版社，1981 年版)

注释

[1] 西陆：指秋天。《隋书·天文志中》：“日循黄道东行，一日一夜行一度，三百六十五日有奇而周天。行东陆谓之春，行南陆谓之夏，行西陆谓之秋，行北陆谓之冬。”

[2] 南冠：楚国之冠。《左传·成公九年》：“晋侯观于军府，见钟仪，问之曰：‘南冠而絷者谁也？’有司对曰：‘郑人所献楚囚也。’”后以“南冠”指囚徒。诗人是南方人，当时正在坐牢，因此以“南冠”自称。 客思：客中思乡之情。 侵：一作“深”。

[3] 玄鬓：指蝉。

[4] 白头：诗人自指。诗人忧心深重，所以自谓“白头”，并非以老人自居，当时诗人不足四十岁。 吟：谓蝉鸣。

[5] 露重飞难进，风多响易沉：指浓重的秋露沾湿了蝉翼难以奋飞，萧瑟的秋风又阻遏了蝉的鸣声。

[6] 高洁：指蝉。古人认为蝉只饮露而不食，把它作为高洁的象征。

[7] 谁为：为谁。

骆宾王(约 640—约 684 年)婺州义乌(今属浙江义乌)人，唐代诗人，“初唐四杰”之一，七岁能诗，号称“神童”，早年丧父，家境穷困，初为道王李元庆府属，历官武功、长安主簿，入朝迁侍御史，被诬入狱，遇赦贬为临海丞。徐敬业起兵反对武后，骆宾王为徐敬业草讨武檄文，讨武兵败，逃亡不知所终。骆宾王的诗整炼缜密，精工谐亮，尤擅七言长歌，慷慨流动，排比铺陈而不堆砌，圆熟流转，代表作《帝京篇》被誉为“绝唱”。

导读

这首诗是诗人于唐高宗仪凤三年(678 年)在狱中所作。诗人因为上书讽谏，触怒皇后武曌(zhào)，被诬以赃罪下狱。诗人在狱中以蝉起兴，借蝉自况，抒写了含冤莫辩的深切哀痛和忧愤。

本诗的首联点题，深秋狱中寒蝉时断时续的鸣叫声，唤起了诗人思念故乡的无限惆怅与悲戚，幽咽、凄楚的意味油然而生，“侵”字恰如其分地表现了诗人悲苦忧愤的心境。颔联紧承上联进一步抒发诗人的心情，诗人仿佛是在对蝉倾诉，又仿佛自言自语，本来痛苦已经很深了，哪里还经得起秋蝉的哀鸣，正所谓以苦引苦、人何以堪。颈联“露重飞难进，风多响易沉”，表面是写蝉，实际是抒写诗人自己的境况。秋露凝重，打湿了蝉的翅膀，使它难以飞行；秋风频吹，使蝉的声音传不到远方。诗人借蝉的困厄处境比喻自己的仕途曲折、蹉跎难进，受谗言诽谤，身陷囹圄，辩词无以传递。这两句写得蝉人相融，抒情忘蝉，达到了出神入化的地步。尾联发出了源自肺腑的深深慨叹，“无人信高洁，谁为表予心”，没有人看重高洁的品德，又能指望谁来替诗人昭雪呢？是哀叹，是呼吁，是控诉，更是呐喊，一腔愤懑倾泻而出。

本诗用典贴切自然，语言精练，音韵和美，对仗工整，比喻精辟传神，寄情寓兴深远，格调深沉而不低颓，含蓄蕴藉与直抒胸臆互为映衬，为初唐诗坛带来清新之风。

感悟讨论

1. 本诗以蝉起兴，以蝉自比，表达了作者什么样的思想感情？
2. “露重飞难进，风多响易沉”一联有何特点？
3. 阅读《送杜少府之任蜀州》，体会“初唐四杰”的诗歌创作。

平行阅读

送杜少府之任蜀州

王 勃

城阙辅三秦，风烟望五津。
与君离别意，同是宦游人。
海内存知己，天涯若比邻。
无为在歧路，儿女共沾巾。

从 军 行

杨 炯

烽火照西京，心中自不平。
牙璋辞凤阙，铁骑绕龙城。
雪暗凋旗画，风多杂鼓声。
宁为百夫长，胜作一书生。

(选自《唐诗选》，中国社科院文学研究所编，人民文学出版社，1981年版)

王维早年豪情满怀，有“纵死犹闻侠骨香”的高歌，晚年寄情山水，陶醉自然，怡悦自乐，创作了大量的山水田园诗，自然朴素，而又隽永醇厚。

第四节 辋川闲居赠裴秀才迪[1]

王 维

寒山转苍翠[2]，秋水日潺湲[3]。
倚杖柴门外，临风听暮蝉。
渡头余落日，墟里上孤烟[4]。
复值接舆醉[5]，狂歌五柳前[6]。

(选自《唐诗选》，中国社科院文学研究所编，人民文学出版社，1981 年版)

注释

[1] 辋川：水名，在今陕西蓝田终南山下。山麓有初唐诗人宋之问的别墅，后归王维，王维居此三十余年。 裴迪：盛唐山水田园诗人，王维好友，与王维唱和较多。

[2] 转苍翠：山色越来越深。一作“积苍翠”。

[3] 潺湲(yuán)：水流动的样子。

[4] 墟里：村落。 孤烟：炊烟。

[5] 接舆：春秋时楚国隐士陆通，字接舆，佯狂遁世。此处以接舆指裴迪。

[6] 五柳：即陶潜，此处王维以陶潜自比。晋陶潜归隐后尝著《五柳先生传》以自况：“先生不知何许人也，亦不详其姓名，宅边有五柳树，因以为号焉。”

王维(701？—761 年)字摩诘，原籍祁州(今山西祁县)，迁至蒲州(今山西永济)，崇信佛教，晚年居于蓝田辋川别墅，盛唐著名诗人。王维的名和字取自《维摩诘经》中的维摩诘居士，维摩诘是佛门弟子，却过着贵族的奢华生活，王维实际的生活也和维摩诘差不多。唐玄宗开元九年(721年)王维进士及第，为大乐丞，后任右拾遗、监察御史等职，张九龄执政时，写诗自陈，有进取之心。安史之乱王维为叛军所获，被迫接受伪职，乱平后以罪降为太子中允，由此淡泊世事，在蓝田辋川别墅过着焚香礼佛、亦官亦隐的生活。王维官至尚书右丞，世称王右丞。王维多才多艺，诗画成就尤高，早期的边塞诗慷慨激昂，抒写保家卫国的英雄气概，后期则致力于山水田园诗的创作，与孟浩然同为盛唐山水田园诗的代表，并称“王孟”。王维继承和发展了谢灵运开创的山水诗的传统，对陶渊明田园诗的清新自然也有所汲取，使山水田园诗的成就达到了一个高峰。他的诗对物象体察精细，描绘简洁传神，充溢着诗情画意，渗透着佛理禅机，以“诗中有画”著称，著有《王右丞集》。

导读

这是一首诗画完美结合的五言律诗，描绘了幽居山林、超然物外之志趣，以接舆比好友裴迪，以陶潜自比，风景人物交替出现，相映成趣，形成了物我一体、情景交融的艺术意境，抒发了闲居之乐和对友人的真切情谊。

这首诗所要极力表现的是辋川的秋景。首联和颈联写山水原野的深秋晚景，诗人选择富有季节和时间特征的景物：苍翠的寒山、缓缓的秋水、渡口的夕阳、墟里的炊烟，有声有色，动静结合，勾勒出一幅和谐幽静而又富有生机的田园山水画。颔联和尾联展示诗人与裴迪的闲居之乐，颔联写倚杖柴门，临风听蝉，把诗人安逸的神态、超然物外的情致写得栩栩如生。尾联则采用了两个典故，“复值接舆醉”句中的接舆，是春秋时代“凤歌笑孔丘”的楚国狂士，诗人把沉醉狂歌的裴迪与楚国狂士接舆相比，既把裴迪的狂士风度表现得淋漓尽致，也透出对这位年轻朋友的赞许、欣赏之情；“狂歌五柳前”句中的“五柳先生”是陶潜《五柳先生传》的主人公，一位忘怀得失、诗酒自娱的隐者，“宅边有五柳树，因以为号焉”。在这里王维以陶潜自况，“五柳先生”是指诗人自己。王维与裴迪，个性虽大不一样，但那超然物外的心迹却是相近相通的，浓情厚谊尽在典故的使用之中。

全诗物我一体，笔致简约，情景交融，用典妙合，动静相衬，诗中有画，流溢着闲适愉悦的情趣。

感悟讨论

1. 以本诗为例，谈谈你对王维诗作“诗中有画”的体会。
2. “复值接舆醉，狂歌五柳前”这两个典故，表现了诗人怎样的情感？
3. 阅读《渭川田家》《过香积寺》《夏日南亭怀辛大》，体会山水田园诗的特点。

平行阅读

渭川田家

王　维

斜光照墟落，穷巷牛羊归。
野老念牧童，倚杖候荆扉。
雉雊麦苗秀，蚕眠桑叶稀。
田夫荷锄立，相见语依依。
即此羡闲逸，怅然歌式微。

过香积寺

王　维

不知香积寺，数里入云峰。
古木无人径，深山何处钟。
泉声咽危石，日色冷青松。
薄暮空潭曲，安禅制毒龙。

夏日南亭怀辛大

孟浩然

山光忽西落，池月渐东上。
散发乘夕凉，开轩卧闲敞。
荷风送香气，竹露滴清响。
欲取鸣琴弹，恨无知音赏。
感此怀故人，中宵劳梦想。

(选自《唐诗选》，中国社科院文学研究所编，人民文学出版社，1981年版)

“红旗半卷出辕门”“将军金甲夜不脱”“三军大呼阴山动”“不破楼兰终不还”——建功立业的英雄气概，不畏艰险的豪迈情怀构筑了盛唐边塞诗雄浑的精神世界。

第五节 燕歌行 并序

高 适

开元二十六年，客有从御史大夫张公出塞而还者，作《燕歌行》以示，适感征戍之事，因而和之[1]。

汉家烟尘在东北[2]，汉将辞家破残贼[3]。
男儿本自重横行[4]，天子非常赐颜色[5]。
摐金伐鼓下榆关[6]，旌旆逶迤碣石间[7]。
校尉羽书飞瀚海[8]，单于猎火照狼山[9]。
山川萧条极边土[10]，胡骑凭陵杂风雨[11]。
战士军前半死生[12]，美人帐下犹歌舞[13]！
大漠穷秋塞草腓[14]，孤城落日斗兵稀[15]。
身当恩遇恒轻敌[16]，力尽关山未解围[17]。
铁衣远戍辛勤久[18]，玉箸应啼别离后[19]。
少妇城南欲断肠[20]，征人蓟北空回首[21]。
边庭飘飖那可度[22]，绝域苍茫更何有[23]！
杀气三时作阵云[24]，寒声一夜传刁斗[25]。
相看白刃血纷纷[26]，死节从来岂顾勋[27]？
君不见沙场征战苦[28]，至今犹忆李将军[29]！

(选自《唐诗选》，中国社科院文学研究所编，人民文学出版社，1981年版)

注释

[1] 序中所说“御史大夫张公”，指河北节度副大使张守珪。开元二十三年以与契丹

作战有功，拜辅国大将军兼御史大夫，后因恃功骄纵，隐瞒交战败绩被贬。《燕歌行》本是乐府古题，多写思妇怀念征人，高适扩大了表现范围，多方面地描写了唐代的征战生活。

[2] 汉家烟尘在东北：汉家：借指唐朝。　　烟尘：战争。

[3] 残贼：凶残的敌人。

[4] 横行：驰骋疆场，为国效命。

[5] 非常赐颜色：厚加礼遇。

[6] 摐(chuāng)金伐鼓：敲锣击鼓：指行军。　　榆关：指山海关。

[7] 旌旆：军中旗帜。　　逶迤：蜿蜒绵长。　　碣石：山名，在今河北昌黎。

[8] 校尉：武官，仅次于将军。　　羽书：即“羽檄”，插有羽毛的文书，以示军情紧急。　　瀚海：沙漠。

[9] 单于：古代匈奴称其王为单于。　　猎火：指战火。　　狼山：位于内蒙古乌拉特旗，这里泛指与敌军交战的地方。

[10] 极：到达尽头。

[11] 胡骑：敌人的军马。　　凭陵：逼压，威逼。　　杂风雨：风雨交加，形容胡骑来势凶猛。

[12] 半死生：死生各半，指戍边战士出生入死，英勇奋战。

[13] 帐下：军中将帅的营帐中。

[14] 穷秋：深秋。　　腓：变黄，枯萎。

[15] 斗兵稀：兵器击打的声音稀少，暗示唐军伤亡惨重。

[16] 恒：常常。

[17] 关山：指边境险要处。　　未解围：未能解除敌人对孤城的围困。

[18] 铁衣：铠甲，借指戍边战士。

[19] 玉箸：白色的筷子，喻指思妇的眼泪。

[20] 城南：长安城南，泛指思妇的住处。

[21] 蓟北：今天津蓟县。

[22] 飘飖：动荡不安。　　度：度日。

[23] 绝域：极偏僻的地方。

[24] 三时：指早、午、晚，即一整天。

[25] 刁斗：古代军中值夜巡逻时敲击的铜器，也可用来做饭。

[26] 白刃：雪亮的战刀。

[27] 死节：为国捐躯。　　勋：功劳。

[28] 沙场：战场。

[29] 李将军：即汉代名将李广。李广十分爱护士兵，《史记·李将军列传》载：“广之将兵，乏绝之处，见水，士卒不尽饮，广不近水；士卒不尽食，广不尝食。宽缓不苛，士以此爱乐为用。”高适《塞上》：“惟昔李将军，按节出此都。总戎扫大漠，一战擒单于。常怀感激心，愿效纵横谟。倚剑欲谁语，关河空郁纡。”

高适(702—765 年)字达夫，沧州(今河北景县)人，居住在宋中(今河南商丘一带)，盛唐时期“边塞诗派”代表诗人，少孤贫，爱交游，性格落拓，有游侠之风，以建功立业自

期，唐玄宗天宝八年(749 年)，经举荐，中“有道科”，授封丘县尉，因不能忍受“拜迎长官心欲碎，鞭挞黎庶令人悲”的痛苦，弃官而去。安史之乱后，高适反对唐玄宗分封诸王，对肃宗李亨的王位巩固有利，因而得到李亨赏识，官职累升，最后官至散骑常侍。《全唐诗》按语说，“开元以来，诗人至达者，唯适而已。”高适前半生潦倒，其诗喟叹自身境遇的较多，对民生疾苦也有所反映。他的边塞诗数量不多，但却较为深刻地反映了社会现实，“雄浑悲壮”是高适边塞诗的突出特点。以诗体而论，尤以七言古诗最为擅长，高适的歌行长篇，波澜浩瀚，声情顿挫，感情深挚，风格雄放，语言端直，笔力浑厚，著有《高常侍集》。

导读

这首诗的缘起与讽刺河北节度副大使张守珪有关，但通观整篇诗作，思想内涵不仅局限于此，而是概括了唐开元年间戍边将士生活的各个方面，其主旨是“感征戍之事”，既有对军中苦乐悬殊的揭露，也有对将帅无能、不恤士卒的抨击，既有对戍边士兵以报国、奋勇杀敌的歌颂，也有对长期浴血奋战的士兵及家人的深切同情，全景式、多角度地反映了边塞战争和戍边生活，为边塞诗派代表作。

全诗以非常浓缩的笔墨，写了一个战役的全过程，可分为四个部分：第一部写奉命出师；第二部分写战斗失利；第三部分写戍边士兵和思妇两地相思：第四部分怀念汉将李广，表明了复杂的心情。其中既有对战争的宏观展示，又有对战争以及戍边生活的具体描写，景物映衬、氛围渲染、议论点旨相交融，手法多样，富于变化。全诗气势磅礴，笔力矫健，浑化无迹，运用了大量的对偶句式，读来抑扬顿挫，气氛悲壮而淋漓，主旨表达深刻而含蓄。“山川萧条极边土，胡骑凭陵杂风雨”，“大漠穷秋塞草腓，孤城落日斗兵稀”，暗示和渲染战斗的惨烈；“少妇城南欲断肠，征人蓟北空回首”描写了士兵和思妇复杂变化的内心活动，凄恻动人；“战士军前半死生，美人帐下犹歌舞”，更是对比鲜明，凝练警策，诗人只是叙述事实，并未褒贬，但旨意显露，耐人深思，成为与杜工部“朱门酒肉臭，路有冻死骨”有异曲同工之妙的千古名句。

这是一首七言歌行体，开头四句押入声韵，后面平仄相间，音韵富于变化，使用了六个韵脚，与情感的跌宕起伏共同律动，流转自然，气势奔放。

感悟讨论

1. 诗前小序说这首诗为“感征戍之事”而作，表达了作者哪些感慨？
2. 诗中运用了大量的对偶句式，找出来并分析其作用。
3. 《燕歌行》韵脚富于变化，分析本诗用韵的特点。
4. 阅读《走马川行奉送出师西征》，体会边塞诗的风格和特点。

平行阅读

走马川行奉送出师西征

岑 参

君不见走马川，雪海边，平沙莽莽黄入天。

轮台九月风夜吼，一川碎石大如斗，随风满地石乱走。

匈奴草黄马正肥，金山西见烟尘飞，汉家大将西出师。
将军金甲夜不脱，半夜军行戈相拨，风头如刀面如割。
马毛带雪汗气蒸，五花连钱旋作冰，幕中草檄砚水凝。
虏骑闻之应胆慑，料知短兵不敢接，车师西门伫献捷。

封丘作

高　适

我本渔樵孟诸野，一生自是悠悠者。
乍可狂歌草泽中，宁堪作吏风尘下。
只言小邑无所为，公门百事皆有期。
拜迎长官心欲碎，鞭挞黎庶令人悲。
悲来向家问妻子，举家尽笑今如此。
生事应须南亩田，世情尽付东流水。
梦想旧山安在哉？为衔君命且迟回。
乃知梅福徒为尔，转忆陶潜归去来。

(选自《唐诗选》，中国社科院文学研究所编，人民文学出版社，1981 年版)

“昔年有狂客，号尔谪仙人。笔落惊风雨，诗成泣鬼神。”这是杜甫《寄李十二白二十韵》的前四句，贺知章赞李白为“谪仙人”世人熟知，而“落笔惊风雨，诗成泣鬼神”两句则公认为最能表现这位浪漫主义大诗人的狂放不羁和摇惊风雨的旷世才华。

第六节　江　上　吟

李　白

木兰之枻沙棠舟[1]，玉箫金管坐两头[2]。
美酒樽中置千斛[3]，载妓随波任去留。
仙人有待乘黄鹤[4]，海客无心随白鸥[5]。
屈平词赋悬日月[6]，楚王台榭空山丘[7]。
兴酣落笔摇五岳[8]，诗成笑傲凌沧洲[9]。
功名富贵若长在，汉水亦应西北流[10]。

(选自《唐诗选》，中国社科院文学研究所编，人民文学出版社，1981 年版)

注释

[1] 木兰：俗称紫玉兰，名贵乔木。　枻(yì)：船桨。　沙棠：木名。据《山海经》，沙棠出昆仑山，人吃了它的果实“入水不溺”。这里形容舟的名贵，并非实指。

[2] 玉箫金管坐两头：船两头坐着吹奏金箫玉管的歌伎。

[3] 樽：酒器。　斛(hú)：古量器，十斗为一斛。

[4] 乘黄鹤：崔颢《黄鹤楼》有诗句：“昔人已乘黄鹤去，此地空余黄鹤楼。”传说仙人子安乘黄鹤过此，故名。此句是指欲成仙有待黄鹤来。

[5] 海客：居海滨之人。　无心：无机诈之心。据《列子·黄帝篇》载，有人住在海边，与鸥鸟相亲相习，他的父亲知道了，要他捉一只鸥鸟回去，他再去海边，海鸥便不再接近他了。

[6] 屈平：即楚国诗人屈原(约前 340—约前 278 年)，名平，字原，著名的浪漫主义诗人。

[7] 楚王台榭：楚灵王(？—前 529 年)，穷奢极欲，筑章华台，楚庄王(？—前 591 年)，筑有钓台，两座台榭均以豪华驰名。

[8] 五岳：指东岳泰山，西岳华山，南岳衡山，北岳恒山，中岳嵩山。

[9] 沧州：指江海之涯。

[10] 汉水：发源于陕西宁羌，东流至襄阳，折而南流。

李白(701—762 年)字太白，号青莲居士，祖籍陇西成纪(今甘肃天水)，先世于隋末流徙西域，李白即生于中亚碎叶城(今巴尔喀什湖南面的楚河流域，唐时属安西都户府管辖)，幼时随父迁居绵州昌隆(今四川江油)青莲乡，唐代最伟大的诗人之一。李白二十五岁离川远游，遍游大江南北，初到长安，贺知章赞他为“谪仙人”。天宝元年(742 年)，李白被召至长安，供奉翰林，文章风采，颇为唐玄宗赏识，后因不能见容于权贵，在京仅三年，就弃官而去，仍然继续他飘荡四方的游历生活。安史之乱发生的第二年，他感愤时艰，参加了永王李璘的幕府。后永王与肃宗发生了争夺帝位的争斗，兵败之后，李白受牵累，流放夜郎(今贵州境内)，途中遇赦，晚年漂泊东南一带，卒于当涂县令李阳冰处。李白的诗歌充满浪漫主义色彩，诗风旷达潇洒，感情慷慨豪迈，想象奇特丰富，文采瑰玮绚丽，格调飘逸自然。对光明的向往与对黑暗的抨击在李白的诗歌中构成鲜明的对比，表现出李白率直、傲岸的性格。李白是继屈原之后我国最为杰出的浪漫主义诗人，诗作以古体和绝句见长，与杜甫齐名，世称“李杜”，著有《李太白集》。

导读

这是一首即景抒怀之作，以江上泛游起兴，表现了诗人对功名富贵的蔑视和对自由美好世界的推崇，显露出傲岸放达的胸襟和超凡脱俗的志趣。

开头四句，虽是江上之游的即景，但并非如实地记叙，而是经过夸饰的、理想化的具体描写，展现出华丽的色彩，有一种超世绝尘的氛围，描绘了一个超越纷浊现实、自由而美好的世界。中间四句两联，两两对比。“仙人有待”两句承上，结合当地的神话传说和历史典故，写诗人飘然欲去求仙和摆脱功名富贵羁绊的出世心情，是对江上泛舟行乐的肯定和赞扬，“黄鹤”“白鸥”两个意象，是诗人此际徜徉逍遥心境的外化，“屈平词赋”两句启下，表达对理想的人生境界的追求。屈原的词赋如日月高悬，辉耀千古，而楚王豪华的楼台亭阁却早已荡然无存，只剩下一片荒丘，一个“空”字，表明了诗人对待荣华富贵的态度。结尾四句，紧接“屈平”一联从正反两方面延续和深化。“兴酣”二句承屈平辞赋说，同时也回应开头的江上泛舟，潇洒豪壮，“摇五岳”，是笔力的雄健豪迈；“凌沧洲”是胸襟的傲然高旷。最后“功名富贵若长在，汉水亦应西北流”，承楚王台榭说，同时也把“笑傲”进一步具体化，从反面用一个根本不可能的事情来假设，强化了对功名富贵的蔑视与否定，显出不可抗拒的气势。

全诗十二句，形象鲜明，意象瑰丽，感情激扬，气势豪放，结构绵密，对仗精整，章法错落，匠心独具。

感悟讨论

1. 这首诗表达了诗人怎样的人生志趣？
2. 为何说这首诗生动地体现了李白抒情诗的艺术个性？
3. 阅读《宣州谢朓楼饯别校书叔云》和《金陵城西楼月下吟》，分析作品的艺术特点。

平行阅读

宣州谢朓楼饯别校书叔云

李　白

弃我去者，昨日之日不可留；
乱我心者，今日之日多烦忧。
长风万里送秋雁，对此可以酣高楼。
蓬莱文章建安骨，中间小谢又清发。
俱怀逸兴壮思飞，欲上青天揽明月。
抽刀断水水更流，举杯销愁愁更愁。
人生在世不称意，明朝散发弄扁舟。

金陵城西楼月下吟

李　白

金陵夜寂凉风发，独上高楼望吴越。
白云映水摇空城，白露垂珠滴秋月。
月下沉吟久不归，古来相接眼中稀。
解道澄江静如练，令人长忆谢玄晖。

(选自《唐诗选》，中国社科院文学研究所编，人民文学出版社，1981 年版)

“感时花溅泪，恨别鸟惊心”“朱门酒肉臭，路有冻死骨”“安得广厦千万间，大庇天下寒士俱欢颜，风雨不动安如山”……杜甫的诗歌把中国现实主义诗歌创作带到了顶峰。

第七节　阁　夜

杜　甫

岁暮阴阳催短景[1]，天涯霜雪霁寒宵[2]。
五更鼓角声悲壮，三峡星河影动摇[3]。

野哭千家闻战伐[4]，夷歌数处起渔樵[5]。
卧龙跃马终黄土[6]，人事音书漫寂寥[7]。

(选自《唐诗选》，中国社会科学院文学研究所编，人民文学出版社，1981 年版)

注释

[1] 阴阳：指日月。　　景：光阴。

[2] 霁：指霜雪停止，消散。

[3] 星河：银河。

[4] 战伐：指崔旰(gàn)、郭英乂(yì)、杨子琳等军阀的互相残杀。永泰元年(765 年)冬，成都尹郭英乂被兵马使崔旰攻袭，全家遭屠杀。泸州牙将杨子琳、邛州牙将柏茂琳、剑南牙将李昌夔起兵讨旰，蜀中大乱，连年未息。(牙将：古代军衔，唐朝节度使的军队为牙军)

[5] 夷歌：四川境内少数民族的歌谣。　　渔樵：指唱歌之人。

[6] 卧龙：指诸葛亮。　　跃马：指公孙述。左思《蜀都赋》有“公孙跃马而称帝”，又据《后汉书·公孙述传》，公孙述，字子阳，扶风人，王莽时为导江卒正，自恃蜀中地险众附，时局动荡混乱，自称“白帝”。

[7] 漫：任。

杜甫(712—770 年)字子美，自号少陵野老，原籍襄阳(今湖北襄樊)，寄居巩县(今属河南)，盛唐伟大的现实主义诗人，唐玄宗天宝六年(747 年)应进士举，未第，即客居长安，唐肃宗时，官左拾遗，后入蜀，经举荐，得检校工部员外郎之职，故后世又称他杜工部。杜甫出身于一个世代“奉儒守官”之家，对国家命运和民生疾苦非常关心，半生流离失所的苦难经历，使他得以深入社会，真切认识现实黑暗和了解百姓疾苦。杜甫生活在唐朝由盛转衰的历史时期，其诗多涉及社会动荡、政治黑暗、人民疾苦，因而被誉为“诗史”。杜甫一生写诗一千五百多首，风格沉郁顿挫，其中很多成为传颂千古的名篇。杜诗以古体、律诗见长，他的五七古长篇，亦诗亦史，展开铺叙，而又着力于全篇的回旋往复，标志着我国诗歌叙事艺术发展的辉煌成就；七言律诗语句精练，属对工切，严守声律，一丝不苟。杜甫继承了《诗经·国风》、汉乐府的现实主义精神，把中国现实主义诗歌创作带到了顶峰，著有《杜少陵集》。

导读

这首七言律诗是杜甫于大历元年(766 年)冬寓居夔州西阁时所作，衰年岁暮，久客不归，因而耳目所触，皆成异样风光，睹景思故，感怀作此诗。“阁夜”，即西阁之夜，此诗是诗人感时、伤乱、忆旧、思乡心情的真实写照，悲壮之情与超然之意交织，表达了诗人深沉、复杂的情感。

此诗前四句写阁夜景象，后四句写阁夜所见所感。首联点出时空背景，岁暮日短，霜雪初霁夜，客寓异乡的诗人内心的凄凉、悲怆之情油然而生。颔联紧承“寒宵”难眠，写出了夜中所闻所见，冷寂的夜空，鼓角声格外响亮，星影在湍急的江流中摇曳不定，渲染了兵革未息的气氛，深蕴着诗人悲凉深沉的情怀。颈联写拂晓前所见，战火方炽，千家恸哭，哀歌四野，令诗人倍感悲伤。尾联写诗人极目远望夔州西郊的武侯庙和东南的白帝

庙，引出无限感慨。“卧龙”“跃马”忠逆同归，两位一世之雄皆成了土中枯骨，眼前这点寂寥孤独，又算得了什么呢？看似自遣，实际上表达了诗人深厚沉郁的身世之痛和家国之悲。

此诗向来被誉为杜甫律诗的典范之作，诗人从几个侧面描写夜宿西阁的所见、所闻、所感，从寒宵雪霁写到五更鼓角，从天空星河写到江水之波，从山川形胜写到战乱人祸，从当前现实写到历史往事，气象雄阔，笔势沉郁，对仗工整，用典贴切，意象雄浑。明代胡应麟《诗薮·内编》称赞此诗“气象雄盖宇宙，法律细入毫芒”。

感悟讨论

1. 为什么说此诗是感时伤乱之作？
2. 尾联“卧龙跃马终黄土，人事音书漫寂寥”，表达了诗人怎样的思想感情？
3. 阅读《秋兴八首》，结合熟悉的作品体会杜诗的风格。

平行阅读

秋兴八首

杜 甫

玉露凋伤枫树林，巫山巫峡气萧森。
江间波浪兼天涌，塞上风云接地阴。
丛菊两开他日泪，孤舟一系故园心。
寒衣处处催刀尺，白帝城高急暮砧。

夔府孤城落日斜，每依南斗望京华。
听猿实下三声泪，奉使虚随八月槎。
画省香炉违伏枕，山楼粉堞隐悲笳。
请看石上藤萝月，已映洲前芦荻花。

千家山郭静朝晖，日日江楼坐翠微。
信宿渔人还泛泛，清秋燕子故飞飞。
匡衡抗疏功名薄，刘向传经心事违。
同学少年多不贱，五陵裘马自轻肥。

闻道长安似弈棋，百年世事不胜悲。
王侯第宅皆新主，文武衣冠异昔时。
直北关山金鼓震，征西车马羽书迟。
鱼龙寂寞秋江冷，故国平居有所思。

蓬莱宫阙对南山，承露金茎霄汉间。
西望瑶池降王母，东来紫气满函关。
云移雉尾开宫扇，日绕龙鳞识圣颜。
一卧沧江惊岁晚，几回青琐点朝班。

瞿塘峡口曲江头，万里风烟接素秋。
花萼夹城通御气，芙蓉小苑入边愁。
珠帘绣柱围黄鹄，锦缆牙墙起白鸥。
回首可怜歌舞地，秦中自古帝王州。

昆明池水汉时功，武帝旌旗在眼中。
织女机丝虚夜月，石鲸鳞甲动秋风。
波漂菰米沉云黑，露冷莲房坠粉红。
关塞极天惟鸟道，江湖满地一渔翁。

昆吾御宿自逶迤，紫阁峰阴入美陂。
香稻啄余鹦鹉粒，碧梧栖老凤凰枝。
佳人拾翠春相问，仙侣同舟晚更移。
彩笔昔曾干气象，白头吟望苦低垂。

(选自《杜甫诗选注》，萧涤非选注，人民文学出版社，1979年版)

《长恨歌》为古代长篇叙事诗之绝唱，文字哀婉动人，情致缠绵细腻，节奏急缓有致，音律婀娜流畅，令人百读不厌。

第八节　长　恨　歌

白居易

汉皇重色思倾国[1]，御宇多年求不得[2]。杨家有女初长成[3]，养在深闺人未识。天生丽质难自弃[4]，一朝选在君王侧。回眸一笑百媚生，六宫粉黛无颜色[5]。春寒赐浴华清池[6]，温泉水滑洗凝脂。侍儿扶起娇无力，始是新承恩泽时[7]。云鬓花颜金步摇[8]，芙蓉帐暖度春宵[9]。春宵苦短日高起，从此君王不早朝。承欢侍宴无闲暇，春从春游夜专夜[10]。后宫佳丽三千人，三千宠爱在一身。金屋妆成娇侍夜[11]，玉楼宴罢醉和春。姊妹弟兄皆列土[12]，可怜光彩生门户。遂令天下父母心，不重生男重生女。

骊宫高处入青云[13]，仙乐风飘处处闻。缓歌慢舞凝丝竹[14]，尽日君王看不足。渔阳鼙鼓动地来[15]，惊破《霓裳羽衣曲》[16]。九重城阙烟尘生[17]，千乘万骑西南行[18]。翠华摇摇行复止[19]，西出都门百余里[20]。六军不发无奈何[21]，宛转娥眉马前死[22]。花钿委地无人收[23]，翠翘金雀玉搔头[24]。君王掩面救不得，回看血泪相和流。黄埃散漫风萧索[25]，云栈萦纡登剑阁[26]。峨嵋山下少人行[27]，旌旗无光日色薄。蜀江水碧蜀山青，圣主朝朝暮暮情[28]。行宫见月伤心色[29]，夜雨闻铃肠断声[30]。天旋地转回龙驭[31]，到此踌躇不能去[32]。马嵬坡下泥土中，不见玉颜空死处[33]。

君臣相顾尽沾衣[34]，东望都门信马归[35]。归来池苑皆依旧，太液芙蓉未央柳[36]。芙蓉如面柳如眉，对此如何不泪垂？春风桃李花开夜，秋雨梧桐叶落时。西宫南内多秋草[37]，落叶满阶红不扫。梨园弟子白发新[38]，椒房阿监青娥老[39]。夕殿萤飞思悄然[40]，孤灯挑尽未成眠[41]。迟迟钟鼓初长夜[42]，耿耿星河欲曙天[43]。鸳鸯瓦冷霜华重[44]，翡翠衾寒谁与共[45]？悠悠生死别经年[46]，魂魄不曾来入梦[47]。

临邛道士鸿都客[48]，能以精诚致魂魄[49]。为感君王展转思[50]，遂教方士殷勤觅[51]。排空驭气奔如电[52]，升天入地求之遍。上穷碧落下黄泉[53]，两处茫茫皆不见。忽闻海上有仙山，山在虚无缥缈间。楼阁玲珑五云起[54]，其中绰约多仙子[55]。中有一人字太真[56]，雪肤花貌参差是。金阙西厢叩玉扃[57]，转教小玉报双成[58]。闻道汉家天子使[59]，九华帐里梦魂惊[60]。揽衣推枕起徘徊，珠箔银屏迤逦开[61]。云鬓半偏新睡觉[62]，花冠不整下堂来。风吹仙袂飘飖举[63]，犹似霓裳羽衣舞。玉容寂寞泪阑干[64]，梨花一枝春带雨。

含情凝睇谢君王[65]，一别音容两渺茫。昭阳殿里恩爱绝[66]，蓬莱宫中日月长[67]。回头下望人寰处[68]，不见长安见尘雾。惟将旧物表深情，钿合金钗寄将去[69]。钗留一股合一扇[70]，钗擘黄金合分钿[71]。但教心似金钿坚，天上人间会相见。临别殷勤重寄词，词中有誓两心知[72]。七月七日长生殿[73]，夜半无人私语时。在天愿作比翼鸟[74]，在地愿为连理枝[75]。天长地久有时尽，此恨绵绵无绝期[76]。

(选自《唐诗选》，中国社科院文学研究所编，人民文学出版社，1981 年版)

注释

[1] 汉皇：本指汉武帝刘彻，这里借指唐玄宗。　倾国：指美女。《汉书·外戚传》载李延年歌：“北方有佳人，绝世而独立。一顾倾人城，再顾倾人国。宁不知倾城与倾国，佳人难再得。”后人以“倾城”“倾国”形容绝色女子。

[2] 御宇：统治全国。

[3] 杨家有女初长成：杨贵妃是蜀州司户杨玄琰的女儿，幼时寄养在叔父杨玄珪家中，小名玉环。唐玄宗开元二十三年(735 年)册封为寿王(玄宗的儿子李瑁)妃，开元二十八年(740 年)唐玄宗将她度为女道士，道号太真，天宝四年(745 年)召她入宫，册为贵妃。

[4] 难自弃：意为难以长久埋没在民间。弃：舍弃。

[5] 六宫：后妃居住的地方。　粉黛：本指妇女化妆品，这里用作妇女的代称。无颜色：黯然失色。

[6] 华清池：开元十一年建温泉宫于骊山，天宝六年改名华清宫，温泉池改名“华清池”。

[7] 承恩泽：指得到皇帝的恩宠。

[8] 云鬓：如云的鬓发。　金步摇：古代妇女的一种金首饰，用金丝制成花枝形状，缀以珠玉，走动时自然摆动，所以叫“步摇”。

[9] 芙蓉帐：绣有并蹄莲花的帐幔。

[10] 夜专夜：指每夜都得到皇帝的宠爱。

[11] 金屋：装饰华丽的房屋。《汉武故事》载，汉武帝刘彻年幼时，他的姑母长公主问他，长大以后愿不愿意娶她的女儿阿娇为妻，汉武帝回答：“若得娇，当以金屋贮之。”后世以“金屋”指男人宠爱的女子居住的地方。

[12] 列土：即“裂土”，分封到了土地。杨玉环得宠后，她的大姐封韩国夫人，三姐封虢国夫人，八姐封秦国夫人，叔伯兄弟杨铦为鸿胪卿，杨锜为侍御史，杨钊为司空，赐名国忠，天宝十一年 (752 年)为右丞相。

[13] 骊宫：即华清宫，因建在骊山上，故名。

[14] 缓歌慢舞：轻歌曼舞。　慢，同“曼”。　凝丝竹：管弦乐奏出徐缓的音乐。丝：弦乐。竹：管乐。

[15] 渔阳鼙鼓：指天宝十四年(755 年)十一月，安禄山从渔阳起兵叛唐。诗中暗用东汉彭宠据渔阳起兵反汉的典故。　鼙(pí)鼓：战鼓。

[16] 《霓裳羽衣曲》：唐代著名舞曲，据传是唐玄宗根据西凉节度使杨敬述所献乐曲加工润色而成。

[17] 九重城阙：指皇帝居住的地方。　烟尘：弥漫的战云。

[18] 西南行：天宝十五年(756 年)六月，安禄山破潼关，玄宗与杨玉环向西南蜀中逃避。

[19] 翠华：皇家仪仗中饰有翠鸟羽毛的旗子。

[20] 百余里：指马嵬坡，在今陕西兴平，也叫马嵬驿。

[21] 六军：皇帝的护卫军。周朝制度，天子有六军。　不发：不再前进，指将军陈玄礼带领的军队发生哗变。

[22] 宛转句：指陈玄礼的部下要求处死杨国忠和杨玉环，唐玄宗无奈，只得杀死杨国忠，赐杨玉环自尽。　宛转：缠绵悱恻的样子。　蛾眉：美女的代称，这里指杨玉环。

[23] 花钿：镶嵌珠宝的花状金首饰。　委地：掉在地上。

[24] 翠翘：形如翠鸟尾羽的首饰。　金雀：雀形的金钗。　玉搔头：玉簪。

[25] 埃：土。

[26] 云栈：高入云霄的栈道。　萦纡：蜿蜒曲折。　剑阁：即剑门关，在今四川剑阁县。

[27] 峨嵋山：同峨眉山，在今四川境内。唐玄宗并未经过峨眉山，这里泛指蜀中高山。

[28] 圣主：指唐玄宗。

[29] 行宫：指皇帝出行时的住处。

[30] 夜雨句：据《明皇杂录・补遗》：“明皇既幸蜀，西南行，初入斜谷，霖雨涉旬，于栈道雨中闻铃音，与山相应。上既悼念贵妃，采其声为《雨淋铃曲》以寄恨焉。”

[31] 天旋地转：指局势有所好转，不久收复了长安。　回龙驭：指玄宗起驾由蜀中回长安。

[32] 踌躇：徘徊不前的样子。

[33] 不见句：唐肃宗至德二年(757 年)，唐玄宗由蜀中回长安，经马嵬坡派人以礼改葬杨玉环，掘土，发现香囊犹在，不胜悲戚。

[34] 沾衣：泪湿衣襟。

[35] 信马：听任马随意徉前行。

[36] 太液：汉代宫廷中的池名。　未央：汉代的宫殿，此处借指唐朝的池苑和宫廷。

[37] 西宫南内：指太极宫和兴庆宫。唐玄宗从四川回长安，因已让位给肃宗李亨，李亨不让玄宗再过问国事，把他从兴庆宫迁到西边的太极宫。皇宫称大内，兴庆宫在南，故称南内。

[38] 梨园弟子：唐玄宗亲自调教的乐工声伎。《雍录》：“开元二年，置教坊于蓬莱宫，上自教法曲，谓之‘梨园弟子’。至天宝中，即东宫置宜春北苑，命宫女数百人为梨园弟子，即是。‘梨园’者，按乐之地；而预教者，名为‘弟子’耳。”

[39] 椒房：后妃居住的宫殿，以花椒和泥涂壁，取其香暖多子，故名。　阿监：宫廷中的近侍，唐代六七品女官名。　青娥：指年轻貌美的女子。

[40] 思悄然：忧伤愁闷的样子。

[41] 孤灯挑尽：灯草将挑尽，意谓夜已深。唐代宫廷中燃蜡烛不点灯，此处形容唐玄宗晚年生活凄苦。

[42] 迟迟：异常迟缓。　初长夜：指秋夜。秋天夜开始变长。

[43] 耿耿：明亮。　星河：银河。　欲曙天：天快要亮的时候。

[44] 鸳鸯瓦：屋瓦一俯一仰扣合在一起叫“鸳鸯瓦”。　霜华：即霜花。　重：指霜厚。

[45] 翡翠衾：绣着翡翠鸟的被子。

[46] 经年：经年累月，形容经历很长的时间。

[47] 魂魄：指杨贵妃的亡魂。

[48] 临邛：今四川省邛崃市。　鸿都：洛阳北宫门名，借指长安。鸿都客：客居长安。

[49] 致魂魄：招来杨玉环的亡魂。

[50] 展转：即辗转，反复思念。

[51] 方士：有法术之人。

[52] 排空驭气：即腾云驾雾。

[53] 穷：找遍的意思。　碧落：指天上。道家认为，东方第一层天有霞云布满，故称碧落。　黄泉：指地下。

[54] 五云：五色祥云。

[55] 绰约：风姿美好的样子。

[56] 太真：即杨玉环。

[57] 金阙：金碧辉煌的宫殿。　叩：敲。　玉扃(jiōng)：玉制作的门。

[58] 小玉：传说吴王夫差之女。　双成：传说西王母的侍女，姓董。此处借小玉、双成指杨贵妃在仙境的侍婢。

[59] 天子使：皇帝的使者。

[60] 九华帐：图案华美的彩帐。据传是西王母所有之物。九华：图案名。

[61] 珠箔(bó)：珠帘。　银屏：银制的屏风。　迤逦(yǐ lǐ)：接连不断。

[62] 新睡觉：刚睡醒。

[63] 袂(mèi)：衣袖。

[64] 阑干：流泪貌。

[65] 凝睇：凝视。

[66] 昭阳殿：汉宫殿名，在未央宫，赵飞燕居住过的地方。这里代指杨贵妃生前的居处。

[67] 蓬莱宫：传说中的海上仙山。这里指杨玉环在仙境居住的宫殿。

[68] 人寰：人间。

[69] 钿合：镶嵌金花的首饰盒。　合，通“盒”。　寄将去：托请捎去。

[70] 钗留一股合一扇：金钗由两股组成，捎去一股，留下一股；盒由底盖合成，捎去一半，留下一半。

[71] 擘(bò)：分开。　合分钿：钿盒上的金花分为两半。

[72] 两心：指唐玄宗和杨玉环。

[73] 长生殿：宫殿名，在华清宫中。《唐会要》卷三十载：“华清宫，天宝元年十月，造长生殿，名为集灵台，以祀神。”

[74] 比翼鸟：《尔雅·释地》载，南方有比翼鸟，名叫鹣鹣，一定雌雄并排在一起才飞。

[75] 连理枝：两树根不同，而树干连在一起。

[76] 恨：遗憾。

白居易(772—846 年)字乐天，号香山居士，原籍太原，后迁居下邽(今陕西渭南)，唐代杰出诗人，贞元十六年(800 年)，及进士第，结识元稹，遂成莫逆之交，一起倡导“新乐府运动”，被后人并称为“元白”。白居易三十二岁步入仕途，被授校书郎，元和三年(808 年)拜左拾遗，任拾遗期间，恪尽职守，屡陈时政，为当政者所恶，贬江州司马，移忠州刺史，后又出任杭州、苏州刺史，官终刑部尚书。白居易主张：“文章合为时而著，歌诗合为事而作。”他生活的年代是安史之乱后唐朝走向衰微的时期，错综复杂的社会现实，在白居易的诗中得到了较全面的反映。他写下了许多政治讽喻诗，揭露当时社会病态的症结所在，批判黑暗的社会现实，也写下了著名的叙事长篇《长恨歌》《琵琶行》。白居易的长篇叙事诗，情节曲折离奇、首具首尾，描写刻画细致传神，人物形象塑造完整而丰满，个性鲜明。白诗语言畅晓平易，音韵流畅，和谐优美，这种意到笔随的自然风格，凝聚着诗人的独到匠心。“香山诗语平易，疑若信手而成者，间观遗稿，则窜定甚多。”(宋周必大《省斋文稿》) 著有《白氏长庆集》。

导读

唐宪宗元和元年(806 年)冬天，当时任盩厔(今陕西周至)县尉的白居易，与友人陈鸿、王质夫到马嵬驿附近的游仙寺游览，谈及李隆基和杨玉环的爱情故事时极为感慨。王质夫希望白居易将此写成诗歌，传于后世，于是，白居易写下了这首著名的长篇叙事诗。全诗以“长恨”为脉，生动地描绘了唐玄宗李隆基和杨玉环缠绵悱恻的爱情故事及悲剧结局，歌咏爱的长恨。诗人对李、杨爱情故事的描写，虽依据一定的历史事实和民间传说，但创作中已经融入了诗人的思想感情和艺术想象，全诗洋溢着具有传奇色彩的浪漫气息和浓郁的抒情氛围。

诗人先写李隆基和杨玉环的爱情，突出杨玉环之美和唐玄宗对她的迷恋，对李隆基因贪恋女色而贻误国事有所讥讽；次写安史之乱爆发，杨玉环被赐死，悲剧铸成，李隆基悲伤不已；再写做了太上皇的李隆基对杨玉环刻骨铭心的无限思念；接着写方士天上地下苦苦找寻杨玉环的魂魄；最后写身在仙境的杨玉环对李隆基忠贞不渝的爱情。全诗由乐而悲，由悲而思，由思而恨，天人永隔之长恨构成全诗的感情脉络。本诗情节曲折生动，这既归于李、杨故事本身的离奇，也源自诗人精心的构撰。杨玉环身死，悲剧已经完成，作者却别开生面，用展示人物思想感情来开拓和推动情节发展，波澜起伏，一咏三叹。诗中塑造的两个人物形象丰满传神，既有外在的描写和侧面的映衬，也有心理活动的揭示和刻画。写唐玄宗，突出了他荒淫误国和后来对杨玉环的笃诚思念；写杨玉环，则侧重描写了她当年的娇媚专宠和在仙境对李隆基忠贞不渝的爱情，笔触细腻，刻画入微。

本诗采用了多种表现手法，既有叙事，也有写景和抒情，三者有机结合。叙事有致，张弛自如；写景融情，意境优美；抒情深挚，缠绵悱恻。此外，本诗还运用排比、对偶、顶真等多种修辞手法，使诗作极富歌唱性，语言流畅和谐，声韵和美。近人王文濡评价《长恨歌》：“文字之哀艳动人，气度之从容不迫，声调之婀娜有致，令人百读不厌。”(《唐诗评注读本》卷二)

感悟讨论

1. 全诗以“长恨”为脉，讲述了一个缠绵悱恻的爱情故事，你如何看待这首叙事诗的主题？

2. 诗中运用了哪些表现手法？有什么作用？

3. 文学作品源于生活高于生活，分析诗中李隆基和杨玉环两个艺术形象。

平行阅读

秦中吟(第九首)

白居易

秦中岁云暮，大雪满皇州。
雪中退朝者，朱紫尽公侯。
贵有风雪兴，富无饥寒忧。
所营唯第宅，所务在追游。
朱门车马客，红烛歌舞楼。
欢酣促密坐，醉暖脱重裘。
秋官为主人，廷尉居上头。
日中为乐饮，夜半不能休。
岂知阌乡狱，中有冻死囚。

暮 江 吟

白居易

一道残阳铺水中，半江瑟瑟半江红。
可怜九月初三夜，露似真珠月似弓。

(选自《唐诗选》，中国社科院文学研究所编，人民文学出版社，1981年版)

李义山无题诗大都辞采华美，对仗工稳，蕴藉朦胧，声情俱美，唯独这首《无题》寓意显露，直抒胸臆，是个例外。

第九节　无　　题

李商隐

万里风波一叶舟[1]，忆归初罢更夷犹[2]。
碧江地没元相引[3]，黄鹤沙边亦少留[4]。
益德冤魂终报主[5]，阿童高义镇横秋[6]。
人生岂得长无谓[7]，怀古思乡共白头[8]。

(选自《唐诗选》，中国社科院文学研究所编，人民文学出版社，1981 年版)

注释

[1] 万里风波一叶舟：诗人写此诗时，曾做过多个幕府的幕僚，官职变动十多次，足迹遍布大半个中国，因而诗人用“万里”来概括以往的生活历程。

[2] 初罢：刚刚罢休。　　夷犹：犹豫。

[3] 地没：即地末，地尽头。　　元：原，本来。　　引：牵引。

[4] 黄鹤沙：指黄鹤矶，在今湖北武昌。

[5] 益德：即张飞，张飞表字益德。刘备伐吴，蜀将张飞准备出师配合，临出发前被部下张达、范强所杀。

[6] 阿童：晋王睿的小名。王睿是晋代平定吴国的大将，王睿平吴以蜀为根据地。高义：高尚的品德。《晋书·王睿传》载，王睿“疏通亮达，恢廓有大志”。　镇：长久。　横秋：横贯于秋，犹言充塞天地之间。

[7] 无谓：无意义地活着。

[8] 白头：老去。言外之意为应该像张飞、王睿那样有所作为。

李商隐(约 813—约 858 年)字义山，号玉溪生，又号樊南生，怀州河内(今河南沁阳)人，晚唐著名诗人。唐文宗开成二年(837 年)进士，历官秘书郎、东川节度使判官等。早年李商隐因文才而深得牛党要员令狐楚的赏识，后因李党的王茂元爱其才而将女儿嫁给他，他因而遭到牛党的排斥。此后，李商隐便在牛李两党争斗的夹缝中求生存，郁郁不得志，潦倒终身。李商隐诗作题材广泛，各体皆工，成就斐然，将晚唐诗歌创作推向了又一高峰。李商隐与杜牧齐名，两人并称“小李杜”，与李贺、李白合称“三李”，与温庭筠合称为“温李”。李商隐一生仕途坎坷，心中抱负无法得到实现，通过诗歌来排遣心中的郁闷，《安定城楼》《春日寄怀》《乐游原》是这类诗的代表作，承袭了杜工部诗“沉郁顿挫”的风格。李商隐还创作了包括大多数无题诗在内的吟咏内心感情的作品，意境深邃，令人回味。李诗广纳前人所长，擅用比兴、象征、典故等手法，诗作辞藻华美，对仗精工，兴寄深微，声情俱美，有《李义山诗集》和《樊南文集》。

导读

李商隐的无题诗有七首，其中六首以男女之情为题材，风格哀婉凄艳，唯独这首《无题(万里风波一叶舟)》寓意显露，直抒胸臆，写“思乡”“怀古”之情，以表政治上失意

的愤慨，风格沉郁之至。

开成三年，李商隐应博学宏辞科试，因受到牛党的排斥，本已被考官录取，又被除名，生逢晚唐乱世，又深受牛李党争之害，虽怀有“欲回天地”、大济苍生的人生理想，却始终未能实现，一直怀才不遇，横遭埋没。本诗的首联回忆往事，抒写内心矛盾痛苦。“万里风波一叶舟”是诗人回首往事所作的形象概括。“忆归初罢更夷犹”，“忆归”和“夷犹”反映出诗人“进”与“退”的内心矛盾和痛苦，壮志未泯，不甘罢休。颔联“碧江地没元相引，黄鹤沙边亦少留”，引申“忆归”，自己若真能顺长江东归而去，那么到了黄鹤楼边，也一定要探寻黄鹤楼传说中“仙人”的遗迹，表明诗人归去之后将要鄙绝尘世之心。颈联“益德冤魂终报主，阿童高义镇横秋”陡然一转，引用张飞殉于忠义，王睿奋发有为的典故，表明了诗人欲施展抱负有所为的“怀古”之情始终挥之不去。尾联“人生岂得长无谓，怀古思乡共白头”表露心迹，人生总要有所作为，岂能一切都无所谓。“思乡”意味着“退”，“怀古”意味着“进”，然而在这“退”与“进”的纠结中，无可奈何的愁绪催人白了头。诗人对自己想有所为而不能为的人生际遇发出愤懑的喟叹，表现出逆境中仍执着于人生理想的精神追求。

全诗风格沉郁，情感流淌自然，用典精当，语言凝练。

感悟讨论

1. 这首诗表现了诗人怀才不遇的人生遭际，如何理解“思乡”和“怀古”的寓意？
2. 谈谈你对诗中两个典故寓意的理解。
3. 阅读《安定城楼》，试比较李商隐这两首政治抒情诗。

平行阅读

安定城楼

李商隐

迢递高城百尺楼，绿杨枝外尽汀洲。
贾生年少虚垂涕，王粲春来更远游。
永忆江湖归白发，欲回天地入扁舟。
不知腐鼠成滋味，猜意鹓雏竟未休。

(选自《唐诗选》，中国社科院文学研究所编，人民文学出版社，1981 年版)

燕台诗四首

李商隐

春

风光冉冉东西陌，几日娇魂寻不得。蜜房羽客类芳心，冶叶倡条遍相识。
暖蔼辉迟桃树西，高鬟立共桃鬟齐。雄龙雌凤杳何许？絮乱丝繁天亦迷。
醉起微阳若初曙，映帘梦断闻残语。愁将铁网罥珊瑚，海阔天宽迷处所。

衣带无情有宽窄，春烟自碧秋霜白。研丹擘石天不知，愿得天牢锁冤魄。
夹罗委箧单绡起，香肌冷衬琤琤佩。今日东风自不胜，化作幽光入西海。

夏

前阁雨帘愁不卷，后堂芳树阴阴见。石城景物类黄泉，夜半行郎空柘弹。
绫扇唤风阊阖天，轻帏翠幕波洄旋。蜀魂寂寞有伴未？几夜瘴花开木棉。
桂宫流影光难取，嫣薰兰破轻轻语。直教银汉堕怀中，未遣星妃镇来去。
浊水清波何异源，济河水清黄河浑。安得薄雾起缃裙，手接云軿呼太君。

秋

月浪衡天天宇湿，凉蟾落尽疏星入。云屏不动掩孤嚬，西楼一夜风筝急。
欲织相思花寄远，终日相思却相怨。但闻北斗声回环，不见长河水清浅。
金鱼锁断红桂春，古时尘满鸳鸯茵。堪悲小苑作长道，玉树未怜亡国人。
瑶琴愔愔藏楚弄，越罗冷薄金泥重。帘钩鹦鹉夜惊霜，唤起南云绕云梦。
双珰丁丁联尺素，内记湘川相识处。歌唇一世衔雨看，可惜馨香手中故。

冬

天东日出天西下，雌凤孤飞女龙寡。青溪白石不相望，堂上远甚苍梧野。
冻壁霜华交隐起，芳根中断香心死。浪乘画舸忆蟾蜍，月娥未必婵娟子。
楚管蛮弦愁一概，空城罢舞腰支在。当时欢向掌中销，桃叶桃根双姊妹。
破鬟倭堕凌朝寒，白玉燕钗黄金蝉。风车雨马不持去，蜡烛啼红怨天曙。

(选自《李商隐诗选》，刘学锴、余恕诚注，中州古籍出版社，2011 年版)

六朝的繁华已成陈迹，而那天淡云闲，今古如一，鸟去鸟来，人歌人哭，随着岁月一同流逝，江南的美丽烟雨勾起了诗人的怀古之思。

第十节　题宣州开元寺水阁，阁下宛溪，夹溪居人[1]

杜　牧

六朝文物草连空[2]，天淡云闲今古同。
鸟去鸟来山色里，人歌人哭水声中[3]。
深秋帘幕千家雨，落日楼台一笛风。
惆怅无日见范蠡[4]，参差烟树五湖东[5]。

(选自《唐诗选》，中国社会科学院文学研究所编，人民文学出版社，1981 年版)

注释

[1] 宣州开元寺：宣州，今安徽宣城市。　开元寺，始建于东晋，初名永安。　宛溪：又名东溪，在宣州东。

[2] 六朝：吴、东晋、宋、齐、梁、陈六个朝代先后建都于建康(今南京)，史称六朝。

[3] 人歌人哭：喜庆丧悼，即人生的过程。《礼记·檀弓下》：“晋献文子成室，张老曰：‘美哉轮焉！美哉奂焉！歌于斯，哭于斯，聚国族于斯。’”

[4] 范蠡：《史记·越世家》：“范蠡事越王勾践，既苦身戮力，与勾践深谋二十余年，竟灭吴，报会稽之耻。北渡兵于淮以临齐、晋，号令中国，以尊周室。勾践以霸，而范蠡称上将军。还反国，范蠡以为大名之下，难以久居，且勾践为人，可与同患，难与处安，为书辞勾践曰：‘臣闻主忧臣劳，主辱臣死。昔者君王辱于会稽，所以不死，为此事也。今既以雪耻，臣请从会稽之诛。’勾践曰：‘孤将与子分国而有之，不然，将加诛于子。’范蠡曰：‘君行令，臣行意。’乃装其轻宝珠玉，自与其私徒属乘舟浮海以行，终不反。”又，《吴越春秋》：“范蠡乘扁舟，出三江，入五湖，人莫知其所适。”

[5] 五湖：太湖以及相属四个小湖的合称。

杜牧(803—853 年)字牧之，京兆万年(今陕西西安)人，宰相杜佑之孙，晚唐杰出诗人，太和二年进士，授宏文馆校书郎，多年在外地任幕僚，后历任监察御史，史馆修撰等职，官至中书舍人。杜牧文学创作有多方面的成就，诗、赋、古文都身趁名家。他主张凡为文以义为主，以气为辅，以辞采章句为之兵卫，对作品内容与形式的关系有比较正确的理解，并能吸收、融化前人的长处，以形成自己特殊的风格。在诗歌创作上，杜牧与晚唐另一位杰出的诗人李商隐齐名，并称“小李杜”，古体诗受杜甫、韩愈的影响，题材广阔，笔力峭健，近体诗则以文词清丽、情韵跌宕见长，著有《樊川文集》二十卷传世。

导读

这首七律写于唐文宗开成年间。当时杜牧任宣州(今安徽宣城)团练判官。宣城城东有宛溪流过，城东北有秀丽的敬亭山，风景优美。南朝诗人谢朓曾在这里做过太守，杜牧在另一首诗里称为“诗人小谢城”。城中开元寺(本名永乐寺)，建于东晋时代，是名胜之一。杜牧在宣城期间经常来开元寺游赏赋诗。这首诗抒写了诗人在寺院水阁上，俯瞰宛溪，眺望敬亭时的古今之慨。

诗一开始写登临览景，勾起古今联想，造成一种笼罩全篇的气氛：六朝的繁华已成陈迹，放眼望去，只见草色连空，那天淡云闲的景象，倒是自古至今未发生什么变化。三四句的景色描写，似乎是写眼前景象，写“今”，但同时又和“古”相沟通。宛溪两岸的人们世世代代聚居水边，古往今来，天地悠悠。接下来的两句，展现了时间上并不连续却又每每使人难忘的两种景象：一阴一晴，一朦胧，一明丽，与“六朝文物草连空”相映照，那种文物不见、风景依旧的感慨，越发强烈。天地永恒，歌哭相迭的代代人生却有限，结尾诗人沉吟，心头浮动着对范蠡的怀念，无由相会，只见五湖方向，一片参差烟树而已。徜徉在大自然的怀抱，诗人把宣城风物描绘得非常美好，值得流连，而慨叹六朝文物已成过眼云烟，则大有人生难以永驻的感慨，这样游于五湖享受着山水风物之美的范蠡，自然就成了诗人咏唱的对象。

诗歌意象明丽，节奏和语调轻快，明朗、健爽与低回、惆怅交互交织，体现出了杜牧诗歌拗峭的特色。

感悟讨论

1. 这首诗表现了诗人怎样的思想感情？

2. 阅读本诗，结合诗人的其他绝句作品，谈谈你对杜牧诗歌风格的看法。

3. 杜牧的一些咏史诗往往有以小见大、言浅意深的特点，结合《过华清宫绝句》谈谈你的理解。

平行阅读

秋　夕

杜　牧

银烛秋光冷画屏，轻罗小扇扑流萤。
天阶夜色凉如水，坐看牵牛织女星。

过华清宫绝句

杜　牧

(一)

长安回望绣成堆，山顶千门次第开。
一骑红尘妃子笑，无人知是荔枝来。

(二)

新丰绿树起黄埃，数骑渔阳探使回。
霓裳一曲千峰上，舞破中原始下来。

(三)

万国笙歌醉太平，倚天楼殿月分明。
云中乱拍禄山舞，风过重峦下笑声。

(选自《唐诗选》，中国社会科学院文学研究所编，人民文学出版社，1981年版)

清学者林云铭在《古文析义》中说："千古君臣，令人神往。文虽平实，当与三代谟训并垂，原不待以'奇幻'见长也。"

第十一节　谏太宗十思疏[1]

魏　征

臣闻求木之长者，必固其根本；欲流之远者，必浚其泉源[2]；思国之安者，必积其德义[3]。源不深而望流之远，根不固而求木之长，德不厚而思国之安，臣虽下愚[4]，知其不可，而况于明哲乎[5]？人君当神器之重，居域中之大[6]，不念居安思危，戒奢以俭，斯亦伐根以求木茂，塞源而欲流长也。

凡百元首，承天景命[7]，善始者实繁，克终者盖寡[8]。岂取之易守之难乎？盖在殷忧

必竭诚以待下[9]，既得志则纵情以傲物[10]；竭诚则吴越为一体[11]，傲物则骨肉为行路。虽董之以为严刑，振之以威怒，终苟免而不怀仁[12]，貌恭而不心服。怨不在大，可畏惟人[13]；载舟覆舟，所宜深慎[14]。

诚能见可欲则思知足以自戒，将有作则思知止以安人[15]，念高危则思谦冲而自牧[16]，惧满溢则思江海下百川[17]，乐盘游则思三驱以为度[18]，忧懈怠则思慎始而敬终[19]，虑壅蔽则思虚心以纳下[20]，惧谗邪则思正身以黜恶[21]，恩所加则思无因喜以谬赏[22]，罚所及则思无因怒而滥刑：总此十思，宏兹九德[23]，简能而任之[24]，择善而从之[25]，则智者尽其谋，勇者竭其力，仁者播其惠，信者效其忠[26]，文武并用，垂拱而治[27]。何必劳神苦思，代百司之职役哉[28]？

(选自《古文观止》，许啸天注，天津古籍出版社，1981 年版)

注释

[1] 疏：奏疏，古代臣子向君王陈述意见文体。

[2] 浚：疏通。

[3] 德义：恩德和道义。

[4] 下愚：最愚笨的人。

[5] 明哲：贤明而有智慧的人。

[6] “人君”二句：皇帝执掌君位重职，位居天地间四大之一。　神器：指帝位。居域中之大，出自《老子》：“道大，天大，地大，王亦大。域中有四大，而王居其一焉。”

[7] 凡百：所有一切。　元首：指帝王。　景：大。

[8] 克：能够。

[9] 殷忧：忧患深重。

[10] 傲物：傲气凌人。

[11] 吴越：指吴国和越国，春秋时两个势不两立的敌对国家。

[12] “虽董之”三句：董：督责。　振：震慑。　苟免：指暂且避免犯罪。

[13] 惟人：惟：为，是。　人：人众，民众。

[14] 载舟覆舟：语出自《荀子·王制篇》：“君者舟也，庶人者水也。水则载舟，水则覆舟。”

[15] 作：兴作，建筑，指兴建宫室之类。

[16] 谦冲：谦和虚怀。　自牧：自我约束。

[17] 下百川：下于百川，比百川低下。　江海下百川，语出自《老子》：“江海所以能为百谷王者，以其善下之，故能为百谷王。”

[18] 盘游：打猎游乐。　三驱：打猎时只围挡三面，使被围的野兽可以逃出一些，即所谓好生之德。

[19] 敬：慎。

[20] 壅蔽：听不到下面的意见，看不到下面的情况。壅：堵塞。

[21] 谗：指常说坏话陷害别人的人。　邪：指行为不端之徒。　黜：罢斥。

[22] 无：通“毋”，不要。　谬：错误。

[23] 宏：使……光大。　　兹：此。　　九德：泛指君王应具备的全部美德。

[24] 简：选拔。　　能：指有才能的人。

[25] 善：指品德高尚的人。　　从：指信任。

[26] 信者：诚信的人。

[27] 垂拱：垂衣拱手，指无须亲自动手做事。

[28] 百司：百官。　　职役：职务和差事。

魏征(580—643 年)字玄成，巨鹿下曲阳(今河北晋县)人，唐朝政治家，唐太宗李世民时任谏议大夫，以敢于直言进谏而著称，先后多次进谏，劝唐太宗居安思危，举贤任能，戒奢爱民，于“贞观之治”功绩卓著，加左光禄大夫，封郑国公。魏征卒，李世民亲自撰写碑文：“以铜为镜，可以正衣冠；以古为镜，可以知兴替；以人为镜，可以知得失，魏征殁，朕亡一镜矣。”魏征所著有《隋书》的《序论》和梁、陈、齐各书的《总论》，另有《次礼记》二十卷，和虞世南、褚亮等合编的《群书治要》(一名《群书理要》)五十卷。

导读

唐太宗李世民执政之初，励精图治，严于律己，但取得了巨大政绩以后，逐渐骄傲自满起来，自矜功业，舍勤俭而求奢侈，有使“贞观之治”成果全部丧失的危殆。鉴于此，在满朝一味歌颂升平盛世之时，魏征连续向太宗上疏，劝诫太宗“居安思危，戒奢以俭”，“善始”“克终”，“积其德义”，使国家得以长治久安。

本文写于太宗贞观十一年(637 年)，作者时任门下侍中，是这一年所上四篇疏之一。文章以比喻开篇，明确提出“思国之安者，必积其德义”这一中心论点，通过成败得失的比较分析，归结出“怨不在大，可畏惟人”的观点，指出了赢得民心的重要性。要想使国家长治久安，就必须赢得民心；要赢得民心，君王就必须积聚德义；想积聚德义，必须“厉行十思”。文章最后部分，明确提出了十个建议，规劝唐太宗在政治上要慎始敬终，虚心纳下，赏罚公正；用人时要知人善任，简能择善；生活上要崇尚节俭，不轻用民力，可谓语重心长，剀切深厚。太宗阅后，非常感激，发出了“得公之谏，朕知过矣”的慨叹。

文章运用正反对举的方法援事说理，论述简洁扼要，而事理昭然，是非、得失、利害互为映照，善用比喻，化抽象为具体，化深奥为浅显，多用骈偶，或相对为文，或排比论述，辞工文畅，句式整饬，气势不凡。

感悟讨论

1. 你觉得魏征谏言李世民“厉行十思”的意义何在？

2. 找出文中运用的语意相反相成的对偶句，体会正反对举的论证方法。

3. 阅读嘉庆帝写的《谕治和珅罪》，查阅相关资料，了解和珅其人，试与魏征作一比较分析，谈谈你对古代君臣关系的看法。

拓展阅读

谕治和珅罪

爱新觉罗·颙琰

又谕：昨经降旨，将和珅罪状，宣谕各督抚，令其议罪。

兹据直隶总督胡季堂奏称：和珅丧尽天良。非复人类，种种悖逆不臣，蠹国病民，几同川楚贼匪，贪黩放荡，真一无耻小人，丧心病狂，目无君上，请依大逆律凌迟处死。并查出和珅蓟州坟茔，僭妄违制，及附近州县置有当铺资财，现饬查办各等语。又据连日续行抄出和珅金银等物，特再行谕众知之。

朕于乾隆六十年九月初三日，蒙皇考册封皇太子，尚未宣布谕旨，而和珅于初二日即在朕前先递如意，漏泄机密，居然以拥戴为功，其大罪一。

上年正月，皇考在圆明园召见和珅，伊竟骑马直进左门，过正大光明殿，至寿山口。无父无君，莫此为甚，其大罪二。

又因腿疾，乘坐椅轿台入大内，肩舆出入神武门，众目共睹，毫无忌惮，其大罪三。

并将出宫女子娶为次妻，罔顾廉耻，其大罪四。

自剿办教匪以来，皇考盼望军书，刻萦宵旰，乃和珅于各路军营递到奏报，任意延搁，有心欺蔽，以致军务日久未竣，其大罪五。

皇考圣躬不豫时，和珅毫无忧戚。每进见后出，向外廷人员叙说，谈笑如常。丧心病狂，其大罪六。

昨冬，皇考力疾披章批谕，字画间有未真之处，和珅胆敢口称不如撕去，竟另行拟旨，其大罪七。

前奉皇考谕旨，令伊管理吏部、刑部事务。嗣因军需销算，伊系熟手，是以又谕令兼理户部题奏报销事件。伊竟将户部事务一人把持，变更成例，不许部臣参议一字，其大罪八。

上年十二月内，奎舒奏报：循化、贵德二厅贼番聚众千余，抢夺达赖喇嘛商人牛只，杀伤二命，在青海肆劫一案，和珅竟将原奏驳回，隐匿不办，全不以边务为事，其大罪九。

皇考升遐后，朕谕令蒙古王公未出痘者，不必来京。和珅不遵谕旨，令已未出痘者俱不必来京，全不顾国家抚绥外藩之意，其居心实不可问，其大罪十。

大学士苏凌阿，两耳重听，衰迈难堪，因系伊弟和琳姻亲，竟隐匿不奏。侍郎吴省兰、李潢，太仆寺卿李光云，皆曾在伊家教读，并保列卿阶，兼任学政，其大罪十一。

军机处记名人员，和珅任意撤去。种种专擅，不可枚举，其大罪十二。

昨将和珅家产查抄，所盖楠木房屋，僭侈逾制，其多宝阁，及隔段式样，皆仿照宁寿宫制度。其园寓点缀，竟与圆明园蓬岛、瑶台无异，不知是何肺肠，其大罪十三。

蓟州坟茔，居然设立享殿，开置隧道，附近居民有和陵之称，其大罪十四。

家内所藏珍宝，内珍珠手串竟有二百余串，较之大内多至数倍，并有大珠，较御用冠顶尤大，其大罪十五。

又宝石顶并非伊应戴之物，所藏真宝石顶有数十余个，而整块大宝石不计其数，且有内府所无者，其大罪十六。

家内银两及衣服等件，数逾千万，其大罪十七。

且有夹墙藏金二万六千余两，私库藏金六千余两，地窖内并有埋藏银两百余万，其大罪十八。

附近通州、蓟州地方，均有当铺钱店，查计资本，又不下十余万，以首辅大臣，下与小民争利，其大罪十九。

伊家人刘全，不过下贱家奴，而查抄赀产竟至二十余万。并有大珠及珍珠手串，若非纵令需索，何得如此丰饶。其大罪二十。

其余贪纵狂妄之处，尚难悉数，实从来罕见罕闻者。著将胡季堂原摺，发交在京文武三品以上官员，并翰詹科道阅看，即著悉心妥议具奏。此内如有抒所见者，不妨另摺封陈。若意见皆合，即连衔具奏。

至福长安祖父叔侄兄弟，世受厚恩，尤非他人可比。其在军机处行走，与和珅朝夕聚处，凡和珅贪黩营私，种种不法罪款，知之最悉。伊受皇考重恩。常有独对之时。若果将和珅纵恣藐玩各款，据实直陈，较之他人举劾，尤为确凿有据。皇考心早将和珅从重治罪正法，如从前办理讷亲之案，何尝稍有宽纵，岂尚任其贻误军国重务一至于此。即谓皇考高年，不敢仰烦圣虑，亦应在朕前据实直陈。乃三年中并未将和珅罪迹奏及，是其扶同徇隐，情弊显然。如果福长安曾在朕前有一字提及，朕断不肯将伊一并革职拏问。现在查抄伊家资物，虽不及和珅之金银珠宝数逾千万，但已非伊家之所应有，其贪黩昧良，仅居和珅之次，并著一并议罪。

(选自《中国历代公文选》，段观宋主编，中南工业大学出版社，1997年版)

“文起八代之衰”，这是苏东坡对韩愈文章的赞誉。这篇《张中丞传后叙》融叙事、说理、抒情于一体，或蹈厉奋发，或舒缓纡徐，气盛词壮，颇有《史记》风采。

第十二节　张中丞传后叙

韩　愈

元和二年四月十三日夜[1]，愈与吴郡张籍阅家中旧书[2]，得李翰所为《张巡传》[3]。翰以文章自名[4]，为此传颇详密。然尚恨有阙者：不为许远立传[5]，又不载雷万春事首尾[6]。

远虽材若不及巡者，开门纳巡[7]，位本在巡上。授之柄而处其下[8]，无所疑忌，竟与巡俱守死，成功名，城陷而虏，与巡死先后异耳[9]。两家子弟材智下[10]，不能通知二父志[11]，以为巡死而远就虏，疑畏死而辞服于贼[12]。远诚畏死，何苦守尺寸之地，食其所爱之肉[13]，以与贼抗而不降乎？当其围守时，外无蚍蜉蚁子之援[14]，所欲忠者，国与主耳，而贼语以国亡主灭[15]。远见救援不至，而贼来益众，必以其言为信；外无待而犹死守，人相食且尽，虽愚人亦能数日而知死所矣。远之不畏死亦明矣！乌有城坏其徒俱死，独蒙愧耻求活？虽至愚者不忍为，呜呼！而谓远之贤而为之邪？

说者又谓远与巡分城而守，城之陷，自远所分始[16]。以此诟远，此又与儿童之见无异。人之将死，其藏腑必有先受其病者；引绳而绝之，其绝必有处。观者见其然，从而尤之[17]，其亦不达于理矣！小人之好议论，不乐成人之美，如是哉！如巡、远之所成就，如此卓卓，犹不得免，其他则又何说！

当二公之初守也，宁能知人之卒不救，弃城而逆遁[18]？苟此不能守，虽避之他处何益？及其无救而且穷也，将其创残饿羸之余[19]，虽欲去，必不达。二公之贤，其讲之精矣[20]！守一城，捍天下，以千百就尽之卒，战百万日滋之师，蔽遮江淮，沮遏其势[21]，天下之不亡，其谁之功也！当是时，弃城而图存者，不可一二数；擅强兵坐而观者，相环也。不追议此，而责二公以死守，亦见其自比于逆乱，设淫辞而助之攻也[22]。

愈尝从事于汴徐二府[23]，屡道于两府间，亲祭于其所谓双庙者[24]。其老人往往说巡、远时事云：南霁云之乞救于贺兰也[25]，贺兰嫉巡、远之声威功绩出己上，不肯出师救；爱霁云之勇且壮，不听其语，强留之，具食与乐，延霁云坐。霁云慷慨语曰："云来时，睢阳之人，不食月余日矣！云虽欲独食，义不忍；虽食，且不下咽！"因拔所佩刀，断一指，血淋漓，以示贺兰。一座大惊，皆感激为云泣下。云知贺兰终无为云出师意，即驰去；将出城，抽矢射佛寺浮图，矢著其上砖半箭，曰："吾归破贼，必灭贺兰！此矢所以志也。"愈贞元中过泗州[26]，船上人犹指以相语。城陷，贼以刃胁降巡，巡不屈，即牵去，将斩之；又降霁云，云未应。巡呼云曰："南八[27]，男儿死耳，不可为不义屈！"云笑曰："欲将以有为也；公有言，云敢不死！"即不屈。

张籍曰："有于嵩者，少依于巡；及巡起事，嵩常在围中[28]。籍大历中于和州乌江县见嵩[29]，嵩时年六十余矣。以巡初尝得临涣县尉[30]，好学无所不读。籍时尚小，粗问巡、远事，不能细也。云：巡长七尺余，须髯若神。尝见嵩读《汉书》，谓嵩曰：'何为久读此？'嵩曰：'未熟也。'巡曰：'吾于书读不过三遍，终身不忘也。'因诵嵩所读书，尽卷不错一字。嵩惊，以为巡偶熟此卷，因乱抽他帙以试[31]，无不尽然。嵩又取架上诸书试以问巡，巡应口诵无疑。嵩从巡久，亦不见巡常读书也。为文章，操纸笔立书，未尝起草。初守睢阳时，士卒仅万人，城中居人户，亦且数万，巡因一见问姓名，其后无不识者。巡怒，须髯辄张。及城陷，贼缚巡等数十人坐，且将戮。巡起旋[32]，其众见巡起，或起或泣。巡曰：'汝勿怖！死，命也。'众泣不能仰视。巡就戮时，颜色不乱，阳阳如平常。远宽厚长者，貌如其心；与巡同年生，月日后于巡，呼巡为兄，死时年四十九。"嵩贞元初死于亳宋间[33]。或传嵩有田在亳宋间，武人夺而有之，嵩将诣州讼理，为所杀。嵩无子。张籍云。

(选自《韩愈全集校注》，屈守元、常思春主编，四川大学出版社，1996年版)

注释

[1] 元和二年：公元807年。元和，唐宪宗李纯的年号(806—820年)。

[2] 张籍(约767—约830年)：字文昌，吴郡人，唐代著名诗人，韩愈学生。

[3] 李翰：字子羽，赵州赞皇(今河北省元氏县)人，官至翰林学士。与张巡友善，客居睢阳时，曾亲见张巡战守事迹。张巡死后，有人诬其降贼，因撰《张巡传》上肃宗，并有《进张中丞传表》，为张巡辩诬。　张巡(709—757年)：邓州南阳(今河南省南阳)人，唐玄宗开元进士，由太子通事舍人出任清河县令，又调真源县令。安史之乱中，张巡在雍丘

一带起兵抗击，后与许远同守睢阳孤城，终因兵尽粮绝，援兵不至，于肃宗至德二年(757年)城破被俘，与部将 36 人同时殉难。朝廷加封中丞官衔。

[4] 自名：自许。

[5] 许远(709—757 年)：字令威，杭州盐官(今浙江省海宁县)人。安史之乱时，任睢阳太守，后与张巡合守孤城，城陷被掳往洛阳囚禁，后被害。

[6] 雷万春：张巡部下勇将。此当是“南霁云”之误，如此方与后文相应。

[7] 开门纳巡：唐肃宗至德二年(757 年)正月，叛军安庆绪部将尹子奇带兵十三万围睢阳，许远向张巡告急，张巡自宁陵率军入睢阳城守卫。

[8] 柄：权柄。

[9] 与巡死句：许远和张巡只是牺牲时间有先后不同罢了。

[10] “两家”句：安史之乱平定后，大历年间(766－779 年)，张巡之子张去疾轻信小人挑拨，上书唐代宗，说城破后张巡等被害，惟许远独存，是屈降叛军，请追夺许远官爵。诏令张去疾与许远之子许岘及百官议此事。　两家子弟即指张去疾、许岘。　材智下：才智低下。

[11] 通知：通晓。

[12] 辞服：请降。

[13] “食其”句：尹子奇围睢阳时，城中粮尽，军民以雀鼠为食，最后只得以妇女与老弱男子充饥。当时，张巡曾杀爱妾、许远曾杀奴仆以充军粮。

[14] 蚍蜉(pí fú)：黑色大蚁。　蚁子：幼蚁。

[15] “而贼”句：叛军以“国亡主灭”为借口招降张巡、许远。安史之乱时，长安、洛阳陷落，玄宗逃往西蜀，国势危殆。

[16] “说者”句：张巡和许远分兵守城，张巡守东北，许远守西南。城破时叛军先从西南处攻入，故有此说。

[17] 尤之：埋怨责怪(先受侵害的内脏和绳子先断裂的地方)。

[18] 逆遁：预先撤退。

[19] 羸(léi)：瘦弱。

[20] “二公”二句：指两人的功绩前人已有精当的评价。

[21] 沮(jǔ)遏：阻止。

[22] 设淫辞：编造荒谬的言论。

[23] “愈尝”句：韩愈曾先后在汴州、徐州任职。唐代称幕僚为从事。

[24] 双庙：张巡、许远死后，后人在睢阳立庙祭祀，称为双庙。

[25] 南霁云：魏州顿丘人，出身贫寒，安禄山谋反时，参加平叛，被遣至睢阳与张巡议事，为张巡所感，遂留为部将。　贺兰，指贺兰进明，时为御史大夫、河南节度使，驻军临淮一带。

[26] 贞元：唐德宗李适年号(785—805 年)。　泗州：唐时属河南道，当时贺兰进明屯兵于此。

[27] 南八：南霁云排行第八，故称。

[28] 常：通“尝”，曾经。

[29] 大历：唐代宗李豫年号(766—779 年)。　和州乌江县：在今安徽省和县东北。

[30] “以巡”句：张巡死后，朝廷封赏他的亲戚、部下，于嵩因此得官。　临涣：故城在今安徽省宿县西南。

[31] 帙(zhì)：书套，也指书本。

[32] 起旋：起身环行，一说起身小便。

[33] 亳(bó)：亳州，今安徽省州市。　宋：宋州，即睢阳，今河南商丘。

韩愈(768—824 年)字退之，河内河阳(今河南孟县)人，唐代文学家，祖籍河北昌黎，世称韩昌黎，晚年任吏部侍郎，又称韩吏部，谥号“文”，又称韩文公。韩愈为人耿直，敢于直陈时弊。德宗贞元十九年(803 年)，关中天旱人饥，韩愈时任监察御史，上书请免灾民赋役，被贬为阴山令，宪宗元和十二年(817 年)，随裴度淮西藩镇之乱，立下谋划之功。他与柳宗元同为唐代古文运动的倡导者，主张“文以载道”“惟陈言之务去”、“辞必己出”，倡导学习先秦两汉的散文语言，破骈为散，扩大文言文的表达功能。宋代苏轼称他“文起八代之衰”，明人推他为唐宋八大家之首，与柳宗元并称“韩柳”。在思想上是中国“道统”观念的确立者，以恢复儒家道统为己任，力排佛老，崇尚秦汉散文，反对六朝以来骈俪浮艳的文风。他的文章结构严谨、笔力遒劲、刚健雄肆、气势磅礴，历来备受推崇，著有《昌黎先生集》。

导读

这篇后叙是对李翰《张巡传》的补记，并不是专门立传。文中涉及的人物有张巡、许远、南霁云等，就事迹而言也没有写生平大节，多由琐碎小事组成。材料来源更是多渠道，有作者耳闻目睹的，有推理判断的，有采写自张籍、“老人”、于嵩等的，但全文紧紧围绕睢阳城守卫战这一中心事件，颂扬了英雄忠贞为国、宁死不屈的高尚气节，表达了对英雄的敬仰之情，同时义正词严地批驳了强加在他们头上的诬蔑不实之辞，对朝廷小人予以猛烈抨击。

这篇文章融叙事、说理、抒情于一体，前后照应，疏密相间。文章可分为两部分，前半部分以议论为主，为张巡和许远辩诬，针对当时流传的谬论，逐一批驳，针锋相对，说理透辟，力破种种谬说，力破许远畏死说和张、许不该死守之说，宣扬了两人守睢阳的功绩，树立起了忠勇双全的英雄形象，同时挥戈直击那些“擅强兵坐观者”的罪责，揭露那些对张、许的诽谤实为逆贼张目的实质。纵横捭阖，曲折多变，说理环环紧扣，层层深入，具有很强的说服力。作者运用强烈的对比，贴切的比喻，以及反诘、设问等手法，使论辩效果更为生动深刻。下半部分转入叙事，详略得当，重点突出，刻画南霁云的“勇且壮”，选取了断指明志、抽矢射佛寺浮图和就义前与张巡一段慷慨激昂的对话，详中有度，略而不疏，一个忠贞刚烈、义勇双全的英雄形象呼之欲出。文章写张巡就义时的情状，惜墨如金，仅用“颜色不乱”“阳阳如平常”两句，就使英雄视死如归的神态跃然纸上。作者善于选择典型细节刻画人物，张巡的才气横溢，过目不忘，为文援笔立成，以及接近关心士卒和百姓等，闲处落笔，展示了一个文武双全的英雄形象。对许远的描述，虽较简略，却处处能照应前文，说他“宽厚长者”“貌如其心”，与前半部分的“授之柄而处其下”前后呼应，一个胸怀宽广、为国让贤、不计个人权位的宽厚长者形象更觉鲜明。

英雄形象一经映衬，越发光彩。

全文气盛词壮，感情充沛，首尾连贯，浑然一体，具有摄人心魄的震撼力量。

感悟思考

1. 分析张巡、许远、南霁云三个人物的性格特征。

2. 这篇文章材料来源广泛且庞杂，作者为什么能将这些看似散乱的材料有机地组合在一起？

3. 这篇文章在结构上有什么特点？

4. 《原道》是唐代散文的杰作，试就思想性和艺术性对其进行分析。

平行阅读

原　道

韩　愈

博爱之谓仁，行而宜之之谓义；由是而之焉之谓道，足乎己，无待于外之谓德。仁与义，为定名；道与德，为虚位：故道有君子小人，而德有凶有吉。老子之小仁义，非毁之也，其见者小也。坐井而观天，曰天小者，非天小也；彼以煦煦为仁，孑孑为义，其小之也则宜。其所谓道，道其所道，非吾所谓道也；其所谓德，德其所德，非吾所谓德也。凡吾所谓道德云者，合仁与义言之也，天下之公言也；老子之所谓道德云者，去仁与义言之也，一人之私言也。周道衰，孔子没，火于秦，黄老于汉，佛于晋、魏、梁、隋之间。其言道德仁义者，不入于杨，则归于墨；不入于老，则归于佛。入于彼，必出于此。入者主之，出者奴之；入者附之，出者汙之。噫！后之人其欲闻仁义道德之说，孰从而听之？老者曰：孔子，吾师之弟子也。佛者曰：孔子，吾师之弟子也。为孔子者，习闻其说，乐其诞而自小也，亦曰吾师亦尝师之云尔。不惟举之于口，而又笔之于其书。噫！后之人虽欲闻仁义道德之说，其孰从而求之？甚矣，人之好怪也！不求其端，不讯其末，惟怪之欲闻。

古之为民者四，今之为民者六；古之教者处其一，今之教者处其三。农之家一，而食粟之家六；工之家一，而用器之家六；贾之家一，而资焉之家六。奈之何民不穷且盗也？古之时，人之害多矣。有圣人者立，然后教之以相生养之道。为之君，为之师。驱其虫蛇禽兽而处之中土。寒，然后为之衣；饥，然后为之食；木处而颠，土处而病也，然后为之宫室。为之工，以赡其器用；为之贾，以通其有无；为之医药，以济其夭死；为之葬埋祭祀，以长其恩爱；为之礼，以次其先后；为之乐，以宣其壹郁；为之政，以率其怠倦；为之刑，以锄其强梗。相欺也，为之符玺、斗斛、权衡以信之；相夺也，为之城郭、甲兵以守之。害至而为之备，患生而为之防。今其言曰："圣人不死，大盗不止；剖斗折衡，而民不争。"呜呼！其亦不思而已矣！如古之无圣人，人之类灭久矣。何也？无羽毛鳞介以居寒热也，无爪牙以争食也。是故：君者，出令者也；臣者，行君之令而致之民者也；民者，出粟米麻丝，作器皿，通货财，以事其上者也。君不出令，则失其所以为君；臣不行君之令而致之民，民不出粟米麻丝，作器皿，通货财，以事其上，则诛。今其法曰，必弃而君臣，去而父子，禁而相生养之道，以求其所谓清净寂灭者。呜呼！其亦幸而出于三代之后，不见黜于禹、汤、文、武、周公、孔子也。其亦不幸而不出于三代之前，不见正于禹、汤、文、武、周公、孔子也。

帝之与王，其号虽殊，其所以为圣一也。夏葛而冬裘，渴饮而饥食，其事虽殊，其所以为智一也。今其言曰：曷不为太古之无事？是亦责冬之裘者曰：曷不为葛之之易也？责饥之食者曰：曷不为饮之之易也？传曰："古之欲明明德于天下者，先治其国；欲治其国者，先齐其家；欲齐其家者，先修其身；欲修其身者，先正其心；欲正其心者，先诚其意。"然则，古之所谓正心而诚意者，将以有为也。今也欲治其心，而外天下国家，灭其天常；子焉而不父其父，臣焉而不君其君，民焉而不事其事。孔子之作《春秋》也，诸侯用夷礼，则夷之；进于中国，则中国之。经曰："夷狄之有君，不如诸夏之亡。"《诗》曰："戎狄是膺，荆舒是惩。"今也，举夷狄之法，而加之先王之教之上，几何其不胥而为夷也！

夫所谓先王之教者，何也？博爱之谓仁；行而宜之之谓义；由是而之焉之谓道；足乎己，无待于外之谓德。其文《诗》《书》《易》《春秋》，其法礼乐刑政，其民士农工贾，其位君臣、父子、师友、宾主、昆弟、夫妇，其服麻丝，其居宫室，其食粟米果蔬鱼肉。其为道易明，而其为教易行也。是故以之为己，则顺而祥；以之为人，则爱而公；以之为心，则和而平；以之为天下国家，无所处而不当。是故生则得其情，死则尽其当。郊焉而天神假，庙焉而人鬼飨。曰：斯道也，何道也？曰：斯吾所谓道也，非向所谓老与佛之道也。尧以是传之舜，舜以是传之禹，禹以是传之汤，汤以是传之文、武、周公，文、武、周公传之孔子，孔子传之孟轲，轲之死，不得其传焉。荀与扬也，择焉而不精，语焉而不详。由周公而上，上而为君，故其事行。由周公而下，下而为臣，故其说长。

然则，如之何而可也？曰：不塞不流，不止不行。人其人，火其书，庐其居。明先王之道以道之，鳏寡孤独废疾者有养也：其亦庶乎其可也？

(选自《韩昌黎文集校注》，马其昶校注，马茂元整理，上海古籍出版社，1986年版)

毛泽东晚年有诗道："劝君少骂秦始皇，焚坑事业要商量。祖龙魂死秦犹在，孔学名高实秕糠。百代都行秦政法，十批不是好文章。熟读唐人封建论，莫从子厚返文王。"

第十三节 封 建 论[1]

柳宗元

天地果无初乎[2]？吾不得而知之也。生人果有初乎[3]？吾不得而知之也。然则孰为近[4]？曰：有初为近。孰明之[5]？由封建而明之也。彼封建者，更古圣王尧、舜、禹、汤、文、武而莫能去之[6]。盖非不欲去之也，势不可也[7]。势之来，其生人之初乎？不初，无以有封建。封建，非圣人意也。

彼其初与万物皆生[8]，草木榛榛，鹿豕狉狉[9]，人不能搏噬，而且无毛羽，莫克自奉自卫[10]。荀卿有言："必将假物以为用者也[11]。"夫假物者必争，争而不已，必就其能断曲直者而听命焉[12]。其智而明者，所伏必众，告之以直而不改，必痛之而后畏，由是君长刑政生焉[13]。故近者聚而为群，群之分，其争必大，大而后有兵有德[14]。又有大者，众群

之长又就而听命焉，以安其属[15]。于是有诸侯之列，则其争又有大者焉。德又大者，诸侯之列又就而听命焉，以安其封[16]。于是有方伯、连帅之类[17]，则其争又有大者焉。德又大者，方伯、连帅之类又就而听命焉，以安其人[18]，然后天下会于一[19]。是故有里胥而后有县大夫[20]，有县大夫而后有诸侯，有诸侯而后有方伯、连帅，有方伯、连帅而后有天子。自天子至于里胥，其德在人者死，必求其嗣而奉之[21]。故封建非圣人意也，势也。

夫尧、舜、禹、汤之事远矣，及有周而甚详。周有天下，裂土田而瓜分之，设五等，邦群后[22]。布履星罗，四周于天下，轮运而辐集[23]；合为朝觐会同，离为守臣扞城[24]。然而降于夷王，害礼伤尊，下堂而迎觐者[25]。历于宣王，挟中兴复古之德，雄南征北伐之威，卒不能定鲁侯之嗣[26]。陵夷迄于幽、厉，王室东徙，而自列为诸侯矣[27]。厥后问鼎之轻重者有之[28]，射王中肩者有之[29]，伐凡伯、诛苌弘者有之[30]，天下乖戾，无君君之心。余以为周之丧久矣，徒建空名于公侯之上耳。得非诸侯之盛强，末大不掉之咎欤[31]？遂判为十二，合为七国[32]，威分于陪臣之邦[33]，国殄于后封之秦[34]，则周之败端，其在乎此矣。

秦有天下，裂都会而为之郡邑，废侯卫而为之守宰[35]，据天下之雄图，都六合之上游[36]，摄制四海，运于掌握之内，此其所以为得也[37]。不数载而天下大坏，其有由矣[38]：亟役万人，暴其威刑，竭其货贿[39]，负锄梃谪戍之徒，圜视而合从[40]，大呼而成群，时则有叛人而无叛吏，人怨于下而吏畏于上，天下相合，杀守劫令而并起。咎在人怨，非郡邑之制失也。

汉有天下，矫秦之枉，徇周之制[41]，剖海内而立宗子，封功臣[42]。数年之间，奔命扶伤之不暇，困平城，病流矢，陵迟不救者三代[43]。后乃谋臣献画，而离削自守矣[44]。然而封建之始，郡国居半[45]，时则有叛国而无叛郡，秦制之得亦以明矣。继汉而帝者，虽百代可知也[46]。

唐兴，制州邑，立守宰，此其所以为宜也。然犹桀猾时起，虐害方域者[47]，失不在于州而在于兵[48]，时则有叛将而无叛州。州县之设，固不可革也。

或者曰："封建者，必私其土，子其人，适其俗，修其理[49]，施化易也。守宰者，苟其心，思迁其秩而已[50]，何能理乎？"余又非之。

周之事迹，断可见矣[51]：列侯骄盈，黩货事戎[52]，大凡乱国多，理国寡，侯伯不得变其政，天子不得变其君[53]，私土子人者，百不有一。失在于制，不在于政，周事然也。

秦之事迹，亦断可见矣：有理人之制[54]，而不委郡邑，是矣。有理人之臣[55]，而不使守宰，是矣。郡邑不得正其制，守宰不得行其理[56]。酷刑苦役，而万人侧目。失在于政，不在于制，秦事然也。

汉兴，天子之政行于郡，不行于国，制其守宰，不制其侯王。侯王虽乱，不可变也，国人虽病，不可除也[57]；及夫大逆不道，然后掩捕而迁之，勒兵而夷之耳[58]。大逆未彰，奸利浚财，怙势作威，大刻于民者，无如之何[59]！及夫郡邑，可谓理且安矣。何以言之？且汉知孟舒于田叔[60]，得魏尚于冯唐[61]，闻黄霸之明审[62]，睹汲黯之简靖[63]，拜之可也，复其位可也，卧而委之以辑一方可也[64]。有罪得以黜，有能得以赏。朝拜而不道，夕斥之矣；夕受而不法，朝斥之矣。设使汉室尽城邑而侯王之，纵令其乱人，戚之而已[65]。孟舒、魏尚之术莫得而施，黄霸、汲黯之化莫得而行；明谴而导之，拜受而退已违矣[66]；下令而削之，缔交合从之谋周于同列，则相顾裂眦，勃然而起[67]；幸而不起，则削其半，

削其半，民犹瘁矣[68]，曷若举而移之以全其人乎[69]？汉事然也。

今国家尽制郡邑，连置守宰[70]，其不可变也固矣。善制兵，谨择守，则理平矣[71]。

或者又曰：“夏、商、周、汉封建而延，秦郡邑而促[72]。”尤非所谓知理者也。

魏之承汉也，封爵犹建；晋之承魏也，因循不革；而二姓陵替，不闻延祚[73]。今矫而变之，垂二百祀[74]，大业弥固，何系于诸侯哉？

或者又以为：“殷、周，圣王也，而不革其制，固不当复议也。”是大不然。

夫殷、周之不革者，是不得已也。盖以诸侯归殷者三千焉，资以黜夏，汤不得而废；归周者八百焉，资以胜殷，武王不得而易。徇之以为安，仍之以为俗[75]，汤、武之所不得已也。夫不得已，非公之大者也，私其力于己也，私其卫于子孙也[76]。秦之所以革之者，其为制，公之大者也；其情，私也，私其一己之威也，私其尽臣畜于我也[77]。然而公天下之端自秦始。

夫天下之道，理安斯得人者也[78]。使贤者居上，不肖者居下，而后可以理安。今夫封建者，继世而理[79]；继世而理者，上果贤乎，下果不肖乎？则生人之理乱未可知也。将欲利其社稷以一其人之视听[80]，则又有世大夫世食禄邑，以尽其封略[81]，圣贤生于其时，亦无以立于天下，封建者为之也。岂圣人之制使至于是乎？吾固曰[82]：“非圣人之意也，势也。”

[选自《柳河东集》，(唐)柳宗元著，上海古籍出版社，2008年版]

注释

[1] 封建：指周代的“封国土，建诸侯”的贵族领主制，与现在所言“封建社会”含义不同。

[2] 初：初始，指原始阶段。

[3] 生人：即“生民”，指人类。唐代避讳唐太宗李世民的讳，以“人”代替“民”。但柳宗元的文章避讳并不严格，本文即出现过两个“民”字。

[4] 孰为近：哪种说法(指有原始阶段和没有原始阶段)接近(事实)。

[5] 孰明之：怎么知道这一点？

[6] “更古”句：更：经历。　莫能去之：没有谁能把它(指封建制)去除掉。

[7] 势：趋势。

[8] 彼其初：指人类在他的原始阶段跟万物都在自然状态下生存。

[9] “草木”二句：榛榛：草木杂乱丛生貌。　狉狉(pī)：兽群奔走的样子。

[10] “人不能”三句：搏：指禽兽的抓扑动作。　莫克：不能够。　奉：供养。

[11] “荀卿”句：概括《荀子·劝学》“君子生非异也，善假于物也”一段的意思。

[12] “必就”句：就：走进。　断曲直：判断是非。

[13] “必痛之”二句：痛之：使之痛，指惩罚理屈而不改者。　君长刑政：指君主、刑法、政令。

[14] 有兵有德：兵：军队。　德：威望。

[15] 属：部下。

[16] 封：封地。

[17] 方伯、连帅：《礼记・王制》："千里之外设方伯，五国以为属，属有长；十国以为连，连有帅。三十国以为卒，卒有正。二百一十国以为州，州有伯。"方伯，一方诸侯之长。　　连帅：十国诸侯之长。

[18] 人：即"民"。

[19] "然后"句：指权力集中于天子。

[20] "是故"句：里胥：基层官吏，相当于后代的乡长、保长。　　县大夫：县长。

[21] "必求"句：嗣：子孙后代。　　奉：尊奉。

[22] "设五等"二句：五等：周朝把诸侯分为公、侯、伯、子、男五等。　　邦：国，作动词，分封之意。　　后：指诸侯。

[23] "布履"三句：布履：分布足迹。　　轮运而辐集：像车轮围绕中心运转，像辐条集中在轮毂上，喻指诸侯团结在周天子周围。

[24] "合为"二句：朝觐：定期朝见。　　会同：非定期朝见。　　守臣：守卫疆土的臣子。　　扞(gān)城：朝廷捍卫者。扞：保护。

[25] "然而"三句：夷王：周朝第十一代君主，公元前 869—前 858 年在位。　　下堂而迎觐者：周礼规定，诸侯来朝见时，周王在堂上接见。此时，王室衰落，夷王只得亲自下堂去迎接朝见的诸侯。

[26] "历于"四句：宣王：周朝第十一代君主，公元前 827—前 782 年在位。　　挟，倚仗。　　中兴复古，复兴恢复周初强盛状况。　　雄：强壮有力，此谓奋发之意。　　南征北伐：指宣王同南北各部族的战争。　　卒不能定鲁侯之嗣：事见《国语》。公元前 817 年，鲁武公姬敖带儿子姬括和姬戏朝见周宣王，宣王立姬戏为武公继承人。武公死后，姬戏继位，是为鲁懿公。公元前 807 年，鲁人杀了鲁懿公，另立姬括儿子伯御为国君。

[27] "陵夷"三句：陵夷：日渐衰落。　幽：指周幽王，周朝第十二代君主，公元前 781 年继承王位，公元前 771 年被周朝西方的一个部族犬戎杀死在骊山下。　　厉：指周厉王，周朝第十代君主，公元前 857 年继位，公元前 842 年因国人暴动，逃亡到彘(今山西霍县)。　　王室东徙：幽王被犬戎杀死后，诸侯拥立幽王的儿子平王。为避免犬戎等部族的威胁，公元前 770 年周平王把国都从镐(今陕西西安西南)东迁到雒邑(今河南洛阳)，史称东周。　　自列为诸侯：把自己排列在与诸侯等同的地位上去了。

[28] "厥后"句：厥后：从此以后。　　问鼎之轻重：事见《左传・宣公三年》。公元前 606 年，楚庄王攻打陆浑之戎部族，途经雒邑，在雒邑举行军事检阅，炫耀武力。周定王派王满孙去劳军，楚庄王询问周朝宗庙陈列的九鼎的大小轻重，有灭周的企图。相传九鼎为夏朝禹所铸，为夏、商、周三代的传国之宝。

[29] "射王"句：事见《左传・桓公五年》。公元前 707 年，周桓王率诸侯攻郑国，郑庄公出兵反击，周兵大败，周桓王肩膀也被箭射中。

[30] "伐凡伯"句：伐凡伯，公元前 716 年周桓王派卿士(相当于宰相)凡伯出使鲁国，回国途中遭到戎人攻打，被绑架。事见《左传・宣公三年》。　　诛苌弘公元前 492 年晋国大臣赵鞅不满周朝大夫苌弘助晋大夫范吉射与之争权，责问周朝，周敬王被迫杀苌弘。事见《左传・哀公三年》。

[31] 末大不掉：即尾大不掉。掉：摇动。

[32] “遂判”二句：指周朝的统治权春秋时期分散到鲁、齐、晋、秦、楚、宋、卫、陈、蔡、曹、郑、燕等十二个诸侯国。战国时期兼并为齐、楚、燕、韩、赵、魏、秦七个强国。

[33] 陪臣：诸侯的大夫对周王的自称。　陪臣之邦：指齐、韩、魏、赵。齐原是姜太公的封国，公元前 386 年齐的大臣田和夺取了君位，自立为齐侯。韩、魏、赵的祖先原是晋国大臣，公元前 403 年，韩虔、魏斯、赵籍瓜分了晋国，自立为诸侯。

[34] “国殄”句：殄：绝，灭亡。　后封之秦：周朝的诸侯多是周初封的。秦原是西周的附庸，周平王东迁以后，才被封为诸侯。

[35] “秦有”三句：公元前 221 年，秦统一中国，剖分诸侯国而设郡县，废诸侯而委派郡县长官。　都会：指诸侯的都城。　为之郡邑：秦废除封建制，把全国分为三十六郡，郡下设县。　侯卫：即诸侯。　守宰：主管地方的长官。秦制，郡设郡守、郡尉、监御史；县，万户以上称令，不满万户称长。周代有宰邑，相当于后来的县令，这里用宰指县令。

[36] “据天下”二句：雄图：指形势险要的地方。　都：用作动词，建都。　六合：上、下和东、南、西、北四方称“六合”，指全国。　上游：秦建都咸阳(今陕西咸阳)，位于中国的西北方，地势居高临下，故称上游。

[37] “摄制”三句：摄制：掌控。　运于掌握之内：指能掌控局势，随意指挥。　其：指秦。　得：合宜。

[38] “不数载”二句：不数载：表示时间不长。从公元前 221 年秦统一中国到公元前 209 年陈胜、吴广起义共十二年。　坏：败坏，混乱。　由：原因。

[39] “亟役”三句：亟役万人：指秦始皇和秦二世多次征发大批百姓筑长城、造坟墓、修宫殿等劳役。亟：多次。　暴：竭，皆用作使动。　贿：财物。

[40] “负锄梃”(tǐng)二句：锄梃：锄头棍棒。　谪戍：责罚防守边境。　圜视：互相顾看。　合从：原指东方六国联合对付秦国，此处指民众联合起来反秦。

[41] “矫秦”二句：矫：纠正。　枉：弯曲，引申为错误。　徇：从，沿着。

[42] “剖海内”二句：立宗子：指汉高祖刘邦统一全国后，分封自己的儿子、兄弟、侄儿等为王。宗子：嫡长子。这里泛指同族子弟。　封功臣：指刘邦分封异姓功臣韩信、英布、彭越等为王。

[43] “奔命”四句：奔命：闻命奔赴。指汉初诸侯不断反叛，朝廷只得紧急调动增援部队去镇压。　困平城：公元前 200 年，韩王信勾结匈奴攻汉，刘邦起兵讨伐，追至平城(今山西大同)，被匈奴军队围困了七天。　病流矢：公元前 196 年淮南王英布反，刘邦前往镇压，被流矢射中，次年因伤病死。　陵迟：即“陵夷”。　三代：指汉高祖以后的汉惠帝、汉文帝和汉景帝，此三世不时有诸侯谋反。唐以前，世代称“世”而不称“代”，唐人避李世民的讳，改称“代”，后世沿用。

[44] “后乃”二句：谋臣：指贾谊、晁错、主父偃等。　献画：指贾谊向汉文帝建议，晁错向汉景帝献策，主父偃向汉武帝进言，皆主张削弱、分散诸侯的势力。画：计策。　离削：离析、削减诸侯的封地。　自守：指由朝廷派官吏治理诸侯国的政务。

[45] 郡国居半：汉初的疆域一半分给诸侯王国，一半仍实行郡县制，直接由朝廷管辖。

[46] 虽百代可知也：语出自《论语·为政》："虽百世可知也。"因避讳改"世"为"代"。

[47] "桀猾"二句：桀猾：凶暴狡猾的人，指中唐时强悍不服朝廷的藩镇。　虐害：残害，指反叛的藩镇军阀侵州夺县。　方域：地方，指州县。

[48] "失不"句：州：地方行政区划，指郡县制。　兵，拥有重兵并控制地方大权的节度使制度。

[49] 修其理：理：即"治"，指政治。唐人避高宗李治的讳，改"治"为"理"。

[50] "苟其心"二句：苟：苟且，得过且过。　秩：官的品级。

[51] 断：断然，毫无疑问。

[52] 黩货事戎：贪财好战。

[53] "侯伯"二句：侯伯：诸侯的霸主。　其政：指乱国的政治措施。　变其君：指撤换不称职的诸侯国的君主。

[54] 理人之制：治理百姓的中央集权制。

[55] 理人之臣：指王朝中央管理政务的大臣。

[56] "郡邑"二句：郡县不能正确发挥郡县制的作用，郡守、县令不能很好地治理百姓。

[57] 国人虽病：国人：指诸侯国的百姓。　病：指受侯王乱政的祸害。

[58] "及夫"三句：大逆不道，指侯王反叛朝廷。　掩捕：逮捕。　迁：移徙，贬谪。　夷：夷平、消灭。

[59] "奸利"四句：奸利：非法牟利。　浚财：搜刮钱财。　怙：靠，倚仗。　刻：刻薄，伤害。　无如之何：不能对他们怎么样。

[60] "且汉"句：《汉书田叔传》载，汉高祖时，孟舒曾做过云中郡(治所在今内蒙古托克托)太守，因匈奴侵入云中被免官。汉文帝继位，召见汉中郡太守田叔，经田叔举荐，又起用孟舒为云中郡太守。

[61] "得魏尚"句：《汉书·冯唐传》载，汉文帝时，魏尚做云中郡太守，防御匈奴有功，由于一次上报战功，多报了六个杀敌数字，因而被免官处罪：后来冯唐在文帝面前为魏尚辨明了功过，得到赦免，恢复原职。

[62] "闻黄霸"句：黄霸：汉宣帝时任颍川郡(治所在今河南禹州)太守，朝廷认为他治理有方，调任京兆(今陕西西安)尹，后官至丞相。　明审：明察慎重。

[63] "睹汲黯"句：汲黯：汉武帝时任东海郡(治所在今山东郯城)太守，尊崇黄老，主张清静无为，汉武帝认为他治理得很好，提升他为主爵都尉(主管封赏的长官)，位列九卿(朝廷各部门长官)之一。　简靖：简约清净。

[64] "卧而"句：汲黯晚年，汉武帝要他出任淮阳郡(治所在今河南淮阳)太守，他因病不肯，武帝定要他上任，上任前武帝对他说："淮阳地方官民关系不好，我只要借用你的威望，你可以躺着治理淮阳。"　辑：和睦，用作使动。

[65] "设使"三句：尽城邑而侯王之，把城邑全部分封给侯王。　乱：危害。

戚：忧愁。

[66] “明谴”二句：公开谴责并劝道他们，他们当面接受，但转过身去就违反。

[67] “下令”四句：指公元前 154 年，汉景帝用晁错计划削减诸侯封地，吴、楚等七国诸侯联合起来反叛的事。　周：遍及。　裂眦：眼眶裂开，形容盛怒的样子。

[68] 瘁：病，劳累：言受苦。

[69] “曷若”句：曷若：何如。　举而移之：指把诸侯全部废掉。　全其人：指保全那里的人民。

[70] 连：继续不断。

[71] “善制兵”三句：善制兵：好好地控制军队。　理平：即“治平”，政局安定。

[72] “夏、商”二句：延：长久。　促：短暂。

[73] “而二姓”二句：二姓：指魏和晋，魏皇姓曹，晋皇姓司马。　陵替：即“陵夷”。　祚：帝位、王位。此谓魏晋统治的时间都不长，魏五代四十六年，晋四代五十二年。

[74] 垂二百祀：将近二百年。

[75] “徇之”二句：沿用它(封建制)来求得安定，因袭它来作为习俗。　仍：因袭。

[76] “私其力”二句：私：用作动词，从私心出发之意。　力于己：给自己出力。卫于子孙：保卫子孙。

[77] 畜：驯服。

[78] 理安：即“治安”。

[79] 继世而理：一代继承一代地统治下去。

[80] “将欲”句：如果要对国家有利而同一人民的思想。

[81] “则又”句：世大夫：西周贵族是世袭的，大夫也父子相承，称世大夫。　禄邑：世袭大夫食禄封地。　封略：疆界，指国土。

[82] 固：通“故”，因此。

柳宗元(773—819 年)字子厚，祖籍河东(今山西永济)，出生于京都长安(今陕西西安)，唐代文学家、哲学家和政治家，少有才名，早有大志，贞元间中进士，登博学鸿词科，授集贤殿正字，一度为蓝田尉，后入朝为官，积极参与王叔文集团政治革新，迁礼部员外郎，革新失败后贬邵州刺史，再贬永州司马，后回京师，又出为柳州刺史，政绩卓著，卒于柳州任所。柳宗元是唐宋八大家之一，与韩愈共同倡导唐代古文运动，并称“韩柳”，与刘禹锡并称“刘柳”，世称柳河东或柳柳州。他一生留诗文作品达六百余篇，其文成就大于诗。其作品由刘禹锡保存并编成集，有《柳河东集》。

导读

《封建论》为柳宗元被谪永州时所作，是一篇颇具分量和影响力的历史哲学论文。作者从尧、舜、禹、汤、文、武、周公，到秦、汉、魏、晋、唐，通过大量历史事实对封建制与郡县制两种政治体制的优劣利弊进行了深入分析与评述，探究了封建制产生的原因、形成的过程及其弊病，论证了它终被中央集权的郡县制所取代的历史必然。柳宗元写《封建论》的时候，唐初以来关于封建制与郡县制利弊得失问题的争论，基本上已经平息，但

当时藩镇割据，节度使父子相承，朝廷鞭长莫及，形成了小封建的局面。柳宗元是中央集权制度的积极拥护者，站在维护王朝统一的立场，他写下了这篇典范之作。

文章指出，封建制的建立，不是出于圣人的本意，而是迫于“势”，即形势。这形势是政治形势。柳宗元所说的圣人，指尧、舜、禹、汤、文、武，亦即周以前及周初古代国家的最高统治者——君王。古圣王依靠封建制维护统治的权力，没有诸侯的拥戴，他们就坐不稳王位，所以他们赞成封建制，完全出于私心，但诸侯各霸一方，日趋强大，与中央政权分庭抗礼，又成为古圣王的直接威胁。因此文章一再强调“封建非圣人意也，势也”。所以，郡县制代替封建制，是历史一大变革和社会发展的必然，柳宗元将两者的区别归结为封建制用人唯私(地方世袭制)，而郡县制用人唯公(中央任命制)。但是，同古圣王赞成封建制一样，郡县制的建立也仍是出于私心。“秦之所以革之者，其为制，公之大者也；其情，私也，私其一己之威也，私其尽臣畜于我也。然而公天下之端自秦始。”口头上的公天下，为的是掩饰和实施一己的私情专制统治。由此可见，文章表述的政治和历史见解，超过了作者同时代人所能达到的认识高度，以深邃目光透视了自远古至当代的历史进程，表达了反对复古、泥古与倒退进步的历史观。

文章高屋建瓴，意象宏大，文气磅礴，措辞严谨，逻辑缜密，观点独到。

感悟讨论

1. 题头的诗是毛泽东晚年写给郭沫若的七言律诗，查询相关资料，理解“熟读唐人封建论，莫从子厚返文王”的内涵。

2. 归纳封建制和郡县制的区别，结合当时藩镇割据的历史状况，理解文章的写作意图。

3. 作者以“非圣人之意也，势也”收结全文，你如何理解柳宗元反复强调的“势”？

4. 《箕子碑》从哪些方面表达了对箕子的崇敬之情？能否看作是作者的自励？为什么？

平行阅读

箕子碑

柳宗元

凡大人之道有三：一曰正蒙难，二曰法授圣，三曰化及民。殷有仁人曰箕子，实具兹道，以立于世。故孔子述六经之旨，尤殷勤焉。

当纣之时，大道悖乱，天威之动不能戒，圣人之言无所用。进死以并命，诚仁矣，无益吾祀故不为。委身以存祀，诚仁矣，与去吾国故不忍。具是二道，有行之者矣。是用保其明哲，与之俯仰；晦是谟范，辱于囚奴，昏而无邪，隤而不息。故在易曰：“箕子之明夷”，正蒙难也。及天命既改，生人以正。乃出大法，用为圣师，周人得以序彝伦而立大典。故在书曰：“以箕子归，作《洪范》”，法授圣也。及封朝鲜，推道训俗，惟德无陋，惟人无远，用广殷祀，俾夷为华，化及民也。率是大道，藂于厥躬，天地变化，我得其正，其大人欤？

于虖！当其周时未至，殷祀未殄，比干已死，微子已去，向使纣恶未稔而自毙，武庚念乱以图存，国无其人，谁与兴理？是固人事之或然者也。然则先生隐忍而为此，其有志于斯乎？

唐某年作庙汲郡，岁时致祀，嘉先生独列于易象，作是颂云：

蒙难以正，授圣以谟。宗祀用繁，夷民其苏。宪宪大人，显晦不渝。圣人之仁，道合隆污。明哲在躬，不陋为奴。冲让居礼，不盈称孤。高而无危，卑不可踰。非死非去，有怀故都。时诎而伸，卒为世模。易象是列，文王为徒。大明宣昭，崇祀式孚。古阙颂辞，继在后儒。

(选自《柳河东集》，(唐)柳宗元著，上海古籍出版社，2008 年版)

《莺莺传》为唐代传奇，原题《传奇》，《太平广记》收录时改作《莺莺传》，沿用至今，又因传中有赋《会真诗》的内容，俗亦称《会真记》。陈寅恪先生赞誉《莺莺传》为“唐代小说之杰作”。

第十四节　莺　莺　传

元　稹

唐贞元[1]中，有张生者，性温茂，美风容，内秉坚孤，非礼不可入。或朋从游宴，扰杂其间，他人皆汹汹拳拳，若将不及，张生容顺而已，终不能乱。以是年二十三，未尝近女色。知者诘之，谢而言曰：“登徒子非好色者，是有凶行[2]。余真好色者，而适不我值。何以言之？大凡物之尤者，未尝不留连于心，是知其非忘情者也。”诘者识之。

无几何，张生游于蒲[3]。蒲之东十余里，有僧舍曰普救寺，张生寓焉。适有崔氏孀妇[4]，将归长安，路出于蒲，亦止兹寺。崔氏妇，郑女也。张出于郑，绪其亲，乃异派之从母[5]。是岁，浑瑊[6]薨于蒲。有中人[7]丁文雅，不善于军，军人因丧而扰，大掠蒲人。崔氏之家，财产甚厚，多奴仆。旅寓惶骇，不知所托。先是，张与蒲将之党有善，请吏护之，遂不及于难。十余日，廉使杜确将天子命以总戎节，令于军，军由是戢[8]。

郑厚张之德甚，因饰馔以命张，中堂宴之。复谓张曰：“姨之孤嫠[9]未亡，提携幼稚，不幸属师徒大溃，实不保其身，弱子幼女，犹君之生，岂可比常恩哉！今俾[10]以仁兄礼奉见，冀所以报恩也。”命其子，曰欢郎，可十余岁，容甚温美。次命女：“出拜尔兄，尔兄活尔。”久之辞疾。郑怒曰：“张兄保尔之命，不然，尔且掳矣。能复远嫌乎？”久之乃至。常服睟[11]容，不加新饰，垂鬟接黛[12]，双脸销[13]红而已。颜色艳异，光辉动人。张惊，为之礼。因坐郑旁，以郑之抑而见也，凝睇怨绝，若不胜其体者。问其年纪，郑曰：“今天子甲子岁之七月，终于贞元庚辰，生年十七矣[14]。”张生稍以词导之，不对，终席而罢。张自是惑之，愿致其情，无由得也。

崔之婢曰红娘。生私为之礼者数四，乘间遂道其衷，婢果惊沮[15]，腆然而奔。张生悔之。翼日[16]，婢复至。张生乃羞而谢之，不复云所求矣。婢因谓张曰：“郎之言，所不敢言，亦不敢泄。然而崔之姻族，君所详也。何不因其德而求娶焉？”张曰：“余始自孩提，性不苟合。或时纨绮间居[17]，曾莫流盼，不为当年，终有所蔽[18]。昨日一席间，几不自持。数日来，行忘止，食忘饱，恐不能逾旦暮。若因媒氏而娶，纳采问名，则三数月间，索我于枯鱼之肆矣。尔其谓我何？”婢曰：“崔之贞慎自保，虽所尊不可以非语犯之。下人之谋，固难入矣。然而善属文[19]，往往沈吟章句，怨慕[20]者久之。君试为喻情诗以乱[21]之，不然则无由也。”张大喜，立缀《春词》二首以授之。是夕，红娘复至，持彩笺以授张曰：“崔所命也。”题其篇曰《明月三五夜》，其词曰：

待月西厢下，迎风户半开。拂墙花影动，疑是玉人来。

张亦微喻其旨。是夕，二月旬有四日[22]矣。崔之东有杏花一株，攀援可逾。既望之夕，张因梯其树而逾焉。达于西厢，则户半开矣。红娘寝于床。生因惊之。红娘骇曰：“郎何以至？”张因绐[23]之曰：“崔氏之笺召我也。尔为我告之。”无几，红娘复来，连曰：“至矣！至矣！”张生且喜且骇，必谓获济[24]。及崔至，则端服严容，大数张曰：“兄之恩，活我之家，厚矣。是以慈母以弱子幼女见托。奈何因不令[25]之婢，致淫逸之词。始以护人之乱为义，而终掠乱[26]以求之。是以乱易乱，其去几何？诚欲寝其词，则保人之奸，不义。明之于母，则背人之惠，不祥。将寄与婢仆，又惧不得发其真诚。是用托短章，愿自陈启，犹惧兄之见难[27]。是用鄙靡[28]之词，以求其必至。非礼之动，能不愧心，特愿以礼自持，无及于乱。”言毕，翻然而逝。张自失者久之，复逾而出，于是绝望。

数夕，张生临轩独寝，忽有人觉之[29]。惊骇而起，则红娘敛衾携枕而至。抚张曰：“至矣，至矣！睡何为哉？”并枕重衾而去。张生拭目危坐[30]久之，犹疑梦寐，然而修谨以俟[31]。俄而红娘捧崔氏而至。至则娇羞融冶[32]，力不能运支[33]体，曩时端庄，不复同矣。是夕，旬有八日也。斜月晶莹，幽辉半床。张生飘飘然，且疑神仙之徒，不谓从人间至矣。有顷，寺钟鸣，天将晓，红娘促去。崔氏娇啼宛转，红娘又捧之而去，终夕无一言。张生辨色而兴，自疑曰：“岂其梦邪？”及明，睹妆在臂，香在衣，泪光荧荧然，犹莹于茵席[34]而已。

是后又十余日，杳不复知。张生赋《会真[35]诗》三十韵，未毕，而红娘适至。因授之，以贻[36]崔氏。自是复容之，朝隐而出，暮隐而入，同安于曩所谓西厢者，几一月矣。张生常诘郑氏之情，则曰：“我不可奈何矣。”因欲就成之。无何，张生将之长安，先以情喻之。崔氏宛无难词，然而愁怨之容动人矣。将行之再夕，不可复见，而张生遂西下。

数月，复游于蒲，会于崔氏者又累月。崔氏甚工刀札[37]，善属文。求索再三，终不可见。往往张生自以文挑，亦不甚睹览。大略崔之出人者，艺必穷极，而貌若不知；言则敏辩，而寡于酬对。待张之意甚厚，然未尝以词继之。时愁艳幽邃，恒若不识，喜愠之容，亦罕形见。异时独夜操琴，愁弄凄恻。张窃听之。求之，则终不复鼓矣。以是愈惑之。

张生俄以文调[38]及期，又当西去。当去之夕，不复自言其情，愁叹于崔氏之侧。崔已阴知将诀矣，恭貌怡声，徐谓张曰：“始乱之，终弃之，固其宜矣，愚不敢恨。必也君乱之，君终之，君之惠也。则殁身之誓，其有终矣，又何必深感于此行？然而君既不怿，无以奉宁[39]。君常谓我善鼓琴，向时羞颜，所不能及。今且往矣，既君此诚[40]。”因命拂琴，鼓《霓裳羽衣》[41]序，不数声，哀音怨乱，不复知其是曲也。左右皆歔欷。崔亦遽止之，投琴，泣下流连，趋归郑所，遂不复至。明旦而张行。

明年，文战不胜，张遂止于京。因贻书于崔，以广其意。崔氏缄报之词，粗载于此，曰：“捧览来问，抚爱过深。儿女之情，悲喜交集，兼惠花胜[42]一合，口脂五寸，致耀首膏唇之饰。虽荷殊恩，谁复为容？睹物增怀，但积悲叹耳。伏承便于京中就业，进修之道，固在便安[43]。但恨僻陋之人，永以遐弃。命也如此，知复何言！自去秋已来，常忽忽如有所失。于喧哗之下，或勉为语笑，闲宵自处，无不泪零。乃至梦寐之间，亦多感咽。

离忧之思，绸缪缱绻，暂若寻常。幽会未终，惊魂已断。虽半衾如暖，而思之甚遥。一昨拜辞，倏逾旧岁。长安行乐之地，触绪牵情。何幸不忘幽微，眷念无斁[44]。鄙薄之志，无以奉酬。至于终始之盟[45]，则固不忒[46]。鄙昔中表相因，或同宴处。婢仆见诱，遂致私诚。儿女之心，不能自固。君子有援琴之挑[47]，鄙人无投梭之拒[48]。及荐寝席，义盛意深。愚陋之情，永谓终托。岂期既见君子，而不能定情。致有自献之羞，不复明侍巾帻[49]。没身[50]永恨，含叹何言！倘仁人用心，俯遂幽眇[51]，虽死之日，犹生之年。如或达士略情，舍小从大，以先配为丑行，以要盟[52]为可欺。则当骨化形销，丹诚不泯，因风委露，犹托清尘[53]。存没之诚，言尽于此。临纸呜咽，情不能申。千万珍重，珍重千万！玉环一枚，是儿婴年所弄，寄充君子下体所佩。玉取其坚润不渝，环取其终始不绝。兼乱丝一絇[54]，文竹茶碾子一枚。此数物不足见珍。意者欲君子如玉之真，弊志如环不解。泪痕在竹，愁绪萦丝。因物达情，永以为好耳。心迩身遐，拜会无期。幽愤[55]所钟，千里神合。千万珍重！春风多厉，强饭为嘉。慎言自保，无以鄙为深念。"

张生发其书于所知，由是时人多闻之。所善杨巨源[56]好属词，因为赋《崔娘诗》一绝云：

清润潘郎玉不如[57]，中庭蕙草雪销初。
风流才子多春思，肠断萧娘[58]一纸书。

河南元稹，亦续生《会真诗》三十韵，诗曰：

微月透帘栊，萤光度碧空。遥天初缥缈[59]，低树渐葱胧。
龙吹过庭竹，鸾歌拂井桐[60]。罗绡垂薄雾，环珮响轻风。
绛节[61]随金母，云心捧玉童。更深人悄悄，晨会雨濛濛。
珠莹光文履[62]，花明隐绣龙。瑶钗行彩凤，罗帔掩丹虹[63]。
言自瑶华浦，将朝碧玉宫[64]。因游洛城北，偶向宋家东[65]。
戏调初微拒，柔情已暗通。低鬟蝉影动[66]，回步玉尘蒙。
转面流花雪[67]，登床抱绮丛[68]。鸳鸯交颈舞，翡翠合欢笼。
眉黛羞偏聚，唇朱暖更融。气清兰蕊馥，肤润玉肌丰。
无力佣移腕，多娇爱敛躬[69]。汗流珠点点，发乱绿葱葱。
方喜千年会，俄闻五夜穷。留连时有恨，缱绻意难终。
慢[70]脸含愁态，芳词誓素衷。赠环明运合，留结[71]表心同。
啼粉流宵镜，残灯远暗虫[72]。华光犹苒苒[73]，旭日渐曈曈[74]。
乘鹜还归洛[75]，吹箫亦上嵩[76]。衣香犹染麝，枕腻尚残红。
幂幂[77]临塘草，飘飘思渚蓬[78]。素琴鸣怨鹤[79]，清汉望归鸿[80]。
海阔诚难渡，天高不易冲。行云[81]无处所，萧史[82]在楼中。

张之友闻之者，莫不耸异之，然而张志亦绝矣。稹特与张厚，因征其词。张曰："大凡天之所命尤物也，不妖[83]其身，必妖于人。使崔氏子遇合富贵，乘宠娇，不为云，不为雨，为蛟为螭[84]，吾不知其所变化矣。昔殷之辛[85]，周之幽[86]，据百万之国，其势甚厚。然而一女子败之，溃其众，屠其身，至今为天下僇笑[87]。予之德不足以胜妖孽，是用忍情。"于时坐者皆为深叹。

后岁余，崔已委身于人，张亦有所娶。适经所居，乃因其夫言于崔，求以外兄见。夫语之，而崔终不为出。张怨念之诚，动于颜色，崔知之，潜赋一章，词曰："自从消瘦减

容光，万转千回懒下床。不为旁人羞不起，为郎憔悴却羞郎。”竟不之见。后数日，张生将行，又赋一章以谢绝云：“弃置今何道，当时且自亲。还将旧时意，怜取眼前人。”自是绝不复知矣。

时人多许张为善补过者。予常于朋会之中，往往及此意者，夫使知者不为，为之者不惑。

贞元岁九月，执事李公垂，宿于予靖安里第，语及于是。公垂卓然称异，遂为《莺莺歌》以传之。崔氏小名莺莺，公垂以命篇。

(选自《太平广记》，(宋)李昉等编，中华书局，1961 年版)

注释

[1] 贞元：唐德宗李适年号(785—805)。

[2] 凶行：不良行为。

[3] 蒲：蒲州，治所在河东县，今山西永济县西蒲州镇。

[4] 孀妇：寡妇。

[5] 从母：即母亲姊妹，姨母。

[6] 浑瑊(jiān)(736—800 年)：唐朝著名将领，本名进，皋兰州(今宁夏青铜峡南)人，先世为匈奴铁勒族浑部，世代为将领。他十余岁入朔方(唐开元中置，治灵州，在今甘肃灵武县西南)军，在唐代宗时期，浑瑊跟从郭子仪击退吐蕃贵族的侵扰，升至左金吾卫大将军。

[7] 中人：太监。唐代设监军太监。

[8] 戢(jí)：收敛、平息。

[9] 孤嫠(lí)：孤儿寡妇。嫠：寡妇。上古时期寡可指寡妇和寡夫，而嫠只指寡妇。

[10] 俾(bǐ)：使。

[11] 晬(suì)：润泽。

[12] 黛：青黑色的颜料，古代女子用来画眉。

[13] 销：指隐藏起来，不公开露面。或曰，通“绡”，生丝织物。

[14] 今天子甲子岁：指唐德宗兴元元年(784 年)。贞元庚辰，指贞元十六年(800 年)。莺莺生于兴元元年七月，到贞元十六年，为十七岁。

[15] 惊沮：犹惊惧。

[16] 翼日：同“翌日”，第二天。

[17] 纨绮间居：指与女性在一起。　纨绮：精美的丝织品。此处指代妇女。

[18] “不为”二句：当年不愿做那种事，现在却终于被迷惑。

[19] 属(zhǔ)文：做文章。　属：把东西连缀起来。

[20] 怨慕：因不得相见而思慕。

[21] 乱：挑动。

[22] 旬有四日：十四日。　有：同“又”。

[23] 绐(dài)：欺骗，哄骗。

[24] 获济：得以成功，能够济事。

[25] 不令：不善、不美。

[26] 掠乱：乘危打劫。

[27] 见难：有顾虑。

[28] 鄙靡：鄙俚柔弱。

[29] 觉之：叫醒他。

[30] 危坐：端坐。

[31] 修谨以俟：态度恭谨地等待着。

[32] 融冶：温顺艳冶。

[33] 支：同“肢”。

[34] 茵席：褥垫，草席。

[35] 会真：会见神仙。

[36] 贻(yí)：赠送。

[37] 工刀札：字写得好。古代用笔写在竹简木片上，错了用刀刮去。

[38] 文调：考试的日期。

[39] “然而”二句：您既然不高兴，我无法安慰您。　怿(yì)：欢喜。

[40] 既君此诚：满足您的愿望。　既：全，引申为满足。

[41] 《霓裳羽衣》：霓裳羽衣曲，唐代著名法曲，为开元中河西节度使杨敬述所献，经唐玄宗润色并制歌词。　序：乐曲的开始部分。

[42] 花胜：即华胜。古代妇女的一种花形首饰，通常制成花草的形状插于髻上或缀于额前。《释名·释首饰》：“华胜，华，象草木之华也；胜，言人形容正等，一人着之则胜，蔽发前为饰也。”

[43] 便(pián)安：安静。便：安逸。

[44] 无斁(yì)：无厌。斁：厌弃。

[45] 终始之盟：始终不渝的盟约。《荀子·礼论》：“故君子敬始而慎终，终始若一，是君子之道。”

[46] 忒(tè)：差错。

[47] 援琴之挑：《史记·司马相如列传》：“是时，卓王孙有女文君新寡，好音，故相如缪与令相重，而以琴心挑之。”

[48] 投梭之拒：《晋书·谢鲲传》：“邻家高氏女有美色，鲲尝挑之，女投梭，折其两齿。”后以此为女子拒绝调戏的典故。

[49] 明侍巾帻：公开地服侍。指正式结婚。　帻(zé)：古代的一种头巾。

[50] 没(mò)身：终身。

[51] 俯遂幽眇：俯：下察。遂：成全、使如愿。幽眇：指隐微的心事。

[52] 要(yāo)盟：胁迫对方订立的盟约，此泛指盟约。

[53] 托清尘：追随着您。清尘：对人的敬称。不直说对方，而说托于对方脚下的尘土。

[54] 绚(qú)：古时有孔的饰物，可穿线。

[55] 幽愤：幽思郁闷。

[56] 杨巨源：唐蒲州人，贞元五年进士，诗人。

[57] 潘郎：潘岳(247—300 年)，晋代文学家，以诗赋著名，美姿容，人称潘郎。

[58] 萧娘：萧氏是东晋之后，江南名门。《南史·梁临川靖惠王宏传》云：宏受诏侵魏，军次洛口，前军克梁城。宏闻魏援近，畏懦不敢进。 魏人知其不武，遗以巾帼。北

军歌曰："不畏萧娘与吕姥，但畏合肥有韦武。""萧娘"即姓萧的女子，言宏怯懦如女子，后以"萧娘"为女子的泛称。

[59] 缥缈：高远隐约。

[60] "龙吹"二句：指风吹庭中之竹、井旁梧桐，声如龙吟鸾歌。

[61] 绛节：古代使者持作凭证的红色符节，这里指仙人的仪仗。　金母：神话传说中的西王母，因古人以西方属金，故称。这里指崔莺莺。下句玉童指张生，皆以神仙作比。

[62] 文履：绣鞋。

[63] "瑶钗"二句：谓头上颤动着形如彩凤的玉钗，身上披掩着色如虹霓的罗帔。

[64] "言自"二句：瑶华浦、碧玉宫都是仙人居处，这里借指莺莺和张生的住所。

[65] "因游"二句：指张生因游蒲地而无意中与莺莺相识。洛城，用《洛神赋》事，此借指蒲州。　宋家东，宋玉《登徒子好色赋》载宋玉东邻有一美女，登墙窥视宋玉三年，而宋玉不为所动。后以宋家东邻喻指美貌而多情的女子。

[66] 低鬟蝉影动：谓低头时蝉鬓在颤动。蝉鬓：古代妇女的一种发式，形如蝉翼。

[67] 花雪：如花之艳、雪之白。

[68] 绮丛：指丝绸类的被子。

[69] 敛躬：蜷曲着身子。

[70] 慢：同"曼"，美好，妩媚。

[71] 结：指同心结，用锦带等编成回文形状，以表示爱情。

[72] "啼粉"二句：夜间对镜整妆，脸上脂粉随泪而流；天晓灯残，暗中传来远处的虫声。这两句写莺莺与张生将离别时的愁情。

[73] 华光犹苒苒：谓重新梳妆后依然光彩照人。　华：铅华。　苒苒：草盛貌。

[74] 瞳瞳：太阳初出由暗而明的光景。

[75] 乘鹜还归洛：谓莺莺从张生那里回去如洛神乘鹜回到洛水那样。鹜，水禽。

[76] 吹箫亦上嵩：用王子乔的故事表示张生将去长安。汉刘向《列仙传·王子乔》："王子乔者，周灵王太子晋也。好吹笙作凤凰鸣。游伊洛间，道士浮丘公接上嵩高山。三十余年后，求之于山上，见柏良曰：'告我家：七月七日待我于缑氏山巅。'至时，果乘鹤驻山头，望之不可到。举手谢时人，数日而去。"

[77] 幂幂：浓密貌。

[78] 渚蓬：小洲上的蓬草。

[79] 怨鹤：指《别鹤操》。晋崔豹《古今注》："《别鹤操》，商陵牧子所作也。娶妻五年而无子，父兄将为之改娶。妻闻之，中夜起，倚户而悲啸。牧子闻之，怆然而悲，乃歌曰：'将乖比翼隔天端，山川悠远路漫漫，揽衣不寝食忘餐！'后人因为乐章焉。"后用以指夫妻分离，抒发别情。

[80] 清汉望归鸿：盼望得到消息。　清汉：银河。　归鸿：古代以鸿雁为传信的使者。

[81] 行云：本指巫山神女，此代指莺莺。《文选》宋玉《高唐赋序》："昔者先王尝游高唐，……梦见一妇人，曰：'妾巫山之女也，为高唐之客，闻君游高唐，愿荐枕席。'王因幸之。去而辞曰：'妾在巫山之阳，高丘之阻，旦为朝云，暮为行雨，朝朝暮

暮，阳台之下。’”

[82] 萧史：相传为春秋秦穆公时人。刘向《列仙传》卷上：“(萧史)善吹箫，能致孔雀、白鹤于庭。穆公有女字弄玉，好之。公遂以女妻焉。(史)日教弄玉作凤鸣，居数年，吹似凤声，凤凰来止其屋。(穆)公为筑凤台，夫妇止其上，不下数年。一旦，皆随凤凰飞去。”此处代指张生。

[83] 妖：祸害。

[84] 蛟：古代传说中的一种龙，常居深渊，能发洪水。　　螭(chī)：传说中无角的龙。

[85] 辛：殷纣王，亦称帝辛，殷末代暴君。

[86] 幽：周幽王，周末代亡国暴君。

[87] 僇(lù)笑：辱笑，耻笑。

元稹(779—831 年)字微之，河南洛阳人，贞元九年(793 年)明经及第，移家长安，贞元十九年(803 年)与白居易同登书判拔萃科，补校书郎，娶太子宾客韦夏卿女韦丛为妻，元和元年(806 年)登才识兼茂、明于体用科，授左拾遗，因得罪当政，出为河南县尉，后历任监察御史、江陵府士曹参军、唐州从事、通州司马、虢州长史、膳部员外郎、祠部郎中、知制诰，长庆元年(821 年)充翰林学士，拜中书舍人，后迁工部侍郎。长庆二年(822 年)，元稹以工部侍郎同平章事(相当于宰相)，与裴度不协同被罢相，出为同州刺史。大和三年(829 年)，元稹入朝为尚书左丞，又任检校户部尚书，兼武昌节度使，五十三岁得暴疾卒于武昌任所。元稹在当时是有名的才子，与白居易齐名，时人称他们的诗为“元和体”。元稹生性激烈，少柔多刚，屡屡上书论事、指摘时弊，也因此而多次遭贬。元稹所著，今存《元氏长庆集》，存诗八百余首。

导读

唐代传奇取得了很高的艺术成就，在为数众多的传奇作品中，元稹的《莺莺传》对后世有着深远的影响。继《莺莺传》之后，以崔张故事为题材演绎成各种文学作品的甚多，如宋代赵德麟的《商调蝶恋花》、无名氏话本《莺莺传》以及杂剧《莺莺六幺》，金代董解元的《西厢记诸宫调》，元代王实甫的《西厢记》和关汉卿的《续西厢记》，明代李日华的《南西厢记》，清代查继佐的《续西厢》等，其他翻版之作多不胜举。

《莺莺传》大约作于贞元二十年(804 年)，是中唐时期的著名作品，写崔莺莺与张生的爱情故事，反映了一个名门女子的爱情生活和悲剧命运。小说凄婉动人地叙述了莺莺与张生相见、相悦、相欢、相离以至相弃的爱情悲剧的全过程，展现了莺莺的心理、思想和性格的发展变化，塑造了一个争取爱情自由的叛逆女性形象。故事分为三个部分，第一部分写崔莺莺与张生寺中初遇。莺莺出身名门，在张生救护了困守在普救寺的崔氏母女后，崔母设家宴答谢张生，在家宴上，她与张生第一次相遇。初次见面，莺莺“垂鬟接黛，双脸销红”，显得局促不安。张生“以词导之”，莺莺“不对”，但内心深处却产生了相悦之意，埋下了爱情的种子。第二部分写崔张二人相悦相欢。宴后，张生对莺莺的丫鬟红娘“私为之礼者数四”，将爱慕莺莺之情告之，莺莺则借红娘之口，表示了“何不因其德而求娶焉”的希望。张生以喻情诗《春词》达情，莺莺竟然答之以《明月三五夜》，相约于西厢下。然而相见之时，莺莺却出人意料地庄重自持，晓张生以大义。这是一种既爱而惧

的心理反应，是莺莺思想上“情”与“礼”冲突的表现。最终在经历了对爱情诱惑的挣扎和反抗之后，她大胆地冲破了礼教的防线，“敛衾携枕”至张所，主动投入张生的怀抱。第三部分写崔张二人相离相弃。当崔母发现两人的私情后，张生无故西游长安数月，莺莺敏感地意识到这是相弃的开始。张生以“文调及期”为由再次西去，赴京应考，滞留不归，莺莺虽然给张生寄去长书和信物，但张生终与之决绝，自诩为“善补过者”。

《莺莺传》所叙情事与元稹经历大致吻合，很多人认为这是元稹的自传。此传多精湛的心理、细节描写，具有高于现实的艺术之美，崔莺莺则被刻画得“飘飘然仿佛出于人目前”(赵令畤《侯鲭录》)，传文末尾对张生绝情展示，客观上起到了对爱情不专一的批判，产生了打动人心的悲剧力量。

感悟讨论

1. 分析崔莺莺、张生的性格特征。

2. 小说通过叙述崔莺莺与张生相见、相悦、相欢、相离以至相弃的爱情悲剧的全过程，反映了怎样的思想主题？

温词多写花间月下、闺情绮怨，形成了以绮艳香软为特征的花间词风，对后世影响重大，这首《菩萨蛮》为温词的代表作。

第十五节　菩　萨　蛮[1]

温庭筠

小山重叠金明灭[2]，鬓云欲度香腮雪[3]。懒起画蛾眉[4]，弄妆梳洗迟。
照花前后镜，花面交相映。新帖绣罗襦[5]，双双金鹧鸪[6]。

(选自《唐宋词简释》，唐圭璋选释，上海古籍出版社，1981年版)

注释

[1] 菩萨蛮：词牌名，双调四十四字，上下阕均两仄声韵转两平声韵。

[2] 小山重叠：绣屏掩映。小山：指绣屏上的图案，绣屏折叠，故言小山重叠。另一说指小山眉，眉妆的名目。　金明灭：阳光照在绣屏上金光若隐若现。另一说指描写女子头上的金饰闪烁。

[3] 欲度：将掩未掩的样子。度：覆盖，遮掩。

[4] 蛾眉：指唐代流行的一种眉妆，将眉毛拔去，用眉笔在靠近额中的地方描出两条短眉。张祜《集灵台》：“虢国夫人承主恩，平明骑马入宫门。却嫌脂粉污颜色，淡扫蛾眉朝至尊。”

[5] 新帖：新做的，另一说为新熨烫的。　罗襦：丝质短袄。

[6] 金鹧鸪：用金线绣的鹧鸪。　鹧鸪：形似雉鸡的一种鸟。

温庭筠(约812—866年)，晚唐词人、诗人，太原祁(今山西祁县东南)人，本名岐，字飞卿，颇富天才，才思敏捷，每入试，八叉手而成八韵，人称“温八叉”“温八吟”。温庭筠作风浪漫，史称其“士行尘杂”，“与新进少年狂游狭邪”(《新唐书》本传)，是士人中典型的浪子。由于他恃才傲物，讥讽权贵，取憎于时，屡试不第，终生不得志，官终国子助教。温庭筠的诗，华美秾丽，多写闺阁、宴游题材，现存诗约三百余首。诗与李商隐齐名，时称“温李”。温庭筠的词，具有很高的艺术成就，是致力于词的创作第一人，他把词同南朝宫体与北里倡风结合起来，成为花间词派的鼻祖，词风多表现为浓艳细腻、绵密隐约，在词史上，与韦庄并称“温韦”。现存词七十余首，后人辑有《温飞卿集》及《金奁集》。

导读

《菩萨蛮》十四首，为词史上的一段丰碑，《菩萨蛮·小山重叠金明灭》是温庭筠的代表词作。它用诸多艳丽的辞藻描绘出女子及其居处的环境，如同一幅精致的唐代仕女图。这首词将女子的睡眠、懒起、画眉、照镜、穿衣等一系列动作，以及闺房的陈设、绣有双鹧鸪的罗襦一一表现出来，给人以感官与印象刺激。通过女子起床梳妆时的娇慵情态，暗示了人物内心深处的空虚、孤独、寂寞。它的艺术特征不表现于抒情性，而是表现于给人感官上的刺激。它用诉诸于感官的艳丽辞藻，展现内在的意蕴情思，这种暗示的方式，使词颇显深隐含蓄。

这首词构思缜密，层次极清。开篇写绣屏掩映，可见环境之华丽，次写鬓发缭乱，所写为欲起而未起的情景，晨间闺中待起，鬓发掩于面际，展现出女子的娇慵之态。紧接着再写“梳洗”“弄妆”，看似写事，然“懒”字、“迟”字又兼写情态。梳妆完毕，用两镜前后对映，审看妆容是否合乎标准。花光与人面交相重叠，显得格外美丽好看。最后两句写女子梳洗完毕，穿上新做的绣花丝绸短袄，袄上绣着一对对金色的鹧鸪，双双对对的鹧鸪，与形单影只的主人公形成了鲜明的对比和反差，孤独之哀与梳妆谁容之感油然而生。女主人公从睡醒，到梳妆，最后穿衣打扮，这几个连续镜头的展现，充分透露出了她内心复杂的感受，神情毕现。对于梳洗打扮，她的兴致并不高，花似人面，人面似花，但红颜易老，青春难驻，美貌也像自然界的花朵一样，易开易落，怨情蕴蓄其中。

感悟讨论

1. 这首词表现了女主人公怎样的情思？
2. 谈谈你对这首词艺术手法的认识。
3. 阅读以下两首《菩萨蛮》，讨论这三首词所表现出的情思之异同。

平行阅读

菩 萨 蛮

温庭筠

玉楼明月长相忆，柳丝袅娜春无力。门外草萋萋，送君闻马嘶。
画罗金翡翠，香烛消成泪。花落子规啼，绿窗残梦迷。

菩 萨 蛮

韦　庄

洛阳城里春光好，洛阳才子他乡老。柳暗魏王堤，此时心转迷。
桃花春水渌，水上鸳鸯浴。凝恨对残晖，忆君君不知。

(选自《唐宋词简释》，唐圭璋选释，上海古籍出版社，1981 年版)

“词至李后主而眼界始大，感慨遂深，遂变伶工之词为士大夫之词。”——王国维《人间词话》

第十六节　虞 美 人[1]

李　煜

风回小院庭芜绿[2]，柳眼春相续[3]。凭阑半日独无言，依旧竹声新月似当年[4]。
笙歌未散尊前在[5]，池面冰初解。烛明香暗画楼深[6]，满鬓清霜残雪思难任[7]。

(选自《唐宋词简释》，唐圭璋选释，上海古籍出版社，1981 年版)

注释

[1] 虞美人：词牌，双调，五十六字，上下阕各四句，皆为两仄韵转两平韵。

[2] 庭芜：庭园中丛生的杂草。

[3] 柳眼：早春时节柳树的嫩叶，好像人的睡眼初展，故称柳眼。　春相续：春天继冬天之后又来到人间。

[4] 竹声：春风吹动竹林发出的声响。　新月：初升的月亮。

[5] 笙歌：泛指乐曲。　尊前在：意谓酒席未散，还在继续。

[6] 烛明香暗：指夜深之时。烛：蜡烛。　香：熏香。　画楼：指华丽而精美的居室。　深：幽深。

[7] 清霜残雪：形容鬓发苍白，如同霜雪，谓年已衰老。　思难任：思：忧思。难任：难以承受。

李煜(937—978 年)字重光，号钟隐，徐州(今江苏)人，五代南唐中宗李璟六子，建隆二年(961 年)继位，南唐第三任国君，世称李后主。李煜在位十五年，政事不修，纵情享乐。开宝八年(975 年)宋兵下金陵，李煜肉袒出降，被俘至汴京，后被宋太宗赵光义毒死。李煜富有艺术才华，精书法、善绘画、通音律，诗和文均有一定造诣，尤以词的成就最高，降宋之前所写的词，主要反映宫廷生活和男女情爱，题材较窄，风格清新柔靡，降宋后，伤感、悔恨、想挣扎而又无能为力的内心苦闷成了李煜词的主旋律，此时期的作品成就远远超过前期，名作《虞美人》《浪淘沙》《乌夜啼》《相见欢》等，皆成于此时。此时期的词作大多哀婉凄绝，主要抒写了词人凭栏远眺、梦里重归的情景，表达了对往事的无限留恋和伤感悔恨之情。李煜在中国词史上占有重要的地位，他善于运用白描手法，以洗练的语言、高度概括的形式，表达真切而深沉的感情，扩大了词的表现领域，对后世影响重大。南宋人辑他和李璟的词为《南唐二主词》。

导读

这是一首李煜后期抒写伤春怀旧之情的作品。词人追昔抚今，面对生机盎然的春景，寄寓了深沉的伤悲，在对往昔的依恋怀念中蕴含了作者不堪承受的痛悔之情。

词的上阕，起点春景，次入人事。写春景以引出对逝去岁月的追忆，以景入情，用细腻的观察、清丽的语言勾画出一幅生机勃勃的春光图，但盎然的春意并未能驱散词人心头的愁云，独自凭栏半日无语，可见心情之沉重。新月初升，小院里风吹翠竹，声声入耳，眼前此景与当年南唐宫廷里的景象何其相似，但今夕何夕，人在何处？景物依稀，而人事则不堪回首。下阕开篇写当年笙歌宴饮的欢乐，恍惚之中，思绪回到了当年，眼前又浮现出往日欢乐的场面，结句“满鬓清霜残雪思难任”勒转今情，振起全篇。词人满鬓白发，年老体衰，生命行将消逝的悲伤不觉袭上心头，反差巨大的人生经历在词人的内心翻江倒海，难以承受，几乎无法控制，哀怨至极。

全词描写生动，笔触细腻，情景融汇，借伤春以怀旧，借怀旧以发怨，借发怨以显痛苦，结构精妙，意象生动，抒发了独特的人生感受，显示了词人高超的艺术表现才能。

感悟讨论

1. 本词描写春景回忆往昔，抒写了词人怎样的情感？

2. 阅读下面的《玉楼春》和《乌夜啼》，试比较三首词在内容上和艺术表现手法上的异同。

平行阅读

玉楼春

李煜

晚妆初了明肌雪，春殿嫔娥鱼贯列。笙箫吹断水云间，重按《霓裳》歌遍彻。

临风谁更飘香屑？醉拍阑干情未切。归时休放烛花红，待踏马啼清夜月。

乌夜啼

李煜

昨夜风兼雨，帘帏飒飒秋声。烛残漏断频倚枕。起坐不能平。

世事漫随流水，算来一梦浮生。醉乡路稳宜频到，此外不堪行。

(选自《唐宋词简释》，唐圭璋选释，上海古籍出版社，1981年版)

第五章　宋代文学

第一节　宋代文学概述

宋代从公元 960 年至 1279 年，历时三百余载，上承五代十国，下启元朝。宋代文学在中国文学发展史上有着特殊的重要地位，它处在一个承前启后的阶段，即处在中国文学从“雅”到“俗”的转变时期。所谓“雅”，指主要流传于社会中上层的文人文学，指诗、文、词；所谓“俗”，指主要流传于社会下层的小说、戏曲。词在宋代发展到了鼎盛时期，成为一代文学的标志，宋诗主理致，重气骨，创作颇丰，宋代散文则取得了足以与唐文媲美的杰出成就，伴随着城市的繁荣，通俗文学也得到了发展。

北宋初年，农村经济有了较大的发展，手工业和商业也呈现与之相应的兴盛局面，逐渐出现了一些新的繁华都市，城市文明兴起，这一切都促进了宋代文学的发展。社会生活的安定和大都市的繁荣，为宋初士大夫提供了享受生活的条件，词正是适宜描述这种生活的歌唱文体。在上层文人士大夫晏殊等人手中，词成为娱宾遣兴的工具，词风未脱晚唐花间一派的婉约绮靡。晏殊之子晏几道，由于个人遭遇不幸，词风较低回伤感色彩；范仲淹有革新思想，又镇守边塞，经历丰富，写出了境界开阔、格调苍凉之作；柳永善于从都市下层民众的生活中汲取素材，以写相思羁旅见长，创作了大量的慢词，广为传唱；苏轼不满柳词的风花雪月，有意打破诗词的界限，扩大了词的题材，提高了词的意境，丰富了词的表现手法，使词摆脱音律过多的束缚，成为独立的抒情诗体，他“以诗为词”，给北宋词坛带了新气象，开启了南宋豪放词派的先风。秦观、黄庭坚、李清照等词人也分别对宋词的发展作出了贡献。宋室南渡后，感时伤乱、抗金爱国成为词的一大主题。南宋最伟大的爱国词人首推辛弃疾，他的创作使宋词的思想境界和精神面貌达到了光辉的高度，在词的艺术表现手法上也有所创新和突破。辛词多种风格并存，或壮怀激烈、英气逼人，或缠绵哀婉、清新活泼，属于辛派的词人还有陈亮等。南宋后期，姜夔的词作意境清空、音律严整，冠绝一时；吴文英的词偏于密丽，一枝独秀；而由宋入元的张炎等词人哀怨歌唱，成了宋词的尾声余韵。

宋诗方面则受到唐诗的巨大影响，宋初主要沿袭中晚唐诗风余韵，推崇李商隐，号西昆体，注重采用典故，风格雍容华贵，但缺乏思想内容，代表诗人有杨亿、刘筠等。西昆体不能反映时代精神，王禹偁、梅尧臣起而矫之，奠定了宋诗发展的基础。北宋影响最大的诗人是苏轼和黄庭坚，苏诗说理抒情，自由奔放，发展了宋诗好议论，散文化的倾向，代表了北宋诗文革新运动的最高成就；黄庭坚重视诗歌的语言创造，有“点铁成金”之说，成为江西诗派的宗主。南宋杰出的诗人当推陆游、范成大和杨万里，他们都出于江西派，终能自成一家。陆游是宋代最杰出的爱国诗人，留下作品近万首，唱出了那个时代的最强音。

欧阳修是宋代诗文革新运动的领袖，宋代散文的奠基人，他坚持“事信言文”的创作主张，力倡平易通达的文风。欧阳修的散文，无论议论或叙事，都写得明畅简洁，而又丰满生动，极富韵味。在欧阳修的提携下，文坛人才辈出，王安石、曾巩、苏洵、苏轼、苏辙，都是一时俊彦，加上唐代的韩愈、柳宗元，被后人尊为“唐宋八大家”，他们的文章成为后世学习散文创作的模范作品。

随着城市的繁荣，通俗文学也得到了发展。宋代的小说主要是“话本”，它原是说话人说书的底本，实即白话短篇小说。宋话本具有两个鲜明的特色：一是市民文学的色彩，是市民表现自己、教育和娱乐自己的文艺，小说的社会性、现实性都得到加强，为以后小说的发展开辟了道路；二是白话文学的特点，话本的语言是白话，比之唐传奇等文言小说，描写更细致生动、曲折有致，更富生活气息。长篇的“讲史”话本也为以后长篇历史小说提供了故事素材。宋代的民间戏曲还处在孕育的初期，但已经具备了中国戏曲艺术的基本特征，是后世戏曲发展的基础和出发点。无论内容还是形式，宋代戏曲都给元杂剧打下了良好的基础。

陈廷焯在《白雨斋词话》中云：“李后主、晏叔原皆非词中正声，而其词则无人不爱，以其情胜也。情不深而为词，虽雅不韵，何足感人？”

第二节 鹧 鸪 天[1]

晏几道

彩袖殷勤捧玉钟[2]，当年拚却醉颜红[3]。舞低杨柳楼心月，歌尽桃花扇底风[4]。

从别后，忆相逢，几回魂梦与君同[5]。今宵剩把银釭照，犹恐相逢是梦中[6]。

(选自《唐宋词简释》，唐圭璋选释，上海古籍出版社，1981 年版)

注释

[1] 鹧鸪天：词牌名，又名《思佳客》、《醉梅花》，双调 55 字，平声韵。

[2] 彩袖：身穿艳丽服装的歌女。　玉钟：珍贵的酒杯。

[3] 拚(pàn)却：甘愿，不顾惜。却：语气词。

[4] 桃花扇：歌舞时用作道具的扇子，绘有桃花。

[5] 同：聚在一起。.

[6] “今宵”二句：化用杜甫《羌村》“夜阑更秉烛，相对如梦寐”的诗句。　剩：尽管。　银釭(gāng)：银灯。

晏几道(1030—约 1106 年)字叔原，号小山，临川(今江西抚州)人，晏殊之子，世称小晏，北宋词人。晏几道出身贵胄，少年春风得意，词名早播，蒙恩入仕，曾任太常寺太祝，熙宁七年(1074 年)因受郑侠案株连入狱，出狱后历任颍昌府许田镇监、乾宁军通判、开封府判官等低微官职。由于出仕前后生活的巨大反差，加上晏几道生性落拓，孤傲自持，仕途蹇仄，生活流徙不定，因而他在词作中“颇有一点托而逃的寄情于诗酒风流的意味”(叶嘉莹语)。黄庭坚在《小山词序》中写道：“仕宦逆蹇，而不能一傍贵人之门，是一痴也；论文自有体，不肯作一新进士语，此又一痴也；费资千百万，家人寒饥，而面有

孺子之色，此又一痴也；人百负之而不恨，已信人，终不疑其欺己，此又一痴也。”小山词多怀往事，抒写哀愁，笔调饱含感伤，深沉真挚，工于言情，清壮顿挫，著有《小山词》。

导读

伤离怨别、遣情遗恨之作在晏几道的词作中居多，而写重逢喜悦则较为少见。这首脍炙人口的名篇，以浓墨重彩的笔触描写词人与一个女子的久别重逢，表达了别后的苦苦相思之情和重逢犹疑是梦的惊喜。

上阕叙写当年欢聚之景，两人一见钟情、心心相印，一个殷勤劝酒，一个拼命痛饮，歌女尽情歌舞，通宵达旦，直唱到没有举扇之力，逸兴遄飞，豪情欢畅。“彩袖”“玉钟”“醉颜红”“杨柳楼”“桃花扇”构成了一幅绚烂多彩的画卷，美不胜收，追忆往事，似实却虚，更具如梦如幻的朦胧美。下阕抒写久别相思与不期而遇的惊喜，初相逢时的欢乐肆意，酣畅淋漓，为钟情至深、别后相思至极、魂牵梦萦作了极好的铺垫，梦中相会终归是空，清醒后的思念更加挥之不去，以致真正相见时，竟怀疑是否犹在梦中，造成了一种迷离惝恍的梦境，情文相生。全词语丽情深，手法精妙，情感细腻，诗情画意。写风流之情，欢愉之境，却尽极沉郁之致，荡气回肠之胜，表现出词人纯真无邪的品性，令人百读不厌。

感悟讨论

1.“舞低杨柳楼心月，歌尽桃花扇底风”一联历来为世人称道，你觉得原因是什么？

2. 黄庭坚在《小山词序》中写了晏几道的“四痴”，谈谈你对晏几道的印象。

3. 有评价小山词“伤感中见豪迈，凄凉中有温暖”，结合你读过的晏几道的词作，谈谈你的看法。

平行阅读

浣　溪　沙

晏　殊

一曲新词酒一杯。去年天气旧亭台。夕阳西下几时回。
无可奈何花落去，似曾相识燕归来。小园香径独徘徊。

阮　郎　归

晏几道

天边金掌露成霜，云随雁字长。绿杯红袖趁重阳，人情似故乡。
兰佩紫，菊簪黄，殷勤理旧狂。欲将沉醉换悲凉，清歌莫断肠。

(选自《唐宋词简释》，唐圭璋选释，上海古籍出版社，1981年版)

柳词意境脱俗，词风真率明朗，语言自然流畅。叶梦得《避暑录话》曰："凡有井水处，皆能歌柳词"，足见北宋第一位专业词人柳永雅俗兼备的词作当年是多么流行。

第三节 玉 蝴 蝶[1]

柳 永

望处雨收云断，凭阑悄悄，目送秋光。晚景萧疏[2]，堪动宋玉悲凉[3]。水风轻、蘋花渐老。月露冷、梧叶飘黄。遣情伤。故人何在，烟水茫茫。

难忘。文期酒会[4]，几孤风月，屡变星霜[5]。海阔山遥，未知何处是潇湘[6]？念双燕、难凭远信，指暮天，空识归航。黯相望，断鸿声里，立尽斜阳。

(选自《唐宋词简释》，唐圭璋选释，上海古籍出版社，1981 年版)

注释

[1] 玉蝴蝶：词牌，有小令及长调两体。小令，双调，上下阕各三平声韵，四十一字。长调，双调，九十九字(亦有九十八字体)，平声韵。

[2] 萧疏：寂寥，凄凉。

[3] 堪动宋玉悲凉：宋玉在《九辩》中首章之开端"悲哉秋之为气也，萧瑟兮草木摇落而变衰"确立了诗歌的悲秋传统。面对此景，宋玉的悲秋情怀引起词人的共鸣。

[4] 文期酒会：文人定期举行的诗酒集会。

[5] 星霜：星辰运转，一年循环一次，每年秋季降霜，因此以星霜指代年岁，表示岁月更换。

[6] 潇湘：原是潇水和湘水之称，泛指所思之处。

柳永(约 987—约 1053 年)字耆卿，原名三变，后改名永，排行第七，又称柳七。柳永官至屯田员外郎，故世称柳屯田，北宋婉约派词人，早年随父在汴京，以写词知名，自称"奉旨填词柳三变"。柳永由于仕途坎坷、生活潦倒，由追求功名转而厌倦官场，沉溺于旖旎繁华的都市生活，在"倚红偎翠""浅斟低唱"中寻找寄托。作为北宋第一个专事写词的词人，柳永在词坛上有着重要地位。其词主题多写男女恋情、伤春悲秋、都市繁华、羁旅生活。他精通音律，善于吸收民间词的精华，多用口语入词，扩大了词境。他创作了大量的慢词，发展了铺叙手法，促进了词的通俗化、口语化。柳词曲折委婉、情深绵渺，构词意境脱俗，词风真率明朗，语言自然流畅。刘熙载谓其词："细密而妥溜，明白而家常，善于叙事，有过前人。"叶梦得《避暑录话》说："凡有井水处，皆能歌柳词。"可见柳词流传之广，影响之大。现存《乐章集》。

导读

柳永以善写羁旅生活和离情别绪著称，本篇为柳词的名篇。词中抒写了对远方故人的怀念，集写景和叙事、忆旧与怀人、羁旅和别愁于一体，情景交融，吐露出内心的惆怅和

伤感。

词分上下两阕。上阕以写景为主，景中有情。“望处雨收云断”，是写即目所见之景，“望处”二字，统揽全篇。凭栏远望，“悄悄”二字，已含悲意。面对黄昏的萧疏秋景，宋玉的悲秋情怀和身世感慨，涌上柳永的心头，引起他的共鸣。“水风轻、蘋花渐老”既是写眼前所见景物，也寄寓着词人寄迹江湖、华发渐增的感慨。触景生情，想到不知故人今在何方，内心充满了惆怅与哀感。下阕以“难忘”二字唤起回忆，以情为主，情中有景，妙合无垠。词人回忆起与故人在一起时的“文期酒会”，至今难忘，以昔日之欢会反衬长期分离之苦，从而转到眼前的思念，波澜起伏、错落有致。分离之后，已经物换星移、秋光几度，不知有多少良辰美景因无心观赏而白白地错过了。“几孤”、“屡变”言离别之久，旨在强化与故人别后的怅惘。“海阔山遥”，又从回忆转到眼前的思念，盼故人归来，却又一次次地落空，所以“指暮天、空识归航”，一个“空”字，把急盼故人归来、思念友人之情表现得淋漓尽致，“立尽斜阳”，则折射出自己长年羁旅、怅惘不堪的留滞之情。

这首词层次分明，结构完整，脉络井然，语言自然本色，修辞既不雕琢，又不轻率，贴合地传达了诗人情感的律动，雅俗共赏、韵味隽永。

感悟讨论

1. 这首词是如何做到情中有景、景中有情的？
2. 找出这首词几个统摄全篇的关键词，体会其作用。
3. 阅读《八声甘州》《凤栖梧》，体会柳词的特点。

平行阅读

八声甘州

柳　永

对潇潇暮雨洒江天，一番洗清秋。渐霜风凄紧，关河冷落，残照当楼。是处红衰翠减，冉冉物华休。惟有长江水，无语东流。

不忍登高临远，望故乡渺邈，归思难收。叹年来踪迹，何事苦淹留。想佳人、妆楼颙望，误几回、天际识归舟。争知我、倚阑干处，正恁凝愁。

凤栖梧

柳　永

伫倚危楼风细细，望极春愁，黯黯生天际。草色烟光残照里，无言谁会凭栏意。

拟把疏狂图一醉。对酒当歌，强乐还无味。衣带渐宽终不悔，为伊消得人憔悴。

（选自《唐宋词简释》，唐圭璋选释，上海古籍出版社，1981 年版）

诗言志词缘情，李清照认为词与诗有严格的界限，提出“词别是一家”，成一家之言。易安词风格婉约，语言清丽晓畅，声色自然。

第四节　醉　花　阴[1]

李清照

薄雾浓云愁永昼[2]，瑞脑消金兽[3]。佳节又重阳[4]，玉枕纱厨[5]，半夜凉初透。

东篱把酒黄昏后[6]，有暗香盈袖[7]。莫道不销魂[8]，帘卷西风[9]，人比黄花瘦[10]。

(选自《唐宋词简释》，唐圭璋选释，上海古籍出版社，1981年版)

注释

[1] 醉花阴：词牌，双调小令，仄韵格，五十二字，上下阕各五句。

[2] 永昼：悠长的白天。

[3] 瑞脑：即龙脑，一种香料。　金兽：兽形的铜香炉。

[4] 重阳：农历九月九日。

[5] 玉枕：即瓷枕。　纱厨：即碧纱橱。在床榻上架起木架，蒙上绿纱，用来驱蚊。

[6] 东篱：指菊圃。陶渊明《饮酒(其五)》有诗句“采菊东篱下，悠然见南山”，后即以东篱指代赏菊之处。

[7] 暗香：幽香，这里指菊花的香气。

[8] 销魂：忧伤。

[9] 帘卷西风：即“西风卷帘”的倒文。

[10] 黄花：菊花。

李清照(1084—约 1151 年)号易安居士，济南(今山东济南)人，婉约派代表词人，生于书香门第，父亲李格非是著名学者，在家庭熏陶下，少年时代便文采出众，对诗词、散文、书画、音乐无不通晓，以词的成就最高。丈夫赵明诚是宋朝宰相赵挺之之子，金石学家，两人志趣相投，相濡以沫，以收集金石字画、互比文采为趣。金兵南下，赵明诚病死，李清照孤苦漂泊于江南，晚年凄凉。李清照的词作，以 1126 年靖康之变为界，前期多闺情相思之作，清丽明快；后期大多抒写个人身世的哀痛和河山破碎的感慨，怀乡忆旧，情调悲伤。李清照的词作风格鲜明独特，形成了自己的艺术风格——“易安体”，她不追求砌丽的藻饰，而是用白描的手法来表现对周围事物的敏锐感触，刻画细腻的心理活动，表达丰富的感情体验，塑造生动的艺术形象，语言清丽，富有创造性，将“语尽而意不尽，意尽而情不尽”的婉约风格发展到了极致。《词论》是词学史上第一篇以史带论的词学论文，李清照研究了北宋词的形式与特点，评析了词坛名家创作倾向及特征，提出了词“别是一家”的观点。她的艺术成就得到后人的高度赞扬，后人有《漱玉词》辑本。

导读

这首词是寄给词人丈夫赵明诚的相思之作，表现了李清照重阳佳节孤身独处，对丈夫

的深切思念。元人伊世珍在《琅嬛记》卷中云：“易安以重阳《醉花阴》词函致明诚。明诚叹赏，自愧弗逮，务欲胜之。一切谢客，忘食寝者三日夜，得五十阕。杂易安作，以示友人陆德夫。德夫玩之再三，曰：‘只有三句绝佳。’明诚诘之，答曰：‘莫道不消魂，帘卷西风，人比黄花瘦。’政(正)是易安作也。”这件逸闻未必准确，但由此不难看出《醉花阴》一词颇具艺术特色。

上阕从季候天气入手，写秋日无聊。“愁永昼”三字，突出了词人内心烦闷难挨、百无聊赖，“永昼”多用以形容夏日，而时下已是昼短夜长的深秋季节，可知“永昼”是心理错觉，词人借此点出了她独守空闺、度日如年之感。“瑞脑消金兽”，枯坐铜香炉旁，看炉中的香料一点点地消融，更觉寂寞，“半夜凉初透”，则暗示了她辗转反侧、难以成眠。下阕承“愁永昼”之意，再作铺垫，把酒、赏菊本是重阳应景之举，但在词中却成了李清照思念之情的寄托。“有暗香盈袖”，既表现了雅淡如菊的情怀，也隐含夫妻离别之愁，“莫道不消魂，帘卷西风，人比黄花瘦”，因花瘦而触及己瘦，以人比菊，设喻新奇工妙，言情含蓄蕴藉，勾勒出一个因愁而消瘦的才女形象。

词人写菊，字面上没有出现“菊”；词人写愁，全篇未现“愁”字，而菊的淡雅情怀和相思之愁却统摄全篇，令人感觉无处不在。词人善于把深挚的情感表现得含蓄蕴藉，显示出婉约派词作的独特韵味。

感悟讨论

1. 这首词总体的特点是什么？表现了怎样的情感？
2. 说说你对“莫道不消魂，帘卷西风，人比黄花瘦”三句的理解。
3. 阅读《一剪梅》和《永遇乐》，比较李清照前后期词作的不同。

平行阅读

一　剪　梅

李清照

红藕香残玉簟秋。轻解罗裳，独上兰舟。云中谁寄锦书来？雁字回时，月满西楼。
花自飘零水自流，一种相思，两处闲愁。此情无计可消除，才下眉头，却上心头。

永　遇　乐

元宵

李清照

落日熔金，暮云合璧，人在何处？染柳烟浓，吹梅笛怨，春意知几许？元宵佳节，融和天气，次第岂无风雨？来相召、香车宝马，谢他酒朋诗侣。

中州盛日，闺门多暇，记得偏重三五。铺翠冠儿，撚金雪柳，簇带争济楚。如今憔悴，风鬟霜鬓，怕见夜间出去。不如向、帘儿底下，听人笑语。

(选自《唐宋词选》，中国社科院文学研究所编，人民文学出版社，1981 年版)

以豪放的风格把边塞题材带入词坛，使词从“花间”“樽前”走向了反映更为广阔的人生，实为文人词在词史上的一个重大变革，开苏、辛豪放词之先声。

第五节　渔　家　傲[1]

范仲淹

塞下秋来风景异[2]。衡阳雁去无留意[3]。四面边声连角起[4]。千嶂里[5]，长烟落日孤城闭。浊酒一杯家万里，燕然未勒归无计[6]。羌管悠悠霜满地。人不寐，将军白发征夫泪。

(选自《唐宋词简释》，唐圭璋选释，上海古籍出版社，1981 年版)

注释

[1] 渔家傲：词牌名，双调六十二字，仄声韵。

[2] 塞下：边塞之地，指西北边疆。

[3] 衡阳雁去：“雁去衡阳”的倒装句。相传北雁南飞，到湖南衡阳止。

[4] 角：军中的号角。

[5] 嶂：高险如屏障的山峰。

[6] 燕然未勒：指征战无功。燕然：山名，今蒙古国境内杭爱山。勒：雕刻。《后汉书·卷二十三》载，著名将领窦宪大破北匈奴，“登燕然山，去塞三千余里，刻石勒功，纪汉威德”。

范仲淹(989—1052 年)字希文，苏州吴县(今江苏苏州)人，北宋政治家、文学家，1015 年中进士，晏殊荐为秘阁校理，后任西溪盐官，1043 年任参知政事，奉诏条上十事：“明黜陟，抑侥幸、精贡举、择长官、均公田、厚农桑、修武备、推恩信、重命令、轻徭役”，仁宗颁行，史称“庆历新政”。新政推行不到半年，因贵族官僚的反对而失败。范仲淹即罢参知政事之职，离京出任陕西四路宣抚使，抵御西夏。庆历五年(1045年)初，仁宗废新法，范仲淹被罢免，1052 年病死，卒年六十四岁，谥文正。范仲淹善书工词，文武双全，是一位正直有理想的政治家，虽几次遭受贬谪，朝中又有不少政敌，但他依然“以天下为己任”，“日夜谋虑兴致太平的君国大事”。他的著名散文《岳阳楼记》有“先天下之忧而忧，后天下之乐而乐”的名句，被后世广为传诵。

导读

北宋初期，词坛上充斥着“花间”“樽前”，范仲淹在词方面，除了继承前代婉约词风之外，还进行了一些革新，扩大了词的题材和主题，使词具有更广泛的社会内容和豪放的风格，表现出承前启后的特质，成为词史上文人词的一个重大变革。这首《渔家傲》便是作者身处军旅的感怀之作。

上阕描绘边地的荒凉景象。起句“塞下秋来风景异”指出“塞下”这一特定地域，并以“异”字领起全篇，为下阕怀乡思归之情埋下了伏线。“衡阳雁去无留意”既是写北雁

南飞，更揭示了戍边将士的内心，衬托出雁去而人却不得去的情感。接着通过“边声”、“角起”和“千嶂”“孤城”等意象的描绘，把边地的荒凉景象渲染得有声有色，令人百感交集。下阕写戍边战士厌战思归的心情。“浊酒一杯”难解思乡之愁，长期戍边而破敌无功难免“归无计”的慨叹。“羌管悠悠霜满地”写夜景，更添凄清、悲凉之感。“人不寐”，补叙上句，表明自己彻夜未眠，徘徊于庭。“将军白发征夫泪”，由己而及征夫总收全词，直抒胸臆和借景抒情相结合，抒发了壮志难酬的感慨和郁结于胸的忧国情怀。

全词意境开阔、苍凉沉郁、形象生动、鲜明真切，反映出作者耳闻目睹、亲身经历的场景，鲜活生动地揭示了作者和戍边将士们独特的精神世界。

感悟讨论

1. 分析概括这首词的艺术表现特点。
2. 结合熟悉的苏词、辛词，理解这首《渔家傲》在词史上的地位和意义。
3. 阅读《苏幕遮》《御街行》，体味范仲淹另一种风格的词作，试与《渔家傲》作一比较分析。

平行阅读

苏　幕　遮

范仲淹

碧云天，黄叶地。秋色连波，波上寒烟翠。山映斜阳天接水。芳草无情，更在斜阳外。

黯乡魂，追旅思。夜夜除非，好梦留人睡。明月楼高休独倚。酒入愁肠，化作相思泪。

御　街　行

范仲淹

纷纷坠叶飘香砌。夜寂静，寒声碎。真珠帘卷玉楼空，天淡银河垂地。年年今夜，月华如练，长是人千里。

愁肠已断无由醉。酒未到，先成泪。残灯明灭枕头敧，谙尽孤眠滋味。都来此事，眉间心上，无计相回避。

(选自《唐宋词简释》，唐圭璋选释，上海古籍出版社，1981 年版)

> 南宋文学家刘辰翁在《辛稼轩词序》中这样评价苏东坡的词作：“词至东坡，倾荡磊落，如诗，如文，如天地奇观。”

第六节　八 声 甘 州[1]

寄 参 寥 子[2]

苏　轼

有情风万里卷潮来，无情送潮归。问钱塘江上，西兴浦口[3]，几度斜晖？不用思量今古，俯仰昔人非。谁似东坡老，白首忘机[4]。

记取西湖西畔，正春山好处，空翠烟霏[5]。算诗人相得[6]，如我与君稀[7]。约他年，东还海道，愿谢公雅志莫相违[8]。西州路，不应回首，为我沾衣[9]。

(选自《唐宋词选》，中国社科院文学研究所编，人民文学出版社，1981 年版)

注释

[1] 八声甘州：词牌名，双调九十七字，上阕四十六字，下阕五十一字，因全词上下阕共八韵，故名八声。

[2] 参寥子：即僧人道潜，字参寥，浙江于潜人，精通佛典，工诗，苏轼与之交厚。

[3] 西兴：即西陵，在钱塘江南，今杭州市对岸。　浦：水滨。

[4] 忘机：忘却心机，与世无争。李白的《下终南山斛斯山人宿置酒》：“我醉君复乐，陶然共忘机。”

[5] 烟霏：云烟弥散。

[6] 相得：相投合。

[7] 稀：少。

[8] “约他年”三句：以东晋谢安的故事喻归隐之志。《晋书·谢安传》：“安虽受朝寄，然东山之志始末不渝，每形于言色。”　东山之志：回东山隐居的想法。

[9] “西州路”三句：《晋书·谢安传》载：“羊昙者，太山人，知名士也，为安所爱重。安薨后，辍乐弥年，行不由西州路。”此处是说自己要实现谢公之志，但要活着回来，绝不要参寥像羊昙那样痛哭于西州路。　西州：即西州城，东晋时所筑，故址在今江苏南京。

苏轼(1037—1101 年)字子瞻，号东坡居士，眉州(今四川眉山)人，北宋文学家、书画家，父苏洵、弟苏辙都是著名古文学家，世称“三苏”，宋仁宗嘉祐二年(1057 年)进士，宋神宗熙宁年间，因与王安石意见不合，自请外放，历任杭州通判，密州、徐州、湖州知州。元丰二年(1079 年)，苏轼因被诬作诗“谤讪朝廷”，遭弹劾，被捕入狱，史称“乌台诗案”，后贬为黄州团练副使，宋哲宗时累迁中书舍人、翰林学士，出知杭州、颍州，后又以“为文讥斥朝廷”罪名远谪广东、海南。苏轼一生官海沉浮，历经坎坷，思想上常有出世与入世的矛盾，但每失意时，能达观自解，始终保持进取、欲有所为的精神。苏轼在文艺创作的各方面都有突出的成就：散文自然畅达、随物赋形，为“唐宋八大家”之一；诗作大都抒写仕途坎坷的感慨，也有反映民生疾苦、揭露现实黑暗之作，豪迈清新，尤长于比喻，与黄庭坚并称“苏黄”；词开豪放一派，突破了晚唐以来艳词的窠臼，扩大了词的题材，丰富了词的意境，冲破了诗庄词媚的界限，与辛弃疾并称“苏辛”。刘辰翁在《辛稼轩词序》说：“词至东坡，倾荡磊落，如诗，如文，如天地奇观。”有《苏东坡集》《东坡乐府》。

导读

此词作于元祐六年(1091 年)，苏轼由杭州太守被召为翰林学士承旨，离杭时写下这首赠别词，表达了词人与友人参寥相契如一的志趣和亲密无间、荣辱不渝的感情。

上阕写景、议论、抒情相结合。“有情风万里卷潮来，无情送潮归。”起句超逸旷远，气势不凡，以钱塘江比喻人世的聚散离合，充分表现了词人的逸怀浩气，同时又以天地万物的无情反衬人之有情。接着以“问”字领起下文，“钱塘江上，西兴浦口，几度斜辉？”词人发出了感喟：落日残照中的钱塘潮见证了多少次世间聚散离合！“斜晖”一则承前面的“潮归”，同时也是古典诗词中与离情结合的独特意象。“不用思量今古，俯仰昔人非。”今古变迁，不去思量了，低头抬头之间，往事已成过眼云烟，词人纵阅古今之变，表明心迹：“谁似东坡老，白首忘机。”表现了诗人超脱旷达、淡泊宁静的心境。下阕追忆往事，借用典故表明心迹。“记取西湖西畔，正春山好处，空翠烟霏。算诗人相得，如我与君稀。”将旧日漫游的地点、季节、景色以及二人相知相得的珍贵友谊一一写出，意境清新，情谊深挚。最后六句则借用谢安、羊昙的故事安慰老友，表明志向。《晋书·谢安传》载，谢安起初在会稽东山隐居，朝廷请他出山做宰相，后被贬，谢安要从海路回会稽东山继续隐居，但他是病中被人抬着从西州路过的，谢安死后，羊昙无比哀痛。此后路过西州门都要绕道而行。词人借用这个典故一方面表达了对和自己情感笃厚的参寥的安慰；另一方面也表达了超然物外的退隐江湖之心，抒发了真挚的情感，表达了高逸的情怀。

全词气势恢宏，笔力雄健，清朗疏宕，境界高逸，情深义重。

感悟讨论

1. 这首词表达了词人怎样的思想感情？采用了哪些表现手法？
2. 结合苏词体会豪放派词风和特点。

平行阅读

卜　算　子

黄州定惠院寓居作

苏　轼

缺月挂疏桐，漏断人初静。谁见幽人独往来，缥缈孤鸿影。
惊起却回头，有恨无人省。拣尽寒枝不肯栖，寂寞沙洲冷。

南　乡　子

送述古

苏轼

回首乱山横，不见居人只见城。谁似临平山上塔，亭亭，迎客西来送客行。
归路晚风清，一枕初寒梦不成。今夜残灯斜照处，荧荧，秋雨晴时泪不晴。

(选自《唐宋词选》，中国社科院文学研究所编，人民文学出版社，1981年版)

辛弃疾以满腔的爱国豪情，唱出一曲英雄悲歌，格调苍劲，壮怀激烈，读来力重千钧，振聋发聩。

第七节　贺　新　郎[1]

同父见和再用韵答之[2]

辛弃疾

老大那堪说[3]。似而今、元龙臭味[4]，孟公瓜葛[5]。我病君来高歌饮，惊散楼头飞雪。笑富贵、千钧如发。硬语盘空谁来听，记当时，只有西窗月。重进酒，换鸣瑟。

事无两样人心别。问渠侬[6]：神州毕竟，几番离合。汗血盐车无人顾[7]，千里空收骏骨[8]。正目断、关河路绝。我最怜君中宵舞[9]，道“男儿到死心如铁”。看试手，补天裂。

(选自《唐宋词选》，中国社科院文学研究所编，人民文学出版社，1981 年版)

注释

[1] 贺新郎：词牌名，双调，一百十六字，上阕五十七字，下阕五十九字，上下阕各六仄韵。

[2] 陈亮(1143—1194 年)，原名汝能、字同父，后改名陈亮，南宋文学家、思想家。

[3] 老大：年老。

[4] 元龙臭味：与元龙气味相投。陈登，字元龙，东汉末年人。《三国志·魏志·陈登传》载：陈元龙有“湖海之士，豪气不除”的称誉，对不能忧国忘家的许汜不予理睬，受到刘备的赞许。　臭味：气味，情趣。

[5] 孟公瓜葛：与孟公建立了情谊。陈遵字孟公，西汉末年著名游侠，嗜酒常醉，好结交豪杰。　瓜葛：比喻关系相连。

[6] 渠侬：他，他们，古代吴地方言。

[7] 汗血盐车：骏马拉运盐的车子。　汗血：骏马，后以之比喻人才埋没受屈。

[8] 千里空收骏骨：源于《战国策·燕策》：燕昭王即位后广招贤能，郭隗就讲了一个古代君王以千金求千里马的故事，说涓人去找千里马，三个月才找到，可千里马已死，于是用五百金买了马骨头。君王大怒，涓人说，死马尚且花五百金买来，何况活马呢？果然，不出一年，来了很多千里马。

[9] 中宵舞：东晋祖逖立志北伐，在半夜听到鸡叫就起来舞剑，比喻有志报国的人及时奋起。

辛弃疾(1140—1207 年)原字坦夫，改字幼安，中年名所居曰稼轩，因此自号“稼轩居士”，历城(今山东济南)人，南宋爱国词人。辛词以境界阔大、感情豪爽开朗著称，强烈的爱国主义思想和战斗精神是其基本思想内容。辛弃疾总是以炽热的感情与崇高的理想来拥抱人生，更多地表现出英雄的豪情与英雄的悲愤。因此，主观情感的浓烈、主观理念的执着，构成了辛词的一大特色。辛弃疾存词六百多首，有《稼轩长短句》。

导读

宋孝宗淳熙十五年(1188 年)冬，陈亮自浙江东阳来江西上饶北郊带湖访问辛弃疾。辛弃疾和陈亮纵谈天下大事，议论抗金复国，极为投契。陈亮在带湖住了十天，又同游鹅湖。后来，陈亮因朱熹失约未来紫溪，匆匆别去。辛弃疾思念陈亮．曾先写《贺新郎》一首寄给陈亮。陈亮很快就和了一首《贺新郎寄辛幼安和见怀韵》。辛弃疾见到陈亮的和词以后，再次回忆他们相会时的情景而写下了这首词。

这首词上阕写友情。前四句以陈登、陈遵作比，说明作者与陈亮思想一致、情投意合的深厚友谊；中三句写他们旷达的胸怀与不慕富贵荣华的高尚情操；后四句写他们为国事担忧而发的恢宏议论以及因无人响应而产生的牢骚。下阕论国事。前四句从抗战派与投降派的尖锐矛盾出发，提出了为什么祖国遭受分裂这一严重问题，实际上是对南北分裂已成定局这一投降主义谬论的批判；中四句通过千里马的遭遇，摆出了人才不得重用却又高喊搜罗人才以致堵塞了收复中原的通路这一严酷现实，揭露了投降派坚持屈辱求和打击抗战派的反动政策；最后四句通过“男儿到死心如铁”和“补天裂”这样铿锵有力的语言，表达了他们争取祖国统一的决心。这首词形象地反映了作者和陈亮在思想一致的基础上所结成的战斗友谊，抒发了他们坚持抗战、志在统一的壮志豪情。

这是一首唱和词，但与一般酬答往来的庸俗之作大不相同，它写得感情饱满、痛快淋漓．内容丰富、形象鲜明。值得提出的是，这首词始终注意描绘和歌颂陈亮这一胸怀大志的人物形象。就全词来看，作者的笔墨主要集中在以下三个方面：一是通过历史人物来赞美陈亮的宽阔胸怀与远大理想；二是通过对时政的抨击和对富贵的蔑视来突出陈亮的高尚品格；三是通过陈亮的言论“男儿到死心如铁”来歌颂陈亮为国牺牲的决心和坚定立场。词中把写景、抒情、用典结合在一起，具有浓厚的浪漫主义气息。

感悟讨论

1. 体悟这首词的感情特征，领会辛弃疾的爱国豪情和辛词“肝肠似火”的特色。

2. 结合辛弃疾作为词人的成就与作为爱国志士的功业两方面，讨论他作为词人之“幸”与作为志士之“悲”。

平行阅读

贺 新 郎

辛弃疾

把酒长亭说。看渊明、风流酷似，卧龙诸葛。何处飞来林间鹊，蹙踏松梢微雪。要破帽、多添华发。剩水残山无态度，被疏梅、料理成风月。两三雁，也萧瑟。

佳人重约还轻别。怅清江、天寒不渡，水深冰合。路断车轮生四角，此地行人销骨。问谁使、君来愁绝？铸就而今相思错，料当初、费尽人间铁。长夜笛，莫吹裂。

水龙吟

登建康赏心亭

辛弃疾

楚天千里清秋，水随天去秋无际。遥岑远目，献愁供恨，玉簪螺髻。落日楼头，断鸿声里，江南游子。把吴钩看了，栏杆拍遍，无人会，登临意。

休说鲈鱼堪脍，尽西风，季鹰归未？求田问舍，怕应羞见，刘郎才气。可惜流年，忧愁风雨，树犹如此！倩何人，唤取红巾翠袖，揾英雄泪！

(选自《唐宋词简释》，唐圭璋选释，上海古籍出版社，1981年版)

西昆体是宋初诗坛上声势最盛的诗歌流派，因《西昆酬唱集》而得名。西昆体咏物抒情，吟风唱月，写光景流连，歌帝王故事，语言典丽精工，一时风行。

第八节　汉　武

杨　亿

蓬莱银阙浪漫漫[1]，弱水回风欲到难[2]。光照竹宫劳夜拜[3]，露漙金掌费朝餐[4]。力通青海求龙种[5]，死讳文成食马肝[6]。待诏先生齿编贝，那教索米向长安[7]？

(选自《西昆酬唱集注》，王仲荦注，中华书局，1980年版)

注释

[1] 蓬莱银阙浪漫漫：《史记·封禅书》载，传渤海之中有蓬莱、方丈、瀛洲三神山，中有仙人及长生不老之药，以金银为宫阙，临之，风辄引去，终莫能至。

[2] 弱水：古籍中载弱水有多处，这里用汉东方朔所撰《十洲记》中的典故：凤麟洲在西海之中央，地方一千五百里。洲四面有弱水绕之，鸿毛不浮，不可越也。　回风：盘旋的狂风。

[3] 竹宫：汉武帝时宫殿甘泉宫中的祠宫，以竹筑成。汉武帝曾令人升甘泉通天台以候天神，看到天神像大流星似的下降到祭所(实即看见流星)，自己便在竹宫中拜望。见《汉书·礼乐志》。

[4] “露漙”(tuán)句：汉武帝于神明台上造承露盘，立铜仙人舒掌以接甘露，和玉屑饮之，以为可以延年益寿。　漙：露多貌。　费：抵充。

[5] “力通”句：汉武帝曾得神马于敦煌渥洼水侧，得千里马于大宛，皆非青海地。据《北史·吐谷浑》载：“青海周回千余里，海内有小山。每冬冰合后，以良牝马置此山，至来春收之，马皆有孕，所生得驹，号为龙种，必多骏异。”杨诗盖由神马而连及青海龙种。

[6] “死讳”句：讳：掩饰。　齐人少翁曾以鬼神方术见汉武帝，被封为文成将军。后因其方术无效，神亦不至，乃被杀。后少翁同学栾大又对武帝说，他曾见过仙人，可得不死之药，但恐会像文成那样被杀，所以不敢说。武帝说：“文成食马肝死耳。”古

人误以为马肝有毒，能死人。事实上，少翁欺骗了汉武帝，汉武帝又欺骗了栾大，最后，栾大也被杀。事见《史记·封禅书》。

[7] “待诏”二句：东方朔初次向汉武帝上书时，自夸“臣朔年二十二，长九尺三寸，目若悬珠，齿若编贝”，武帝便令待诏公车，后他用谎言恐吓汉武帝骑从侏儒，被武帝责问，东方朔说：“侏儒长三尺余，奉一囊粟，钱二百四十。臣朔长九尺余，亦奉一囊粟，钱二百四十。侏儒饱欲死，臣朔饥欲死。臣言可用，幸异其礼；不可用，罢之，无令但索长安米。”汉武帝大笑，因使待诏金马门，给予了特殊的优待。事见《汉书·东方朔传》。　　长安：汉都城，今陕西西安。

杨亿(974—1020 年)字大年，建州浦城(今福建建瓯)人，少时即善属文，甚为太宗赏识，淳化三年(992年)赐进士及第，直集贤院，真宗时官翰林学士，兼史馆修撰，曾修《太宗实录》与《册府元龟》，卒赠礼部尚书，谥曰文。杨亿性耿介，尚气节，在政治上支持丞相寇准抵抗辽兵入侵，反对宋真宗大兴土木，求仙祀神的迷信活动。杨亿文格雄健，才思敏捷，诗学李商隐，以雕采巧丽为尚，好堆砌典故，内容则多写身边琐事，与刘筠等十七人唱和，编为《西昆酬唱集》，创西昆体。

导读

宋真宗执政年间，醉心符瑞，京师四裔纷纷附会天象，虚早祥瑞，“一国君臣如病狂然”，朝野上下弥漫着虚妄的吉祥喜庆的氛围，一时间引起了朝中有见识的士大夫的焦虑与不安。杨亿、刘筠等人以《武帝》为题唱和，杨亿的这首诗就是其中具有代表性的一篇，诗人力斥汉武帝求仙之虚妄，借古喻今，讥刺真宗时期的迷信风气，并对真宗薄遇臣民进行了暗讽。

这首诗是西昆体的典型之作，词藻繁丽，对偶精切，句句用事。全篇四联八句，句句都有典出，紧扣诗题。《汉武》可分为两层，前六句为一层，充分展示了汉武帝求仙之虚妄。首联写天路漫漫，仙界渺茫难求；颔联承上而来，写汉武帝为通神而竹宫夜拜，饮露以求长生；颈联虽写力求良马，却依然无法升天，徒以谎言掩饰求仙通神之虚。结尾两句为第二层，用东方朔长安索米的典故，讥刺武帝不顾民生疾苦，含蓄蕴藉，意在言外。据沈括的《梦溪笔谈》所记，杨亿任翰林学士时不兼他职，故俸不多，又家贫，因此在请求外调的表词中说：“虚忝甘泉之从臣，终作莫敖之馁鬼。从者之病莫兴，方朔之饥欲死。”诗人实为自比东方朔，曲折地表达了对宋真宗的不满，体现了讽喻精神。

用典妥帖、语言精工是此诗的最大特点。西昆体以学李商隐相标榜，以李商隐为楷模的诗歌风尚主宰了宋初整个诗坛。这首诗是西昆体的成功之作，清纪昀评云：“此便欲直逼义山。”

感悟讨论

1. 西昆体重形式，轻内涵。有别于一般的西昆体，《汉武》是一首形式、内涵具美的作品，试说明其原因。

2. 阅读《泪》和《咏傀儡》，试比较这两首诗风格有何不同。

平行阅读

泪(二首选一)

杨亿

锦字梭停掩夜机，白头吟苦怨新知。
谁闻陇水回肠后，更听巴猿拭袂时。
汉殿微凉金屋闭，魏宫清晓玉壶攲。
多情不待悲秋气，只是伤春鬓已丝。

咏傀儡

杨亿

鲍老当庭笑郭郎，笑他舞袖太郎当。
若叫鲍老当庭舞，转更郎当舞袖长。

(选自《西昆酬唱集注》，王仲荦注，中华书局，1980 年版)

黄庭坚诗文俱佳，虽是苏门四学士之一，但是诗歌与书法与苏轼齐名，并极重孝道，苏轼曾评价他“瑰伟之文妙绝当世，孝友之行追配古人”。

第九节 寄黄几复[1]

黄庭坚

我居北海君南海[2]，寄雁传书谢不能[3]。
桃李春风一杯酒，江湖夜雨十年灯。
持家但有四立壁[4]，治病不蕲三折肱[5]。
想见读书头已白，隔溪猿哭瘴溪藤[6]。

(选自《宋诗三百首》，金性尧选注，上海古籍出版社，1995 年版)

注释：

[1] 黄几复：名介，江西南昌人，黄庭坚少年时好友，时任广州四会(今广东四会县)县令，仕于岭南达十年，元祐三年(1088 年)卒于京师，山谷作《黄几复墓志铭》。

[2] 我居北海君南海：《左传·僖公四年》载，齐将伐楚，楚成王派人对齐桓公说：“君处北海，寡人处南海，惟是风马牛不相及也。”

[3] 谢：辞谢。传说雁南飞不过衡阳。

[4] 四立壁：引自《史记·司马相如传》：“文君夜奔相如，相如驰归成都，家徒四壁立。”

[5] 蕲(qí)：祈求。　肱：上臂，手臂由肘到肩的部分。《左传·定公十三年》：“三折肱，知为良医。”

[6] 瘴溪：旧传岭南边远之地多瘴气。

黄庭坚(1045—1105 年)字鲁直，号涪翁，又号山谷道人，北宋诗人、词人、书法家。黄庭坚原籍金华，洪州分宁人(今江西修水)，天资聪颖，自幼能诗，七岁就以《牧童诗》远近闻名，二十二岁参加省试时，因一句“渭水空藏月，傅岩深锁烟”被主考官李询赞不绝口，第二年登进士第，授叶县尉，国子监教授、太和县令、德平镇监镇等地方性低级官职，元丰八年(1085 年)四月被召为秘书省校书郎，后因编修《神宗实录》，被贬于涪州、黔州、戎州，靖国元年(1101 年)出峡东归，但于崇宁二年(1103 年)十一月受到“除名，羁管宜州”的严厉打击，次年夏到达宜州，崇宁四年(1105 年)九月逝世。黄庭坚尤长于诗，开创“江西诗派”，与苏轼并称“苏黄”，与张耒、秦观、晁补之并称“苏门四学士”，在书法方面，与苏轼、米芾、蔡襄并称“宋代四大家”。

导读

此诗作于神宗元丰八年(1085 年)，是诗人在德州(今山东德州市)德平镇任上寄给好友黄几复的，倾诉了浓浓的别离之感和深深的怀念之情。

首联以浩然之笔道出了二人在空间上的邈远，诗人当时在山东德平县，离渤海很近，故称“北海”，而黄介正处广东四会，离南海很近，故称“南海”，看似自然平淡的语言，巧妙地化用了典故，“鸿雁”的意象则为思念之情增添了几许伤感。颔联“桃李春风一杯酒，江湖夜雨十年灯”是历来为世人称道的名句，桃李、春风、江湖、夜雨、一杯酒、十年灯，诗人精巧地运用六个名词排列，浓缩了过去十年间的光景，暂聚与久别、漂泊与思念、快意与失望，对比强烈，意境优美，所表达的物是人非的凄婉之情则令人扼腕，为之动容。颈联巧用《史记》和《左传》典故，写黄介为官清正廉洁，作为一县之官，虽具有杰出的政治才能，但四壁空空，生活清苦，既是对友人品格操守的称赞，也是为友人境遇鸣不平，表达怀才不遇的愤懑之情。尾联写友人勤奋苦读诗书，到了垂暮之年生活境遇极其艰苦，全诗在悲凉的猿声中结束，不平之鸣和怜才之意溢于言表，有对友人境遇的担忧和感慨，也有对自己人生的反思和怅惘。

作品情感真挚，对比强烈，语有气骨，同时诗中熔经铸史，多用典故、诗律峭拗，形成了雄浑厚重独特的艺术风格。

感悟讨论

1. 诗中用了哪些典故？表达了诗人怎样的情感？
2. 历来最被人称道的句子是哪句？为什么？谈谈你的看法。

平行阅读

登快阁

黄庭坚

痴儿了却公家事，快阁东西倚晚晴。
落木千山天远大，澄江一道月分明。
朱弦已为佳人绝，青眼聊因美酒横。
万里归船弄长笛，此心吾与白鸥盟。

雨中登岳阳楼望君山

黄庭坚

投荒万死鬓毛斑，生出瞿塘滟滪关。
未到江南先一笑，岳阳楼上望君山。
满川风雨独凭栏，绾结湘娥十二鬟。
可惜不当湖水面，银山堆里看青山。

(选自《宋诗三百首》，金性尧选注，上海古籍出版社，1995年版)

陆游的诗词多贯穿了气吞残虏的爱国主义精神，雄奇壮阔，宏肆奔放，这首记梦诗，用缥缈荒诞的梦幻，表达出他盼望收复失地的殷切愿望。

第十节　五月十一日夜且半，梦从大驾亲征，尽复汉唐故地，见城邑人物繁丽，云西凉府也。喜甚，马上作长句，未终篇而觉，乃足成之

陆　游

天宝胡兵陷两京[1]，北庭安西无汉营[2]。
五百年间置不问，圣主下诏初亲征[3]。
熊罴百万从銮驾[4]，故地不劳传檄下[5]。
筑城绝塞进新图[6]，排仗行宫宣大赦[7]。
冈峦极目汉山川，文书初用淳熙年[8]。
驾前六军错锦绣，秋风鼓角声满天[9]。
苜蓿峰前尽亭障[10]，平安火在交河上[11]。
凉州女儿满高楼，梳头已学京都样[12]。

(选自《宋诗三百首》，金性尧选注，上海古籍出版社，1995年版)

注释

[1] 天宝胡兵陷两京：这句是说，唐玄宗天宝十四年(755年)，奚(xī)族人安禄山发动叛乱，攻陷长安和东都洛阳。

[2] 北庭：唐有北庭都护府，治所在今新疆孚远县。安西：治所在今新疆吐鲁番。安禄山叛乱后，两地皆被吐蕃攻占。

[3] 圣主：指孝宗。

[4] 熊罴：两种猛兽，这里喻指勇猛的武士。

[5] 故地：凉州原为中国属地。　　檄：古代官府的公文。

[6] 绝塞：极远的边塞。

[7] 排仗：排列仪仗。行宫：皇帝临时住处。

[8] 淳熙年：这首诗是在宋孝宗淳熙七年做的。

[9] 鼓角：击鼓吹号。

[10] 苜蓿峰：在新疆边境，借指边关要塞。　亭障：边防的堡垒。

[11] 平安火：唐代在边塞上每三十里置一烽侯，夜里举火为信，报告平安无事。

[12] 凉州：汉唐在现在甘肃境内置凉州，北宋初改西凉府，后为西夏占领。

陆游(1125—1210 年)字务观，号放翁，越州山阴(今浙江绍兴)人。陆游出生的第二年逢靖康之乱，随其父陆宰离开中原南归，少时便受家庭爱国思想熏陶。陆游二十九岁参加进士考试，因名列秦桧孙子之前而受到秦桧忌恨，复试时被黜落，直到秦桧死后才得以入仕，后来曾因两度力主抗金而被罢职。但陆游的爱国情怀终生不渝，时刻盼望着有杀敌报国、收复中原的机会，即使在收复失地无望之时，仍然坚持夙志，疾呼抗敌复国，是南宋爱国诗人的杰出代表。陆游诗词创作颇多，内容极为丰富，抒发政治抱负，反映民间疾苦，风格雄浑豪放，也有抒写日常生活的清新之作。著有《剑南诗稿》《渭南文集》、《老学庵笔记》等。

导读：

陆游的记梦诗约为九十余首，极富浪漫色彩，其中的《五月十一日夜且半，梦从大驾亲征，尽复汉唐故地，见城邑人物繁丽，云西凉府也，喜甚，马上作长句，未终篇而觉，乃足成之》是首极为荒诞的记梦诗。

这首记梦诗作于南宋淳熙七年(1180 年)五月，当时陆游在抚州(今江西临川)任提举江南西路常平茶盐公事。此时距汴京失守、中原沦陷已经五十余年，诗人渴望出师中原、收复失地。此诗借写梦中情境，驰骋想象，表达出对恢复统一大业的殷切期盼。前四句追溯历史，写唐朝天宝年间胡兵攻陷长安和洛阳，北庭一带落入敌人之手，五百年来无人过问，直到宋孝宗才御驾亲征。次四句写出师胜利，百万雄师不战而胜，收复失地，并宣布大赦天下。再四句写庆祝胜利，当地文件改用淳熙年号，军队衣着锦绣，鼓角喧天。最后四句写布设边防，变革习俗，在边境设置堡垒，安放烽燧，凉州的女子也学习京都的发型样式。全诗思路清晰，想象丰富，颇富澎湃昂扬的激情，强烈的爱国主义情怀遍布字里行间。

感悟讨论

1. 这首诗表现了诗人怎样的心情？
2. 阅读下面的诗词，谈谈你对陆游爱国思想的理解。

平行阅读

书　　愤

陆　游

早岁那知世事艰，中原北望气如山。
楼船夜雪瓜州渡，铁马秋风大散关。
塞上长城空自许，镜中衰鬓已先斑。
出师一表真名世，千载谁堪伯仲间。

十一月十四日风雨大作

陆　游

僵卧孤村不自哀，尚思为国戍轮台。
夜阑卧听风吹雨，铁马冰河入梦来。

(选自《宋诗三百首》，金性尧选注，上海古籍出版社，1995年版)

卜　算　子

陆　游

驿外断桥边，寂寞开无主。已是黄昏独自愁，更著风和雨。
无意苦争春，一任群芳妒。零落成泥碾作尘，只有香如故。

(选自《唐宋词简释》，唐圭璋选释，上海古籍出版社，1981年版)

作为北宋诗文革新运动的领袖，欧阳修在文学创作上，尤以散文成就最高。苏轼评其文："论大道似韩愈，论本似陆贽，纪事似司马迁，诗赋似李白。"

第十一节　朋　党　论[1]

欧阳修

臣闻朋党之说，自古有之[2]，惟幸人君辨其君子小人而已。大凡君子与君子，以同道为朋[3]；小人与小人，以同利为朋，此自然之理也。

然臣谓小人无朋，惟君子则有之。其故何哉？小人所好者禄利也，所贪者货财也。当其同利之时[4]，暂相党引以为朋者[5]，伪也；及其见利而争先，或利尽而交疏，则反相贼害[6]，虽其兄弟亲戚，不能相保。故臣谓小人无朋，其暂为朋者，伪也。君子则不然，所守者道义，所行者忠信，所惜者名节。以之修身，则同道而相益；以之事国，则同心而共济[7]；终始如一，此君子之朋也。故为人君者，但当退小人之伪朋，用君子之真朋，则天下治矣。

尧之时，小人共工、驩兜等四人为一朋[8]，君子八元、八恺十六人为一朋[9]。舜佐尧，退四凶小人之朋，而进元、恺君子之朋[10]，尧之天下大治。及舜自为天子，而皋、夔、稷、契等二十二人并列于朝[11]，更相称美[12]，更相推让，凡二十二人为一朋，而舜皆用之，天下亦大治。《书》曰："纣有臣亿万[13]，惟亿万心；周有臣三千，惟一心。"纣之时，亿万人各异心，可谓不为朋矣，然纣以亡国。周武王之臣，三千人为一大朋，而周用以兴[14]。后汉献帝时，尽取天下名士囚禁之，目为党人[15]。及黄巾贼起[16]，汉室大乱，后方悔悟，尽解党人而释之，然已无救矣。唐之晚年，渐起朋党之论[17]。及昭宗时，尽杀朝之名士[18]，或投之黄河，曰："此辈清流，可投浊流[19]。"而唐遂亡矣。

夫前世之主，能使人人异心不为朋，莫如纣；能禁绝善人为朋，莫如汉献帝；能诛戮

清流之朋，莫如唐昭宗之世，然皆乱亡其国。更相称美推让而不自疑，莫如舜之二十二臣；舜亦不疑而皆用之。然而后世不诮舜为二十二人朋党所欺[20]，而称舜为聪明之圣者，以能辨君子与小人也。周武之世，举其国之臣三千人共为一朋，自古为朋之多且大，莫如周，然周用此以兴者，善人虽多而不厌也[21]。

夫兴亡治乱之迹[22]，为人君者可以鉴矣[23]。

(选自《古文观止》，许啸天注，天津古籍出版社，1981 年版)

注释

[1] 朋党：原指为私自目的互相勾结聚合的同类人，后专指士大夫各树党羽而互相倾轧。

[2] “臣闻”二句：《战国策·赵策二》：“臣闻明主绝疑去谗，屏流言之迹，塞朋党之门。”《韩非子·孤愤》：“朋党比周以弊主。”王禹偁《朋党论》：“夫朋党之来远矣，自尧、舜时有之。”

[3] 以同道为朋：以志同道合结为朋党。

[4] 同利：利益相同、一致。

[5] 党引：结为私党，互相援引。

[6] 贼害：残害。

[7] 共济：指共图事功，有患难相助之意。

[8] 共工、驩兜等四人：旧传共工(古代世族官)、驩兜(huān dōu)(人名)、三苗(古族名，这里指其首领)与鲧(gǔn)，为尧时四凶。

[9] 八元、八恺：《左传》文公十八年：“昔高阳氏有才子八人：苍舒、𬯎敳(túi ái)、梼戭(táo yǎn)、大临、尨(lóng)降、庭坚、仲容、叔达，齐圣广渊，明允笃诚，天下之民谓之八恺。高辛氏有才子八人：伯奋、仲堪、叔献、季仲、伯虎、仲熊、叔豹、季狸，忠肃共懿，宣慈惠和，天下之民，谓之八元。”

[10] “舜佐尧”三句：《左传》文公十八年载：“舜臣尧，举八恺，使主后土，以揆百事，莫不时序，地平天成。”“举八元，使布五教于四方。”“流四凶族。”

[11] 皋、夔、稷、契等二十二人：《尚书·虞书·舜典》载，皋陶掌管刑罚，夔掌管音乐，后稷掌管农事，契掌管教育。二十二人皆舜时贤臣。

[12] 称美：称颂赞美。

[13] 纣：纣王，名受，商朝最后的君主，为周所灭。

[14] 周用以兴：周因此而兴盛。用：因此。　以：而。

[15] “后汉献帝时”三句：《后汉书·党锢列传》载，东汉桓帝、灵帝时，宦官专权，世家大族李膺等联结太学生抨击朝政。公元 166 年，宦官将李膺等逮捕，后虽释放，但终身不许做官。灵帝时，外戚解除党禁，欲诛灭宦官，事泄。宦官于 169 年将李膺等百余人下狱处死，并陆续囚禁、流放、处死数百人。后灵帝在宦官的挟持下下令凡“党人”的门生故吏、父子兄弟，都免官禁锢，史称“党锢之祸”。本文作汉献帝时事，误。

[16] 黄巾贼起：汉灵帝中平元年(184 年)以张角为首的农民大起义，因以黄巾裹头，故称“黄巾军”。

[17] “唐之晚年”二句：唐代穆宗至宣宗年间(821—859 年)，以牛僧孺为首领的牛党

和以李德裕为首领的李党，互相倾轧，争吵不休，矛盾尖锐，水火不容，延续了近四十年，史称“牛李党争”。

[18] “及昭宗时”二句：《新五代史·唐六臣传》载，唐昭宣帝天祐二年(907 年)，朱全忠杀大臣裴枢等七人，受牵连而死的有数百人，皆诬为朋党。天祐是唐昭宣帝的年号，本文作唐昭宗，误。

[19] “或投之黄河”三句：《旧五代史·梁书·李振列传》载：“天祐中，唐宰相柳璨希太祖旨，谮杀大臣裴枢、陆扆(yǐ)等七人于滑州白马驿。时振自以咸通、干符中尝应进士举，累上不第，尤愤愤，乃谓太祖曰：‘此辈自谓清流，宜投于黄河，永为浊流。’太祖笑而从之。”

[20] 诮(qiào)：讥笑，责备。

[21] 多而不厌：言多多益善。不厌，不满足。

[22] 迹：事迹，这里引申为道理。

[23] 鉴：铜镜，引申为鉴戒。

欧阳修(1007—1072 年)字永叔，号醉翁，晚年又号六一居士，谥号文忠，世称欧阳文忠公，吉州永丰(今属江西)人，北宋政治家、史学家、文学家，唐宋八大家之一，仁宗天圣八年(1030 年)中进士，曾任谏官，因支持革新派范仲淹，遭贬滁州，继之又迁知扬州、颍州，晚年回朝，先后任枢密副使、参知政事、刑部尚书、兵部尚书等职。欧阳修文学成就突出，为北宋文坛诗文革新运动之领袖，王安石、苏洵、苏轼、曾巩均出其门下，擅长散文、诗词、史传编纂和诗文评论，尤以散文成就最高。欧诗继承了韩愈的影响，“诗穷而后工”，善于用散文的手法和以议论入诗，语言清新流畅，委婉平易，形成了流丽婉转的风格。

导读

这篇文章写于庆历三年(1043 年)。早在 1036 年，宰相吕夷简就曾以“引用朋党”的罪名，诬陷范仲淹、富弼等人，朋党之议喧嚣不止，“朋党”成了有志改革之士的一大罪名。身为谏官的欧阳修，“虑善人必不胜”，便写此文进献仁宗，为改革派张目，希望仁宗辨别真伪、权衡是非，退小人之伪朋，进君子之真朋，使天下得治。

文章起笔不凡，对于小人用来陷人以罪、君子为之谈虎色变的“朋党之说”，作者不回避，明确承认朋党之有。在此基础上，作者提出“朋党”有“君子之朋”和“小人之朋”之分，并进一步论述这两者的本质区别，引用大量史实，以历史事实证明了朋党的“自古有之”，并通过对前引史实的进一步分析，论证了人君用小人之朋，则国家乱亡；用君子之朋，则国家兴盛的道理。通篇对比，极富特色，体现了欧阳修“事信、意新、理通、语工”的理论主张。最后，作者进一步强调：“夫兴亡治乱之迹，为人君者可以鉴矣。”明确请求宋仁宗纳谏，明辨“君子之朋”和“小人之朋”，用君子之真朋，退小人之伪朋，以使国家兴盛起来。

文章摆事实，讲道理，层层深入，步步推进，写得不枝不蔓，中心突出，有理有据，剖析透辟，具有不可辩驳的逻辑力量，而排偶句式的穿插运用，更增添了文章的气势。

感悟讨论

1. 本文布局谋篇有何特点？

2. 为使主旨得以确立，文章引用了大量历史事实，辨析文中所引历史事实，体会其作用。

3. 阅读欧阳修的《黄溪夜泊》《戏答元珍》和《梦中作》，了解欧诗的特点，感悟欧阳修的精神世界。

平行阅读

黄溪夜泊

欧阳修

楚人自古登临恨，暂到愁肠已九回。
万树苍烟三峡暗，满川明月一猿哀。
非乡况复惊残岁，慰客偏宜把酒杯。
行见江山且吟咏，不因迁谪岂能来。

戏答元珍

欧阳修

春风疑不到天涯，二月山城未见花。
残雪压枝犹有桔，冻雷惊笋欲抽芽。
夜闻归雁生乡思，病入新年感物华，
曾是洛阳花下客，野芳虽晚不须嗟。

梦中作

欧阳修

夜凉吹笛千山月，路暗迷人百种花。
棋罢不知人换世，酒阑无奈客思家。

(选自《宋诗三百首》，金性尧选注，上海古籍出版社，1995年版)

借题发挥，借古喻今，言当世之要，施之于今。明何景明言：“老泉论六国赂秦，其实借论宋赂契丹之事，而卒以此亡，可谓深谋先见之识矣。”

第十二节 六国论

苏洵

六国破灭，非兵不利[1]，战不善，弊在赂秦[2]；赂秦而力亏，破灭之道也。或曰：

“六国互丧，率赂秦耶[3]？”曰：“不赂者以赂者丧；盖失强援，不能独完[4]。故曰，弊在赂秦也。”

秦以攻取之外，小则获邑，大则得城。较秦之所得，与战胜而得者，其实百倍[5]；诸侯之所亡，与战败而亡者，其实亦百倍。则秦之所大欲，诸侯之所大患，固不在战矣。

思厥先祖父[6]，暴霜露[7]，斩荆棘，以有尺寸之地。子孙视之不甚惜，举以予人[8]，如弃草芥。今日割五城，明日割十城，然后得一夕安寝，起视四境，而秦兵又至矣。然则，诸侯之地有限，暴秦之欲无厌[9]，奉之弥繁，侵之愈急，故不战而强弱胜负已判矣[10]。至于颠覆[11]，理固宜然。古人云：“以地事秦，犹抱薪救火，薪不尽，火不灭[12]。”此言得之。

齐人未尝赂秦，终继五国迁灭[13]，何哉？与嬴而不助五国也[14]。五国既丧，齐亦不免矣。燕、赵之君，始有远略，能守其土，义不赂秦[15]。是故燕虽小国而后亡，斯用兵之效也。至丹以荆卿为计，始速祸焉[16]。赵尝五战于秦，二败而三胜，后秦击赵者再，李牧连却之[17]；洎牧以谗诛[18]，邯郸为郡[19]，惜其用武而不终也。且燕、赵处秦革灭殆尽之际[20]，可谓智力孤危[21]，战败而亡，诚不得已。向使三国各爱其地[22]，齐人勿附于秦，刺客不行，良将犹在[23]，则胜负之数，存亡之理，当与秦相较[24]，或未易量[25]。

呜呼！以赂秦之地，封天下之谋臣，以事秦之心，礼天下之奇才，并力西向[26]，则吾恐秦人食之不得下咽也[27]。悲夫！有如此之势，而为秦人积威之所劫[28]，日削月割，以趋于亡。为国者[29]，无使为积威之所劫哉！

夫六国与秦皆诸侯，其势弱于秦，而犹有可以不赂而胜之之势。苟以天下之大，下而从六国破亡之故事，是又在六国下矣[30]！

(选自《古文观止》，许啸天注，天津古籍出版社，1981年版)

注释

[1] 兵：兵器。

[2] 弊在赂秦：弊端在于割地贿赂秦国。贾谊《过秦论》：“于是从散约败，争各地以赂秦。”

[3] 率：大都，一概。

[4] 独完：单独保全。

[5] 其实：它的实际数目。

[6] 思厥先祖父：他们的先人和祖辈、父辈。　　思：语助词。　　厥：其。

[7] 暴(pù)霜露：暴露在霜露之中。

[8] 举以予人：拿(土地)来送给别人。“举之以予人”句省略了“之”。

[9] 厌：同“餍”，饱食，引申为满足。

[10] 判：决定。

[11] 至于：以至于。　　颠覆：灭亡。

[12] “古人云”五句：《战国策·魏策》：“孙臣谓魏王曰：‘……以地事秦，譬犹抱薪而救火也，薪不尽，则火不止。今王之地有尽，而秦求之无穷，是薪火之说也。’”又见《史记·魏世家》：“苏代谓魏王曰：‘且夫以地事秦，譬犹抱薪救火，薪不尽，火不灭。’”二处皆为引语所本。

[13] 迁灭：灭亡。古人灭国，同时迁其国宝、重器，故说“迁灭”。

[14] 与嬴：亲附秦国。与：亲附。　　嬴：秦王族姓，借指秦国。

[15] 义：作动词，秉持道义。

[16] “至丹”二句：谓至太子丹命荆轲行刺秦王，乃招致亡国。公元前 227 年，燕太子丹遣荆轲以樊於期首及燕督亢地图献于秦，因袭刺秦王，不中而被杀。秦王大怒，遂发兵伐燕，卒灭燕。事见《史记·燕世家》《史记·刺客列传》。　　速：招致。

[17] “后秦”二句：李牧：赵之良将。赵幽缪王迁二年(公元前 234 年)，秦破赵，斩首十万。翌年，李牧为大将军，于宜安(今河北藁城)大破秦军，李牧被封为武安君。四年(公元前 232 年)，秦攻番吾(今河北平山)，牧又破之。事见《史记·赵世家》《史记·廉颇蔺相如列传》。

[18] 洎(jì)牧句：赵王迁七年(公元前 229 年)，秦派王翦攻赵，赵使李牧、司马尚御之。秦行贿于赵王宠臣郭开，使进谗言，谓牧等将反。赵王斩李牧，次年赵灭。洎：及，等到。

[19] 邯郸为郡：邯郸是赵都城，赵灭后，秦设邯郸郡。

[20] “且燕”句：秦陷邯郸、虏赵王迁后，赵公子嘉立为王，公元前 222 年，赵国、燕国同被灭。其时，韩、楚、魏皆亡，故云。　　革：革灭，除去。　　殆：几乎，将要。

[21] 智力：智谋和国力。

[22] 三国：指韩、楚、魏。

[23] 良将犹在：指李牧不被诛杀。

[24] 当：同“倘”，如果。

[25] 易量：容易判断。

[26] 并力西向：指六国合力西向抗秦。

[27] 食之不得下咽：指寝食不安，内心惶恐。

[28] “而为”句：而，却。　　积威：久积之威势。　　劫：胁迫，威逼。

[29] 为国者：治理国家的人。

[30] “苟以”三句：意在讽今。苟：如果。　　以：凭着。　　下：指在六国之后。从：跟随。　　故事：旧事，先例。

苏洵(1009—1066 年)字明允，号老泉，四川眉山人，北宋文学家，年二十七，始发愤为学，庆历七年(1047 年)举进士，又举茂才异等，皆不中，乃悉焚所写文章，闭户益读书，遂通六经、百家之说，下笔顷刻数千言。嘉祐间，苏洵携二子轼、辙同至京师，拜见欧阳修，上所为文，深得赏识，嘉祐五年(1060 年)任秘书省校书郎。后与陈州(今河南淮阳)令姚辟一同修撰礼书《太常因革礼》，书成不久，苏洵即去世，朝廷追赠苏洵为光禄寺丞。

苏洵具有远大的政治抱负，他作文的主要目的是“言当世之要”，是为了“施之于今”，苏洵深于《孟子》《战国策》，为文长于策论，有策士之风，文笔纵厉雄奇。欧阳修称赞他的文章“博辩宏伟”，“纵横上下，出入驰骤，必造于深微而后止”。(《故霸州文安县主簿苏君墓志铭》)与子轼、辙，并称“三苏”。著有《嘉祐集》。

导读

《六国论》是苏洵的代表作品。嘉祐元年(1056 年)，苏洵携苏轼、苏辙重游京师，将所作《几策》《衡论》《权书》等二十二篇投献欧阳修，本文即为《权书》十篇之一。文章提出并论证了六国灭亡“弊在赂秦”的精辟论点，借古喻今，对自真宗景德元年(1004年)“檀渊之盟”以来对西夏、辽国岁输财物、屈辱求和的妥协政策进行针砭，告诫北宋统治者吸取六国灭亡的教训，避免重蹈覆辙。

文章开宗明义，片言居要，提出主旨——六国破灭，弊在赂秦；接着从两方面分别论述，先论直接割地赂秦的韩、楚、魏三国，“赂秦而力亏”，其结果是“不战而强弱胜负已判”，继论齐、燕、赵三国，虽未割地赂秦，但赂秦的国家相继灭亡，使它们失去了有力的支援，灭亡在所难免，即所谓“不赂者以赂者丧”；然后文章从反面论说，指出六国如果不赂秦，形成合力抗秦，那么秦国人就不可能恣行无忌，结果将难预料，并提出封谋臣、礼奇才并力抗秦的对策，呼吁不要为积威所吓倒；最后与开篇呼应，点明写作意图，堂堂大国岂有重蹈六国灭亡覆辙的道理。本文虽是史论，但作者本意不在于论证六国灭亡的原因，而在于引出历史教训，讽谏北宋王朝放弃妥协苟安的政策，警惕重蹈六国灭亡的覆辙。作者见识深远，论说犀利，鞭辟入里，足警世人。

文章脉络清晰，结构完整，议论纵横，或引物托喻，或指事析理，汪洋恣肆，运用引用、对比、比喻等手法，使语言灵活多样，增强了表达效果。句式也整饬有度，铿锵有力，将满腔激情表现得荡气回肠，极富节奏感。

感悟讨论

1. 后世对苏洵的《六国论》评价极高，你能说说原因吗？

2. 分析一下《六国论》的写作特点。

3. 苏氏父子三人各作一篇《六国论》，各有千秋，阅读苏辙所写《六国论》，试就文章立意与苏洵《六国论》作一比较分析。

平行阅读

六 国 论

苏 辙

尝读六国世家，窃怪天下之诸侯，以五倍之地，十倍之众，发愤西向，以攻山西千里之秦，而不免于死亡。常为之深思远虑，以为必有可以自安之计，盖未尝不咎其当时之士虑患之疏，而见利之浅，且不知天下之势也。

夫秦之所以与诸侯争天下者，不在齐、楚、燕、赵也，而在韩、魏之郊；诸侯之所与秦争天下者，不在齐、楚、燕、赵也，而在韩、魏之野。秦之有韩、魏，譬如人之有腹心之疾也。韩、魏塞秦之冲，而弊山东之诸侯，故夫天下之所重者，莫如韩、魏也。昔者范雎用于秦而收韩，商鞅用于秦而收魏，昭王未得韩、魏之心，而出兵以攻齐之刚、寿，而范雎以为忧。然则秦之所忌者可以见矣。

秦之用兵于燕、赵，秦之危事也。越韩过魏，而攻人之国都，燕、赵拒之于前，而韩、魏乘之于后，此危道也。而秦之攻燕、赵，未尝有韩、魏之忧，则韩、魏之附秦故

也。夫韩、魏诸侯之障，而使秦人得出入于其间，此岂知天下之势邪！委区区之韩、魏，以当强虎狼之秦，彼安得不折而入于秦哉？韩、魏折而入于秦，然后秦人得通其兵于东诸侯，而使天下偏受其祸。

夫韩、魏不能独当秦，而天下之诸侯，藉之以蔽其西，故莫如厚韩亲魏以摈秦。秦人不敢逾韩、魏以窥齐、楚、燕、赵之国，而齐、楚、燕、赵之国，因得以自完于其间矣。以四无事之国，佐当寇之韩、魏，使韩、魏无东顾之忧，而为天下出身以当秦兵；以二国委秦，而四国休息于内，以阴助其急，若此，可以应夫无穷，彼秦者将何为哉！不知出此，而乃贪疆埸尺寸之利，背盟败约，以自相屠灭，秦兵未出，而天下诸侯已自困矣。至于秦人得伺其隙以取其国，可不悲哉！

(选自《栾城集》，曾枣莊、马德富校点，上海古籍出版社，1987年版)

《资治通鉴》是中国历史上第一部编年体通史，历时十余载，司马光主持完成了这部鸿篇巨作。清人王鸣盛说："此天地间必不可无之书，亦学者必不可不读之书。"

第十三节　进《资治通鉴》表[1]

司马光

先奉敕编集历代君臣事迹[2]，又奉圣旨赐名《资治通鉴》，今已了毕者。伏念臣性识愚鲁[3]，学术荒疏，凡百事为，皆出人下。独于前史，粗尝尽心，自幼至老，嗜之不厌[4]。每患迁、固以来[5]，文字繁多，自布衣之士[6]，读之不遍，况于人主，日有万机[7]，何暇周览。臣常不自揆[8]，欲删削冗长，举撮机要[9]，取关国家兴衰，系生民休戚，善可为法[10]，恶可为戒者，为编年一书，使先后有伦[11]，精粗不杂。私家力薄，无由可成。

伏遇英宗皇帝[12]，资睿智之性，敷文明之治，思历览古事，用恢张大猷[13]，爰诏下臣，俾之编集[14]。臣夙昔所愿，一朝获伸，踊跃奉承，惟惧不称。先帝仍命自选辟官，属于崇文院置局[15]，许借龙图、天章阁、三馆、秘阁书籍[16]，赐以御府笔墨缯帛及御前钱，以供果饵。以内臣为承受[17]，眷遇之荣，近臣莫及。不幸书未进御，先帝违弃群臣。

陛下绍膺大统[18]，钦承先志，宠以冠序，锡之嘉名，每开经筵[19]，常令进读。臣虽顽愚，荷两朝知待如此其厚，陨身丧元，未足报塞[20]。苟智力所及，岂敢有遗。会差知永兴军[21]，以衰疾不任治剧，乞就冗官[22]。陛下俯从所欲，曲赐容养[23]，差判西京，留司御史台及提举嵩山崇福宫[24]。前后六任，仍听以书局自随，给之禄秩[25]，不责职业。臣既无他事，得以研精极虑，穷竭所有，日力不足，继之以夜。遍阅旧史，旁采小说，简牍盈积，浩如烟海，抉擿幽隐[26]，校计豪厘。

上起战国，下终五代，凡一千三百六十二年，修成二百九十四卷。又略举事目，年经国纬[27]，以备检录，为目录三十卷。又参考群书，评其同异，俾归一途，为《考异》三十卷。合三百五十四卷。自治平开局[28]，迨今始成。岁月淹久，其间抵牾[29]，不敢自保。罪负之重，固无所逃。

重念臣违离阙庭，十有五年，虽身处于外，区区之心，朝夕寤寐，何尝不在陛下之左

右。顾以驽蹇[30]，无施而可，是以专事铅椠[31]，用酬大恩，庶竭涓尘，少裨海岳[32]。

臣今骸骨癯瘁[33]，目视昏近，齿牙无几，神识衰耗，目前所为，旋踵遗忘[34]。臣之精力，尽于此书。伏望陛下宽其妄作之诛，察其愿忠之意，以清闲之燕，时赐省览，监前世之兴衰[35]，考当今之得失，嘉善矜恶，取是舍非，足以懋稽古之盛德，跻无前之至治[36]。俾四海群生，咸蒙其福，则臣虽委骨九泉，志愿永毕矣。

谨奉表陈进以闻。

(选自《宋文鉴》，(宋)吕祖谦编，中华书局，1992 年版)

注释

[1] 表：古代臣子向国君进言陈事的文体。本文编选时略有改动。

[2] 敕：皇帝写给朝臣的诏书，用于任官封爵和告诫臣子。

[3] 愚鲁：愚笨迟钝。

[4] 嗜：爱好。

[5] 迁、固：指司马迁、班固。

[6] 布衣之士：没有做官的读书人。

[7] 万机：指当政者日常的纷繁政务。

[8] 揆(kuí)：度，揣测。

[9] 撮：摘取。

[10] 法：标准，模式。

[11] 伦：次序。

[12] 英宗皇帝：即宋英宗赵署。宋英宗(1032—1067 年)，原名宗实，濮允让子，仁宗无嗣，养于宫中。嘉祐七年(1062 年)立为皇子，1063 年到 1067 年在位，即位之初，因病由曹太后听政，治平元年(1064 年)始亲政，曾欲汰冗官，并加强对夏防御，俱无成效。司马光进《通志》八卷，英宗命置局设官续修。

[13] 恢张大猷(yóu)：恢宏的远景规划。

[14] 俾：使。

[15] “先帝”二句：辟官：征召官员。　属：通“嘱”。　崇文院：宋代贮藏图书的官署。唐初设崇文馆，为太子学馆，置学士等官，掌管经籍图书，以授诸生。宋沿袭唐制，以汴京(今开封市)之昭文馆、史馆、集贤院为三馆，建三馆书院，迁贮三馆书籍，赐名崇文院。

[16] “许借”句：龙图：即龙图阁，宋代阁名，阁内奉太宗御书、御制文集，以及图画宝瑞之物。　天章阁：宋代宫中藏书阁，建于 1020 年。　秘阁：设于崇文院中堂，收藏三馆书籍真本及宫古画墨迹等。

[17] 内臣：宫廷内的臣僚。　承受：宋代官名，负责直接向皇帝汇报情况。

[18] 绍膺大统：承继帝位。绍：继承。　膺：承当。　大统：帝位。

[19] 经筵：汉以来为帝王讲经论史而设的御前讲席，宋代始称经筵。

[20] “荷两朝”三句：知待：犹知遇，谓重视优待。　元：指首，人头。　报塞：谓报效。

[21] 会差知永兴军：恰好皇命差遣我主持永兴军路工作。　永兴军路：治所在京兆

府(今陕西西安)。路：宋代地方最高一级区划，下设州、府等。

[22] “以衰疾”二句：治剧：繁重的政务。　冗官：指闲职。

[23] 曲赐容养：恩赐蓄养。　曲赐：敬词，犹言承蒙赐予。

[24] “差判”二句：判：宋代官制，高官兼较低职位的官称判。　西京：指洛阳。　提举：掌管。

[25] 禄秩：官吏的俸禄。

[26] 抉擿幽隐：抉擿：抉择、选取。　幽隐：隐微。

[27] 年经国纬：以年为经，以国为纬。

[28] 治平：宋英宗年号(1064—1067年)。

[29] 抵牾：矛盾，冲突。

[30] 驽蹇：比喻才能低下。驽：劣马。　蹇：跛驴。

[31] 铅椠(qiàn)：古代的书写工具，指写作、校勘。铅：铅粉笔。椠：木板片。

[32] “庶竭”二句：庶：但愿。　涓尘：滴水与微尘，此谓绵薄之力。　海岳：大海和山岳，指国家。

[33] 癯(qú)瘁：瘦弱憔悴。

[34] 旋踵：掉转脚跟，比喻时间极短。

[35] 监：通“鉴”，借鉴。

[36] “足以”二句：懋(mào)：勤勉。　稽古：研习古事。　至治：最完美的政治。

司马光(1019—1086年)字君实，号迂叟，陕州夏县(今山西省夏县)涑水乡人，世称涑水先生，历仕仁宗、英宗、神宗、哲宗四朝，卒赠太师、温国公，谥文正，北宋政治家、文学家、史学家。为人温良谦恭、刚正不阿，其人格堪称儒学教化下的典范，历来受人景仰。宋神宗熙宁年间，司马光强烈反对王安石变法，上疏请求外任。熙宁四年(1071年)，他判西京御史台，自此居洛阳十余载，不问政事，期间司马光主持编撰了二百九十四卷近四百万字的编年体史书《资治通鉴》，为中国历史上第一部编年体通史。司马光生平著作甚多，主要有史学巨著《资治通鉴》《温国文正司马公文集》、《稽古录》、《涑水记闻》《潜虚》等。

导读

《资治通鉴》是一部编年体通史，记载了上自周威烈王二十三年(公元前403年)，下至后周世宗显德六年(959年)共一千三百余年的史事，是我国编年体史书中时间跨度最长的一部巨著，司马光主持该书的编纂工作。宋神宗元丰七年(1084年)，司马光与刘恕、刘攽、范祖禹等人最后完成全部工作，上进书表，汇报该书的编纂过程及完成情况，道出了呕心沥血十余载之艰辛和完稿后的释然与希冀。宋神宗认为此书“鉴于往事，有资于治道”，因此赐名为《资治通鉴》。

北宋结束了中唐以来的长期混战，实现了国家统一，恢复和发展了社会经济，同时，内政多弊，御戎不力，局势不稳，如何寻求出路，不同的人以不同的行动给出了不同的答案。作为历史学家的司马光力图总结历史经验教训，以史为鉴，有助于治国安邦，更好地解决现实矛盾。文章首先交代了编纂《资治通鉴》的起因、目的和编写的过程，完成一部“取关国家兴衰，系生民休戚，善可为法，恶可为戒者”编年体史书是作者多年的夙愿，

当年得到英宗皇帝的大力支持而开编，英宗之后的神宗更是亲赐书名，鼎力资助，使该书得以顺利完成；接着简要介绍了该书编年为体，年经国纬的编写体例，以及起讫的时间；最后道出了编书的艰辛和感慨希望，“臣今筋骨癯瘁，目视昏近，齿牙无几，神识衰耗，目前所谓，旋踵而忘。臣之精力，尽于此书”。司马光为此书付出了毕生的精力和心血，他希望宋神宗可以借此书“鉴前世之兴衰，考当今之得失，嘉善矜恶，取是舍非”。全文语言精练工整，情真意切，举重若轻，大家风范跃动纸上，拳拳之心流露字里行间。

感悟讨论

1. 读了这篇《进〈资治通鉴〉表》，你感觉司马光是一个怎样的人？

2. 读史使人明志，《资治通鉴》是毛泽东最喜爱的史书之一，查阅相关资料，了解其中的原因。

3. 阅读《道傍田家》《居洛初夏作》，从另一个侧面了解司马光的人格。

平行阅读

道傍田家

司马光

道傍田家翁妪俱垂白，败屋萧条无壮息。
翁携镰索妪携箕，自向薄田收黍稷。
静夜偷舂避债家，比明门外已如麻。
筋疲力弊不入腹，示议县官租税足。

居洛初夏作

司马光

四月清和雨乍晴，南山当户转分明。
更无柳絮因风起，唯有葵花向日倾。

(选自《宋诗三百首》，金性尧选注，上海古籍出版社，1995年版)

王安石是儒家中的变革派，宰相中的读书人，平生推崇孔孟，却又不薄商鞅，有定见，有魄力，为整顿时局，“意行直前，敢当天下事”。

第十四节　答司马谏议书[1]

王安石

某启[2]：

昨日蒙教[3]。窃以为与君实游处相好之日久，而议事每不合，所操之术多异故也[4]。虽欲强聒，终必不蒙见察[5]，故略上报[6]，不复一一自辨。重念蒙君实视遇厚，于反复不宜卤莽[7]，故今具道所以，冀君实或见恕也[8]。

盖儒者所争，尤在于名实。名实已明，而天下之理得矣。今君实所以见教者，以为侵官、生事、征利、拒谏，以致天下怨谤也[9]。某则以谓受命于人主[10]，议法度而修之于朝廷，以授之于有司[11]，不为侵官；举先王之政[12]，以兴利除弊，不为生事；为天下理财，不为征利；辟邪说，难壬人[13]，不为拒谏。至于怨诽之多，则固前知其如此也[14]。人习于苟且非一日[15]，士大夫多以不恤国事、同俗、自媚于众为善[16]，上乃欲变此[17]，而某不量敌之众寡，欲出力助上以抗之，则众何为而不汹汹然[18]？盘庚之迁，胥怨者民也，非特朝廷士大夫而已[19]。盘庚不为怨者故改其度[20]，度义而后动[21]，是而不见可悔故也。

如君实责我以在位久，未能助上大有为，以膏泽斯民[22]，则某知罪矣；如曰今日当一切不事事[23]，守前所为而已，则非某之所敢知。

无由会晤，不任区区向往之至[24]。

(选自《王文公文集》，(宋)王安石著，上海人民出版社，1974 年版)

注释

[1] 司马谏议：即司马光，时任右谏议大夫。司马光(1019－1086 年)，字君实，谥文正，北宋政治家、史学家，主持编纂了中国历史上第一部编年体通史《资治通鉴》，为人温良谦恭、刚正不阿，受人景仰。当时，司马光曾写信反对王安石变法。

[2] 某启：某人陈述。某：作者在草稿上的自称，待正式信件上再换上本名。

[3] 蒙教：承蒙赐教。指同年二月初二司马光给作者的第二封信。

[4] “窃以”三句：窃：私下。　游处：同游相处。　每：常常。　所操之术：所持的政治主张。

[5] “虽欲”二句：强聒：强作解释。聒(guō)：吵扰，声音嘈杂，此处指唠叨。见察：被谅解。

[6] 上报：回信。

[7] “重念”二句：重：一再。　视遇厚：看重。　反复：指书信往来。　卤莽：即鲁莽。

[8] “冀君实”句：冀：希望。　见恕：原谅我。

[9] “以为”二句：侵官：侵犯原来官吏的职权。指王安石设立主持新法的总机构“制置三司条例司”。　生事：生事扰民。　征利：与民争利。　拒谏：拒绝劝告。　致谤：招致怨恨、诽谤。

[10] “某则”句：以谓：以为。　人主：国君。

[11] 有司：有关部门的官吏。

[12] 举：推行。

[13] “辟邪说”二句：辟：驳斥。　邪说：错误言论。　难：责问。　壬人：巧言献媚之人。

[14] 固：本来。

[15] 苟且：得过且过。

[16] “士大夫”句：恤：顾念、关心。　同俗：附和流俗。　自媚于众：讨好众人。

[17] 上：皇上，指宋神宗。宋神宗赵顼(1048—1085 年)，1067—1085 年在位，年号熙宁、元丰，由于对北宋疲弱的政治深感不满，欣赏王安石的才干，遂命王安石推行变法，

史称“熙宁变法”。

[18] 汹汹然：大声吵闹的样子。

[19] “盘庚”三句：盘庚：商朝中兴之主。商汤建立商朝的时候，最早的国都在亳(今河南商丘)，此后都城多次迁徙。盘庚即位后，决定迁都殷(今河南安阳)，遭到臣民的反对。事见《史记·殷本纪》。　胥：相与。　非特：不仅。

[20] 度：计划，法度。

[21] “度义”句：度：考虑。　义：合理、正确。

[22] 膏泽：施恩惠：这里用作动词。

[23] 事事：做事。

[24] “不任”句：不任，不胜。　区区：情意诚挚。　向往：仰慕。

王安石(1021—1086年)字介甫，晚号半山，封荆国公，世人又称王荆公，临川(今江西抚州)人，北宋杰出的政治家、文学家。王安石少好读书，博闻强记，庆历二年(1042年)中进士，做过多年地方官，嘉祐三年(1058年)写就《上仁宗皇帝言事书》，提出系统的变法主张，神宗即位，诏知江宁府、翰林学士兼侍讲，熙宁二年(1069年)提为参知政事，次年拜相，大力推行新法，但成效不大，罢相后退居金陵，潜心著述。王安石诗、文、词均有杰出的成就，为唐宋八大家之一，主张为文应“有补于世”“以适用为本”。他的散文大都是书、表、记、序等体式的论说文，阐述政治见解与主张，为变法革新服务，以识见高超、议论犀利、逻辑谨严、笔力雄健著称。他的诗以五绝和七绝尤负盛誉，立意新颖，用字工稳。他的词“一洗五代旧习”，豪纵沉郁，开豪放词先声。有《临川先生文集》。

导读

这是宋神宗熙宁三年(1070年)王安石给司马光的一封回信。北宋中叶以后，国库空虚，冗官、冗费激增，人民负担沉重，社会矛盾加剧，新即位的宋神宗深感不满，想通过变革以求中兴，遂命王安石于1069年2月开始推行新法。新法的不完善和随之带来的种种问题引起了司马光对变法的疑虑，一连给王安石写了两封信，认为在祖宗旧法的基础上，掌握好用人和养民两个基本要素是治国之关键，反对全盘更新，更阐明青苗法的不当之处。王安石接信后，第一封回信，只是出于礼节，第二封回信则就司马光的《与王介甫书》作了较为具体的答复，就是这篇闻名于世的《答司马谏议书》。

本文是篇书信体的驳论文章，采用了反驳论点的方法。全文主要驳斥以司马光为代表的保守派对新法的指责，批判了士大夫因循守旧、不恤国事的习气，反映了坚持变法、不为浮议所动的决心。作者首先确立一个对方无法否定的立论原则，即“盖儒者所争，尤在于名实，名实已明，则天下之理得矣”。然后以此为根据，把对方的观点归纳为“侵官，生事，征利，拒谏，以致天下怨谤也”五个方面，然后逐一加以驳斥，摆明自己的观点，说明自己的态度，“度义而后动，是而不见可悔故也”。最后，承前文气脉，刚柔相杂，以退为进，抨击反对派因循苟且、无所事事、不以国家富强为己任、同俗同流、讨好于众的习气，全力维护变法的立场。书信行文简洁，结构谨严，议论犀利，柔中寓刚，善用排比，理足气盛，体现了王安石一贯劲峭简洁的文风。

感悟讨论

1. 这篇书信表达了怎样的主旨？
2. 本文采用了何种论证方法？试作具体分析论述。
3. 王安石与司马光政见不合，但互相仰慕对方的才华，保持良好的私交，你怎么看？

平行阅读

后元丰行

王安石

歌元丰，十日五日一雨风。
麦行千里不见土，连山没云皆种黍。
水秧绵绵复多稌，龙骨长干挂梁梠。
鲥鱼出网蔽洲渚，荻笋肥甘胜牛乳。
百钱可得酒斗许，虽非社日长闻鼓。
吴儿踏歌女起舞，但道快乐无所苦。
老翁堑水西南流，杨柳中间杙小舟。
乘兴敧眠过白下，逢人欢笑得无愁。

书湖阴先生壁

王安石

茅檐长扫静无苔，花木成畦手自栽。
一水护田将绿绕，两山排闼送青来。

(选自《宋诗三百首》，金性尧选注，上海古籍出版社，1995年版)

第六章　元明清文学

第一节　元明清文学概述

元代(1271—1386 年)是蒙古族在中国建立的一个王朝。元朝建立后，由于民族间关系复杂，使得这一时期的政治、经济、文化等方面都呈现了一种特殊状态，人民的反抗情绪和文人的愤懑情感形成强大的社会思潮，元代文学中的诗歌、词曲、散文、小说、杂剧、南戏等，都有同情民生疾苦和忧国忧民共同基调，艺术上呈现自然朴素的美。元代的文学创作，以杂剧和散曲成就最大，“俗”文学取得了与传统“雅”文学颉颃的社会地位。

杂剧是一种新兴的文艺样式，产生于金末元初，至大德(1266—1307 年)年间发展到了高峰。元杂剧具有浓厚的北方地域色彩，广泛反映各个阶层的生活，真实表达民众的愿望和情感，以高度的社会价值、杰出的艺术成就和独特的形式体制，开辟了中国戏曲文学的黄金时代。关汉卿是元代杂剧的奠基人，创作了许多杂剧和散曲，他从民间传说、历史资料和元代现实生活里汲取了许多素材，真实地表现了元代人民的抗争与呐喊，他从不写神仙道化与隐居乐道的题材，他严肃的创作态度与批判现实的精神对后世影响巨大，为元杂剧的繁荣与发展打下了坚实的基础。悲剧《窦娥冤》是他的代表作，“列之于世界大悲剧中亦无愧色”，与白朴的《梧桐雨》、马致远的《汉宫秋》、纪君祥的《赵氏孤儿》并称“四大悲剧”。王实甫的《西厢记》描写了崔莺莺和张生对爱情的热烈追求，批判了封建礼教、封建门阀婚姻制度的虚伪性和不合理性，歌颂了青年男女的自由而真挚的爱情，表达了“愿普天下有情的都成了眷属”的美好理想，影响重大，后世久演不衰。

散曲的流行要早于杂剧，是在金代“俗谣俚曲”的基础上成长起来的，称为“新乐府”，其格式和体制成为杂剧的主要源头。一般所说的元曲，是杂剧和散曲的合成。散曲有小令和套数两种，小令是单支曲子，套数是由两支以上属同一宫调的曲子依次连缀而成。散曲具有通俗文化色彩，在元代文坛上的地位超过了传统诗词，成为元代最富于生命力的诗歌样式，为诗坛带来了清新空气，大大丰富了我国古典韵文。散曲前期作家以卢挚、张养浩、关汉卿和马致远为代表，风格通俗易通，诙谐泼辣；后期张可久、乔吉最为活跃，一改前期散曲的本色，俗雅兼备。马致远的《天净沙·秋思》、睢景臣的《哨遍·高祖还乡》是散曲的代表作品。

盛行于宋代的说话艺术，在元代仍继续流行，特别是讲史更趋风行。现存的宋代话本小说和讲史平话也多为元代刊刻或经元人修润，所以一般文学史家都概称为“宋元话本”。元代末年，随着杂剧的衰微，南戏获得发展，创作繁盛，出现了《琵琶记》《荆钗记》《拜月记》《杀狗记》等雅俗共赏剧目，在戏剧发展史上占有重要的地位。元代诗坛上“举世宗唐”，词的创作出现“散曲化”倾向，散文创作题材狭窄，内容贫乏。总之，元代的诗文创作没有出现思想性、艺术性俱佳的作品，缺乏感染力，诗坛、文坛可谓寂寥。

明代(1368—1644 年)是一个高度中央集权的朝代。明代初年，思想文化领域施行严厉

的控制政策，这不能不影响到文学创作。但随着商业经济的繁荣、市民阶层的壮大、思想统治的松动，以及随之产生的人文主义思潮为明代文学创作又提供了新的因素和有利条件，很快迎来了文学突变和全面繁荣，尤其是适应市民思想感情和文化娱乐需求的通俗文学如小说、戏曲等方兴未艾，创作特别昌盛，而诗文创作不免相形见绌。

明代出现了长篇章回体小说，这是一种由宋元讲史话本发展而来的小说形式。章回小说的开山之作，是明代初年罗贯中根据民间流传的三国故事整理加工而成的《三国志通俗演义》。这部作品规模宏大、情节曲折，展现了东汉灵帝中平元年(184 年)到西晋武帝太康元年(280 年)近一个世纪各封建统治集团的军事、政治、外交斗争，塑造了一系列个性鲜明的典型人物，战争场面描写极具特色，仿佛为读者展开了一幅栩栩如生的历史画卷，语言上文字畅达，明白如话，这种半文半白的浅近语言对后世创作影响巨大。明代另一部长篇巨著是施耐庵的《水浒传》，它艺术地表现了北宋末年以宋江等三十六人为首的一场波澜壮阔的农民起义，突出了“官逼民反”的进步主题，人物描写个性鲜明，须眉皆活，表现出了非凡的语言驾驭才能，以其深邃的思想和精湛的艺术，成为小说创作的一个高峰。明代中叶以后，长篇小说创作出现了高潮，举凡讲史小说、神魔小说、世情小说、公案小说，各有佳作问世，其中吴承恩的神魔小说《西游记》描写唐僧师徒四人去西天取经的艰难历程，特别是通过寓人于神、神人合一的孙悟空的形象，表现了大众对美好理想的不懈追求，和战胜自然、克服困难的无畏精神，不仅具有深刻的思想内涵，而且艺术形式曲折优美、结构完整，是一部伟大的浪漫主义杰作。兰陵笑笑生的世情小说《金瓶梅》假托宋朝旧事，实际上展现的是晚明政治和社会的各种面相，作者借《水浒传》中武松杀嫂一段故事为引子，通过对兼有官僚、恶霸、富商三种身份的封建时代市侩势力的代表人物西门庆及其家庭罪恶生活的描述，揭露了明代中叶社会的黑暗和腐败，是一个社会断层的深入剖解，具有较深刻的认识价值。《金瓶梅》是第一部由文人独立创作的长篇小说，从此，文人创作小说成为了主流。

明代短篇小说的主要形式是拟话本。这是一种由文人模仿民间话本而创作的案头文学，著名的拟话本集子有冯梦龙的《喻世明言》《警世通言》《醒世恒言》，以及凌濛初的《初刻拍案惊奇》《二刻拍案惊奇》，合称“三言二拍”。拟话本小说“极摹人情世态之歧，备写悲欢离合之致”，以艺术的笔触叙写明代生活的各个层面，儒雅与世俗互摄互涵，成为明代通俗小说的代表。

戏曲方面，明传奇取代了杂剧的主导地位。明后期产生了著名的剧作家汤显祖，他的代表作《牡丹亭》是我国戏曲史上的浪漫主义杰作，作者塑造了杜丽娘这一人物形象，她为情而死、为情而生，在追求爱情过程中表现出来的坚定执着，为中国文学人物画廊提供了一个光辉的形象。该剧细腻的心理描写、瑰丽的艺术境界、优美动人的曲辞、无不显示出作者卓越的艺术才华。明代后期，明传奇发展到辉煌时期，并形成“临川”与“吴江”两大流派。临川派以其领袖人物汤显祖为江西临川人得名，吴江派以其领袖人物沈璟是江苏吴江人得名。

明代诗文数量繁多，但缺少有影响力的大家作品。明初，以朝廷辅弼大臣为首的“台阁体”诗派兴起，歌功颂德，空廓浮泛。明中叶，出现了拟古主义和反拟古主义的斗争，李梦阳等为首的“前七子”，李攀龙为首的“后七子”，以复古相号召，提出“文必秦汉，诗必唐宋”的主张。反对拟古主义的有“公安派”的袁氏三兄弟，其中袁宏道声誉最高，成绩最大，主张“独抒性灵，不拘格套”，发前人之所未发。晚明小品文特盛，颇见光彩，代表作家有张岱，著有《琅嬛文集》《陶庵梦忆》《西湖梦寻》。

清代(1644—1911 年)是中国历史上最后一个封建王朝。清廷对文人恩威并施，一方面施行高压政策，大兴文字狱；另一方面采取笼络，用科举制度笼络文人士子。作为封建社会的最后一个王朝，也是我国古代文学的总结时期，诗、文、词，曲等均有一定的成就，但因袭模拟而少创新，其成就远不如小说和戏曲。中国的古典小说，经唐宋以来的发展，到元明时期得以进一步提高，至清代则形成了高潮，占据了清代文学的主要地位，伟大的现实主义杰作《红楼梦》就是这个高潮的标志。清代的戏曲创作也有重要收获。

清代文学成就最大的当属小说，与明代相比，作品的思想性、艺术性都达到了新的高度。

就长篇章回体小说而言，《红楼梦》以思想和艺术的伟大成就，而成为中国古典小说的高峰。曹雪芹通过贾宝玉、林黛玉的爱情悲剧和贾府由盛到衰的故事情节，反映了官僚地主生活的腐朽，表现了具有叛逆性格青年的民主思想与传统意识形态的冲突，揭示了封建统治阶级和封建社会走向没落的趋势。小说通过对日常生活琐事和人物内心世界的提炼描写，塑造了众多具有深刻典型意义而又个性鲜明的人物形象，刻画细腻，语言优美多姿。另一部长篇巨著是吴敬梓的《儒林外史》，它对八股取士、摧残人才的封建考试制度，进行了全面的揭露和辛辣的讽刺，它以夸张的手法、幽默朴素的语言，成为我国文学史上少有的讽刺杰作。就文言短篇小说而言，最优秀的是清初蒲松龄的《聊斋志异》，它借花妖狐魅等故事，揭发封建吏治和八股取士制度的黑暗，歌颂青年男女对于幸福与爱情的追求，想象丰富，情节生动，引人入胜。

清代戏曲创作也有重要收获。清初的戏曲，如吴伟业的《秣陵春》、李玉的《清忠谱》等，抒写国家衰亡之痛，是当时民族矛盾的曲折投影。随后，出现了洪昇的《长生殿》和孔尚任的《桃花扇》两部杰出的传奇，《长生殿》把唐玄宗李隆基与杨贵妃的爱情悲剧，放在安史之乱前后的背景上描写，抨击了李、杨生活的腐朽，反映了广阔的社会矛盾；《桃花扇》以侯方域、李香君的离合之情为主线，写南明王朝的兴衰历史，做到了历史真实与艺术真实成功地结合，剧本结构紧密，塑造了李香君坚守民族气节的爱国妇女形象。

清代的诗、词、散文，虽然总的成就未能超越前代，但是名家迭出，流派众多，有不少佳作。以明臣而仕清的钱谦益和吴伟业，是清初的两个有特色的作家，钱谦益的诗兼学唐、宋诸大家，好写兴亡之感，以自托“不忘故国”；吴伟业的诗，多写明末清初的史事，其七言歌行，辞藻绵丽，感情恻怆，音节谐美，有很强的感染力。清后期，诗说、诗派颇为活跃，著名诗人有沈德潜、袁枚，郑燮等，诗作风格多样化，艺术技巧有不同程度的创新。词至清代，词家辈出，词作繁富，先后出现了“阳羡词派”“浙西词派”“常州词派”等，词人纳兰性德善作小令，长于白描，词作直逼南唐后主李煜，自成一家。散文方面，魏禧、侯方域、汪琬被称为“国初三大家”，清朝中叶出现了著名散文流派“桐城派”，以方苞、刘大櫆、姚鼐为代表，讲求义法，风格以清真雅正为宗，作品简淡有风神。

清末谴责小说盛行，代表作有李宝嘉的《官场现形记》、吴沃尧的《二十年目睹之怪现状》、刘鹗的《老残游记》、曾朴的《孽海花》，合称“晚清四大谴责小说”。这些作品暴露了封建官场的腐朽黑暗，宣传社会改良，内容和题材有明显开拓，标志着中国小说创作进入又一个新的繁荣时期。

关汉卿是中国文学史和戏剧史上一位伟大的作家，他一生创作了许多杂剧和散曲，成就卓越。他的剧作为元杂剧的繁荣与发展打下了坚实的基础，是元代杂剧的奠基人。

第二节　双调·大德歌[1]

关汉卿

[春]

子规啼，不如归[2]。道是春归人未归。几日添憔悴，虚飘飘柳絮飞。一春鱼雁无消息[3]，则见双燕斗衔泥[4]。

[夏]

俏冤家，在天涯。偏那里绿杨堪系马[5]。困坐南窗下，数对清风想念他。蛾眉淡了教谁画，瘦岩岩羞带石榴花[6]。

[秋]

风飘飘，雨潇潇，便做陈抟睡不着[7]。懊恼伤怀抱，扑簌簌泪点抛。秋蝉儿噪罢寒蛩儿叫[8]，淅零零细雨打芭蕉[9]。

[冬]

雪纷纷，掩重门，不由人不断魂[10]，瘦损江梅韵[11]。那里是清江江上村，香闺里冷落谁瞅问？好一个憔悴的凭栏人。

(选自《元曲三百首》，成涛注，大众文艺出版社，1998 年版)

注释：

[1] 双调：宫调名。　大德歌：创制于元成宗大德年间(1297—1307 年)的曲牌。

[2] 子规：即杜鹃。据《华阳国志》等书记载，周末蜀帝杜宇，号望帝，死后化鸟名杜鹃，又名子规，据说啼声像“不如归，不如归去”，声音凄厉，勾人乡愁。

[3] 鱼雁：书信的合称。鱼的典故出自汉乐府《饮马长城窟行》，雁的典故出自《汉书·苏武传》：“教使者谓单于，言天子射上林中，得雁，足有系帛书。”

[4] 则见双燕斗衔泥：化用白居易《钱塘湖春行》“谁家新燕啄春泥”诗意，比喻相思相爱。　斗：争相。

[5] 偏那绿杨堪系马：偏偏只有那里留得住。张耒《风流子》：“遇有系马，垂杨影下。”

[6] 瘦岩岩：瘦削的样子。

[7] 陈抟：北宋初的著名道士，字图南，自号扶摇子，曾修道于华山，每睡长眠百日不起。

[8] 寒蛩：蟋蟀。

[9] 淅零零细雨打芭蕉：取李煜《长相思》中“秋风多，雨相和，帘外芭蕉三两窠。夜长人奈何”语意。

[10] 断魂：形容人极度悲伤。杜牧《清明》：“清明时节雨纷纷，路上行人欲断魂。”

[11] 瘦损江梅韵：瘦损了如梅妃那样的风韵。江梅：唐玄宗的妃子，她本姓江，因爱

梅，玄宗赐名梅妃，梅妃风度娴雅，善事能文，后因杨贵妃嫉妒，玄宗疏远了她。梅妃作《东楼赋》献给玄宗，玄宗赏她珍珠一斛，她不受，作诗答谢：“柳叶双眉久不描，残妆和泪湿红绡。长安自是无梳洗，何必珍珠慰寂寥。”

关汉卿(约 1229—1241 年)号一斋、已斋叟，大都人(今北京)，元代杂剧作家，与马致远，郑光祖，白朴并称为“元曲四大家”。贾仲明《录鬼簿》吊词称他为“驱梨园领袖，总编修师首，捻杂剧班头”，可见他在元代剧坛上的地位。关汉卿曾写有《南吕一枝花》赠给女演员珠帘秀，说明他与演员关系密切。他曾毫无惭色地自称：“我是个普天下的郎君领袖，盖世界浪子班头。”在《南吕一枝花·不伏老》结尾一段，更狂傲倔强地表示：“我是个蒸不烂、煮不熟、捶不匾、炒不爆、响珰珰一粒铜豌豆。”文献资料记载，关汉卿编有杂剧六十七部，现存十八部，其中《窦娥冤》《救风尘》《望江亭》《拜月亭》《鲁斋郎》《单刀会》《调风月》等是他的代表作。

导读

这组小令组曲，巧妙地运用了四季中有代表特征的自然景物，刻画了一个闺中少妇对久去不归爱人的深深思念，烘托出悲凉凄婉之情。

“春”选取了“子规”“柳絮”“双燕斗衔泥”这些代表春天的典型景物，自然界的春光无限和闺中少妇的愁思形成鲜明的对照映衬；“夏”选取了“石榴花”“绿杨”衬托思念之切；“秋”则选择了意带凄凉的秋风、秋雨、秋蝉、寒蛩，渲染出苦苦思念不得相见的落寞凄苦；“冬”用“雪纷纷，掩重门”的雪景烘托因相思而瘦削憔悴的凭栏人的沮丧、迷惘和执着。随着季节的变化，思妇触景伤情，思念一步步加深，终至憔悴、瘦损，生动地描绘出闺中少妇对远行亲人的执着不渝的情感。除了景物的渲染烘托，组曲中还有内心独白式的倾诉、典故的化用，自然贴切，增添了咀嚼回味的情韵，极富艺术感染力。

感悟讨论

1. 这组小令组曲表现了思妇怎样的心情？
2. 你看过根据关汉卿剧本制作的艺术作品吗？谈谈你的感受。
3. 《南吕一枝花·不服老》写得本色、生动、诙谐、夸张，谈谈你对关汉卿人格的理解。

平行阅读

南吕一枝花·不服老

关汉卿

〔一枝花〕

攀出墙朵朵花，折临路枝枝柳。花攀红蕊嫩，柳折翠条柔，浪子风流。凭着我折柳攀花手，直煞得花残柳败休。半生来折柳攀花，一世里眠花卧柳。

〔梁州〕

我是个普天下郎君领袖，盖世界浪子班头。愿朱颜不改常依旧，花中消遣，酒内忘忧。分茶攧竹，打马藏阄；通五音六律滑熟，甚闲愁到我心头？伴的是银筝女银台前理银筝笑倚银屏，伴的是玉天仙携玉手并玉肩同登玉楼，伴的是金钗客歌金缕捧金樽满泛金瓯。你道我老也，暂休。占排场风月功名首，更玲珑又剔透。我是个锦阵花营都帅头，曾玩府游州。

〔隔尾〕

子弟每是个茅草冈、沙土窝初生的兔羔儿乍向围场上走，我是个经笼罩、受索网苍翎毛老野鸡蹅踏的阵马儿熟。经了些窝弓冷箭镴枪头，不曾落人后。恰不道“人到中年万事休”，我怎肯虚度了春秋。

〔尾〕

我是个蒸不烂、煮不熟、捶不匾、炒不爆、响珰珰一粒铜豌豆，恁子弟每谁教你钻入他锄不断、斫不下、解不开、顿不脱、慢腾腾千层锦套头？我玩的是梁园月，饮的是东京酒，赏的是洛阳花，攀的是章台柳。我也会围棋、会蹴踘、会打围、会插科、会歌舞、会吹弹、会咽作、会吟诗、会双陆。你便是落了我牙、歪了我嘴、瘸了我腿、折了我手，天赐与我这几般儿歹症候，尚兀自不肯休！则除是阎王亲自唤，神鬼自来勾。三魂归地府，七魄丧冥幽。天哪！那其间才不向烟花路儿上走！

(选自《元曲三百首》，成涛注，大众文艺出版社，1998年版)

“情之所钟，在帝王家罕有。”汉元帝对王昭君倾心相爱，感人至深，却也无法挽回生死离别的悲剧。

第三节　汉宫秋(节选)[1]

马致远

第三折

(番使拥旦[2]上，奏胡乐科[3]，旦云)妾身王昭君，自从选入宫中，被毛延寿将美人图点破，送入冷宫；甫[4]能得蒙恩幸，又被他献与番王形像[5]。今拥兵来索，待不去，又怕江山有失；没奈何将妾身出塞和番。这一去，胡地风霜，怎生消受也！自古道：“红颜胜人多薄命，莫怨春风当自嗟[6]。”(驾[7]引文武内官上，云)今日灞桥饯送明妃，却早来到也。(唱)

【双调·新水令】[8]锦貂裘生改尽[9]汉宫妆，我则索[10]看昭君画图模样。旧恩金勒[11]短，新恨玉鞭长。本是对金殿鸳鸯，分飞翼，怎承望[12]！

(云)您文武百官计议，怎生退了番兵，免明妃和番者。(唱)

【驻马听】宰相每[13]商量，大国使[14]还朝多赐赏。早是俺夫妻悒快[15]，小家儿出外也摇装[16]。尚兀自[17]渭城衰柳助凄凉，共那灞桥流水添惆怅。偏您不断肠，想娘娘那一天愁都撮[18]在琵琶上。

(做下马科)(与旦打悲[19]科)(驾云)左右慢慢唱者，我与明妃饯一杯酒。(唱)

【步步娇】您将那一曲阳关休轻放，俺咫尺如天样，慢慢的捧玉觞。朕本意待尊前挨些时光，且休问劣了宫商[20]，您则与我半句儿俄延[21]着唱。

(番使云)请娘娘早行，天色晚了也。(驾唱)

【落梅风】可怜俺别离重，你好是归去的忙。寡人心先到他李陵台[22]上？回头儿却才魂梦里想，便休题贵人多忘。

(旦云)妾这一去，再何时得见陛下？把我汉家衣服都留下者。(诗云)正是：今日汉宫人，明朝胡地妾；忍着[23]主衣裳，为人作春色！(留衣服科)(驾唱)

【殿前欢】则甚么[24]留下舞衣裳，被西风吹散旧时香。我委实[25]怕宫车再过青苔巷，猛到椒房[26]，那一会想菱花镜里妆，风流相[27]，兜的又横心上。看今日昭君出塞，几时似苏武还乡？

(番使云)请娘娘行罢，臣等来多时了也。(驾云)罢罢罢！明妃，你这一去，休怨朕躬也。(做别科，驾云)我那里是大汉皇帝！(唱)

【雁儿落】我做了别虞姬楚霸王，全不见守玉关征西将。那里取保亲的李左车，送女客的萧丞相[28]？

(尚书云)陛下不必挂念。(驾唱)

【得胜令】他去也不沙[29]架海紫金梁，枉养着那边庭上铁衣郎[30]。您也要左右人扶侍，俺可甚[31]糟糠妻下堂！您但提起刀枪，却早小鹿儿心头撞。今日央及煞[32]娘娘，怎做的男儿当自强！

(尚书云)陛下，咱回朝去罢。(驾唱)

【川拨棹】怕不待[33]放丝缰，咱可甚鞭敲金镫响[34]。你管燮理阴阳[35]，掌握朝纲，治国安邦，展土开疆；假若俺高皇，差你个梅香[36]，背井离乡，卧雪眠霜，若是他不恋恁春风画堂，我便官封你一字王[37]。

(尚书云)陛下，不必苦死留他，着他去了罢。(驾唱)

【七弟兄】说什么大王、不当、恋王嫱，兀良[38]！怎禁他临去也回头望。那堪这散风雪旌节[39]影悠扬，动关山鼓角声悲壮。

【梅花酒】呀！俺向着这迥野[40]悲凉。草已添黄，兔早迎霜。犬褪得毛苍，人搠[41]起缨枪，马负着行装，车运着糇粮[42]，打猎起围场。他、他、他，伤心辞汉主；我、我、我，携手上河梁[43]。他部从[44]入穷荒；我銮舆[45]返咸阳。返咸阳，过宫墙；过宫墙，绕回廊；绕回廊，近椒房；近椒房，月昏黄；月昏黄，夜生凉；夜生凉，泣寒螀[46]；泣寒螀，绿纱窗；绿纱窗，不思量！

【收江南】呀！不思量，除是铁心肠；铁心肠，也愁泪滴千行。美人图今夜挂昭阳[47]，我那里供养，便是我高烧银烛照红妆。(尚书云)陛下，回銮罢，娘娘去远了也。(驾唱)

【鸳鸯煞】我煞大臣行说一个推辞谎，又则怕笔尖儿那火编修讲[48]。不见他花朵儿精神，怎趁[49]那草地里风光？唱道[50]伫立多时，徘徊半晌，猛听的塞雁南翔，呀呀的声嘹亮，却原来满目牛羊，是兀那载离恨的毡车半坡里响。(下)

(番王引部落拥昭君上，云)今日汉朝不弃旧盟，将王昭君与俺番家和亲。我将昭君封为宁胡阏氏[51]，坐我正宫。两国息兵，多少是好。众将士，传下号令，大众起行，望北而去。(做行科)(旦问云)这里甚地面了？(番使云)这是黑江，番汉交界去处。南边属汉家，北边属我番国。(旦云)大王，借一杯酒望南浇奠，辞了汉家，长行去罢。(做奠酒科，云)汉朝

皇帝，妾身今生已矣，尚待来生也。(做跳江科)(番王惊救不及，叹科，云)嗨！可惜，可惜！昭君不肯入番，投江而死。罢罢罢！就葬在此江边，号为青冢者。我想来，人也死了，枉与汉朝结下这般仇隙，都是毛延寿那厮搬弄出来的。把都儿[52]，将毛延寿拿下，解送汉朝处治，我依旧与汉朝结和，永为甥舅，却不是好？(诗云)则为他丹青画误了昭君，背汉主暗地私奔；将美人图又来哄我，要索取出塞和亲。岂知道投江而死，空落的一见消魂。似这等奸邪逆贼，留着他终是祸根；不如送他去汉朝哈喇[53]，依还的甥舅礼，两国长存。(下)

(选自《元曲选》，藏晋叔编，中华书局，1979年版)

注释

[1] 《汉宫秋》：本篇选自《汉宫秋》的第三折。前两折写汉元帝因后宫寂寞，听从毛延寿建议，让他到民间选美。王昭君美貌异常，但因不肯贿赂毛延寿，被他在美人图上点上破绽，因此入宫后独处冷宫。汉元帝深夜偶然听到昭君弹琵琶，爱其美色，将她封为明妃，又要将毛延寿斩首。毛延寿逃至匈奴，将昭君画像献给呼韩邪单于，让他向汉王索要昭君为妻。元帝舍不得昭君和番，但满朝文武怯懦自私，无力抵挡匈奴大军入侵，昭君为免刀兵之灾自愿前往。本篇写汉元帝灞桥饯别明妃时的情景。

[2] 旦：元杂剧中的女性角色称“旦”。这里指王昭君。

[3] 科：元杂剧中表示人物动作与舞台效果的术语。

[4] 甫：刚刚。

[5] 形像：指王昭君的画像。

[6] 自嗟：自叹。

[7] 驾：元杂剧中称帝王为“驾”。这里指汉元帝。

[8] 双调：宫调名。　　新水令：同下面的【驻马听】、【步步娇】等均为曲牌名。

[9] 生改尽：生硬地改换干净。

[10] 则索：只得。

[11] 金勒：马络头。

[12] 承望：料想。

[13] 每：们。

[14] 大国使：这里指匈奴使臣。

[15] 悒怏：郁闷不乐。

[16] 摇装：古代习俗，将远行者，预期择吉出门，亲友于江边饯行，上船移棹即返，另日启行，称遥装，亦称摇装。

[17] 兀自：仍旧，还是。

[18] 攧：凝聚，集中。

[19] 打悲：作出悲戚的样子。

[20] 劣了宫商：荒腔走板。　　宫商：指腔调。

[21] 俄延：慢慢地。

[22] 李陵台：相传汉代名将李陵抗击匈奴时，曾筑高台遥望家乡。

[23] 忍着：怎忍心穿着。

[24] 则甚么：做什么。

[25] 委实：确实。

[26] 椒房：指后妃居住的宫室。

[27] 风流相：漂亮的相貌。　兜的：陡的，突然的意思。

[28] “那里取”两句：意思是，如果满朝文武都有李左车、萧丞相的才能，我何至于送明妃和番呢？李左车，秦汉之际的谋士。萧丞相，即萧何，刘邦时的丞相。

[29] 不沙：不是那。　架海紫金梁：比喻安邦定国的文武大臣。

[30] 铁衣郎：身穿铠甲的将士。

[31] 可甚：算什么。

[32] 央及煞：特别殃及到。煞：甚。

[33] 怕不待：难道不，岂不。

[34] 鞭敲金镫响：形容胜利归来。

[35] 燮理阴阳：指大臣辅佐天子治理国事。　燮：调和。　理：治理。

[36] 差：派遣。　梅香：婢女。

[37] 一字王：一国之王。

[38] 兀良：衬词，无意义。

[39] 旌节：仪仗所用的幡旗。

[40] 迥野：辽阔的原野。

[41] 搠：刺、戳。

[42] 糇粮：干粮。

[43] 携手上河梁：表示惜别之意。梁：桥。

[44] 部从：部下、随从。穷荒：遥远的荒野。

[45] 銮舆：即銮驾，天子车驾。

[46] 寒螀：即“寒蝉”，蝉的一种，比较小。

[47] 昭阳：指昭阳殿。

[48] 我煞大臣行说一个推辞谎，又则怕笔尖儿那火编修讲：我只要在大臣跟前说一句推托的话，又怕那些玩笔尖的史官啰唆。　煞，一作“只索”。　大臣行：大臣那里。　火：同“伙”。

[49] 趁：追逐，追寻。这里有欣赏之意。

[50] 唱道：诚然。

[51] 宁胡：使胡地得以安宁。　阏氏(yān zhī)：汉代匈奴单于皇后的称号。

[52] 把都儿：意思为勇士，蒙古语的音译。

[53] 哈喇：蒙古语，杀的意思。

马致远(约 1250—约 1323 年)字千里，号东篱，因《天净沙·秋思》而被称为“秋思之祖”，元代著名戏曲作家、散曲家、杂剧家。马致远所作杂剧今知有十五种，《汉宫秋》是其代表作；散曲一百二十多首，有辑本《东篱乐府》。马致远青年时期仕途坎坷，中年中进士，曾任浙江省官吏，后在大都(今北京)任工部主事。马致远晚年不满时政，隐居田园。马致远的作品具有豪放中显其飘逸、沉郁中见通脱之风格，杂剧语言清丽，善于把比

较朴实自然的语句锤炼得精致而富有表现力，曲文充满强烈的抒情性和主观性，词采清朗俊雅而不浓艳。《太和正音谱》评：“马东篱之词，如朝阳鸣凤。其词典雅清丽，可与灵光景福两相颉颃，有振鬣长鸣万马皆瘖之意。又若神凤飞于九霄，岂可与凡鸟共语哉！宜列群英之上。”

导读

汉代以来，笔记小说和文人诗篇都经常提及昭君的故事。马致远的《汉宫秋》并不是取材于正史，而是在《王昭君变文》的基础上，汲取历代笔记小说、文人诗篇和民间讲唱文学的成就进行加工创作的。作品歌颂了王昭君的爱国主义，无情地批判了毛延寿和一帮昏庸无能的文臣武将，对以元帝为首的封建王朝，进行了深刻的揭露与辛辣的嘲讽。

本文选自《汉宫秋》第三折。作者以浓墨重彩地描写了汉元帝与昭君生离死别的场面，创造出了一种悲凉忧伤的意境。这一爱情悲剧产生于特定的历史条件，一方面揭示产生爱情悲剧的社会根源，暴露封建王朝的腐败无能；另一方面也有利于激发当时生活在金、元之际汉人的民族情感，对于深化作品的主题具有极为重要的意义。剧本塑造了一位舍身和番、深明大义的爱国女子的艺术形象，反衬出那些以“女色败国论”来文过饰非者的怯懦与无耻。王昭君既有对汉元帝的眷恋之情，又能为国家大计而毅然出塞和番，并不惜以身殉国难，作者对她给予了深切同情和高度赞扬。《长生殿》的作者洪昇曾说：“情之所钟，在帝王家罕有。”汉元帝对王昭君的倾心相爱，首先是为昭君的琵琶声所吸引，接着便是为昭君的姿色所倾倒，技艺和姿色是元帝爱昭君的基本原因和主要内容；对于王昭君舍身赴国难的精神，元帝却毫无感动之情，更无特别器重之意。《汉宫秋》通过描写汉元帝对昭君的温柔多情与他对于治理国家社稷的昏庸无能，形象自然地展示了汉元帝的个性。

本折唱词极富乐感，运用了对偶、顶真、用典等修辞手法，融旋律美和意境美为一体，体现了独特的美学风格。

感悟讨论

1. 结合课文分析，元帝的温柔多情与昏庸无能是如何形成统一整体的？
2. 本文运用了哪些修辞方法？举例说明各自的作用。
3. 本文哪些曲词体现了元杂剧的意境美和音乐美？

平行阅读

明　妃　曲

王安石

其一

明妃初出汉宫时，泪湿春风鬓脚垂。
低徊顾影无颜色，尚得君王不自持。
归来却怪丹青手，入眼平生几曾有？
意态由来画不成，当时枉杀毛延寿。

一去心知更不归，可怜著尽汉宫衣。
寄声欲问塞南事，只有年年鸿雁飞。
家人万里传消息，好在毡城莫相忆。
君不见咫尺长门闭阿娇，人生失意无南北！

其二

明妃初嫁与胡儿，毡车百辆皆胡姬。
含情欲语独无处，传与琵琶心自知。
黄金杆拨春风手，弹看飞鸿劝胡酒。
汉宫侍女暗垂泪，沙上行人却回首。
汉恩自浅胡恩深，人生乐在相知心。
可怜青冢已芜没，尚有哀弦留至今。

(选自《王安石诗文选注》，高克勤选注，上海古籍出版社，1994 年版)

被称作“经纶济世之士”的诸葛亮，通晓天文地理，用兵如神，在人们的心目中历来是智慧的化身，“舌战群儒”是他初出茅庐时惊人才能的体现。

第四节　诸葛亮舌战群儒

罗贯中

鲁肃、孔明在舟中共话[1]。肃猛省：“孔明是个舌辩之士，去到江东，犹恐惹起刀兵。常胜则可，倘败则归罪于我！”寻思半晌，与孔明曰：“先生如见吴侯，切不可实言曹操兵多将广。若问操欲下江东否，只言不知。”孔明曰：“不须子敬叮咛，亮自有对答之语。”鲁肃连嘱数番。孔明冷笑。船已到岸，肃请孔明于驿中安歇已定。

肃来见孙权[2]。权正聚文武于堂上议事，听知鲁肃到，急召而问曰：“子敬，荆州体探事情若何？”肃曰：“未知虚实。”权曰：“所干何事？”肃曰：“别有商议。”权将曹操檄文以示肃曰：

操近承帝命，奉辞伐罪。旌麾南指，刘琮束手；荆、襄之民，望风归顺。今统大兵百万，上将千员，欲与将军猎于江夏[3]，共伐刘备，同分汉土，永结盟好。相见再期，早宜回报。

肃看毕，曰：“主公尊意若何？”权曰：“未有定论。”张昭曰[4]：“曹操虎豹也。今拥百万之众，借天子之名以征四方，拒之不顺。且将军大势可以拒操者，长江也。今操得荆州水军，艨艟斗舰[5]，动以千数，浮以沿江，水陆俱下，此为长江之险已与我共之矣！其势如山岳，不敢迎之。以愚之计，不如降之，以为万安之策。”众谋士皆曰：“子布之言，甚合天意。”孙权沉吟不语。张昭等又曰：“主公不必多疑。如降操，则东吴民安，江南六郡可保矣。”权起更衣，肃随于宇下。权知肃意，乃执肃手而言曰：“卿欲如何？”肃曰：“却才众人之意，专误将军，不足以图大事。众皆可降曹耳，如将军必不可也。”权曰：“何也？”肃曰：“如肃等降操，当以肃还乡党，品其名位，犹不失下为操从事，乘犊车，从吏卒，交游士林，累官政不失州郡也。将军降曹操，欲安所归乎？官不过封侯而已，车不过一乘，骑不过一匹，从不过十人，岂得南面称孤哉？众人之意，各为

自己，不可用也。将军详之，早定大事。”权叹曰：“诸人议论，甚失孤望。子敬开说大计，正与吾同。此天以子敬赐我也！保全之计，其意须要已定。曹操新得袁绍[6]，近得荆州之兵，恐势大，难与以敌。”肃曰：“肃渡江而到当阳，已闻刘豫州军败[7]；次至江夏相见，特问其虚实。有一人深知前故，特引到此，主公试问之。”权曰：“是何人？”肃曰：“诸葛瑾之弟，诸葛亮也。”权曰：“莫非卧龙先生否？”肃曰：“是也，见在馆驿中安歇。”权曰：“今日天晚，来日聚文武于帐下，先教见俺江东英俊，然后升堂议事。”肃领命而去。

次日早，请孔明来见，肃又嘱曰：“如见吴侯，切不可言曹操兵多。”孔明曰：“亮自见机而变，不误于公。”鲁肃引孔明至幕下，视之，见张昭、顾雍等一般文武二十余人，峨冠博带[8]，整衣端坐。孔明料众谋士俱在，教肃引领，从头逐一相见，各问姓名。施礼已毕，坐于客席。张昭等见孔明飘飘然有出世之表，昂昂然有凌云之志。张昭等料孔明来下说东吴，昭先以言挑之曰：“昭乃江东微末之士也。久闻先生归于隆中，躬耕陇亩，以乐天真，好为《梁父吟》，每自比管仲、乐毅[9]，此语果有之乎？”孔明暗思：“这人言语挑我。”遂应答之：“此亮平生小可之比也。”昭曰：“近闻刘豫州三顾先生于草庐之中，而听高论，豫州‘如鱼得水’，每欲席卷荆州、襄。今一旦以属曹公，未审是何主见？”孔明自思：“张昭乃孙权手下一个谋士，若不先难倒他，如何说得孙权？”遂答昭曰：“吾观取汉上之地，易如反掌。吾主刘豫州，躬行仁义，不忍夺同宗之基业，故力辞之。刘琮孺子，听信佞言，暗献国投降，致使曹操得其猖獗。今豫州兵屯江夏，别有良图，非等闲可知也。”昭曰：“若此，先生言行相违也。圣人有云：‘古者言之不出，耻躬之不逮也。’先生自比于管仲、乐毅，愚自幼酷视《春秋》，深慕二公之为人。管仲相桓公，霸诸侯，一匡天下，纠合诸侯不以兵车，管仲之力也。乐毅扶持微弱之燕，下齐七十余城。此二人者，可谓济世之才，古今之豪杰也。今曹操横行于中国，擅行征伐，动无不克，有顺其欲者，从而慰之；不顺其欲者，从而伐之。宣言曰：‘吾奉天子明诏，诛反讨逆。’因此海宇振动，英雄宾服。先生在草庐之中，但笑傲风月，抱膝危坐。今既从事刘豫州，当与生灵兴利除害，此所谓‘达则兼善于天下’。且玄德公未见先生之时，尚且纵横寰宇，据守城池；今见先生，人皆仰面望之，虽三尺之童蒙，亦谓彪虎生翼，将见汉室复兴，曹氏即灭矣。朝廷故旧大臣，山林隐迹之士，皆拭目而待；拂高天之云翳，仰日月之光辉，拯民于水火之中，措之于衽席之上[10]。何其先生自归豫州，曹兵一出，玄德弃甲抛戈，望风而窜，上不能报刘表以安庶民，下不能辅孤子而据汉室。先生知而使之，是不仁也；不知而使之，是不智也。近闻玄德弃新野，走樊城，败当阳，奔夏口，无容身之地，有烧眉之急。此是自得先生以来，反不如其初也。岂有管仲、乐毅万分之一哉？先生幸勿以愚直而怪之！”孔明昂然而笑曰：“鹏飞万里，其志岂群鸟之识哉？古人有云：‘善人为邦百季，亦可以胜残去杀矣。’且以世俗病人论之：夫病疾之极，当以糜粥以饮之，和药以服之；待其脏腑调和，形体暂回，然后用肉食以补之，猛药以治之，则病根尽拔去，人得全生也。汝若不待气脉和缓，便投之以猛药硬食，欲求安者，诚为难矣。以吾主刘豫州，向日军败于汝南，寄迹于刘表，军不满千，将惟关、张、赵云而已；新野山僻小县，人民稀少，粮食鲜薄，非险要之地，豫州借此容身：正如病势尪羸之极也[11]。夫以兵甲不完，城廓不坚，军不经练，粮不继日，守之则坐而待死，如以金玉弃沟壑耳。博望烧屯，白河用水，使夏侯惇、曹仁等辈闻吾之名，心胆皆裂，虽管仲复生，

乐毅不死，安可及我哉？刘琮投降，豫州不知；亮常数言，豫州不忍乘乱夺人基业，此大义也，故不为之。当阳大败，豫州见有十数万赴义之民，扶老携幼，不忍弃之，日行十里，不思进取江陵，甘与同败，此亦大义也。兵书云：‘寡不敌众。’胜负乃常事也，焉有必胜之理乎？昔楚项羽数胜高皇，垓下一战成功，此是韩信之良谋。且信久事高皇，未常累胜。国家之大计，社稷之安危，自有主谋，非比夸辩之徒，虚誉妄人耳：坐议立谈，谁人可及；临机应变，百无一能。诚为天下取笑耶？子布莫怪口直！”只这一篇词，唬得张昭并无一言。

忽于坐间又一人，高言而问曰：“今曹公兵屯百万，将列千员，龙骧虎视，平吞江夏，公以何如？”孔明视之，乃是从事会稽余姚人虞仲翔虞翻也[12]。孔明应声答曰：“曹操收袁绍蚁聚之兵，劫刘表乌合之众，军无纪律，将无谋略，虽数百万，不足惧也。”虞翻大笑曰：“军败于当阳，计穷于夏口，区区求救于人，犹言不惧，此真‘掩耳偷铃’也！”孔明曰：“岂不闻兵法云：‘信兵实战。’吾主刘豫州有数千仁义之师，安能敌百万暴残之众耳？退守夏口，待其时也。今汝江东兵精粮足，又有长江之险，犹欲使其主屈膝降贼，何其太懦也！若此论之，刘豫州实不惧曹贼耳！”虞翻不能对。

坐上又一人应声而问曰：“孔明效苏秦、张仪掉三寸不烂之舌[13]，游说江东也。”孔明视之，乃临淮淮阴人步子山步骘也。孔明曰：“君知苏秦、张仪乃舌辩之士，不知苏秦、张仪乃豪杰之辈也。苏秦佩六国之玺绶，张仪二次相秦，皆有匡扶社稷之机，补完天地之手，非比守株待兔、畏刀避剑之人耳。君等闻曹操虚发诈伪之词，犹豫不决，敢望于苏秦、张仪乎？”步骘不能对。

忽坐上一人问曰：“孔明以曹操何如人也？”孔明视之，乃沛郡竹邑薛敬文薛综也。孔明应声曰：“曹操乃汉贼耳！”综曰：“公言差矣。予闻古人云：‘天下者，非一人之天下，乃天下人之天下也。’故尧以天下禅于舜，舜以天下禅于禹。其后成汤放桀，武王伐纣，列国相吞，汉承秦业以及乎今，天数以终于此。今曹公遂有天下三分之二，人皆归心。惟豫州不识天时而欲争之，正是以卵击石，而驱羊斗虎，安能不败乎？”孔明应声叱之曰：“汝乃无父无君之人也！夫人生于天地之间者，以忠孝为立身之本。吾汝累世食汉室之水土，思报其君，闻有奸贼蠹国害民者[14]，誓共戮之，臣之道也。曹操祖宗叨食汉禄四百余年[15]，不思报本，久有篡逆之心，天下共恶之。汝以天数归之，真无父无君之人也。不足与语！再无复言！”薛综满面羞惭，不敢对答。

坐上忽一人应声问曰：“曹操虽挟天子而令诸侯，犹是曹相国曹参之后。汝刘豫州虽中山靖王苗裔，无可稽考，眼见只是织席贩履之庸夫，何足与曹操抗衡哉！”孔明视之，乃吴郡陆公纪陆绩也。孔明笑而言曰：“公乃袁术坐间怀绿桔之陆郎乎？汝安坐，听吾论之。昔日文王三分天下有其二以服事殷，孔子云：‘周之德，其可谓至德也已矣！’此所谓不敢伐君也。其后武王伐纣。纣暴虐至甚，武王伐之，伯夷、叔齐扣马而谏曰：‘以臣弑君，可谓仁乎？’太公称为义士，孔子亦称其德。为臣不可以犯上，此万古不易之理也。曹操累世汉臣，君又无过，常有篡图之心，非逆贼而何？昔汉高祖皇帝，起身乃泗上亭长，宽洪大度，重用文武而开大汉洪基四百余季。至于吾主，纵非刘氏宗亲，仁慈忠孝，天下共知，胜如曹操万倍，岂以织席贩履为辱乎？汝小儿之见，不足共高士言之，岂不自辱乎？”

坐上一人昂然而出曰：“虽吾江东之英俊，被汝词夺却正理，汝治何经典？”孔明视之，乃彭城严曼才严畯也。孔明应声曰：“寻章摘句，世之腐儒也，何能兴邦立事？且于

耕莘伊尹，钓渭子牙，张良、陈平之流，耿弇、邓禹之辈[16]，皆有幹旋天地之手，匡扶宇宙之机，未审平生治何经典。岂效书生区区为笔砚之间，论黄数黑，舞文弄笔，而玩唇舌乎？”严畯低头丧气而不能对。

忽又一人指孔明而言曰：“汝言‘文不能安邦，武不能定国’，何士立于四科之首？”孔明视之，汝南程德枢程秉也。孔明曰：“有君子之儒，有小人之儒。夫君子之儒，心存仁义，德处温良；孝于父母，尊于君王；上可仰瞻于天文，下可俯察于地理，中可流泽于万民；治天下如盘石之安，立功名于青史之内，此君子之儒也。夫小人之儒，性务吟诗，空书翰墨；青春作赋，皓首穷经；笔下虽有千言，胸中实无一物。且如汉扬雄，以文章为状元，而屈身仕莽，不免投阁而死，此乃小人之儒也；虽日赋万言，何足道哉！”

坐上诸人见孔明对答如流，滔滔然如决长河之水，众皆失色。又有吴郡吴人张温、会稽乌伤人骆统二人，又欲难问。忽一人自外而入，厉声言曰：“孔明乃当世之才，汝等却以唇舌相难，非敬客之礼也。曹操引百万之众虎视江南，不思退敌之策，但以口头之昧，各负己能，政事安在？吴侯久等，请先生便入，以论安危。”众视其人，乃零陵人，姓黄，名盖，字公覆，现为东吴粮官。

(选自《三国演义》第四十三回(略有改动)，(元末明初)罗贯中著，人民文学出版，1973 年版)

注释

[1] 鲁肃：孙权的参谋，字子敬，是促成孙刘联盟的重要人物。　孔明：诸葛亮字孔明，号卧龙，刘备军师，辅助刘备建立了蜀国。

[2] 孙权：字仲谋，保有江东，建立吴国，自立为帝。

[3] 猎：打猎。这是摆开战场的委婉说法。

[4] 张昭：字子布，东吴第一谋士。

[5] 艨艟(měng chōng)：古代战船。

[6] 袁绍：字本初，发兵讨董卓，成为诸侯军的盟主，后在官渡之战中被曹操击败。

[7] 刘豫州：即刘备，字玄德，曾任豫州牧，因此又称刘豫州，他建立蜀国，自立为帝。

[8] 峨冠博带：高帽子阔衣带。古代士大夫的装束。

[9] 管仲、乐毅：诸葛亮《隆中对》云：“亮躬耕陇亩，好为《梁父吟》。身高八尺，每自比于管仲、乐毅，时人莫之许也。”　管仲：春秋时期齐国相国，通货积财，富国强兵，九合诸侯，使齐桓公成为五霸之首。　乐毅：战国时期燕国名将。

[10] 衽席：泛指卧席，引申为住处。

[11] 尪羸(wāng léi)：瘦弱。

[12] 虞翻：东吴重臣，字仲翔。下文提到的步骘、薛综、陆绩、严畯、程秉、张温、骆统等人均为东吴谋臣。

[13] 苏秦、张仪：两人为战国谋士。张仪相秦，为秦国策划“连横”之策，对六国各个击破；苏秦佩六国相印，策划六国“合纵”，联合对抗秦国。历史上称这两人为“纵横家”。

[14] 蠹(dù)国害民：危害国家，残害人民。

[15] 叨食汉禄：蒙受汉室的俸禄。叨(tāo)：承受，受到(好处)。

[16] 耕莘伊尹：指商时贤人伊尹，耕于有莘(shēn，地名，今山东莘县)之野，乐尧舜之道，后成为商汤重臣。　钓渭子牙：姜子牙钓于渭水。文王出猎相遇，立为太师，辅佐周文王、武王灭商建立周朝。　张良、陈平：两人为汉高祖时的谋臣。　邓禹、耿弇(yǎn)：两人为东汉名将，开国功臣。

罗贯中(约1330—约1400年)名本，字贯中，号湖海散人，山西太原府清徐人，元末明初著名小说家、戏曲家，开中国章回体小说先河。关于罗贯中，目前所知甚少，对他的了解，只是根据贾仲明《录鬼簿续编》、蒋大器《三国志通俗演义序》等的记载，胡应麟的《少室山房笔丛》说他是施耐庵的弟子。罗贯中一生著作颇丰，除《三国演义》外，还有《隋唐两朝志传》《残唐五代史演义》《三遂平妖传》等和剧本《赵太祖龙虎风云会》。《三国演义》是我国第一部长篇章回体小说，也是历史演义小说的开山之作，它根据历史记载创作的，但也有艺术加工的成分，渗透着作者主观的价值判断，鲜明地去褒贬人物，叙述了从黄巾起义到西晋统一的百年历史，描写了东汉末年和整个三国时代以曹操、刘备、孙权为首的魏、蜀、吴三个政治、军事集团之间的矛盾和斗争，表达了对昏君叛臣的痛恨和对明君贤臣的赞美之情。

导读

本文是《三国演义》中非常精彩的一节，刘备三顾茅庐请得诸葛亮以后，以为“如鱼得水”，不想却遭到接二连三的失败，弃新野、走樊城、败当阳、奔夏口，无容身之地。面对曹操的剿杀，与江东孙权联合是最好的出路。诸葛亮主动请缨出使东吴，以促成孙刘联合，但遭到孙权手下主降的一班谋士群起发难，于是演绎了一场激烈的舌战。

诸葛亮以一人之口，将“峨冠博带，整衣端坐”的一群东吴儒官，说得尽皆失色。东吴第一谋士——张昭，先指出诸葛亮以管仲乐毅自比，被刘备重用后，反使刘备不如以前，气势咄咄逼人，诸葛亮以沉疴之疾的治疗为切入点，以刘备的仁义来说明刘备失败的原因，层层深入，让他无可辩驳，最后不忘以“夸辩之徒，虚誉欺人”挫其锐气，终使其无言回答。面对虞翻、步骘、薛琮、陆绩、严畯、程德枢等人接二连三的发难，诸葛亮运用娴熟的论辩技巧，不仅能对答如流，而且使对方无言以对。在论辩的过程中，诸葛亮镇定自若，谦逊有礼，或怒斥，或戏谑，雄辩滔滔，无所畏惧，睿智不凡的形象跃然纸上，显示了他卓越的外交才能和雄辩的口才。

本文主要采用了语言描写，人物对话和内心独白兼有，情节安排紧凑，叙述措辞独具匠心，在讲述群儒接连发难时，分别使用了“以言挑之”“高言而问”“应声而问”“忽坐上一人问”“坐上忽一人应声问”“昂然而出曰”“忽又一人指孔明而言曰”，把群儒与诸葛亮交锋时的神态描摹得各具特色，烘托渲染了现场气氛，从侧面衬托出诸葛亮的博学、机智、沉着和能言善辩。

感悟讨论

1. 诸葛亮舌战群儒中，调动了哪些知识？他能不能算作一位“通人”？
2. 你觉得诸葛亮在舌战中取得成功的关键是什么？回敬群儒诘难时运用了哪些方法？
3. 你还知道《三国演义》里哪些跟诸葛亮相关的传奇故事？

武松杀嫂是《水浒传》中颇为精彩的故事，施耐庵以细腻的笔触，刻画出矛盾冲突中各种人物的不同性格，丝丝入扣地展开了重重矛盾，情节跌宕起伏，颇引人入胜。

第五节　武 松 杀 嫂[1]

施耐庵

武松回到下处，房里换了衣服鞋袜，戴上个新头巾，锁上了房门，一迳投紫石街来。两边众邻舍看见武松回了，都吃一惊。大家捏两把汗，暗暗地说道："这番萧墙祸起[2]了！这个太岁归来，怎肯干休！必然弄出事来！"

且说武松到门前揭起帘子，探身入来，见了灵床子写着"亡夫武大郎之位"七个字，呆了，睁开双眼道："莫不是我眼花了？"叫声："嫂嫂，武二归来！"那西门庆正和这婆娘在楼上取乐，听得武松叫一声，惊得屁滚尿流，一直奔后门，从王婆家走了。那妇人应道："叔叔少坐，奴便来也。"原来这婆娘自从药死了武大，那里肯带孝，每日只是浓妆艳抹，和西门庆做一处取乐。听得武松叫声"武二归来了"，慌忙去面盆里洗落了胭粉，拔去了首饰钗环，蓬松挽了个角儿，脱去了红裙绣袄，旋穿上孝裙孝衫，便从楼上哽哽咽咽假哭下来。

武松道："嫂嫂且住，休哭！我哥哥几时死了？得甚么症候？吃谁的药？"那妇人一头哭，一面说道："你哥哥自从你转背一二十日，猛可的害急心疼起来。病了八九日，求神问卜，甚么药不吃过！医治不得，死了。撇得我好苦！"隔壁王婆听得，生怕决撒[3]，只得走过来帮他支吾。武松又道："我的哥哥从来不曾有这般病，如何心疼便死了？"王婆道："都头，却怎地这般说！天有不测风云，人有暂时祸福。谁保得长没事？"那妇人道："亏杀了这个干娘！我又是个没脚蟹[4]，不是这个干娘，邻舍家谁肯来帮我！"武松道："如今埋在那里？"妇人道："我又独自一个，那里去寻坟地，没奈何，留了三日，把出去烧化了。"武松道："哥哥死得几日了？"妇人道："再两日，便是断七。"

武松沉吟了半晌，便出门去，迳投县里来。开了锁，去房里换了一身素白衣服，便叫土兵打了一条麻绦系在腰里，身边藏了一把尖长柄短、背厚刃薄的解腕刀，取了些银两带在身边。叫了一个土兵，锁上了房门，去县前买了些米面椒料等物，香烛冥纸，就晚到家敲门。那妇人开了门，武松叫土兵去安排羹饭。武松就灵床子前点起灯烛，铺设酒肴。到两个更次，安排得端正，武松扑翻身便拜道："哥哥阴魂不远！你在世时软弱，今日死后不见分明。你若是负屈衔冤，被人害了，托梦与我，兄弟替你做主报仇！"把酒浇奠了，烧化冥用纸钱，武松放声大哭，哭得那两边邻舍无不凄惶。那妇人也在里面假哭。武松哭罢，将羹饭酒肴和土兵吃了，讨两条席子，叫土兵中门傍边睡，武松把条席子就灵床子前睡。那妇人自上楼去，下了楼门自睡。约莫将近三更时候，武松翻来覆去睡不着，看那土兵时，齁齁的却似死人一般挺着。武松爬将起来，看了那灵床子前玻璃灯半明半灭，侧耳听那更鼓时，正打三更三点。武松叹了一口气，坐在席子上自言自语，口里说道："我哥哥生时懦弱，死了却有甚分明！"说犹未了，只见灵床子下卷起一阵冷气来。那冷气如何？但见：

无形无影，非物非烟。盘旋似怪风侵骨冷，凛冽如煞气透肌寒。昏昏暗暗，灵前灯火失光明；惨惨幽幽，壁上纸钱飞散乱。隐隐遮藏食毒鬼，纷纷飘动引魂幡。

那阵冷气逼得武松毛发皆竖，定睛看时，只见个人从灵床底下钻将出来，叫声："兄弟，我死得好苦！"武松看不仔细，却待向前来再问时，只见冷气散了，不见了人。武松一跤颠翻，在席子上坐地，寻思是梦非梦。回头看那土兵时，正睡着。武松想道："哥哥这一死必然不明！却才正要报我知道，又被我的神气冲散了他的魂魄！"直在心里不题，等天明却又理会。

天色渐明了，土兵起来烧汤，武松洗漱了。那妇人也下楼来，看着武松道："叔叔，夜来烦恼！"武松道："嫂嫂，我哥哥端的甚么病死了？"那妇人道："叔叔却怎地忘了？夜来已对叔叔说了，害心疼病死了。"武松道："却赎谁的药吃？"那妇人道："见有药帖在这里。"武松道："却是谁买棺材？"那妇人道："央及隔壁王干娘去买。"武松道："谁来扛抬出去？"那妇人道："是本处团头[5]何九叔，尽是他维持出去。"武松道："原来恁地。且去县里画卯却来。"便起身带了土兵，走到紫石街巷口，问土兵道："你认得团头何九叔么？"土兵道："都头恁地忘了？前项他也曾来与都头作庆。他家只在狮子街巷内住。"武松道："你引我去。"土兵引武松到何九叔门前，武松道："你自先去。"土兵去了。武松却揭起帘子，叫声："何九叔在家么？"这何九叔却才起来，听得是武松来寻，吓得手忙脚乱，头巾也戴不迭，急急取了银子和骨殖藏在身边，便出来迎接道："都头几时回来？"武松道："昨日方回到这里。有句闲话说则个，请那尊步同往。"何九叔道："小人便去。都头，且请拜茶。"武松道："不必，免赐。"

两个一同出到巷口酒店里坐下，叫量酒人打两角酒来。何九叔起身道："小人不曾与都头接风，何故反扰？"武松道："且坐。"何九叔心里已猜八九分。量酒人一面筛酒，武松便不开口，且只顾吃酒。何九叔见他不做声，倒捏两把汗，却把些话来撩他。武松也不开言，并不把话来提起。

酒已数杯，只见武松揭起衣裳，飕地掣出把尖刀来插在桌子上。量酒的惊得呆了，那里肯近前。何九叔面色青黄，不敢抖气。武松捋起双袖，握着尖刀，对何九叔道："小子粗疏，还晓得冤各有头，债各有主。你休惊怕，只要实说，对我一一说知武大死的缘故，便不干涉你。我若伤了你，不是好汉。倘若有半句儿差错，我这口刀，立定教你身上添三四百个透明的窟窿！闲言不道，你只直说，我哥哥死的尸首是怎地模样？"武松说罢，一双手按住肐膝，两只眼睁得圆彪彪地看着。

何九叔去袖子里取出一个袋儿放在桌子上，道："都头息怒。这个袋儿便是一个大证见。"武松用手打开，看那袋儿里时，两块酥黑骨头，一锭十两银子。便问道："怎地见得是老大证见？"何九叔道："小人并然不知前后因地。忽于正月二十二日在家，只见茶坊的王婆来呼唤小人殓武大郎尸首。至日，行到紫石街巷口，迎见县前开生药铺的西门庆大郎，拦住邀小人同去酒店里，吃了一瓶酒。西门庆取出这十两银子付与小人，分付道：'所殓的尸首，凡百事遮盖。'小人从来得知道那人是个刁徒，不容小人不接。吃了酒食，收了这银子，小人去到大郎家里，揭起千秋幡，只见七窍内有瘀血，唇口上有齿痕，系是生前中毒的尸首。小人本待声张起来，只是又没苦主，他的娘子已自道是害心疼病死了。因此小人不敢声张，自咬破舌尖，只做中了恶，扶归家来了。只是火家自去殓了尸

首，不曾接受一文。第三日，听得扛出去烧化，小人买了一陌纸去山头假做人情，使转了王婆并令嫂，暗拾了这两块骨头，包在家里。这骨殖酥黑，系是毒药身死的证见。这张纸上写着年月日时，并送丧人的姓名，便是小人口词了。都头详察！”武松道：“奸夫还是何人？”何九叔道：“却不知是谁。小人闲听得说来，有个卖梨儿的郓哥，那小厮曾和大郎去茶坊里捉奸。这条街上，谁人不知。都头要知备细，可问郓哥。”武松道：“是。既然有这个人时，一同去走一遭。”

武松收了刀，入鞘藏了，算还酒钱，便同何九叔望郓哥家里来。却好走到他门前，只见那小猴子挽着个柳笼栲栳在手里，籴米归来。何九叔叫道：“郓哥，你认得这位都头么？”郓哥道：“解大虫来时，我便认得了！你两个寻我做甚么？”郓哥那小厮也瞧了八分，便说道：“只是一件：我的老爹六十岁，没人养赡，我却难相伴你们吃官司耍。”武松道：“好兄弟！”便去身边取五两来银子，道：“郓哥，你把去与老爹做盘缠，跟我来说话。”郓哥自心里想道：“这五两银子，如何不盘缠得三五个月？便陪侍他吃官司也不妨。”将银子和米把与老儿，便跟了二人出巷口一个饭店楼上来。武松叫过卖造三分饭来，对郓哥道：“兄弟，你虽年纪幼小，倒有养家孝顺之心。却才与你这些银子，且做盘缠，我有用着你处。事务了毕时，我再与你十四五两银子做本钱。你可备细说与我：你怎地和我哥哥去茶坊里捉奸？”

郓哥道：“我说与你，你却不要气苦。我从今年正月十三日，提得一篮儿雪梨，我去寻西门庆大郎挂一勾子，一地里没寻他处。问人时，说道：‘他在紫石街王婆茶坊里，和卖炊饼的武大老婆做一处；如今刮上了他，每日只在那里。’我听得了这话，一径奔去寻他，叵耐王婆老猪狗拦住不放我入房里去。吃我把话来侵他底子，那猪狗便打我一顿栗暴，直叉我出来，将我梨儿都倾在街上。我气苦了，去寻你大郎，说与他备细，他便要去捉奸。我道：‘你不济事，西门庆那厮手脚了得。你若捉他不着，反吃他告了，倒不好。我明日和你约在巷口取齐，你便少做些炊饼出来。我若张见西门庆入茶坊里去时，我先入去，你便寄了担儿等着。只看我丢出篮儿来，你便抢入来捉奸。’我这日又提了一篮梨儿，径去茶坊里。被我骂那老猪狗，那婆子便来打我，吃我先把篮儿撇出街上，一头顶住那老狗在壁上。武大郎却抢入去时，婆子要去拦截，却被我顶住了，只叫得：‘武大来也！’原来倒吃他两个顶住了门。大郎只在房门外声张，却不提防西门庆那厮，开了房门奔出来，把大郎一脚踢倒了。我见那妇人随后便出来，扶大郎不动，我慌忙也自走了。过得五七日，说大郎死了。我却不知怎地死了。”武松听道：“你这话是实了？你却不要说谎！”郓哥道：“便到官府，我也只是这般说。”武松道：“说得是，兄弟！”便讨饭来吃了。还了饭钱，三个人下楼来。何九叔道：“小人告退。”武松道：“且随我来，正要你们与我证一证。”把两个一直带到县厅上。

知县见了，问道：“都头告甚么？”武松告说：“小人亲兄武大，被西门庆与嫂通奸，下毒药谋杀性命，这两个便是证见。要相公做主则个！”知县先问了何九叔并郓哥口词，当日与县吏商议。原来县吏都是与西门庆有首尾[6]的，官人自不得说，因此官吏通同计较道：“这件事难以理问。”知县道：“武松，你也是个本县都头，不省得法度？自古道：捉奸见双，捉贼见赃，杀人见伤。你那哥哥的尸首又没了，你又不曾捉得他奸，如今只凭这两个言语，便问他杀人公事，莫非忒偏向么？你不可造次，须要自己寻思，当行即行。”武松怀里去取出两块酥黑骨头，十两银子一张纸，告道：“复告相公：这个须不是

小人捏合出来的。”知县看了道：“你且起来，待我从长商议。可行时便与你拿问。”何九叔、郓哥都被武松留在房里。当日西门庆得知，却使心腹人来县里许官吏银两。

次日早晨，武松在厅上告禀，催逼知县拿人。谁想这官人贪图贿赂，回出骨殖并银子来，说道：“武松，你休听外人挑拨你和西门庆做对头。这件事不明白，难以对理。圣人云：经目之事，犹恐未真；背后之言，岂能全信？不可一时造次。”狱吏便道：“都头，但凡人命之事，须要尸、伤、病、物、踪五件事全，方可推问得。”武松道：“既然相公不准所告，且却又理会。”收了银子和骨殖，再付与何九叔收下了。下厅来到自己房内，叫土兵安排饭食与何九叔同郓哥吃，“留在房里相等一等，我去便来也。”又自带了三两个土兵，离了县衙，将了砚瓦笔墨，就买了三五张纸藏在身边，就叫两个土兵买了个猪首，一只鹅，一双鸡，一担酒，和些果品之类，安排在家里。约莫也是巳牌时候，带了个土兵来到家中。

那妇人已知告状不准，放心不下他，大着胆看他怎的。武松叫道：“嫂嫂下来，有句话说。”那婆娘慢慢地行下楼来，问道：“有甚么话说？”武松道：“明日是亡兄断七。你前日恼了众邻舍街坊，我今日特地来把杯酒，替嫂嫂相谢众邻。”那妇人大剌剌地说道：“谢他们怎地？”武松道：“礼不可缺。”唤土兵先去灵床子前，明晃晃的点起两枝蜡烛，焚起一炉香，列下一陌纸钱，把祭物去灵前摆了，堆盘满宴，铺下酒食果品之。叫一个土兵后面烫酒，两个土兵门前安排桌凳，又有两个前后把门。

武松自分付定了，便叫：“嫂嫂来待客，我去请来。”先请隔壁王婆。那婆子道：“不消生受，教都头作谢。”武松道：“多多相扰了干娘，自有个道理。先备一杯菜酒，休得推故。”那婆子取了招儿[7]，收拾了门户，从后头走过来。武松道：“嫂嫂坐主位，干娘对席。”婆子已知道西门庆回话了，放心着吃酒。两个都心里道：“看他怎地！”武松又请这边下邻开银铺的姚二郎姚文卿。二郎道：“小人忙些，不劳都头生受。”武松拖住便道：“一杯淡酒，又不长久，便请到家。”那姚二郎只得随顺到来，便教去王婆肩下坐了。又去对门请两家：一家是开纸马桶铺的赵四郎赵仲铭。四郎道：“小人买卖撇不得，不及陪奉。”武松道：“如何使得？众高邻都在那里了。”不由他不来，被武松扯到家里，道：“老人家爷父一般。”便请在嫂嫂肩下坐了。又请对门那卖冷酒店的胡正卿。那人原是吏官出身，便瞧道有些尴尬，那里肯来，被武松不管他，拖了过来，却请去赵四郎肩下坐了。武松道：“王婆，你隔壁是谁？”王婆道：“他家是卖馉饳儿的张公。”却好正在屋里，见武松入来，吃了一惊，道：“都头没甚话说？”武松道：“家间多扰了街坊，相请吃杯淡酒。”那老儿道：“哎呀！老子不曾有些礼数到都头家，却如何请老子吃酒？”武松道：“不成微敬，便请到家。”老儿吃武松拖了过来，请去姚二郎肩下坐地。说话的，为何先坐的不走了？原来都有土兵前后把着门，都似监禁的一般。

且说武松请到四家邻舍，并王婆和嫂嫂，共是六人。武松掇条凳子，却坐在横头，便叫土兵把前后门关了。那后面土兵自来筛酒。武松唱个大喏，说道：“众高邻休怪小人粗卤，胡乱请些个。”众邻舍道：“小人们都不曾与都头洗泥接风，如今倒来反扰！”武松笑道：“不成意思，众高邻休得笑话则个。”土兵只顾筛酒。众人怀着鬼胎，正不知怎地。看看酒至三杯，那胡正卿便要起身，说道：“小人忙些个。”武松叫道：“去不得。既来到此，便忙也坐一坐。”那胡正卿心头十五个吊桶打水，七上八下，暗暗地寻思道：“既是好意请我们吃酒，如何却这般相待，不许人动身？”只得坐下。武松道：“再把酒

来筛。”土兵斟到第四杯酒，前后共吃了七杯酒过，众人却似吃了吕太后一千个筵宴[8]。只见武松喝叫土兵：“且收拾过了杯盘，少间再吃。”武松抹了桌子。众邻舍却待起身，武松把两只手一拦，道：“正要说话。一干高邻在这里，中间那位高邻会写字？”姚二郎便道：“此位胡正卿极写得好。”武松便唱个喏道：“相烦则个！”便卷起双袖，去衣裳底下飕地只一掣，掣出那口尖刀来。右手四指笼着刀靶，大拇指按住掩心，两只圆彪彪怪眼睁起，道：“诸位高邻在此，小人冤各有头，债各有主，只要众位做个证见！”

只见武松左手拿住嫂嫂，右手指定王婆，四家邻舍惊得目瞪口呆，罔知所措，都面面厮觑，不敢做声。武松道：“高邻休怪，不必吃惊！武松虽是个粗卤汉子，便死也不怕，还省得有冤报冤，有仇报仇，并不伤犯众位，只烦高邻做个证见。若有一位先走的，武松翻过脸来休怪，教他先吃我五七刀了去！武二便偿他命也不妨。”众邻舍都目瞪口呆，再不敢动。武松看着王婆喝道：“兀那老猪狗听着！我的哥哥这个性命都在你的身上，慢慢地却问你！”回过脸来看着妇人骂道：“你那淫妇听着！你把我的哥哥性命怎地谋害了？从实招了，我便饶你！”那妇人道：“叔叔，你好没道理！你哥哥自害心疼病死了，干我甚事！”说犹未了，武松把刀肐查了插在桌子上，用左手揪住那妇人头髻，右手劈胸提住，把桌子一脚踢倒了，隔桌子把这妇人轻轻地提将过来，一跤放翻在灵床子上，两脚踏住。右手拔起刀来，指定王婆道：“老猪狗！你从实说！”那婆子要脱身脱不得，只得道：“不消都头发怒，老身自说便了。”

武松叫土兵取过纸墨笔砚，排在桌子上，把刀指着胡正卿道：“相烦你与我听一句写一句。”胡正卿肐答答抖着道：“小人便写。”讨了些砚水，磨起墨来。胡正卿拿起笔，拂开纸，道：“王婆，你实说！”那婆子道：“又不干我事，与我无干！”武松道：“老猪狗！我都知了，你赖那个去！你不说时，我先剐了这个淫妇，后杀你这老狗！”提起刀来，望那妇人脸上便搁两搁。那妇人慌忙叫道：“叔叔，且饶我！你放我起来，我说便了！”武松一提，提起那婆娘，跪在灵床子前，武松喝一声：“淫妇快说！”那妇人惊得魂魄都没了，只得从实招说，将那日放帘子因打着西门庆起，并做衣裳入马[9]通奸，一一地说；次后来怎生踢了武大，因何设计下药，王婆怎地教唆拨置，从头至尾说了一遍。武松再叫他说，却叫胡正卿写了。王婆道：“咬虫！你先招了，我如何赖得过，只苦了老身！”王婆也只得招认了。把这婆子口词，也叫胡正卿写了。从头至尾都写在上面，叫他两个都点指画了字，就叫四家邻舍书了名，也画了字。叫土兵解搭膊来，背剪绑了这老狗，卷了口词，藏在怀里。叫土兵取碗酒来，供养在灵床子前，拖过这妇人来跪在灵前，喝那婆子也跪在灵前。武松道：“哥哥灵魂不远，兄弟武二与你报仇雪恨！”叫土兵把纸钱点着。那妇人见势不好，却待要叫，被武松脑揪[10]倒来，两只脚踏住他两只胳膊，扯开胸脯衣裳。说时迟，那时快，把尖刀去胸前只一剜，口里衔着刀，双手去挖开胸脯，取出心肝五脏，供养在灵前。肐查一刀，便割下那妇人头来，血流满地。四家邻舍，吃了一惊，只掩了脸，见他忒凶，又不敢劝，只得随顺他。武松叫土兵去楼上取下一床被来，把妇人头包了，揩了刀，插在鞘里。洗了手，唱个喏，说道：“有劳高邻，甚是休怪。且请众位楼上少坐，待武二便来。”四家邻舍都面面相看，不敢不依他，只得都上楼去坐了。武松分付土兵，也教押了王婆上楼去。关了楼门，着两个土兵在楼下看守。

武松包了妇人那颗头，一直奔西门庆生药铺前来，看着主管唱个喏：“大官人在么？”主管道：“却才出去。”武松道：“借一步，闲说一句。”那主管也有些认得武松，不敢不出来。武松一引引到侧首僻静巷内，蓦然翻过脸来道：“你要死却是要活？”主管慌道：“都头在上，小人又不曾伤犯了都。”武松道：“你要死，休说西门庆去向；你若要活，实对我说，西门庆在那里？”主管道：“却才和一个相识，去狮子桥下大酒楼上吃酒。”武松听了，转身便走。那主管惊得半晌移脚不动，自去了。

且说武松径奔到狮子桥下酒楼前，便问酒保道：“西门庆大郎和甚人吃酒？”酒保道：“和一个一般的财主，在楼上边街阁儿里吃酒。”武松一直撞到楼上，去阁子前张时，窗眼里见西门庆坐着主位，对面一个坐着客席，两个唱的粉头坐在两边。武松把那被包打开一抖，那颗人头血淋淋的滚出来。武松左手提了人头，右手拔出尖刀，挑开帘子，钻将入来，把那妇人头望西门庆脸上掼将来。西门庆认得是武松，吃了一惊，叫声：“哎呀！”便跳起在凳子上去，一只脚跨上窗槛，要寻走路，见下面是街，跳不下去，心里正慌。说时迟，那时快，武松却用手略按一按，托地已跳在桌子上，把些盏儿碟儿都踢下来。两个唱的行院惊得走不动。那个财主官人慌了脚手，也惊倒了。西门庆见来得凶，便把手虚指一指，早飞起右脚来。武松只顾奔入去，见他脚起，略闪一闪，恰好那一脚正踢中武松右手，那口刀踢将起来，直落下街心里去了。西门庆见踢去了刀，心里便不怕他，右手虚照一照，左手一拳，照着武松心窝里打来。却被武松略躲个过，就势里从胁下钻入来，左手带住头，连肩胛只一提，右手早捽[11]住西门庆左脚，叫声：“下去！”那西门庆一者冤魂缠定，二乃天理难容，三来怎当武松勇力，只见头在下，脚在上，倒撞落在当街心里去了，跌得个发昏章第十一[12]！街上两边人都吃了一惊。武松伸手下凳子边提了淫妇的头，也钻出窗子外，涌身望下只一跳，跳在当街上，先抢了那口刀在手里。看这西门庆已跌得半死，直挺挺在地下，只把眼来动。武松按住，只一刀，割下西门庆的头来。把两颗头相结在一处，提在手里，把着那口刀，一直奔回紫石街来。叫土兵开了门，将两颗人头供养在灵前，把那碗冷酒浇奠了，说道：“哥哥灵魂不远，早升天界！兄弟与你报仇，杀了奸夫和淫妇，今日就行烧化。”

(选自《水浒传》，(元)施耐庵撰，人民文学出版社，1997年第2版)

注释

[1] 《武松杀嫂》：选自《水浒传》第二十五回《偷骨殖何九送丧，供人头武二设祭》，有删节。

[2] 萧墙祸起：指祸乱发生在家里，比喻内部发生祸乱。萧蔷：古代宫室内当门的小墙。《论语·季氏》：“吾恐季孙之忧不在颛臾，而在萧墙之内也。”

[3] 决撒：败露、识破、坏了事之类的意思。

[4] 没脚蟹：意思说行动不得。一般指六亲无靠的妇女。

[5] 团头：宋代称地保为团头。

[6] 首尾：勾结，关系。

[7] 招儿：招牌。

[8] 吕太后一千个筵宴：刘邦(汉高祖)死后，他的老婆吕雉专政，人称吕太后。吕雉请群臣吃酒，用军法劝酒，有一人不肯吃酒，当场被杀了头。因此，后来有“吕太后的筵席”这句谚语，表示这酒不是好吃的。

[9] 入马：上手的意思。

[10] 脑揪：从脑后一把抓住。

[11] 捽(zuó)：揪，抓。

[12] 发昏章第十一：发昏、昏迷的戏谑语。“发昏章第十一”是套用有的古书“某某章第几”的句式，无义。

施耐庵(1296—1371 年)江苏兴化人，原名施彦端，又名肇端，字彦端，号子安，别号耐庵，元末明初文学家。施耐庵自幼聪明好学，才气过人。元延祐元年(1314 年)考中秀才，泰定元年(1324 年)中举人，至顺二年(1331 年)登进士，不久任钱塘县尹，因替穷人辩冤纠枉遭县官训斥，辞官回家。元至正十三年(1353 年)，白驹场盐民张士诚等十八名壮士率壮丁起义反元，施耐庵被邀为军幕，因张士诚居功自傲，疏远忠良，愤然离去，浪迹江湖，后入江阴祝塘财主徐骐家坐馆教书，并与拜他为师的罗贯中一起研究《三国》《三遂平妖传》的创作，搜集、整理北宋末年宋江起义故事，为撰写《水浒传》准备素材。至正二十七年(1367 年)，朱元璋灭张士诚后，到处侦查张士诚的部属，为避免麻烦，施耐庵从此隐居。

导读

本文选自《水浒传》第二十五回《偷骨殖何九送丧，供人头武二设祭》，讲述了打虎英雄武松为兄长武大郎复仇的故事，是《水浒传》中精彩片段之一。

武松成为打虎英雄之后，被知县抬举做了都头，没想到在阳谷县遇到了嫡亲哥哥武大。武大之妻潘金莲，本是大户人家的使女，颇有姿色，被户主看上，潘金莲不从，户主心怀恨意，倒贴嫁妆将她嫁给了矮丑的武大郎。武松的到来，打破了武大的平静生活。潘金莲见到相貌堂堂的武松，颇为动心，对其百般挑逗。而武松是个光明磊落之人，面对嫂嫂的挑逗，他坐怀不乱，坚守着伦理纲常。武松被知县派往东京公干，潘金莲的所作所为使他对哥哥放心不下，临行前对哥哥、嫂嫂百般叮咛，尽管如此，仍然没有避免一场风波的来临。武松的出现燃起了潘金莲对理想爱情的渴望，武松的拒绝又使她的爱情理想化为泡影。风月高手西门庆的到来，使绝望中的潘金莲重新看到了爱情的希望，于是，在王婆的撮合下，西门庆与潘金莲很快勾搭成奸。武大得知此事后，在郓哥的配合下前去捉奸，被西门庆一脚踹在心窝，重病不起。西门、潘二人为了做长久夫妻，与王婆合谋，趁武松远赴东京之时，借机毒死了武大。武松回来后，看到的却是兄长的灵位，本文故事便由此展开。

武松通过一番周密的调查、取证，终于弄清了哥哥被害的真相。开始他试图通过正规的法律手段，借官府为冤死的哥哥讨回公道，但知县被西门庆贿赂，不接受他的诉状。武松以感谢乡亲邻里为名，将相关之人一一请至家中，然后威逼潘金莲与王婆把她们谋害武大的经过作了交代，并请邻居胡正卿作了笔录，将潘金莲的心肝挖出，割下其头颅祭奠哥哥，用自己的方式为哥哥报了仇。作者通过对武松为兄复仇经过的详细描绘，塑造出武松等生动鲜明的人物形象，反映了当时社会的黑暗与不公，展现了北宋时期的市井人物群像，同时也深刻地揭示了不合理的婚姻制度所带来的家庭悲剧。

感悟思考

1. 本文反映出哪些主题思想？

2. 复述武松杀嫂的过程，分析武松的性格特征。

这是一首青春的赞歌，大好春光唤起了杜丽娘的青春觉醒，由眼前的春光易逝而倍感韶华难留，心中充满了对爱情和自由的渴望。

第六节 游 园[1]

汤显祖

【绕池游】(旦[2]上)梦回莺啭[3]，乱煞年光遍[4]。人立小庭深院。(贴[5])炷尽沉烟[6]，抛残绣线，恁今春关情[7]似去年？

【乌夜啼】(旦)晓来望断梅关[8]，宿妆残[9]。(贴)你侧着宜春髻子恰凭阑[10]。(旦)翦[11]不断，理还乱，闷无端。(贴)已分付催花莺燕借春看。(旦)春香，可曾叫人扫除花径？(贴)分付了。(旦)取镜台、衣服来。(贴取镜台衣服上)云髻罢梳还对镜，罗衣欲换更添香[12]。镜台、衣服在此。

【步步娇】(旦)袅晴丝[13]吹来闲庭院，摇漾春如线。停半晌整花钿。没揣菱花[14]，偷人半面，迤逗[15]的彩云偏。(行介[16])步香闺怎便把全身现！

(贴)今日穿插的好。

【醉扶归】(旦)你道翠生生[17]出落的裙衫儿茜，艳晶晶花簪八宝填[18]，可知我常一生儿爱好是天然[19]。恰三春好处[20]无人见。不提防沉鱼落雁鸟惊喧，则怕的羞花闭月花愁颤。

(贴)早茶时了，请行。(行介)你看：画廊金粉半零星，池馆苍苔一片青。踏草怕泥新绣袜，惜花疼煞小金铃[21]。(旦)不到园林，怎知春色如许！

【皂罗袍】原来姹紫嫣红开遍，似这般都付与断井颓垣[22]。良辰美景奈何天，赏心乐事谁家院[23]。恁般景致，我老爷和奶奶[24]再不提起。(合)朝飞暮卷[25]，云霞翠轩；雨丝风片，烟波画船。锦屏人[26]忒看的这韶光贱！

(贴)是花都放了，那牡丹还早。

【好姐姐】(旦)遍青山啼红了杜鹃，荼蘼外烟丝醉软。春香呵，牡丹虽好，他春归怎占的先？(贴)成对儿莺燕呵。(合)闲凝眄[27]，生生燕语明如翦，呖呖莺歌溜的圆。

(旦)去罢。(贴)这园子委是[28]观之不足也。(旦)提他怎的。(行介)

【隔尾】观之不足由他缱[29]，便赏遍了十二亭台是枉然。到不如兴尽回家闲过遣[30]。

(作到介。贴)开我西阁门，展我东阁床。瓶插映山紫，炉添沉水香。小姐，你歇息片时，俺瞧老夫人去也。(下。旦叹介)默地游春转，小试宜春面。春呵，得和你两留连，春去如何遣！咳，恁般天气，好困人也。春香那里？(作左右瞧介，又低首沉吟介)天呵，春色恼人，信有之乎！常观诗词乐府，古之女子，因春感情，遇秋成恨，诚不谬矣。吾今年已二八，未逢折桂之夫；忽慕春情，怎得蟾宫之客？昔日韩夫人得遇于郎[31]，张生偶逢崔氏，曾有《题红记》、《崔徽传》[32]二书。此佳人才子，前以密约偷期，后皆得成秦晋[33]。(长叹介)吾生于宦族，长在名门，年已及笄[34]，不得早成佳配，诚为虚度青春。光阴如过隙耳，(泪介)可惜妾身颜色如花，岂料命如一叶乎！

(选自《中国古代戏曲经典丛书·牡丹亭》，周传家主编，华夏出版社，2000年版)

注释

[1] 《游园》：本篇选自《牡丹亭》第十出《惊梦》。

[2] 旦：戏曲行当之一，女性角色的统称。这里是正旦的略称，主要扮演举止端庄的中年或青年女性，多为正剧或悲剧人物。本出中指杜丽娘。

[3] 啭：鸟婉转地鸣叫。

[4] 乱煞年光遍：到处是撩乱人心的春光。

[5] 贴：贴旦，旦中副角，意为旦之外再贴一旦。据李斗《扬州画舫录》载："贴旦谓之风月旦，又名作旦"，"工为侍婢""无态不呈"。这里指春香。

[6] 炷尽沉烟：沉香烧尽。　炷：烧，燃香。　沉烟：指沉水香，一种熏香。

[7] 恁(nèn)今春关情：恁，为什么。　关情，牵动人的情怀。

[8] 梅关：在江西省大庾岭上。梅关南北遍植梅树，每至寒冬，梅花盛开，香盈雪径。

[9] 宿妆残：宿妆，隔夜的残妆。　残：凌乱，表现无心梳妆。

[10] 宜春髻子：古代立春日，妇女把彩色织物剪成燕形，并贴上"宜春"二字，戴在髻上。　阑：同"栏"，栏杆。

[11] 翦：同"剪"。

[12] 云髻罢梳还对镜，罗衣欲换更添香：引用唐薛逢诗《宫词》中的两句，形容认真梳洗打扮。

[13] 袅晴丝：袅，缭绕的，摇曳的。　晴丝，虫类所吐的、在空中飘荡的游丝。

[14] 没揣菱花：没揣，没想到。　菱花，借指镜子，古代铜镜背面刻有菱花纹。

[15] 迤(yǐ)逗：牵惹。这句是说，害得她羞答答地把发髻也弄歪了。表现少女含情脉脉的微妙心理。

[16] 介：戏曲中用于表达人物动作、表情以及舞台效果的提示。

[17] 翠生生：色彩鲜艳。

[18] 花簪八宝填：簪子上嵌饰着各种珍宝。

[19] 爱好(hǎo)是天然：喜爱美丽是天性。

[20] 三春好处：原指春天的三个月，即孟春、仲春和季春。这里比喻自己的青春美貌。

[21] 惜花疼煞小金铃：小金铃，为保护花朵驱赶鸟雀而设置的铃。这是拟人手法，因为惜花而常拉小金铃，把小金铃疼死了。五代王仁裕《开元天宝遗事》："至春时，于后花园中纫红丝为绳，密缀金铃，系于花梢之上。每有鸟雀翔集，则令园吏掣铃索以惊之。盖惜花之故也。"

[22] 断井颓垣：形容破败冷寂的庭院。　井：井栏。　颓：倒塌。　垣：短墙。

[23] 良辰美景奈何天，赏心乐事谁家院：虚度美好的春光，赏心快意之事又在哪儿呢？南朝宋谢灵运《拟魏太子〈邺中集〉诗》序："天下良辰、美景、赏心、乐事，四者难并。"

[24] 奶奶：对已婚妇女的尊称，这里指杜丽娘的母亲。

[25] 朝飞暮卷：形容楼阁壮美。唐王勃《滕王阁诗》："画栋朝飞南浦云，珠帘暮卷西山雨。"

[26] 锦屏人：住在华美屋舍中的富贵之人。

[27] 凝眄(miǎn)：目不转睛地看。

[28] 委是：实在是。

[29] 缱：缠绵，留恋。

[30] 过遣：过活，打发日子。

[31] 韩夫人得遇于郎：《青琐高记·流红传》记载，唐僖宗时，宫女韩氏在红叶上题诗，顺御沟水流出，被于祐捡到。于祐也在红叶上题诗，放入水沟上游传给韩氏，后来二人结为夫妻。

[32] 《崔徽传》：疑是《莺莺传》的笔误。

[33] 秦晋：原指春秋时秦、晋两国世通婚姻，后泛称任何两姓之联姻。

[34] 及笄：女子成年。《礼记·内则》记载，女子十五岁以簪束发，表示已成年，可以婚配。笄：簪。

汤显祖(1550—1616 年)字义仍，号海若，别署清远道人，临川(今江西抚州)人，明末戏曲剧作家、文学家。汤显祖从小聪明好学，二十一岁时中举，由于不肯依附权贵，虽博学多才、“名布天壤”，到三十四岁才中进士，后历任太常博士、詹房事主簿、礼部祠祭司主事。明朝万历十九年(1591年)，他目睹当时官僚腐败愤而上《论辅臣科臣疏》，弹劾大学士申时行并抨击朝政，触怒了皇帝而被贬为徐闻典史，后调任浙江遂昌县知县，一任五年，政绩斐然，却因压制豪强，触怒权贵而招致上司的非议和地方势力的反对，终于万历二十六年(1598年)愤而弃官归里，潜心于戏剧及诗词创作。汤显祖在中国和世界文学史上有着重要的地位，被誉为“东方的莎士比亚”。其代表作《紫钗记》《南柯记》《牡丹亭》和《邯郸记》合称“临川四梦”。

导读

《牡丹亭》全名《牡丹亭还魂记》。第十出《惊梦》的剧情是：杜丽娘受《诗经·关雎》的启发，在春香的鼓动下，来到后花园，大自然的美妙生机让杜丽娘陶醉，触景生情，不由撩起伤春情怀，于是在梦中与柳梦梅幽会。本篇是《惊梦》的前半出，文辞优美，历来为人们所喜爱。

杜丽娘游园本是因“春情难遣”。她从小爱美，为了游园精心妆扮，“翠生生出落得裙衫儿茜，艳晶晶花簪八宝填，可知我一生儿爱好是天然”，可惜芳华寂寞，又不禁发出“恰三春好处无人见”的喟叹。杜丽娘哀怜自己的好年华囿于闺阁之中，竟不知外面的世界是这样的精彩：“不到园林，怎知春色如许。”游园所见，是莺声啼遍，百花盛开，“遍青山红了杜鹃，那荼蘼外烟丝醉软”，满目春光，一派欢喜。春天如此姹紫嫣红，而人又是这样青春年少。怎奈流年似水，杜丽娘在这满目的春光里看到了衰败与凋零：“原来姹紫嫣红开遍，似这般都付与断井颓垣”，这不仅是对春去何急的哀叹，更是对青春短暂、人生无常的觉悟。面对满园的春光，杜丽娘心里明白：她的青春美貌，终有一天也会“都付与断井颓垣”。“良辰美景”“赏心乐事”本来都是好事，但在下面加了“奈何天”“谁家院”，就使好事落了空。她咏叹着园林美景，渴望爱情，哀悼着锦绣华年，是出于心灵深处对于青春落空的无奈，她唱出“便赏遍了十二亭台是枉然”。整个游园，都是为她梦中与柳梦梅幽会作铺垫。只有爱情才可以配得上这青春，所以她后来才会那般生

生死死、无怨无悔。

作者对杜丽娘微妙的心理活动、复杂的思想情感的描写，是通过主人公对周围事物和景物的主观感受细腻地体现出来的。通篇重在写景，情景交融，曲词、曲白相生，语带双关，委婉含蓄，情节完整而严谨。

感悟讨论

1. 叶嘉莹曾说：“所谓‘物色之动，心亦摇焉’，而尤以春日之纤美温柔所显示着的生命之复苏的种种迹象，最足以唤起人内心中某种复苏着的若有所失的茫茫追寻的情意。”结合《游园》曲词，体会并分析杜丽娘内心中的这种“情意”。

2. 在中国传统戏曲中，诗化曲词表现出一种独特的美。你认为这种美与西方戏剧之美相比，有何独特之处？

3. 就文中的几支曲子，选一支或几支进行赏析或评论，可以是分析理解，也可以加入想象和联想。

千古知音最难觅，一曲高山流水，造就了一对至情知音。士可为知己者死，古今皆有，既然可以为之付出生命，更何况一把旷世瑶琴。

第七节　俞伯牙摔琴谢知音

冯梦龙

浪说曾分鲍叔金，谁人辨得伯牙琴！于今交道奸如鬼，湖海空悬一片心。

古来论交情至厚莫如管鲍。管是管夷吾，鲍是鲍叔牙。他两个同为商贾，得利均分。时管夷吾多取其利，叔牙不以为贪，知其贫也。后来管夷吾被囚，叔牙脱之，荐为齐相。这样朋友，才是个真正相知。这相知有几样名色：恩德相结者，谓之知己；腹心相照者，谓之知心；声气相求者，谓之知音，总来叫做相知。

今日听在下说一桩俞伯牙的故事。列位看官们，要听者，洗耳而听；不要听者，各随尊便。正是：知音说与知音听，不是知音不与谈。

话说春秋战国时，有一名公，姓俞名瑞，字伯牙，楚国郢都人氏，即今湖广荆州府之地也。那俞伯牙身虽楚人，官星却落于晋国，仕至上大夫之位。因奉晋主之命，来楚国修聘。伯牙讨这个差使，一来是个大才，不辱君命；二来就便省视乡里，一举两得。当时从陆路至于郢都，朝见了楚王，致了晋主之命。楚王设宴款待，十分相敬。那郢都乃是桑梓之地，少不得去看一看坟墓，会一会亲友。然虽如此，各事其主，君命在身，不敢迟留。公事已毕，拜辞楚王。楚王赠以黄金采缎，高车驷马。伯牙离楚一十二年，思想故国江山之胜，欲得恣情观览，要打从水路大宽转[1]而回。乃假奏楚王道：“臣不幸有犬马之疾，不胜车马驰骤，乞假臣舟楫，以便医药。”楚王准奏，命水师拨大船二只，一正一副，正船单坐晋国来使，副船安顿仆从行李，都是兰桡画桨，锦帐高帆，甚是齐整。群臣直送到江头而别。

只因览胜探奇，不顾山遥水远。

伯牙是个风流才子，那江山之胜，正投其怀。张一片风帆，凌千层碧浪，看不尽遥山

叠翠，远水澄清。不一日，行至汉阳江口。时当八月十五日，中秋之夜，偶然风狂浪涌，大雨如注，舟楫不能前进，泊于山崖之下。不多时，风恬浪静，雨止云开，现出一轮明月。那雨后之月，其光倍常。伯牙在船舱中，独坐无聊，命童子焚香炉内："待我抚琴一操，以遣情怀。"童子焚香罢，捧琴囊置于案间。伯牙开囊取琴，调弦转轸，弹出一曲。曲犹未终，指下"刮喇"的一声响，琴弦绝了一根。伯牙大惊，叫童子去问船头[2]："这住船所在是甚么去处？"船头答道："偶因风雨，停泊于山脚之下，虽然有些草树，并无人家。"伯牙惊讶，想道："是荒山了。若是城郭村庄，或有聪明好学之人，盗听吾琴，所以琴声忽变，有弦断之异。这荒山下，那得有听琴之人？哦，我知道了，想是有仇家差来刺客，不然，或是贼盗伺候更深，登舟劫我财物。"叫左右："与我上崖搜检一番。不在柳阴深处，定在芦苇丛中！"左右领命，唤齐众人，正欲搭跳[3]上崖，忽听岸上有人答应道："舟中大人，不必见疑。小子并非奸盗之流，乃樵夫也。因打柴归晚，值骤雨狂风，雨具不能遮蔽，潜身岩畔。闻君雅操，少住听琴。"伯牙大笑道："山中打柴之人，也敢称'听琴'二字！此言未知真伪，我也不计较了。左右的，叫他去罢。"那人不去，在崖上高声说道："大人出言谬矣！岂不闻'十室之邑，必有忠信。''门内有君子，门外君子至。'大人若欺负山野中没有听琴之人，这夜静更深，荒崖下也不该有抚琴之客了。"伯牙见他出言不俗，或者真是个听琴的亦未可知。止住左右不要罗唣[4]，走近舱门，回嗔作喜的问道："崖上那位君子，既是听琴，站立多时，可知道我适才所弹何曲？"那人道："小子若不知，却也不来听琴了。方才大人所弹，乃孔仲尼叹颜回，谱入琴声。其词云：'可惜颜回命蚤亡，教人思想鬓如霜。只因陋巷箪瓢乐，……'到这一句，就绝了琴弦，不曾抚出第四句来，小子也还记得：'留得贤名万古扬。'"

伯牙闻言大喜道："先生果非俗士，隔崖窎远，难以问答。"命左右："掌跳，看扶手，请那位先生登舟细讲。"左右掌跳，此人上船，果然是个樵夫。头戴箬笠，身披蓑衣，手持尖担，腰插板斧，脚踏芒鞋。手下人那知言谈好歹，见是樵夫，下眼相看："咄！那樵夫！下舱去，见我老爷叩头，问你甚么言语，小心答应，官尊着哩！"樵夫却是个有意思的，道："列位不须粗鲁，待我解衣相见。"除了斗笠，头上是青布包巾；脱了蓑衣，身上是蓝布衫儿；搭膊拴腰，露出布裩下截。那时不慌不忙，将蓑衣、斗笠、尖担、板斧，俱安放舱门之外，脱下芒鞋，躧去泥水，重复穿上，步入舱来。官舱内公座上灯烛辉煌，樵夫长揖而不跪，道："大人，施礼了。"俞伯牙是晋国大臣，眼界中那有两接[5]的布衣，下来还礼，恐失了官体，既请下船，又不好叱他回去。伯牙没奈何，微微举手道："贤友免礼罢。"叫童子看坐的。童子取一张杌坐儿置于下席。伯牙全无客礼，把嘴向樵夫一努，道："你且坐了。"你我之称，怠慢可知。那樵夫亦不谦让，俨然坐下。

伯牙见他不告而坐，微有嗔怪之意，因此不问姓名，亦不呼手下人看茶。默坐多时，怪而问之："适才崖上听琴的，就是你么？"樵夫答言："不敢。"伯牙道："我且问你，既来听琴，必知琴之出处。此琴何人所造？抚他有甚好处？"正问之时，船头来禀话："风色顺了，月明如昼，可以开船。"伯牙分付："且慢些！"樵夫道："承大人下问，小子若讲话絮烦，恐担误顺风行舟。"伯牙笑道："惟恐你不知琴理。若讲得有理，就不做官，亦非大事，何况行路之迟速乎！"樵夫道："既如此，小子方敢僭谈。此琴乃伏羲氏所琢，见五星之精，飞坠梧桐，凤皇来仪。凤乃百鸟之王，非竹实不食，非梧桐不栖，非醴泉不饮。伏羲氏知梧桐乃树中之良材，夺造化之精气，堪为雅乐，令人伐之。其

树高三丈三尺，按三十三天之数，截为三段，分天、地、人三才。取上一段叩之，其声太清，以其过轻而废之；取下一段叩之，其声太浊，以其过重而废之；取中一段叩之，其声清浊相济，轻重相兼。送长流水中，浸七十二日，按七十二候之数。取起阴乾，选良时吉日，用高手匠人刘子奇斫成乐器。此乃瑶池之乐，故名瑶琴。长三尺六寸一分，按周天三百六十一度。前阔八寸，按八节；后阔四寸，按四时；厚二寸，按两仪。有金童头、玉女腰、仙人背、龙池、凤沼、玉轸、金徽。那徽有十二，按十二月；又有一中徽，按闰月。先是五条弦在上，外按五行金、木、水、火、土，内按五音宫、商、角、徵、羽。尧舜时操五弦琴，歌'南风'诗，天下大治。后因周文王被囚于羑里，吊子伯邑考，添弦一根，清幽哀怨，谓之文弦。后武王伐纣，前歌后舞，添弦一根，激烈发扬，谓之武弦。先是宫、商、角、徵、羽五弦，后加二弦，称为文武七弦琴。此琴有六忌，七不弹，八绝。何为六忌？一忌大寒，二忌大暑，三忌大风，四忌大雨，五忌迅雷，六忌大雪。何为七不弹？闻丧者不弹，奏乐不弹，事冗不弹，不净身不弹，衣冠不整不弹，不焚香不弹，不遇知音者不弹。何为八绝？总之，清奇幽雅，悲壮悠长。此琴抚到尽美尽善之处，啸虎闻而不吼，哀猿听而不啼。乃雅乐之好处也。"

伯牙听见他对答如流，犹恐是记问之学，又想道："就是记问之学，也亏他了。我再试他一试。"此时已不似在先你我之称了，又问道："足下既知乐理，当时孔仲尼鼓琴于室中，颜回自外入，闻琴中有幽沉之声，疑有贪杀之意，怪而问之。仲尼曰：'吾适鼓琴，见猫方捕鼠，欲其得之，又恐其失之。此贪杀之意，遂露于丝桐。'始知圣门音乐之理，入于微妙。假如下官抚琴，心中有所思念，足下能闻而知之否？"樵夫道："《毛诗》云：'他人有心，予忖度之。'大人试抚弄一过，小子任心猜度。若猜不着时，大人休得见罪。"伯牙将断弦重整，沉思半晌，其意在于高山，抚琴一弄。樵夫赞道："美哉洋洋乎，大人之意，在高山也！"伯牙不答。又凝神一会，将琴再鼓，其意在于流水。樵夫又赞道："美哉汤汤乎，志在流水！"只两句，道着了伯牙的心事。伯牙大惊，推琴而起，与子期施宾主之礼。连呼："失敬！失敬！石中有美玉之藏，若以衣貌取人，岂不误了天下贤士！先生高名雅姓？"樵夫欠身而答："小子姓钟，名徽，贱字子期。"伯牙拱手道："是钟子期先生。"子期转问："大人高姓？荣任何所？"伯牙道："下官俞瑞，仕于晋朝，因修聘上国而来。"子期道："原来是伯牙大人。"伯牙推子期坐于客位，自己主席相陪，命童子点茶。茶罢，又命童子取酒共酌。伯牙道："借此攀话，休嫌简亵。"子期称："不敢。"

童子取过瑶琴，二人入席饮酒。伯牙开言又问："先生声口是楚人了，但不知尊居何处？"子期道："离此不远，地名马安山集贤村，便是荒居。"伯牙点头道："好个集贤村。"又问："道艺[6]何为？"子期道："也就是打柴为生。"伯牙微笑道："子期先生，下官也不该僭言。似先生这等抱负，何不求取功名，立身于廊庙，垂名于竹帛，却乃赍志林泉，混迹樵牧，与草木同朽？窃为先生不取也。"子期道："实不相瞒，舍间上有年迈二亲，下无手足相辅，采樵度日，以尽父母之馀年。虽位为三公之尊，不忍易我一日之养也。"伯牙道："如此大孝，一发难得。"二人杯酒酬酢了一会。子期宠辱无惊，伯牙愈加爱重。又问子期："青春多少？"子期道："虚度二十有七。"伯牙道："下官年长一旬。子期若不见弃，结为兄弟相称，不负知音契友。"子期笑道："大人差矣！大人乃上国名公，钟徽乃穷乡贱子，怎敢仰扳，有辱俯就。"伯牙道："相识满天下，知心能

几人？下官碌碌风尘，得与高贤结契，实乃生平之万幸。若以富贵贫贱为嫌，觑俞瑞为何等人乎？”遂命童子重添炉火，再爇名香，就船舱中与子期顶礼八拜。伯牙年长为兄，子期为弟，今后兄弟相称，生死不负。拜罢，复命取暖酒再酌。子期让伯牙上坐，伯牙从其言。换了杯箸，子期下席，兄弟相称，彼此谈心叙话。

正是：合意客来心不厌，知音人听话偏长。

谈论正浓，不觉月淡星稀，东方发白。船上水手都起身收拾篷索，整备开船。子期起身告辞，伯牙捧一杯酒递与子期，把子期之手，叹道：“贤弟，我与你相见何太迟，相别何太早！”子期闻言，不觉泪珠滴于杯中。子期一饮而尽，斟酒回敬伯牙。二人各有眷恋不舍之意。伯牙道：“愚兄馀情不尽，意欲曲延贤弟同行数日，未知可否？”子期道：“小人非不欲相从，怎奈二亲年老，‘父母在，不远游。’”伯牙道：“既是二位尊人在堂，回去告过二亲，到晋阳来看愚兄一看，这就是‘游必有方’了。”子期道：“小弟不敢轻诺而寡信，许了贤兄，就当践约。万一禀命于二亲，二亲不允，使仁兄悬望于数千里之外，小弟之罪更大矣。”伯牙道：“贤弟真所谓至诚君子。也罢，明年还是我来看贤弟。”子期道：“仁兄明岁何时到此？小弟好伺候尊驾。”伯牙屈指道：“昨夜是中秋节，今日天明，是八月十六日了。贤弟，我来仍在仲秋中五六日奉访。若过了中旬，迟到季秋月分，就是爽信，不为君子。”叫童子：“分付记室将钟贤弟所居地名及相会的日期，登写在日记簿上。”子期道：“既如此，小弟来年仲秋中五六日，准在江边侍立拱候，不敢有误。天色已明，小弟告辞了。”伯牙道：“贤弟且住。”命童子取黄金二笏，不用封帖，双手捧定道：“贤弟，些须薄礼，权为二位尊人甘旨之费。斯文骨肉，勿得嫌轻。”子期不敢谦让，即时收下。再拜告别，含泪出舱，取尖担挑了蓑衣、斗笠，插板斧于腰间，掌跳搭扶手上崖。伯牙直送至船头，各各洒泪而别。

不题子期回家之事。再说俞伯牙点鼓开船，一路江山之胜，无心观览，心心念念，只想着知音之人。又行几日，舍舟登岸。经过之地，知是晋国上大夫，不敢轻慢，安排车马相送。直至晋阳，回复了晋主，不在话下。

光阴迅速，过了秋冬，不觉春去夏来。伯牙心怀子期，无日忘之。想着中秋节近，奏过晋主，给假还乡。晋主依允。伯牙收拾行装，仍打大宽转，从水路而行。下船之后，分付水手，但是湾泊所在，就来通报地名。事有偶然，刚刚八月十五夜，水手禀复，此去马安山不远。伯牙依稀还认得去年泊船相会子期之处，分付水手，将船湾泊，水底抛锚，崖边钉橛。其夜晴明，船舱内一线月光，射进朱帘。伯牙命童子将帘卷起，步出舱门，立于船头之上，仰观斗柄。水底天心，万顷茫然，照如白昼。思想去岁与知己相逢，雨止月明。今夜重来，又值良夜。他约定江边相候，如何全无踪影，莫非爽信？又等了一会，想道：“我理会得了。江边来往船只颇多，我今日所驾的，不是去年之船了，吾弟急切如何认得？去岁我原为抚琴惊动知音，今夜仍将瑶琴抚弄一曲。吾弟闻之，必来相见。”命童子取琴桌安放船头，焚香设座。伯牙开囊，调弦转轸，才汎音律，商弦中有哀怨之声。伯牙停琴不操：“呀！商弦哀声凄切，吾弟必遭忧在家。去岁曾言父母年高，若非父丧，必是母亡。他为人至孝，事有轻重，宁失信于我，不肯失信于亲，所以不来也。来日天明，我亲上崖探望。”叫童子收拾琴桌，下舱就寝。伯牙一夜不睡，真个巴明不明，盼晓不晓。看看月移帘影，日出山头。伯牙起来梳洗整衣，命童子携琴相随，又取黄金十镒[7]带去：“倘[8]吾弟居丧，可为赙礼。”踹跳登崖，行于樵径，约莫十数里，出一谷口，伯牙

站住。童子禀道："老爷为何不行？"伯牙道："山分南北，路列东西。从山谷出来，两头都是大路，都去得，知道那一路往集贤村去？等个识路之人，问明了他，方才可行。"伯牙就石上少憩，童儿退立于后。不多时，左手官路上有一老叟，髯垂玉线，发挽银丝，箬冠野服，左手举藤杖，右手携竹篮，徐步而来。伯牙起身整衣，向前施礼。那老者不慌不忙，将右手竹篮轻轻放下，双手举藤杖还礼，道："先生有何见教？"伯牙道："请问两头路，那一条路，往集贤村去的？"老者道："那两头路，就是两个集贤村。左手是上集贤村，右手是下集贤村，通衢三十里官道。先生从谷出来，正当其半，东去十五里，西去也是十五里。不知先生要往那一个集贤村？"伯牙默默无言，暗想道："吾弟是个聪明人，怎么说话这等糊涂！相会之日，你知道此间有两个集贤村，或上或下，就该说个明白了。"伯牙却才沉吟，那老者道："先生这等吟想，一定那说路的，不曾分上下，总说了个集贤村，教先生没处抓寻了。"伯牙道："便是。"老者道："两个集贤村中，有一二十家庄户，大抵都是隐遁避世之辈。老夫在这山里，多住了几年，正是：'土居三十载，无有不亲人。'这些庄户，不是舍亲，就是敝友。先生到集贤村必是访友，只说先生所访之友，姓甚名谁，老夫就知他住处了。"伯牙道："学生要往钟家庄去。"老者闻"钟家庄"三字，一双昏花眼内，扑簌簌掉下泪来，道："先生别家可去，若说钟家庄，不必去了。"伯牙惊问："却是为何？"老者道："先生到钟家庄，要访何人？"伯牙道："要访子期。"老者闻言，放声大哭道："子期钟徽，乃吾儿也。去年八月十五采樵归晚，遇晋国上大夫俞伯牙先生。讲论之间，意气相投。临行赠黄金二笏，吾儿买书攻读，老拙无才，不曾禁止。旦则采樵负重，暮则诵读辛勤，心力耗废，染成怯疾，数月之间，已亡故了。"伯牙闻言，五内崩裂，泪如涌泉，大叫一声，傍山崖跌倒，昏绝于地。钟公用手搀扶，回顾小童道："此位先生是谁？"小童低低附耳道："就是俞伯牙老爷。"钟公道："原来是吾儿好友。"扶起伯牙苏醒。伯牙坐于地下，口吐痰涎，双手捶胸，恸哭不已，道："贤弟呵，我昨夜泊舟，还说你爽信，岂知已为泉下之鬼！你有才无寿了！"钟公拭泪相劝。伯牙哭罢起来，重与钟公施礼。不敢呼老丈，称为老伯，以见通家兄弟之音。伯牙道："老伯，令郎还是停柩在家，还是出瘗[9]郊外了？"钟公道："一言难尽！亡儿临终，老夫与拙荆坐于卧榻之前。亡儿遗语嘱付道：'修短由天，儿生前不能尽人子事亲之道，死后乞葬于马安山江边。与晋大夫俞伯牙有约，欲践前言耳。'老夫不负亡儿临终之言。适才先生来的小路之右，一丘新土，即吾儿钟徽之冢。今日是百日之忌，老夫提一陌[10]纸钱，往坟前烧化，何期与先生相遇！"伯牙道："既如此，奉陪老伯，坟前一拜。"命小童代太公提了竹篮。

钟公策杖引路，伯牙随后，小童跟定，复进谷口。果见一丘新土，在于路左。伯牙整衣下拜："贤弟在世为人聪明，死后为神灵应。愚兄此一拜，诚永别矣！"拜罢，放声又哭。惊动山前山后、山左山右黎民百姓，不问行的住的，远的近的，闻得朝中大臣来祭钟子期，回绕坟前，争先观看。伯牙却不曾摆得祭礼，无以为情，命童子把瑶琴取出囊来，放于祭石台上，盘膝坐于坟前，挥泪两行，抚琴一操。那些看者，闻琴韵铿锵，鼓掌大笑而散。伯牙问："老伯，下官抚琴，吊令郎贤弟，悲不能已，众人为何而笑？"钟公道："乡野之人，不知音律，闻琴声以为取乐之具，故此长笑。"伯牙道："原来如此。老伯可知所奏何曲？"钟公道："老夫幼年也颇习。如今年迈，五官半废，模糊不懂久矣。"

伯牙道：“这就是下官随心应手一曲短歌，以吊令郎者，口诵于老伯听之。”钟公道：“老夫愿闻。”

伯牙诵云：“忆昔去年春，江边曾会君。今日重来访，不见知音人。但见一抔土，惨然伤我心！伤心伤心复伤心，不忍泪珠纷。来欢去何苦，江畔起愁云。子期子期兮，你我千金义，历尽天涯无足语，此曲终兮不复弹，三尺瑶琴为君死！”

伯牙于衣夹间取出解手刀，割断琴弦，双手举琴，向祭石台上，用力一摔，摔得玉轸抛残，金徽零乱。钟公大惊，问道：“先生为何摔碎此琴？”伯牙道：“摔碎瑶琴凤尾寒，子期不在对谁弹！春风满面皆朋友，欲觅知音难上难。”钟公道：“原来如此，可怜！可怜！”伯牙道：“老伯高居，端的在上集贤村，还是下集贤村？”钟公道：“荒居在上集贤村第八家就是。先生如今又问他怎的？”伯牙道：“下官伤感在心，不敢随老伯登堂了。随身带得有黄金二镒，一半代令郎甘旨之奉，一半买几亩祭田，为令郎春秋扫墓之费。待下官回本朝时，上表告归林下。那时却到上集贤村，迎接老伯与老伯母，同到寒家，以尽天年。吾即子期，子期即吾也，老伯勿以下官为外人相嫌。”说罢，命小童取出黄金，亲手递与钟公，哭拜于地。钟公答拜，盘桓半晌而别。

这回书，题作《俞伯牙摔琴谢知音》。后人有诗赞云：势利交怀势利心，斯文谁复念知音？伯牙不作钟期逝，千古令人说破琴。

(选自《警世通言》，(明)冯梦龙编，严敦易校注，人民文学出版社，1956年版)

注释

[1] 大宽转：绕路，迂回，兜个大圈子。

[2] 船头：船上的头目。

[3] 跳：跳板。

[4] 罗唣(zào)：吵闹。

[5] 两接：两截，指穿的衫和裤，这是古时普通人的服装。

[6] 道艺：平时的研究和喜好。

[7] 镒(yì)：黄金的单位，一镒二十四两，铸成笏形，所以一镒就是一笏。

[8] 傥(tǎng)：通“倘”，假如。

[9] 瘗(yì)：掩埋，埋葬。

[10] 陌：一陌就是一百，这里指一串或一挂。

冯梦龙(1574—1646年)字犹龙，又字子犹，别署龙子犹，号墨憨斋主人，别署顾曲散人、词奴等，长洲(今江苏吴县)人，明代通俗文学家、戏曲家。冯梦龙出身士大夫家庭，与兄梦桂、弟梦熊，并称“吴下三冯”。冯梦龙少博学，为人旷达，虽有志于仕途，但屡不得志，五十七岁才被补为贡生，充任学官，六十一岁时授福建寿宁知县，清军入关后，他怀着中兴希望编了《甲申纪事》一书，宣传抗清，隆武二年即清顺治三年(1646年)春忧愤而死，一说被清兵所杀。他提倡情真的文学理念，强调作品要通俗化，要具有社会教育作用，且一生都在从事通俗文学的收集、整理和研究工作，“三言”即《喻世明言》、《警世通言》《醒世恒言》是其代表作，是对话本艺术的伟大继承，其中大量描写了市民生活，表现市民情趣，是我国古代白话短篇小说中的经典之作。

导读

本篇是冯梦龙的《警世通言》的第一卷，故事源出于《吕氏春秋》，原文十分简短，如下："伯牙鼓琴，钟子期善听之。方鼓琴，志在太山。钟子期曰：'善哉乎鼓琴！巍巍乎如太山。'志在流水。钟子期曰：'善哉乎鼓琴，洋洋乎若流水。'钟子期死，伯牙擗琴绝弦，终身不复鼓琴，以为世无足鼓琴者也。"

俞伯牙是春秋时的音乐家，既是弹琴高手，又擅长作曲，被尊为"琴仙"。《荀子·劝学篇》中曾讲"伯牙鼓琴而六马仰秣"，可见他弹琴技术之高超。钟子期是春秋楚国人，相传钟子期是一个头戴斗笠、身披蓑衣的樵夫。俞伯牙、钟子期的故事渐渐成为后世说书艺人的底稿，也就是现在大家说的"话本"，经过历朝历代的积累，到了明朝，冯梦龙对此加以改编和构建，整个故事虽然没有违背原来的情节，但是故事性和可读性已经很强了，情节更加丰富完备，人物形象也更加饱满了。尤其是对钟子期出场的重重铺垫更是丝丝入扣、引人入胜，对俞伯牙的心理刻画也是曲折生动、细致传神。语言方面，大多采用平易、通俗的白话，读起来简洁、明快；结构方面，以诗词开头，又以诗词来收束全文，中间时时穿插一些诗词韵语，或总结上文，或引出下文，或描绘人物与景色，通俗却不失文雅，堪称话本小说的经典之作。

感悟讨论

1. 你怎样看待钟子期和俞伯牙的人物形象特点？
2. 本文有哪些细节描写，对于体现人物的性格特点有什么作用？

痴于山水，癖于园林，这是晚明文人名士标榜清高、避世脱俗的一种方式。无论山水还是园林，张岱都崇尚清幽、淡远、自然、真朴的审美意趣。

第八节　西湖七月半

张　岱

西湖七月半，一无可看，止可看看七月半之人[1]。

看七月半之人，以五类看之：其一，楼船箫鼓[2]，峨冠盛筵[3]，灯火优傒[4]，声光相乱，名为看月而实不见月者，看之。其一，亦船亦楼，名娃闺秀[5]，携及童娈[6]，笑啼杂之，环坐露台[7]，左右盼望，身在月下而实不看月者，看之。其一，亦船亦声歌，名妓闲僧，浅斟低唱[8]，弱管轻丝，竹肉相发[9]，亦在月下，亦看月而欲人看其看月者，看之。其一，不舟不车，不衫不帻[10]，酒醉饭饱，呼群三五，跻入人丛[11]，昭庆、断桥[12]，嚣呼嘈杂[13]，装假醉，唱无腔曲[14]，月亦看，看月者亦看，不看月者亦看，而实无一看者，看之。其一，小船轻幌[15]，净几暖炉，茶铛旋煮[16]，素瓷静递[17]，好友佳人，邀月同坐，或匿影树下，或逃嚣里湖[18]，看月而人不见其看月之态，亦不作意看月者，看之。

杭人游湖，巳出酉归[19]，避月如仇。是夕好名，逐队争出，多犒门军酒钱[20]。轿夫擎燎[21]，列俟岸上。一入舟，速舟子急放断桥[22]，赶入胜会。以故二鼓以前[23]，人声鼓吹[24]，如沸如撼[25]，如魇如呓[26]，如聋如哑[27]。大船小船一齐凑岸，一无所见，止见篙击篙，舟触舟，肩摩肩，面看面而已。

少刻兴尽，官府席散，皂隶喝道去[28]。轿夫叫船上人，怖以关门[29]，灯笼火把如列星，一一簇拥而去。岸上人亦逐队赶门，渐稀渐薄，顷刻散尽矣。

吾辈始舣舟近岸[30]，断桥石磴始凉，席其上，呼客纵饮。此时月如镜新磨，山复整妆，湖复颒面[31]，向之浅斟低唱者出[32]，匿影树下者亦出。吾辈往通声气[33]，拉与同坐。韵友来[34]，名妓至，杯箸安[35]，竹肉发。月色苍凉，东方将白，客方散去。吾辈纵舟酣睡于十里荷花之中[36]，香气拘人[37]，清梦甚惬。

(选自《陶庵梦忆》评注本，(明)张岱著，淮茗评注，中华书局，2008年版)

注释

[1] 七月半：农历七月十五，又称中元节。　止，通“只”。

[2] 楼船：有阁楼的大船。　箫鼓：指音乐。

[3] 峨冠：头戴高冠，指士大夫。

[4] 优傒(xī)：优伶和仆役。

[5] 名娃：著名的美女。　闺秀：有才德的女子。

[6] 童娈(luán)：容貌美好的家僮。

[7] 露台：船上露天的平台。

[8] 浅斟低唱：慢慢地喝酒，轻声地吟哦。

[9] 竹肉：指管乐和歌喉。

[10] 不舟不车，不衫不帻：不坐船，不乘车；不穿长衫，不戴头巾，指放荡随便。帻(zé)：头巾。

[11] 跻(jī)：通“挤”。

[12] 昭庆：寺名。　断桥：西湖白堤的桥名。

[13] 嚣呼：大呼大叫。

[14] 无腔曲：没有腔调的歌曲，形容唱得乱七八糟。

[15] 轻幌：轻薄的帷幔。

[16] 铛(chēng)：温茶、酒的器具。　旋：立刻。

[17] 素瓷：洁白的瓷杯。

[18] 逃嚣：躲避喧闹。　里湖：西湖的白堤以北部分。

[19] 巳：巳时，约为上午九时至十一时。　酉：酉时，约为下午五时至七时。

[20] 犒：用酒食或财物慰劳。　门军：守城门的士兵。

[21] 擎燎：举着火把。

[22] 速舟子：催促船夫。

[23] 二鼓：二更，约为夜里十一点左右。

[24] 鼓吹：乐声。

[25] 如沸如撼：像水沸腾，像物体震撼，形容喧嚷。

[26] 魇(yǎn)：梦中惊叫。　呓：说梦话。

[27] 如聋如哑：指喧闹中震耳欲聋，听不见别人说话。

[28] 皂隶喝道：衙门的差役在前边吆喝开道。

[29] 怖以关门：用关城门恐吓。

[30] 舣(yǐ)：使船停靠岸。
[31] 颒(huì)面：洗脸。
[32] 向之：方才，先前。
[33] 往通声气：过去打招呼。
[34] 韵友：风雅的朋友，诗友。
[35] 箸：筷子。
[36] 纵舟：听任船自行漂荡。
[37] 拘：包围，拥裹。

张岱(1597—1679 年)又名维城，字宗子，又字石公，号陶庵，晚号六休居士，山阴(今浙江绍兴)人，寓居杭州，晚明散文大家，出生于仕宦世家，少为富贵公子，精于茶艺鉴赏，明亡后不仕，入山著书以终。张岱生活的明末之际，宦官擅权，奸臣当道，内忧外患，愈演愈烈，思想界涌现了一股反理学、叛礼教的思潮，挑战程朱“存天理，灭人欲”的理学，文人士子在对社会黑暗绝望之余，纷纷追求个性解放，纵欲于声色，纵情于山水，最大程度地追求物质和精神的满足。这样的社会思潮、人文氛围，影响造就了张岱的性格和名士风度，决定了他的代表作《陶庵梦忆》《西湖梦寻》和《琅嬛文集》的主要内容。张岱的散文题材较广，山水名胜、风俗世情、戏曲技艺乃至古董玩具等无不可入文，文字清新峭拔，形象生动，广览简取，刻画有力，余韵悠长。

导读

这是一篇简洁优美的游记小品。它追忆了明代杭州人七月半倾城游湖的盛况。文章主要描写的，不是自然风光的美丽，而是侧重刻画赏景之人，作者把他们的情态刻画得生动逼真，展现了当地的风俗民情，可以感受到作者清雅脱俗的志趣。

在作者看来，七月半看月之人有五类：一是“名为看月而实不见月”的达官贵人；一是“身在月下而实不看月”的名娃闺秀；三是“亦在月下、亦看月而欲人看其看月”的名妓闲僧；四是“月亦看、看月者亦看、不看月者亦看而实无一看”的市井之徒；五是“看月而人不见其看月之态，亦不作意看月”的文人雅士。这五类人都成了作者眼中的风景，作者观察细致，描写传神，惟妙惟肖，生动形象地勾勒出五类游客的性格特征。一般杭人游西湖，都是“巳出酉归，避月如仇”，七月半的西湖是“篙击篙，舟触舟，肩摩肩，面看面”，拥挤不堪；耳畔则“如沸如撼，如魇如呓，如聋如哑”，喧闹难耐。俗人看月只是“好名”，其实全然不解其中雅趣的旨意。作者描写了这一喧嚣的场面之后，由动入静，描写了文人雅士在俗人散去后，邀约三五好友同坐月下赏景的清幽场面。月色、青山、湖水、荷花，一切宁静而美好，在这样的环境中品茗赏月，才是风雅之士的追求。庸俗和高雅，喧哗与清寂，前后构成了鲜明的对照，褒贬不言自明。

文章语言雅俗结合，寓谐于庄，略带调侃意味，行文如流水涓涓，不着痕迹，颇见功力。

感悟讨论

1. 文章写了哪几类游客？都有什么特点？
2. 比较前后两个场面的描写，体会作者情感的变化。

3. 阅读《扬州清明》《炉峰月》，体会张岱散文的艺术特色。

平行阅读

扬州清明

张 岱

扬州清明，城中男女毕出，家家展墓。虽家有数墓，日必展之。故轻车骏马，箫鼓画船，转折再三，不辞往复。监门小户亦携肴核纸钱，走至墓所、祭毕，则席地饮胙。自钞关、南门、古渡桥、天宁寺、平山堂一带，靓妆藻野，袨服缛川。随有货郎，路旁摆设古董古玩并小儿器具。博徒持小杌坐空地，左右铺袒衫半臂、纱裙汗帨、铜炉锡注、瓷瓯漆奁，及肩彘鲜鱼、秋梨福桔之属，呼朋引类，以钱掷地，谓之“跌成”，或六或八或十，谓之“六成”、“八成”、“十成”焉。百十其处，人环观之。

是日，四方流离及徽商西贾、曲中名妓，一切好事之徒，无不咸集。长塘丰草，走马放鹰;高阜平冈，斗鸡蹴踘；茂林清樾，劈阮弹筝。浪子相扑，童稚纸鸢，老僧因果，瞽者说书，立者林林，蹲者蛰蛰。日暮霞生，车马纷沓。宦门淑秀，车幕尽开，婢媵倦归，山花斜插，臻臻簇簇，夺门而入。余所见者，惟西湖春、秦淮夏、虎邱秋，差足比拟。然彼皆团簇一块，如画家横披；此独鱼贯雁比，舒长且三十里焉，则画家之手卷矣。

南宋张择端作《清明上河图》，追摹汴京景物，有西方美人之思，而余目盱盱，能无梦想!

炉峰月

张 岱

炉峰绝顶，复岫回峦，斗耸相乱，千丈岩陬牙横梧，两石不相接者丈许，俯身下视，足震慑不得前。王文成少年曾趵而过，人服其胆。余叔尔蕴以毡裹体，縋而下，余挟二樵子，从壑底搲而上，可谓痴绝。

丁卯四月，余读书天瓦庵，午后同二三友人登绝顶，看落照。一友曰：“少需之，俟月出去。胜期难再得，纵遇虎，亦命也。且虎亦有道，夜则下山觅豚犬食耳，渠上山亦看月耶？”语亦有理。四人踞坐金简石上。

是日，月政望，日没月出，山中草木都发光怪，悄然生恐。月白路明，相与策杖而下。行未数武，半山嘄呼，乃余苍头同山僧七八人，持火燎、鞴刀、木棍，疑余辈遇虎失路，缘山叫喊耳。余接声应，奔而上，扶掖下之。

次日，山背有人言：“昨晚更定，有火燎数十把，大盗百余人，过张公岭，不知出何地？”吾辈匿笑不之语。谢灵运开山临澥，从者数百人，太守王琇惊骇，谓是山贼，及知为灵运，乃安。吾辈是夜不以山贼缚献太守，亦幸矣。

(选自《陶庵梦忆》，(明)张岱著，淮茗评注，中华书局，2008年版)

梅村诗以咏史为内容的七言古体最为著名，袁枚《语录》云："梅村七言古，用元白叙事之体，拟王骆用事之法，调既流转，语复奇丽，千古高唱矣。"

第九节　圆　圆　曲[1]

吴伟业

鼎湖当日弃人间[2]，破敌收京下玉关[3]，恸哭六军俱缟素[4]，冲冠一怒为红颜。红颜流落非吾恋，逆贼天亡自荒宴[5]。电扫黄巾定黑山，哭罢君亲再相见[6]。

相见初经田窦家[7]，侯门歌舞出如花。许将戚里箜篌伎[8]，等取将军油壁车[9]。家本姑苏浣花里，圆圆小字娇罗绮[10]。梦向夫差苑里游，宫娥拥入君王起[11]。前身合是采莲人，门前一片横塘水[12]。横塘双桨去如飞，何处豪家强载归[13]？此际岂知非薄命，此时唯有泪沾衣。薰天意气连宫掖[14]，明眸皓齿无人惜。夺归永巷闭良家[15]，教就新声倾坐客。坐客飞觞红日暮，一曲哀弦向谁诉？白皙通侯最少年[16]，拣取花枝屡回顾。早携娇鸟出樊笼，待得银河几时渡？恨杀军书抵死催，苦留后约将人误[17]。相约恩深相见难，一朝蚁贼满长安[18]。可怜思妇楼头柳[19]，认作天边粉絮看[20]。遍索绿珠围内第，强呼绛树出雕阑[21]。若非壮士全师胜[22]，争得蛾眉匹马还？蛾眉马上传呼进[23]，云鬟不整惊魂定。蜡炬迎来在战场，啼妆满面残红印[24]。专征萧鼓向秦川[25]，金牛道上车千乘[26]。斜谷云深起画楼，散关月落开妆镜[27]。

传来消息满江乡，乌桕红经十度霜[28]。教曲伎师怜尚在，浣纱女伴忆同行[29]。旧巢共是衔泥燕，飞上枝头变凤凰。长向尊前悲老大[30]，有人夫婿擅侯王。当时只受声名累，贵戚名豪竞延致[31]。一斛珠连万斛愁[32]，关山漂泊腰肢细。错怨狂风飏落花，无边春色来天地[33]。

尝闻倾国与倾城，翻使周郎受重名[34]。妻子岂应关大计？英雄无奈是多情。全家白骨成灰土，一代红妆照汗青[35]。君不见，馆娃初起鸳鸯宿[36]，越女如花看不足[37]。香径尘生鸟自啼，屧廊人去苔空绿[38]。换羽移宫万里愁[39]，珠歌翠舞古梁州[40]。为君别唱吴宫曲，汉水东南日夜流[41]！

(选自《吴梅村全集》，(清)吴伟业著，李学颖集评标校，上海古籍出版社，1990 年版)

注释

[1] 圆圆：陈圆圆，本姓邢，名沅，字圆圆，又字畹芬，明末清初苏州名妓，江苏常州武进人士，初曾入宫，后又放出，为崇祯宠妃田贵妃父亲田弘遇所得，田弘遇将陈圆圆赠给辽东总兵吴三桂为妾。李自成攻下北京，陈圆圆被李自成部下大将刘宗敏虏获。吴三桂遂引清兵入关，陈圆圆复为吴三桂所得，晚年出家为道士。

[2] 鼎湖：《史记·封禅书》载，相传轩辕黄帝在荆山铸鼎，鼎成，有龙须垂下迎黄帝，黄帝乃乘龙升天，后人用为帝王崩逝的代称。这里指明思宗崇祯皇帝自缢于煤山(景山)。

[3] "破敌"句：指吴三桂引领清兵击败李自成起义军。　吴三桂(1612－1678 年)，字长白，武举出身，明末任辽东总兵，封西平伯，驻守山海关。　玉关：山海关。

[4] 缟素：指吴三桂军队穿着白色丧服，哀悼崇祯皇帝。

[5] 逆贼：指李自成起义军。　天亡：天意使之灭亡。　荒宴：饮酒荒淫。

[6] “电扫”二句：黄巾、黑山，东汉末年的农民起义军，这里指李自成的军队。亲：指吴三桂的亲属，李自成起义军令吴父襄劝降吴三桂，遭拒，遂杀吴襄一家三十余口。

[7] 田窦：武安侯田蚡(fén)、魏其侯窦婴，均为西汉得势的外戚，这里指崇祯帝国丈田弘遇。

[8] 戚里：皇亲国戚的住所。　箜篌伎：弹箜篌的歌伎。箜篌：一种古老的弹弦乐器。

[9] 将军：指吴三桂。　油壁车：以油漆涂饰车壁，供贵妇人乘坐的车子。

[10] “浣花里”二句：唐代名妓薛涛居住浣花溪。　小字：小名。

[11] “梦向”二句：写陈圆圆的愿望，以西施作比，暗示圆圆曾被送入皇宫。　夫差：春秋时吴国亡国之君，专宠西施，被越王勾践打败。

[12] 前身：前生。　采莲人：指西施，相传西施入吴宫前，曾在绍兴若耶溪采莲浣纱。　横塘：在苏州西南。

[13] 豪家：外戚周奎重金购得圆圆，载归京师，献入宫廷。

[14] “薰天”句：指田贵妃受到宠爱，势焰熏天。　宫掖：后宫。

[15] 永巷：宫中长巷，宫女所居。崇祯未召见陈圆圆，不久将她外放为永巷宫人。良家：指田弘遇家。

[16] 通侯：汉代列侯中最高的一等，后来用作武官的美称，此处指吴三桂。

[17] “苦留”句：当时清兵逼近，军情紧急，吴三桂被命火速返回山海关，来不及迎娶陈圆圆，只得相约而别。

[18] 蚁贼：指李自成的义军。　长安：指明代都城北京。

[19] 可怜思妇楼头柳：王昌龄《闺怨》：“闺中少妇不知愁，春日凝妆上翠楼。忽见陌头杨柳色，悔教夫婿觅封侯。”比喻指陈圆圆已从良。

[20] 粉絮：白色柳絮，比喻歌伎。

[21] “遍索”二句：这两句说李自成部下刘宗敏搜得陈圆圆。　绿珠，《晋书·石崇传》：“崇有妓曰绿珠，美而艳，善吹笛。孙秀使人求之，崇不许；秀怒，矫诏收崇。崇正宴于楼上，介士到门，崇谓绿珠曰：‘我今为尔得罪！’绿珠泣曰：‘当效死于君前。’因自投于楼下而死。”　绛树，三国魏时歌伎，曹丕《答繁钦书》：“今之妙舞莫巧于绛树 。”绿珠、绛树，指陈圆圆。

[22] 全师胜：吴三桂引清兵入关，大败李自成。

[23] “蛾眉”句：吴三桂追击李自成，尚不知陈圆圆存亡，吴部将在京搜得陈圆圆，飞骑传送。

[24] 蜡炬：即蜡烛，指吴三桂迎娶陈圆圆的盛大场面。　残红印：脸上的胭脂留下泪痕。

[25] “专征”句：吴三桂追击李自成军至陕西。　专征：执掌征伐大权。　秦川：陕西关中一带。

[26] 金牛道：汉中入川的栈道。

[27] “斜谷”二句：写陈圆圆随行，得享荣华富贵。　斜谷：褒斜谷，在陕西眉县

西南。　散关：大散关，在陕西宝鸡大散岭上。

[28] “传来”二句：江乡，水乡。　乌桕(jiù)：树名，深秋时树叶变红。　十度霜：经霜十次，指十年。

[29] “教曲”二句：教曲伎师，教陈圆圆学曲的师傅。　浣纱女伴：乡里同伴。

[30] 尊：通“樽”，酒杯。

[31] 延致：延请。

[32] 一斛珠：谓陈圆圆当年身价之高。　万斛愁：形容愁恨之深。

[33] “错怨”二句：指陈圆圆曾经抱怨自己命途多舛，意想不到如今能荣华富贵。

[34] “翻使”句：三国名将周瑜，娶得绝世佳人小乔，使得周瑜更加出名。

[35] “全家”二句：吴氏全家已经白骨成灰，唯有陈圆圆却名垂青史。　汗青：史册。

[36] 馆娃：吴王夫差于灵岩山为宠妃西施而建的馆娃宫。

[37] 越女：指西施。

[38] “香径”二句：香径：采香径，在苏州西南香山上，相传吴王种花处。　屧(xiè)廊：即响屧廊，《姑苏志》：“响屧廊，在灵岩山，相传吴王建廊，而虚其下，令西施与宫人步屧，绕之则响，故名。”

[39] 换羽移宫：以音调变化喻世事变迁。古代音乐有五音，宫、商、角、徵、羽。

[40] 古梁州：汉中府，吴三桂曾在汉中建藩王府第。

[41] 汉水：发源于陕西汉中，长江支流。李白《江上吟》：“功名富贵若常在，汉水亦应西北流。”

吴伟业(1609—1671 年)字骏公，号梅村，江苏太仓人，明末清初著名诗人，明崇祯四年进士，官左庶子。弘光朝任少詹事，入清顺治时，官国子监祭酒，后辞官回归故里。其诗多以反映现实为主，早期作品风华绚丽，明亡后多激楚苍凉之音。吴伟业生当乱世，又数次置身政治旋涡，忧惧感慨，多发于诗，尤擅七言歌行，诗风既委婉含蓄，又沉着痛快，有《梅村集》。乾隆帝亲制御诗《题〈吴梅村集〉》：“梅村一卷足风流，往复搜寻未肯休。秋水精神香雪句，西昆幽思杜陵愁。裁成蜀锦应惭丽，细比春蚕好更抽。寒夜短檠相对处，几多诗兴为君收。”对吴伟业诗歌给予高度评价，肯定了梅村诗歌的地位。

导读

《圆圆曲》是梅村体的代表作，和长庆体代表作《长恨歌》相似，也是以爱情为主线的七言歌行，以吴三桂和陈圆圆的悲欢离合构成全诗的叙事情节，倾注了对陈圆圆人生遭际的深切同情，寄托了作者在那风云变幻的时代对人生和命运的无限感慨。

这首长篇叙事诗的结构安排独具匠心，打破了依自然顺序叙述的模式，运用倒述、追叙、插叙等手法，安排情节结构，使整个故事变化曲折，一波三折，情节起伏跌宕，极富戏剧性。开篇写崇祯吊死煤山，李自成起义军向西北退却，吴三桂占领北京，“冲冠一怒为红颜”埋下了故事的线索，给读者制造了一个悬念；然后，作者掉转笔锋，回忆当年吴三桂初遇陈圆圆的情景，又再调笔锋上溯，追叙陈圆圆的身世和少年时光，接下来顺叙陈圆圆归豪门、入宫掖、放出宫，与前写初遇圆圆接榫；接着再顺叙初遇之后无奈分别，圆

圆被虏，吴三桂愤而倒戈，大败李自成义军，从而与开篇处“冲冠一怒为红颜”遥相呼应；再下去写吴三桂和陈圆圆重逢，吴三桂迎娶圆圆，圆圆的富贵生活。主要情节之后，诗人又安排了两段插叙，一段是教曲伎师和女伴的感受，一段是圆圆的内心独白。如此种类繁多的叙事手法，在我国古典诗歌中实属罕见。

本篇采用了夹叙夹议的手法，尤其是诗的结尾反复咏叹，生逢乱世，历尽沧桑，纵观今古，作者把他人生中最深刻的感悟汇诸笔端，诗旨得到了极致发挥，令人唏嘘不已，情至文生。作品善用典故，对仗工稳，顶真蝉联，平仄韵交替使用，整首诗歌意蕴深邃，用词精湛，富于歌唱性，音律抑扬变化，和谐圆转。

感悟讨论

1. 作者对主人公陈圆圆抱着怎样的态度？梳理陈圆圆的人生际遇，体会作者的用心。

2. 吴三桂是个颇具争议的人物，有人赞赏他对爱情忠贞，有人谴责他断送了大明江山，还有人认为他的人生历程根本就是一个悲剧。作者对吴三桂持何态度？仔细阅读作品，谈谈你的看法。

3. 本诗运用了哪些典故？这些典故在作品中起到了什么作用？

平行阅读

琴河感旧四首并序

吴伟业

小序：枫林霜信，放棹琴河。忽闻秦淮卞生赛赛，到自白下，适逢红叶，余因客座，偶话旧游，主人命犊车以迎来，持羽觞而待至。停骖初报，传语更衣，已托病痁，迁延不出。知其憔悴自伤，亦将委身于人矣。予本恨人，伤心往事。江头燕子，旧垒都非；山上蘼芜，故人安在？久绝铅华之梦，况当摇落之辰。相遇则惟看杨柳，我亦何堪；为别已屡见樱桃，君还未嫁。听琵琶而不响，隔团扇以犹怜，能无杜秋之感、江州之泣也！漫赋四章，以志其事。

其一

白门杨柳好藏鸦，谁道扁舟荡桨斜。
金屋云深吾谷树，玉杯春暖尚湖花。
见来学避低团扇，近处疑嗔响钿车。
却悔石城吹笛夜，青骢容易别卢家。

其二

油壁迎来是旧游，尊前不出背花愁。
缘知薄幸逢应恨，恰便多情唤却羞。
故向闲人偷玉箸，浪传好语到银钩。
五陵年少催归去，隔断红墙十二楼。

其三

休将消息恨层城，犹有罗敷未嫁情。
车过卷帘徒怅望，梦来褵袖费逢迎。

青山憔悴卿怜我，红粉飘零我怜卿。
记得横塘秋夜好，玉钗恩重是前生。

其四

长向东风问画兰，玉人微叹倚阑干。
乍抛锦瑟描难就，小叠琼笺墨未干。
弱叶懒舒添午倦，嫩芽娇染怯春寒。
书成粉箑凭谁寄，多恐萧郎不忍看。

(选自《吴梅村全集》，(清)吴伟业著，李学颖集评标校，上海古籍出版社，1990 年版)

以志怪传奇为特征的文言小说中，文学成就最高的当推清初蒲松龄所写的文言短篇小说集《聊斋志异》，以写花妖狐魅、畸人异行著称，塑造了大量个性鲜明的女性形象，《黄英》便是其脍炙人口的篇章之一。

第十节　黄　英

蒲松龄

马子才，顺天人。世好菊，至才尤甚。闻有佳种，必购之，千里不惮[1]。一日，有金陵客寓其家，自言其中表亲[2]有一二种，为北方所无。马欣动，即刻治装，从客至金陵。客多方为之营求，得两芽，裹藏如宝。归至中途，遇一少年，跨蹇从油碧车[3]，丰姿洒落。渐近与语，少年自言："陶姓。"谈言骚雅[4]。因问马所自来，实告之。少年曰："种无不佳，培溉在人。"因与论艺菊之法。马大悦，问："将何往？"答云："姊厌金陵，欲卜居于河朔耳。"[5]马欣然曰："仆虽固贫[6]，茅庐可以寄榻。不嫌荒陋，无烦他适。"陶趋车前，向姊咨禀[7]。车中人推帘语，乃二十许绝世美人也。顾弟言："屋不厌卑，而院宜得广。"马代诺之，遂与俱归。

第南有荒圃，仅小室三四椽，陶喜，居之。日过北院，为马治菊。菊已枯，拔根再植之，无不活。然家清贫，陶日与马共饮食，而察其家似不举火[8]。马妻吕，亦爱陶姊，不时以升斗馈恤之。陶姊小字黄英，雅善谈，辄过吕所，与共纫绩[9]。陶一日谓马曰："君家固不丰，仆日以口腹累知交[10]，胡可为常。为今计，卖菊亦足谋生。"马素介[11]，闻陶言，甚鄙之，曰："仆以君风流高士，当能安贫；今作是论，则以东篱为市井，有辱黄花矣[12]。"陶笑曰："自食其力不为贪，贩花为业不为俗。人固不可苟求富[13]，然亦不必务求贫也[14]。"马不语，陶起而出。自是，马所弃残枝劣种，陶悉掇拾而去。由此不复就马寝食，招之始一至。未几，菊将开，闻其门嚣喧如市。怪之，过而窥焉，见市人买花者，车载肩负，道相属也。其花皆异种，目所未睹。心厌其贪，欲与绝；而又恨其私秘佳本[15]，遂款其扉，将就诮让。陶出，握手曳入。见荒庭半亩皆菊畦，数椽之外无旷土[16]。劚[17]去者，则折别枝插补之，其蓓蕾在畦者，罔不佳妙，而细认之，尽皆向所拔弃也。陶入室，出酒馔，设席畦侧，曰："仆贫不能守清戒，连朝幸得微资，颇足供醉。"少间，房中呼"三郎"，陶诺而去。俄献佳肴，烹饪良精。因问："贵姊胡以不字？"答云："时未至。"问："何时？"曰："四十三月。"又诘："何说？"但笑不言。尽欢始散。过宿，又诣之，新插者已盈尺矣。大奇之，苦求其术。陶曰："此固非可言传；且君不以谋生，焉用此？"又数日，门庭略寂，陶乃以蒲席包菊，捆载数车而去。逾岁，春将半，始载南中异卉[18]而归，于都中设花肆，十日尽售，复归艺菊。问之去年买花者，留其根，次年尽变而劣，乃复购于陶。陶由此日富：一年增舍，二年起夏屋。兴作从心，更不谋诸主人。渐而旧日花畦，尽为廊舍。更于墙外买田一区，筑墉四周[19]，悉种菊。至秋，载花去，春尽不归。而马妻病卒。意属黄英，微使人风示之。黄英微笑，意似允许，惟专候陶归而已。

年余，陶竟不至。黄英课仆种菊，一如陶。得金益合商贾，村外治膏田二十顷，甲第益壮。忽有客自东粤来[20]，寄陶生函信，发之，则嘱姊归马。考其寄书之日，即妻死之日；回忆园中之饮，适四十三月也。大奇之。以书示英，请问"致聘何所"。英辞不受采。又以故居陋，欲使就南第居，若赘焉。马不可，择日行亲迎礼。黄英既适马，于间壁开扉通南第，日过课其仆[21]。马耻以妻富，恒嘱黄英作南北籍[22]，以防淆乱。而家所需，黄英辄取诸南第。不半岁，家中触类皆陶家物。马立遣人一一赍还之，戒勿复取。未浃旬[23]，又杂之。凡数更，马不胜烦。黄英笑曰："陈仲子毋乃劳乎[24]？"马惭，不复稽，一切听诸黄英。鸠工庀料[25]，土木大作，马不能禁。经数月，楼舍连亘[26]，两第竟合为一，不分疆界矣。然遵马教，闭门不复业菊，而享用过于世家。马不自安，曰："仆三十年清德[27]，为卿所累。今视息人间[28]，徒依裙带而食，真无一毫丈夫气矣。人皆祝富，我但祝[29]穷耳！"黄英曰："妾非贪鄙；但不少致丰盈，遂令千载下人，谓渊明贫贱骨，百世不能发迹，故聊为我家彭泽解嘲耳。然贫者愿富，为难；富者求贫，固亦甚易。床头金任君挥去之，妾不靳也。"马曰："捐他人之金，抑亦良丑。"英曰："君不愿富，妾亦不能贫也。无已，析君居：清者自清，浊者自浊，何害？"乃于园中筑茅茨[30]，择美婢往侍马。马安之。然过数日，苦念黄英。招之，不肯至，不得已，反就之。隔宿辄至，以为常。黄英笑曰："东食西宿[31]，廉者当不如是。"马亦自笑，无以对，遂复合居如初。

会马以事客金陵，适逢菊秋。早过花肆，见肆中盆列甚繁，款朵佳胜[32]，心动，疑类陶制。少间，主人出，果陶也。喜极，具道契阔，遂止宿焉。要之归，陶曰："金陵，吾故土，将婚于是。积有薄资，烦寄吾姊。我岁杪[33]当暂去。"马不听，请之益苦。且曰："家幸充盈，但可坐享，无须复贾。"坐肆中，使仆代论价，廉其直，数日尽售。逼促囊装，赁舟遂北。入门，则姊已除舍，床榻裀褥皆设，若预知弟也归者。陶自归，解装课役，大修亭园，惟日与马共棋酒，更不复结一客。为之择婚，辞不愿。姊遣二婢侍其寝处，居三四年，生一女。

陶饮素豪[34]，从不见其沉醉。有友人曾生，量亦无对。适过马，马使与陶相较饮。二人纵饮甚欢，相得恨晚。自辰以迄四漏[35]，计各尽百壶。曾烂醉如泥，沉睡座间。陶起归寝，出门践菊畦，玉山倾倒[36]，委衣于侧，即地化为菊，高如人；花十余朵，皆大于拳。马骇绝，告黄英。英急往，拔置地上，曰："胡醉至此！"覆以衣，要马俱去，戒勿视。既明而往，则陶卧畦边。马乃悟姊弟皆菊精也，益敬爱之。而陶自露迹，饮益放，恒自折柬招曾，因与莫逆。值花朝[37]，曾乃造访，以两仆舁[38]药浸白酒一坛，约与共尽。坛将竭，二人犹未甚醉。马潜以一瓻[39]续入之，二人又尽之。曾醉已惫，诸仆负之以去。陶卧地，又化为菊。马见惯不惊，如法拔之，守其旁以观其变。久之，叶益憔悴。大惧，始告黄英。英闻骇曰："杀吾弟矣！"奔视之，根株已枯。痛绝，掐其梗，埋盆中，携入闺中，日灌溉之。马悔恨欲绝，甚怨曾。越数日，闻曾已醉死矣。盆中花渐萌，九月既开，短干粉朵，嗅之有酒香，名之"醉陶"，浇以酒则茂。后女长成，嫁于世家。黄英终老，亦无他异。

异史氏曰：“青山白云人，遂以醉死[40]，世尽惜之，而未必不自以为快也。植此种于庭中，如见良友，如见丽人，不可不物色之也。”

(选自《全本新注聊斋志异》，朱其铠主编，人民文学出版社，1989 年版)

注释：

[1] 千里不惮：谓不怕路远。惮：怕。

[2] 中表亲：古代称姑母的儿子为外兄弟，称舅父或姨母的儿子为内兄弟。外为“表”，内为“中”，合称这种亲戚关系为“中表亲”。

[3] 跨蹇从油碧车：骑着小驴跟随在油碧车后面。蹇：蹇卫，驴子。油碧车：也作“油壁车”，因车壁以油涂饰，故名，古时妇女所乘之车。

[4] 谈言骚雅：说话文雅，有诗人气质。《楚辞》有《离骚》，《诗经》有《大雅》和《小雅》，故以“骚雅”代指文学修养。

[5] 河朔：黄河以北地区。

[6] 固贫：固守贫困。

[7] 咨禀：商量，禀告。

[8] 不举火：不烧火做饭。

[9] 纫绩：缝纫、捻线，指针线活。

[10] 口腹：指饮食。

[11] 素介：素来耿介。介：孤洁，有操守。

[12] “以东篱为市井”二句：把种菊的地方当作贸易的场所，这对菊花是一种污辱；意谓陶生庸俗，大煞风景。晋陶渊明《饮酒》诗：“采菊东篱下，悠然见南山。”因此这里以“东篱”代指种菊的园地。黄花：指菊花。

[13] 苟求富：以不正当的手段谋求富足。

[14] 务求贫：立志追求贫穷。

[15] 佳本：优良品种。本：菊根。

[16] 旷土：空地。

[17] 劚(zhú)：掘。

[18] 南中异卉：南方的珍奇花卉。南中：泛指南方。

[19] 墉(yōng)：土墙。

[20] 东粤：或作“东越”，指今东南沿海地区。

[21] 课仆：督促仆人。课：督促完成指定的工作。

[22] 作南北籍：为南北两宅各立账簿。

[23] 浃(jiā)旬：即“浃日”，十日。古代以干支纪日，称自甲至癸一周十日为“浃”日。浃：周匝。

[24] “陈仲子”句：喻指马子才如此追求廉洁未免过分。陈仲子：战国时齐人，《淮南子·氾论训》说他“立节抗行，不入洿(wū)君之朝，不食乱世之食，遂饿而死”，《孟子·文公下》说他“以兄之禄为不义之禄而不食也，以兄之室为不义之室而不居也，辟兄离母，处于於(wū)陵”。

[25] 鸠工庀(pǐ)料：招集工匠，置备建筑材料。庀：备具。

[26] 连亘：连贯。

[27] 清德：清廉自守的德行。

[28] 视息人间：犹言“活在世上”。视：看。息：呼吸。

[29] 祝：祈求。

[30] 茅茨(cí)：草屋。

[31] 东食西宿：比喻兼有两利。《艺文类聚》卷四十引《风俗通》，谓齐人有女，二人求之。一人丑而富，一人美而贫。父母疑而不决，问其女。女曰：“欲东家食，西家宿。”这里以此故事嘲笑马生所标榜的“清廉”。

[32] 款朵：花朵的式样，指菊花品种。

[33] 岁杪：年尾，年末。杪(miǎo)：末尾，时间上的终止。

[34] 豪：豪放，此指豪饮。

[35] 自辰以讫四漏：从辰时一直到夜里四更天。讫：至。

[36] 玉山倾倒：形容酒醉摔倒。《世说新语·容止》：嵇康为人傲然若孤松独立，酒醉时“若玉山之将崩”。后以“玉山倾倒”形容醉倒。

[37] 花朝：旧俗以阴历二月十五日为百花生日，称为“花朝节”，见《梦粱录·二月望》。又，《诚斋诗话》谓东京以二月十二日为花朝；《翰墨记》则以二月二日为花朝节。

[38] 舁(yú)：共同抬东西；携带。

[39] 瓻(chī)：古时盛酒用具。

[40] 青山白云人遂以醉死：《旧唐书·傅奕传》：傅奕生平未曾请医服药。年八十五，常醉酒酣卧。一日，忽然蹶起，自言将死，因自为墓志曰：“傅奕，青山白云人也，因酒醉死。”这里借指醉死的陶生。

蒲松龄(1640—1715 年)字留仙，一字剑臣，号柳泉，明崇祯十三年(1640 年)生于山东淄川县(今淄博市淄川区)一个逐渐败落的中小地主兼商人家庭。蒲氏虽非名门大族，却世代多读书人。蒲松龄兄弟四人，唯他勤于攻读，文思敏捷，十九岁初应童子试，便以县、府、道三试第一进学，此后却屡应乡试不中。他在科举道路上挣扎了大半生，直到年逾古稀，方援例取得了个岁贡生的科名。为生活所迫，他除了应同邑人宝应县知县孙蕙之请，为其做幕宾数年之外，主要在本县西铺村毕际友家做塾师，舌耕笔耘近四十二年，直至 1709 年方撤帐归家。1715 年正月病逝，享年七十六岁。他毕生精力完成《聊斋志异》八卷，约四十余万字，此外还有大量诗文、戏剧、俚曲以及有关农业、医药方面的著述存世，计有文集十三卷，四百余篇；诗集六卷，一千余首；词一卷，一百余阕；戏本三出；俚曲十四种。

导读

《黄英》是《聊斋志异》中较为独特的一篇，讲述了马子才与菊仙相知相守又相互妥协包容的爱情婚姻生活，塑造了一个独立自主而又恬淡宁静的菊花仙子形象，同时，菊花仙子背后，又有一个超凡脱尘的弟弟陶生，谱写了一曲男性之间的友谊赞歌。

故事围绕儒士马子才与陶氏姐弟之间“安贫”与“治生”的矛盾冲突展开。菊花向来是文人高洁秉性和高雅生活的象征，像许多文人雅士一样，马子才尤其喜爱菊花，听说有

好的菊花必定前往购置。在一次购花途中，结识了陶家姐弟黄英和陶三郎，因种菊话题投机而邀二人到自己居住。马子才家贫，陶生便提出卖菊谋生，马生是读书人，遵循着安贫乐道、文不经商的准则，对此“甚鄙之”。作为高洁化身的菊花精陶氏姐弟则“自食其力”“贩花为业”“由此日富”。马子才“心厌其贪，欲与绝；而又恨其私秘佳本”，在一番内心的矛盾斗争之后，由贱商转而为与商为友，和陶家姐弟和好如初。马子才之妻病卒后，娶黄英为妻，其“安贫素介”的思想濒于崩溃，开始了痛苦的抉择与蜕变。他耻以妻富，黄英看透了他自视清高的虚伪，让其在园里筑茅屋独居，没几天便“不胜烦”，最后“一切听诸黄英”，与黄英终老，而无他异，陶生则因烂醉被马生误杀。

《黄英》闪射出作者独特的思想光华，表现出离经叛道、惊世骇俗的思想观念和作家深刻的人生见解。彻底否定了“君子固穷”的传统观念，富有新意，独具思想内涵。通过对黄英姐弟和马子才“始合”“中分”“终合”过程中发生的生活琐事的描写，反映了具有商品经济色彩新观念的胜利。

感悟讨论

1. 马子才与陶氏姐弟的相识、相处过程中，表现出怎样的思想、行为的变化？这些变化说明了什么？

2. 细读文本，阐述菊花的意象。

3. 谈谈你对《黄英》一文主题思想的理解。

> 王国维语：“纳兰容若以自然之眼观物，以自然之舌言情。此由初入中原，未染汉人风气，故能真切如此。北宋以来，一人而已。”

第十一节　木兰花[1]拟古决绝词柬友

纳兰性德

人生若只如初见，何事秋风悲画扇[2]。等闲变却故人心，却道故人心易变[3]。

骊山语罢清宵半[4]，泪雨零铃终不怨[5]。何如薄幸锦衣郎，比翼连枝当日愿[6]。

(选自《纳兰词笺注》，张草纫笺注，上海古籍出版社，2003 年版)

注释

[1] 木兰花：词牌，双调 56 字，上、下阕各三仄声韵。

[2] 何事悲风画秋扇：此用汉代班婕妤被弃典故。班婕妤为汉成帝妃，被赵飞燕谗害，退居冷宫，有诗《怨歌行》：“新裂齐纨素，皎洁如霜雪。裁为合欢扇，团圆似明月。出入君怀袖，动摇微风发。常恐秋节至，凉飚夺炎热。弃捐箧笥中，恩情中道绝。”以秋扇为喻，写被弃之怨情。

[3] “等闲”两句：指故人轻易变心，反说人心本来就是易变的，不足为奇。

[4] “骊山”句：唐玄宗李隆基与杨玉环曾于七月七日夜，在骊山华清宫长生殿里盟誓，陈鸿《长恨歌传》：“时夜殆半，休侍卫于东西厢，独侍上。上凭肩而立，因仰天感牛女事，密相誓心，愿世世为夫妇。”白居易《长恨歌》：“在天愿作比翼鸟，在地愿

作连理枝。”

[5] “泪雨”句：安史乱起，唐玄宗入蜀躲避战乱，为保皇位于马嵬坡将杨玉环赐死，途中闻雨声、铃声而悲，遂作《雨霖铃》曲以寄哀思。

[6] 锦衣郎：指唐玄宗。

纳兰性德(1655—1685 年)原名成德，字容若，号楞伽山人，出身满洲贵族，隶属正黄旗，大学士明珠长子，清初杰出词人。纳兰性德自幼聪敏，读书过目不忘，善为诗，好填词，童年已句出惊人，17 岁入太学，康熙十五年(1676 年)中进士，授乾清门三等侍卫，后循迁至一等，多次随康熙皇帝出巡，到过京畿、塞外、关东、江南。他是一个胸怀抱负的青年，能文能武，希望有机会施展才能，做一番于国于民有利的事业，“竟须将，银河亲挽，普天一洗。麟阁才教留粉本，大笑拂衣归矣”，然而，现实生活中却在皇帝身边鞍前马后度过了 9 年的侍卫生涯。纳兰性德生性恬淡，对功名利禄看得十分淡泊，向往隐居生活。他的词独具一格，或凄婉动人，或磊落奔放，有评价认为直追南唐后主李煜。现存词三百多首，纳兰性德生前编辑成集，名为《侧帽集》，后来好友顾贞观校订重刊，更名《饮水词》。

导读

这是一首拟古之作，古辞《白头吟》：“闻君有两意，故来相决绝。”唐元稹有《古决绝词》三首。“决绝意谓决裂，指男女情变，断绝关系。唐元稹曾用乐府歌行体，摹拟一女子的口吻，作《古决绝词》。容若此作题为‘拟古决绝词柬友’，也以女子的声口出之。其意是用男女间的爱情为喻，说明交友之道也应该始终如一，生死不渝。”(盛冬铃《纳兰性德词选》)

这首词表达了词人对人生理想的执着追求和对背情弃义行为的批判鞭挞。纳兰词的最大魅力在于一个“真”，他“待人真，作词真，写景真，抒情真，虽力量未充，然以其真，故感人甚深。一种凄婉处，令人不忍卒读者，亦以其词真也。”(唐圭璋语)本词上阕起句“人生若只如初见”这句名言，以情真撼人心灵，描绘出一种令人向往的人与人相处的美好状态。接着引用汉代班婕妤的典故，发出深深慨叹，初相识时如沐春风的温馨和分手时如肃杀秋风中画扇的悲凉构成鲜明的对比和反差，接下来，对变心人反而指责对方首先变心的行为予以了批判。下阕引用唐玄宗和杨玉环的典故，谴责当初海誓山盟后来却背情弃义的薄情郎，无做作之态，更无虚伪之言，借用典故吐露出自己的心声，既是谴责负心，也是呼唤人间真情。这首词清新秀隽，情真意切，语言流畅优美，音韵和谐自然，具有婉转动人的艺术感染力。

感悟思考

1. 结合纳兰性德的短暂的人生经历，谈谈你对“人生如只如初见”这一名句的看法。

2. 有评价纳兰容若为“性情中人”，也有人认为他是《红楼梦》贾宝玉的原型，查阅相关资料，谈谈你对纳兰容若的印象。

3. 阅读《金缕曲·赠梁汾》，体会这首词的风格。

平行阅读

金缕曲 赠梁汾

纳兰性德

德也狂生耳。偶然间，缁尘京国，乌衣门第。 有酒惟浇赵州土，谁会成生此意。不信道、竟成知己。青眼高歌俱未老，向樽前、拭尽英雄泪。君不见，月如水。

共君此夜须沉醉。且由他、蛾眉谣诼，古今同忌。身世悠悠何足问，冷笑置之而已。寻思起、从头翻悔。一日心期千劫在，后身缘、恐结他生里。然诺重，君须记。

长 相 思

纳兰性德

山一程，水一程，身向榆关那畔行，夜深千帐灯。
风一更，雪一更，聒碎乡心梦不成，故园无此声。

鹧 鸪 天

纳兰性德

独背残阳上小楼，谁家玉笛韵偏幽？一行白雁遥天暮，几点黄花满地秋。
惊节序，叹沉浮，秾华如梦水东流。人间所事堪惆怅，莫向横塘问旧游。

(选自《纳兰词笺注》，张草纫笺注，上海古籍出版社，2003 年版)

桐城派是清代文坛影响最大的散文流派，该派作品论点鲜明，极富逻辑，记叙扼要，寄世感叹，写景传神，刻画生动，词句精练，平易清新，《狱中杂记》是其代表作。

第十二节　狱 中 杂 记[1]

方苞

康熙五十一年三月，余在刑部狱[2]，见死而由窦出者日四三人[3]。有洪洞令杜君者，作而言曰[4]：“此疫作也[5]。今天时顺正[6]，死者尚希，往岁多至日数十人。”余叩所以[7]，杜君曰：“是疾易传染，遘者虽戚属[8]，不敢同卧起。而狱中为老监者四，监五室，禁卒居中央，牖其前以通明[9]，屋极有窗以达气[10]。旁四室则无之，而系囚常二百馀。每薄暮下管键[11]，矢溺皆闭其中[12]，与饮食之气相薄[13]。又隆冬，贫者席地而卧，春气动，鲜不疫矣。狱中成法，质明启钥，方夜中，生人与死者并踵顶而卧[14]，无可旋避，此所以染者众也。又可怪者，大盗积贼，杀人重囚，气杰旺[15]，染此者十不一二，或随有瘳[16]，其骈死[17]，皆轻系及牵连佐证法所不及者[18]。”

余曰：“京师有京兆狱[19]，有五城御史司坊[20]，何故刑部系囚之多至此？”杜君曰：

"迩年狱讼[21]，情稍重，京兆、五城即不敢专决，又九门提督所访缉纠诘[22]，皆归刑部；而十四司正副郎好事者及书吏、狱官、禁卒[23]，皆利系者之多，少有连，必多方钩致[24]。苟入狱，不问罪之有无，必械手足，置老监，俾困苦不可忍[25]。然后导以取保，出居于外，量其家之所有以为剂[26]，而官与吏剖分焉。中家以上皆竭资取保，其次求脱械居监外板屋，费亦数十金。唯极贫无依，则械系不稍宽，为标准以警其馀。或同系，情罪重者，反出在外，而轻者、无罪者罹其毒[27]。积忧愤，寝食违节[28]，及病，又无医药，故往往至死。"

余伏见圣上好生之德[29]，同于往圣，每质狱辞[30]，必于死中求其生，而无辜者乃至此。倘仁人君子为上昌言[31]："除死刑及发塞外重犯，其轻系及牵连未结正者[32]，别置一所以羁之，手足毋械。"所全活可数计哉！或曰："狱旧有室五，名曰现监，讼而未结正者居之。倘举旧典[33]，可小补也。"杜君曰："上推恩[34]，凡职官居板屋。今贫者转系老监，而大盗有居板屋者，此中可细诘哉[35]！不若别置一所，为拔本塞源之道也[36]。"余同系朱翁、余生，及在狱同官僧某[37]，遘役死，皆不应重罚。又某氏以不孝讼其子，左右邻械系入老监，号呼达旦。余感焉，以杜君言泛讯之[38]，众言同，于是乎书。

凡死刑狱上[39]，行刑者先俟于门外，使其党入索财物，名曰"斯罗"[40]。富者就其戚属，贫则面语之。其极刑[41]，曰："顺我，即先刺心；否则四肢解尽，心犹不死。"其绞缢，曰："顺我，始缢即气绝；否则，三缢加别械，然后得死。"唯大辟无可要[42]，然犹质其首[43]。用此，富者赂数十百金，贫亦罄衣装；绝无有者，则治之如所言。主缚者亦然[44]，不如所欲，缚时即先折筋骨。每岁大决[45]，勾者十四三[46]，留者十六七，皆缚至西市待命[47]。其伤于缚者，即幸留，病数月乃瘳，或竟成痼疾[48]。

余尝就老胥而问焉[49]："彼于刑者、缚者，非相仇也，期有得耳；果无有，终亦稍宽之，非仁术乎？"曰："是立法以警其馀，且惩后也；不如此则人有幸心。"主梏扑者亦然[50]。余同逮以木讯者三人[51]：一人予三十金，骨微伤，病间月；一人倍之，伤肤，兼旬愈；一人六倍，即夕行步如平常。或叩之曰："罪人有无不均，既各有得，何必更以多寡为差？"曰："无差，谁为多与者？"孟子曰："术不可不慎[52]。"信夫！

部中老胥，家藏伪章，文书下行直省[53]，多潜易之，增减要语，奉行者莫辨也。其上闻及移关诸部[54]，犹未敢然。功令[55]：大盗未杀人，及他犯同谋多人者，止主谋一二人立决；馀经秋审，皆减等发配。狱词上[56]，中有立决者，行刑人先俟于门外，命下，遂缚以出，不羁晷刻[57]。有某姓兄弟，以把持公仓，法应立决，狱具矣，胥某谓曰："予我千金，吾生若。"叩其术，曰："是无难，别具本章[58]，狱词无易，取案末独身无亲戚者二人易汝名，俟封奏时潜易之而已。"其同事者曰："是可欺死者，而不能欺主谳者[59]，倘复请之，吾辈无生理矣。"胥某笑曰："复请之，吾辈无生理，而主谳者亦各罢去。彼不能以二人之命易其官，则吾辈终无死道也。"竟行之，案末二人立决。主者口呿舌挢[60]，终不敢诘。余在狱，犹见某姓，狱中人群指曰："是以某某易其首者。"胥某一夕暴卒，众皆以为冥谪云[61]。

凡杀人，狱词无谋、故者[62]，经秋审入矜疑[63]，即免死。吏因以巧法。有郭四者，凡四杀人，复以矜疑减等，随遇赦，将出，日与其徒置酒酣歌达曙。或叩以往事，一一详述之，意色扬扬，若自矜诩。噫！渫恶吏忍于鬻狱[64]，无责也；而道之不明[65]，良吏亦多以脱人于死为功，而不求其情，其枉民也，亦甚矣哉！

奸民久于狱，与胥卒表里，颇有奇羡[66]。山阴李姓以杀人系狱，每岁致数百金。康熙四十八年，以赦出，居数月，漠然无所事。其乡人有杀人者，因代承之。盖以律非故杀，必久系，终无死法也。五十一年，复援赦减等谪戍[67]，叹曰："吾不得复入此矣！"故例[68]：谪戍者移顺天府羁候。时方冬停遣，李具状求在狱候春发遣[69]，至再三，不得所请，怅然而出。

(选自《方苞集》，(清)方苞著，刘季高校点，上海古籍出版社，2008年版)

注释

[1] 杂记：古代散文中一种杂文体，因事立义，记述见闻。

[2] 刑部狱：清政府刑部所设的监狱。刑部：明清两朝设六部，刑部掌刑律狱讼。

[3] 窦：孔穴，指监狱墙上打开的小洞。

[4] "有洪洞"二句：洪洞：今山西洪洞县。　　作：起身。

[5] 疫作：瘟疫流行。

[6] 天时顺正：气候正常。

[7] 叩：询问。

[8] 遘(gòu)：遇、遭受，指染病。

[9] 牖：窗，此处作动词。

[10] 屋极：屋顶。

[11] 下管键：落锁。

[12] 矢溺：大小便。矢：同"屎"。　　溺：同"尿"。

[13] 相薄：相混杂。

[14] 踵顶：踵：脚后跟。　　顶：头顶。

[15] 气杰旺：精气特别旺盛。

[16] 或随有瘳(chōu)：有的人染上病也随即就痊愈了。瘳：病愈。

[17] 骈：并。

[18] 轻系：罪轻囚犯。　　佐证：证人。

[19] 京兆狱：京城的监狱，即当时顺天府监狱。

[20] 五城御史司坊：即五城御史衙门的监狱。清朝时京城设巡查御史，分管东、西、南、北、中五个地区，故称五城御史。

[21] 迩年：近年。

[22] 九门提督：即提督九门步兵统领，掌管京城九门督察职务的武官。九门：指正阳门、崇文门、宣武门、安定门、德胜门、东直门、西直门、朝阳门、阜成门。　　所访缉纠诘：所访查缉捕来受审讯的人。

[23] 十四司正副郎：清初刑部设十四司，每司正职为郎中，副职为员外郎。　　书吏：掌管文牍的小吏。

[24] 钩致：逮捕。

[25] 俾：使。

[26] 剂：契券，字据。这里指作为要挟的根据。

[27] 罹(lí)其毒：遭受其毒害。

[28] 寝食违节：睡觉吃饭都不正常。

[29] 伏见：即看到。伏：表示谦卑。

[30] 质：询问，评判。

[31] 上：皇帝。　　昌言：献言。

[32] 结正：定罪。正：治罪。

[33] 旧典：过去的制度。

[34] 推恩：施恩。

[35] 细诘：深究。

[36] 拔本塞源：拔除弊端的根本，堵塞弊端的源头。

[37] 朱翁：不详。　　余生：名湛，字石民，戴名世的学生。　　同官：县名，今陕西铜川市。

[38] 泛讯：广泛地询问。

[39] 死刑狱上：判处死刑的案件上报呈批。

[40] 斯罗：也作“撕罗”“撕掳”，打理之意。

[41] 极刑：凌迟处死的刑罚，行刑时先断其肢体，最后断其气。

[42] 大辟：斩首。　　要：要挟。

[43] 质其首：用人头作抵押来勒索。

[44] 主缚者：执行捆缚犯人的役吏。

[45] 大决：即秋决，古时规定秋天处决犯人。

[46] 勾者：每年八月，由刑部会同九卿审判死刑犯人，呈交皇帝御决。皇帝用朱笔勾上的，立即处死；未勾上的为留者，暂缓执行。

[47] 西市：清代京城行刑的地方，在今北京市西城区菜市口。

[48] 痼疾：积久难治的疾病。

[49] 老胥：多年的老役吏。胥：掌管文案的小吏。

[50] 主梏扑者：专管上刑具、打板子的人。

[51] 木讯：用木制刑具如板子、夹棍等拷打审讯。

[52] 术不可不慎：出自《孟子·公孙丑章》，意谓选择职业不可不慎重。

[53] 直省：直属朝廷管辖的省。

[54] 上闻：报告皇上的文书。　　移关诸部：移送朝廷各部文书。

[55] 功令：朝廷法令。

[56] 狱词上：审判书上报。

[57] 不羁晷刻：不留片刻。晷刻：指很短的时间。

[58] 别具本章：另外写奏章上呈。

[59] 主谳(yàn)者：负责审判的官员。谳，审判定罪。

[60] 口呿(qū)舌挢(jiāo)：张口结舌。呿：张口不能说话。　　舌挢：翘起舌头，形容惊讶的样子。

[61] 冥谪：受到阴曹地府的惩罚。

[62] 无谋、故者：不是预谋或故意杀人的。

[63] 矜疑：指其情可悯，其事可疑的案件。矜：怜悯、惋惜。刑部秋审时，把各种死刑案件分为情实、缓决、可矜、可疑四类，后两类可减等处理或宽免。

[64] 渫(xiè)：污浊。　　鬻狱：出卖狱讼。

[65] 道之不明：世道是非不明。

[66] 奇(jī)羡：盈余。

[67] 援赦减等：根据大赦条例减刑。　　谪戍：发配充军。

[68] 故例：旧例。

[69] 具状求在狱：呈文请求留在狱中。

方苞(1668—1749 年)字凤九，号灵皋，晚年又号望溪，桐城(今安徽桐城)人，清代散文家，康熙年间(1662—1722 年)进士，康熙五十年(1711 年)因文字狱牵连入狱，得人营救，两年后出狱，后官至礼部侍郎。他是桐城派古文的创始人，当时颇有影响，主张写文章应讲究“义法”。“义”指文章的内容，要符合封建的纲常伦理；“法”指文章的形式技巧，要结构条理，语言雅洁，从而做到“言之有物”“言之有序”。他提倡义理、考据、词章三者并重，有《方望溪先生全集》传世。

导读

《狱中杂记》是清代桐城派散文的代表之作。康熙五十年(1711 年)，方苞因《南山集》案牵连入狱，《南山集》为桐城人戴名世所著，戴名世在《南山集》的《与余生书》一文中提出写历史时应给明末几个皇帝立“本纪”，此事被御史赵申乔揭发，戴名世全家及其族人牵累定死罪者甚多，方苞也因《南山集》序文上列有名字，被捕入狱，开始在江宁县狱，后解至京城，下刑部狱，两年后出狱。这篇文章是方苞出狱后，追述他在刑部狱中所见所闻的记录，具体记述了所谓“盛世”康熙年间狱治的种种黑暗，揭露了封建统治草菅人命的深重罪恶。

全文可以分为五个部分。开篇写刑部狱中瘟疫流行情景，披露造成瘟疫的根源；次写刑部狱中系囚之多的原因，揭发刑部狱官吏诈取钱财的罪恶；再写行刑者、主缚者、主梏扑者心狠手辣，揭穿刑部狱敲诈勒索的黑幕；接着写胥吏放纵主犯、残害无辜，主谳者不敢追究，戳穿清代司法机构的黑暗与腐败；最后写胥吏狱卒与罪犯奸徒勾结舞弊，揭露刑部狱成了杀人犯寻欢作乐、牟取钱财的场所。作者通过自己在刑部狱中的所见所闻，把狱吏与狱卒的残酷无情、暴虐成性的面目展现在读者面前，揭露了天子脚下的刑部狱的种种黑幕，反映了清代司法机构的腐败与恐怖。

文章长而不杂，条理井然，言之有序；概要介绍与典型事例描写互相印证，多重对比，鞭辟入里，言之有物；叙述点评相结合，议论简洁精当，冷峻深沉，言之有力。

感悟讨论

1. 这篇杂记揭露了清代狱讼哪些黑幕？试作一归纳分析。

2. 作者揭露了清代狱讼的种种黑幕，作者有没有意识到造成黑幕的原因是什么？为什么？

3. 体会桐城派散文的特点。

作者通过言语、动作、表情、心理的白描来刻画人物，不同的人物有各自不同的外显言行和内在的心理活动，人物形象鲜明生动，栩栩如生，表现出了极高的艺术造诣。

第十三节　宝 玉 挨 打[1]

曹雪芹

却说王夫人唤上金钏儿的母亲来，拿了几件簪环[2]，当面赏了；又吩咐："请几位僧人念经超度他。"金钏儿的母亲磕了头，谢了出去。

原来宝玉会过雨村回来[3]，听见金钏儿含羞自尽，心中早已五内摧伤，进来又被王夫人数说教训了一番，也无可回说。看见宝钗进来，方得便走出，茫然不知何往，背着手，低着头，一面感叹，一面慢慢的信步走至厅上。刚转过屏门，不想对面来了一人正往里走，可巧撞了个满怀。只听那人喝一声："站住！"宝玉唬了一跳，抬头看时，不是别人，却是他父亲。早不觉倒抽了一口凉气，只得垂手一旁站着。

贾政道："好端端的，你垂头丧气的嗐什么[4]？方才雨村来了，要见你，那半天才出来！既出来了，全无一点慷慨挥洒的谈吐，仍是委委琐琐的[5]。我看你脸上一团私欲愁闷气色！这会子又嗳声叹气，你那些还不足、还不自在？无故这样，是什么原故？"宝玉素日虽然口角伶俐，此时一心却为金钏儿感伤，恨不得也身亡命殒，如今见他父亲说这些话，究竟不曾听明白了，只是怔怔的站着。

贾政见他惶悚，应对不似往日，原本无气的，这一来倒生了三分气。方欲说话，忽有门上人来回："忠顺亲王府里有人来[6]，要见老爷。"贾政听了，心下疑惑，暗暗思忖道："素日并不与忠顺府来往，为什么今日打发人来？"一面想，一面命："快请厅上坐。"急忙进内更衣。出来接见时，却是忠顺府长府官，一面彼此见了礼，归坐献茶。未及叙谈，那长府官先就说道："下官此来，并非擅造潭府，皆因奉命而来，有一件事相求。看王爷面上，敢烦老先生做主，不但王爷知情，且连下官辈亦感谢不尽。"

贾政听了这话，摸不着头脑，忙陪笑起身问道："大人既奉王命而来，不知有何见谕？望大人宣明，学生好遵谕承办。"那长府官冷笑道："也不必承办，只用老先生一句话就完了。我们府里有一个做小旦的琪官，一向好好在府，如今竟三五日不见回去，各处去找，又摸不着他的道路。因此各处察访，这一城内，十停人倒有八停人都说：他近日和衔玉的那位令郎相与甚厚。下官辈听了，尊府不比别家，可以擅来索取，因此启明王爷。王爷亦说：'若是别的戏子呢，一百个也罢了；只是这琪官，随机应答，谨慎老成，甚合我老人家的心境，断断少不得此人。'故此求老先生转致令郎，请将琪官放回：一则可慰王爷谆谆奉恳之意，二则下官辈也可免操劳求觅之苦。"说毕，忙打一躬。

贾政听了这话，又惊又气，即命唤宝玉出来。宝玉也不知是何原故，忙忙赶来，贾政便问："该死的奴才！你在家不读书也罢了，怎么又做出这些无法无天的事来!那琪官现是忠顺王爷驾前承奉的人，你是何等草莽，无故引逗他出来，如今祸及于我！"宝玉听了，唬了一跳，忙回道："实在不知此事。究竟'琪官'两个字，不知为何物，况更加以'引逗'二字！"说着便哭。

贾政未及开口，只见那长府官冷笑道：“公子也不必隐饰：或藏在家，或知其下落，早说出来，我们也少受些辛苦，岂不念公子之德呢！”宝玉连说：“实在不知。恐是讹传，也未见得。”那长府官冷笑两声道：“现有证据，必定当着老大人说出来，公子岂不吃亏？既说不知，此人那红汗巾子怎得到了公子腰里？”

宝玉听了这话，不觉轰了魂魄，目瞪口呆。心下自思：“这话他如何知道？他既连这样机密事都知道了，大约别的瞒不过他。不如打发他去了，免得再说出别的事来。”因说道：“大人既知他的底细，如何连他置买房舍这样大事倒不晓得了。听得说，他如今在东郊离城二十里有个什么紫檀堡，他在那里置了几亩田地，几间房舍。想是在那里，也未可知。”那长府官听了，笑道：“这样说，一定是在那里了。我且去找一回，若有了便罢；若没有，还要来请教。”说着，便忙忙的告辞走了。

贾政此时气得目瞪口歪，一面送那官员，一面回头命宝玉：“不许动！回来有话问你！”一直送那官去了。才回身时，忽见贾环带着几个小厮一阵乱跑[7]。贾政喝命小厮：“给我快打！”贾环见了他父亲，吓得骨软筋酥，赶忙低头站住。贾政便问：“你跑什么？带着你的那些人都不管你，不知往那里去，由你野马一般！”喝叫：“跟上学的人呢？”

贾环见他父亲甚怒，便乘机说道：“方才原不曾跑，只因从那井边一过，那井里淹死了一个丫头，我看脑袋这么大，身子这么粗，泡的实在可怕，所以才赶着跑过来了。”贾政听了，惊疑问道：“好端端，谁去跳井？我家从无这样事情。自祖宗以来，皆是宽柔待下，大约我近年于家务疏懒，自然执事人操克夺之权，致使弄出这暴殄轻生的祸来。若外人知道，祖宗的颜面何在！”喝命：“叫贾琏、赖大来[8]！”

小厮们答应了一声，方欲去叫，贾环忙上前拉住贾政袍襟，贴膝跪下道：“老爷不用生气。此事除太太屋里的人，别人一点也不知道。我听见我母亲说——”说到这句，便回头四顾一看。贾政知其意，将眼色一丢，小厮们明白，都往两边后面退去。贾环便悄悄说道：“我母亲告诉我说：宝玉哥哥前日在太太屋里，拉着太太的丫头金钏儿，强奸不遂，打了一顿，金钏儿便赌气投井死了。”话未说完，把个贾政气得面如金纸，大叫：“拿宝玉来！”一面说，一面便往书房去，喝命：“今日再有人来劝我，我把这冠带家私，一应就交与他和宝玉过去！我免不得做个罪人，把这几根烦恼鬓毛剃去，寻个干净去处自了，也免得上辱先人、下生逆子之罪！”众门客仆从见贾政这个形景，便知又是为宝玉了，一个个咬指吐舌，连忙退出。贾政喘吁吁直挺挺的坐在椅子上，满面泪痕，一叠连声：“拿宝玉来！拿大棍拿绳来！把门都关上！有人传信到里头去，立刻打死！”众小厮们只得齐齐答应着，有几个来找宝玉。

那宝玉听见贾政吩咐他“不许动”，早知凶多吉少，那里知道贾环又添了许多的话。正在厅上旋转，怎得个人往里头捎信，偏偏的没个人来，连焙茗也不知在那里[9]。正盼望时，只见一个老妈妈出来。宝玉如得了珍宝，便赶上来拉他，说道：“快进去告诉：老爷要打我呢！快去，快去！要紧，要紧！”宝玉一则急了说话不明白，二则老婆子偏偏又耳聋，不曾听见是什么话，把“要紧”二字只听做“跳井”二字，便笑道：“跳井让他跳去，二爷怕什么？”宝玉见是个聋子，便着急道：“你出去叫我的小厮来罢！”那婆子道：“有什么不了的事？老早的完了。太太又赏了银子，怎么不了事呢？”

宝玉急的手脚正没抓寻处，只见贾政的小厮走来，逼着他出去了。贾政一见，眼都红

了，也不暇问他在外流荡优伶，表赠私物，在家荒疏学业，逼淫母婢，只喝命："堵起嘴来，着实打死！"小厮们不敢违，只得将宝玉按在凳上，举起大板，打了十来下。宝玉自知不能讨饶，只是呜呜的哭。贾政还嫌打的轻，一脚踢开掌板的，自己夺过板子来，狠命的又打了十几下。宝玉生来未经过这样苦楚，起先觉得打的疼不过还乱嚷乱哭，后来渐渐气弱声嘶，哽咽不出。众门客见打的不祥了，赶着上来，恳求夺劝。贾政那里肯听？说道："你们问问他干的勾当，可饶不可饶！素日皆是你们这些人把他酿坏了，到这步田地，还来劝解！明日酿到他弑父弑君，你们才不劝不成？"

众人听这话不好，知道气急了，忙乱着觅人进去给信。王夫人听了，不及去回贾母，便忙穿衣出来，也不顾有人没人，忙忙扶了一个丫头赶往书房中来，慌得众门客小厮等避之不及。贾政正要再打，一见王夫人进来，更加火上浇油，那板子越下去的又狠又快。按宝玉的两个小厮忙松手走开，宝玉早已动弹不得了。贾政还欲打时，早被王夫人抱住板子。贾政道："罢了，罢了！今日必定要气死我才罢！"王夫人哭道："宝玉虽然该打，老爷也要保重。且炎暑天气，老太太身上又不大好，打死宝玉事小，倘或老太太一时不自在了，岂不事大？"贾政冷笑道："倒休提这话！我养了这不肖的孽障，我已不孝；平昔教训他一番，又有众人护持。不如趁今日结果了他的狗命，以绝将来之患！"说着，便要绳来勒死。王夫人连忙抱住哭道："老爷虽然应当管教儿子，也要看夫妻分上。我如今已五十岁的人，只有这个孽障，必定苦苦的以他为法，我也不敢深劝。今日越发要弄死他，岂不是有意绝我呢？既要勒死他，索性先勒死我，再勒死他！我们娘儿们不如一同死了，在阴司里也得个倚靠。"说毕，抱住宝玉，放声大哭起来。

贾政听了此话，不觉长叹一声，向椅上坐了，泪如雨下。王夫人抱着宝玉，只见他面白气弱，底下穿着一条绿纱小衣，一片皆是血渍。禁不住解下汗巾去，由腿看至臀胫，或青或紫，或整或破，竟无一点好处，不觉失声大哭起"苦命的儿"来。因哭出"苦命儿"来，又想起贾珠来[10]，便叫着贾珠哭道："若有你活着，便死一百个我也不管了！"

此时里面的人闻得王夫人出来，李纨[11]、凤姐及迎、探姊妹两个也都出来了。王夫人哭着贾珠的名字，别人还可，惟有李纨禁不住也抽抽搭搭的哭起来了。贾政听了，那泪更似走珠一般滚了下来。正没开交处，忽听丫环来说："老太太来了！"一言未了，只听窗外颤巍巍的声气说道："先打死我，再打死他，就干净了！"贾政见母亲来了，又急又痛，连忙迎出来。只见贾母扶着丫头，摇头喘气的走来。贾政上前躬身陪笑说道："大暑热的天，老太太有什么吩咐，何必自己走来，只叫儿子进去吩咐便了。"贾母听了，便止步喘息，一面厉声道："你原来和我说话！我倒有话吩咐，只是我一生没养个好儿子，却叫我和谁说去！"

贾政听这话不像，忙跪下含泪说道："儿子管他，也为的是光宗耀祖。老太太这话，儿子如何当的起？"贾母听说，便啐了一口，说道："我说了一句话，你就禁不起！你那样下死手的板子，难道宝玉儿就禁的起了？你说教训儿子是光宗耀祖，当日你父亲怎么教训你来着。"说着也不觉泪往下流。贾政又陪笑道："老太太也不必伤感，都是儿子一时性急，从此以后再不打他了。"贾母便冷笑两声道："你也不必和我赌气，你的儿子，自然你要打就打。想来你也厌烦我们娘儿们，不如我们早离了你，大家干净。"说着，便令人："去看轿！我和你太太、宝玉儿立刻回南京去！"家下人只得答应着。

贾母又叫王夫人道："你也不必哭了。如今宝玉儿年纪小，你疼他；他将来长大，为

官作宦的，也未必想着你是他母亲了。你如今倒是不疼他，只怕将来还少生一口气呢！”贾政听说，忙叩头说道：“母亲如此说，儿子无立足之地了。”贾母冷笑道：“你分明使我无立足之地，你反说起你来！只是我们回去了，你心里干净，看有谁来不许你打！”一面说，一面只命：“快打点行李车辆轿马回去！”贾政直挺挺跪着，叩头谢罪。贾母一面说，一面来看宝玉。只见今日这顿打不比往日，又是心疼，又是生气，也抱着哭个不了。王夫人与凤姐等解劝了一会，方渐渐的止住。

早有丫环媳妇等上来要搀宝玉。凤姐便骂：“糊涂东西！也不睁开眼瞧瞧，这个样儿，怎么搀着走的？还不快进去把那藤屉子春凳抬出来呢！”众人听了，连忙飞跑进去，果然抬出春凳来，将宝玉放上，随着贾母王夫人等进去，送至贾母屋里。

彼时贾政见贾母怒气未消，不敢自便，也跟着进来。看看宝玉果然打重了，再看看王夫人一声“肉”一声“儿”的哭道：“你替珠儿早死了，留着珠儿，也免你父亲生气，我也不白操这半世的心了！这会子你倘或有个好歹，撂下我，叫我靠那一个？”数落一场，又哭“不争气的儿”。贾政听了，也就灰心自己不该下毒手打到如此地步。先劝贾母，贾母含泪说道：“儿子不好，原是要管的，不该打到这个分儿。你不出去，还在这里做什么！难道于心不足，还要眼看着他死了才算吗？”贾政听说，方诺诺的退出去了。

此时薛姨妈、宝钗、香菱、袭人、湘云等也都在这里。袭人满心委屈，只不好十分使出来。见众人围着，灌水的灌水，打扇的打扇，自己插不下手去，便索性走出门，到二门前，命小厮们找了焙茗来细问：“方才好端端的，为什么打起来？你也不早来透个信儿！”焙茗急的说：“偏我没在跟前，打到半中间，我才听见了。忙打听原故，却是为琪官儿和金钏儿姐姐的事。”袭人道：“老爷怎么知道了？”焙茗道：“那琪官儿的事，多半是薛大爷素昔吃醋，没法儿出气，不知在外头挑唆了谁来，在老爷跟前下的蛆。那金钏儿姐姐的事，大约是三爷说的，我也是听见跟老爷的人说。”袭人听了这两件事都对景，心中也就信了八九分。然后回来，只见众人都替宝玉疗治。调停完备，贾母命：“好生抬到他屋里去。”众人一声答应，七手八脚，忙把宝玉送入怡红院内自己床上卧好。又乱了半日，众人渐渐的散去了。袭人方才进前来，经心服侍细问。

话说袭人见贾母王夫人等去后，便走来宝玉身边坐下，含泪问他：“怎么就打到这步田地？”宝玉叹气说道：“不过为那些事，问他做什么！只是下半截疼的很，你瞧瞧，打坏了那里？”袭人听说，便轻轻的伸手进去，将中衣脱下，略动一动，宝玉便咬着牙叫嗳哟，袭人连忙停住手：如此三四次，才褪下来了。袭人看时，只见腿上半段青紫，都有四指阔的僵痕高起来。袭人咬着牙说道：“我的娘，怎么下这般的狠手！你但凡听我一句话，也不到这个分儿。幸而没动筋骨，倘或打出个残疾来，可叫人怎么样呢？”

正说着，只听丫环们说：“宝姑娘来了。”袭人听见，知道穿不及中衣，便拿了一床夹纱被替宝玉盖了。只见宝钗手里托着一丸药走进来，向袭人说道：“晚上把这药用酒研开，替他敷上，把那淤血的热毒散开，就好了。”说毕，递与袭人。又问：“这会子可好些？”宝玉一面道谢，说：“好些了。”又让坐。宝钗见他睁开眼说话，不像先时，心中也宽慰了些，便点头叹道：“早听人一句话，也不至有今日。别说老太太、太太心疼，就是我们看着，心里也——”刚说了半句，又忙咽住，不觉眼圈微红，双腮带赤，低头不语了。宝玉听得这话如此亲切，大有深意，忽见他又咽住不往下说，红了脸低下头含着泪只管弄衣带，那一种软怯娇羞、轻怜痛惜之情，竟难以言语形容，越觉心中感动，将疼痛早

已丢在九霄云外去了。想道："我不过挨了几下打，他们一个个就有这些怜惜之态，令人可亲可敬。假若我一时竟别有大故，他们还不知何等悲感呢。既是他们这样，我便一时死了，得他们如此，一生事业纵然尽付东流，也无足叹惜了。"正想着，只听宝钗问袭人道："怎么好好的动了气，就打起来了？"袭人便把焙茗的话悄悄说了。宝玉原来还不知贾环的话，见袭人说出，方才知道；因又拉上薛蟠[12]，惟恐宝钗沉心，忙又止住袭人道："薛大哥从来不是这样，你们别混猜度。"

宝钗听说，便知宝玉是怕他多心，用话拦袭人。因心中暗暗想道："打得这个形象，疼还顾不过来，还这样细心，怕得罪了人。你既这样用心，何不在外头大事上做工夫，老爷也欢喜了，也不能吃这样亏。你虽然怕我沉心，所以拦袭人的话，难道我就不知我哥哥素日恣心纵欲、毫无防范的那种心性吗？当日为个秦钟还闹的天翻地覆[13]，自然如今比先又加利害了。"想毕，因笑道："你们也不必怨这个怨那个，据我想，到底宝兄弟素日肯和那些人来往，老爷才生气。就是我哥哥说话不防头，一时说出宝兄弟来，也不是有心挑唆：一则也是本来的实话，二则他原不理论这些防嫌小事。袭姑娘从小儿只见过宝兄弟这样细心的人，何曾见过我哥哥那天不怕地不怕、心里有什么口里说什么的人呢？"

袭人因说出薛蟠来，见宝玉拦他的话，早已明白自己说造次了，恐宝钗没意思；听宝钗如此说，更觉羞愧无言。宝玉又听宝钗这一番话，半是堂皇正大，半是体贴自己的私心，更觉比先心动神移。方欲说话时，只见宝钗起身道："明日再来看你，好生养着罢。方才我拿了药来，交给袭人，晚上敷上管就好了。"说着便走出门去。袭人赶着送出院外，说："姑娘倒费心了。改日宝二爷好了，亲自来谢。"宝钗回头笑道："这有什么的？只劝他好生养着，别胡思乱想就好了。要想什么吃的玩的，悄悄的往我那里只管取去，不必惊动老太太、太太众人。倘或吹到老爷耳朵里，虽然彼时不怎么样，将来对景，终是要吃亏的。"说着去了。

袭人抽身回来，心内着实感激宝钗。进来见宝玉沉思默默，似睡非睡的模样，因而退出房外栉沐[14]。宝玉默默的躺在床上，无奈臀上作痛，如针挑刀挖一般，更热如火炙，略展转时，禁不住"嗳哟"之声。那时天色将晚，因见袭人去了，却有两三个丫鬟伺候，此时并无呼唤之事，因说道："你们且去梳洗，等我叫时再来。"众人听了，也都退出。

这里宝玉昏昏沉沉，只见蒋玉函走进来了，诉说忠顺府拿他之事；一时又见金钏儿进来，哭说为他投井之情。宝玉半梦半醒，刚要诉说前情，忽又觉有人推他，恍恍惚惚听得悲切之声。宝玉从梦中惊醒，睁眼一看，不是别人，却是黛玉。犹恐是梦，忙又将身子欠起来，向脸上细细一认，只见他两个眼睛肿得桃儿一般，满面泪光，不是黛玉却是那个？宝玉还欲看时，怎奈下半截疼痛难禁，支持不住，便"嗳哟"一声仍旧倒下，叹了口气说道："你又做什么来了？太阳才落，那地上还是怪热的，倘或又受了暑，怎么好呢？我虽然捱了打，却也不很觉疼痛。这个样儿是装出来哄他们，好在外头布散给老爷听。其实是假的，你别信真了。"

此时黛玉虽不是嚎啕大哭，然越是这等无声之泣，气噎喉堵，更觉利害。听了宝玉这些话，心中提起万句言词，要说时却不能说得半句。半天，方抽抽噎噎的道："你可都改了罢！"宝玉听说，便长叹一声道："你放心。别说这样话。我便为这些人死了，也是情愿的。"一句话未了，只见院外人说："二奶奶来了。"黛玉便知是凤姐来了，连忙立起

身，说道："我从后院子里去罢，回来再来。"宝玉一把拉住道："这又奇了，好好的怎么怕起他来了？"黛玉急得跺脚，悄悄的说道："你瞧瞧我的眼睛！又该他们拿咱们取笑儿了。"宝玉听说，赶忙的放了手。黛玉三步两步转过床后，刚出了后院，凤姐从前头已进来了。问宝玉："可好些了？想什么吃？叫人往我那里取去。"接着薛姨妈又来了。一时贾母又打发了人来。

至掌灯时分，宝玉只喝了两口汤，便昏昏沉沉的睡去。接着周瑞媳妇、吴新登媳妇、郑好时媳妇这几个有年纪长来往的，听见宝玉捱了打，也都进来。袭人忙迎出来，悄悄的笑道："婶娘们略来迟了一步，二爷睡着了。"说着，一面陪他们到那边屋里坐着，倒茶给他们吃。那几个媳妇子都悄悄的坐了一回，向袭人说："等二爷醒了，你替我们说罢。"

袭人答应了，送他们出去。

(选节选自《红楼梦》，(清)曹雪芹、高鹗著，人民文学出版社，1982年版)

注释

[1] 《宝玉挨打》：节选自《红楼梦》第33回"手足耽耽小动唇舌，不肖种种大受笞挞"，又第34回"情中情因情感妹妹，错里错以错劝哥哥"约半回，大致有一个段落。

[2] 簪环：女子所戴的首饰。

[3] 雨村：贾化，号雨村，一个与贾家关系密切的贪酷县官，革职后得到贾家帮助又做了官。

[4] 嗐(hài)：叹息声。

[5] 委委琐琐：无精打采、萎靡不振的样子。

[6] 忠顺亲王府：当时有权势的一家皇亲国戚。

[7] 贾环：贾政庶子，与赵姨娘所生。

[8] 贾琏、赖大：贾琏，王熙凤丈夫；赖大，贾府管家。

[9] 焙茗：宝玉的贴身男仆。

[10] 贾珠：宝玉的哥哥，已早死。贾珠一心走仕途经济之路，深得贾政喜欢。

[11] 李纨：贾珠的遗孀。

[12] 薛蟠：薛宝钗的哥哥。

[13] 秦钟：秦可卿之弟，宝玉的密友，早死。

[14] 栉沐：梳洗。

曹雪芹(约1715—约1764年)名霑，字梦阮，又号芹圃、芹溪，清代满洲正白旗"包衣"人，中国文学史上最杰出的现实主义小说家，自曾祖父起，三代任"江宁织造"。祖父曹寅，喜藏书，有文才，交游甚广，受康熙帝信任。雍正初年，曹家因受清廷内部政治斗争牵连，被革职抄家，全家前往北京，从此家业一蹶不振。曹雪芹年轻时过的是锦衣玉食的富贵生活，具有丰富深厚的文化素养，经历了一个从封建贵族大家庭富贵奢侈生活到没落贫苦极为困顿的巨大变故，晚年回首前尘，颇有感悟，感慨万端，凭其独特复杂的生活经验和卓越的艺术才能，苦心孤诣，创作出了这部《石头记》，即《红楼梦》。曹雪芹精益求精，“披阅十载，增删五次”，终于完成了这部我国古典长篇小说中最脍炙人口的现实主义巨著。

《红楼梦》目前流传有一百二十回，一般认为前八十回是他的原作，后四十回是高鹗的续作。曹雪芹为人豁达，性格坚强，能诗善画，晚年迁往西郊，在茅草屋里过着“绳床瓦灶”“举家食粥酒常赊”的生活，先是儿子夭折，后来自己也贫病不起，去世时年仅40多岁。《红楼梦》以贾、王、史、薛四大家族为背景，以贾宝玉、林黛玉的爱情为主要线索着重描写了贾家荣、宁二府由盛转衰的过程，对贵族阶级中具有叛逆精神的青年争取男女平等，婚姻自由的思想行为进行了热情的歌颂，《红楼梦》的思想和艺术成就，使之成为中国古代长篇小说的高峰。

导读

本篇摘取《红楼梦》的一部分，故事可成一个相对完整的段落，《宝玉挨打》可以说是《红楼梦》中矛盾冲突的高峰。

整个故事大体可分为三个部分，先写宝玉挨打的原因，侧面显示出这个封建家庭内部的复杂关系，宝玉同情被逼跳井的丫头金钏儿，贾环出于嫡庶间的嫉恨而挑拨是非，以及宝玉与“戏子”琪官的私下交往成了挨打的导火线。次写毒打的经过，显示挨打的根本原因在于宝玉的思想感情和他父亲贾政的南辕北辙，贾政认为宝玉的想法和行为发展下去一定会弑父弑君，“不如趁今日结果了他的狗命，以绝将来之患”，揭示出叛逆者和卫道士之间不可调和的矛盾。最后写宝玉挨打后府里众人都来探望宝玉，各有各的表现：王夫人善用心计，心疼宝玉，却哭贾珠；李纨联想自己的处境，孤儿寡母，唯有眼泪陪伴；凤姐管家风范，矛盾冲突中，大家乱作一团，她却能指挥若定；贾母心疼宝玉，呵斥贾政，倚老卖老；宝钗表现大度，关心宝玉，言行得体，善于化被动为主动；黛玉伤心至极，真情流露。主要人物个性独特，反映出同一个生活环境里，由于各自的地位、性格和感情关系的不同，人物呈现出不同的个性，并非千人一面。

贾宝玉和林黛玉的内心确实存在对封建社会及其礼制的某些叛逆思想，宝玉无心应酬官场之人，表明他无心仕途经济，厌弃传统的思想；不喜欢读书，喜欢与丫鬟厮混，与“戏子”交往，也表明了他反叛传统的叛逆性格。这一点上，黛玉是坚定地与宝玉站在一起的。作者通过言语、动作、表情、心理的白描来刻画人物性格，而且不同的人物有各自不同的外显言行和内在的心理活动，人物形象非常生动，个性鲜明，栩栩如生。此外，本篇叙事有条不紊、情节起伏跌宕、行文张弛有度、语言生动传神，表现出了很高的艺术造诣。

感悟讨论

1. 宝玉挨打的原因是什么？

2. 你是如何理解贾政和宝玉之间的冲突的？

3. 体会小说通过同一场景塑造不同人物性格的高超艺术手法，文中围绕宝玉挨打这一核心事件来描写不同人物的反应，分析冲突中主要人物的身份、思想、情感与性格特征。

《老残游记》是以老残的见闻为线索，描写了晚清各种社会现象，内容丰富，意蕴深邃。全书人物、景物描写都很细腻生动，语言清新流畅、富有韵味。

第十四节　大明湖边听美人绝调

刘　鹗

老残从鹊华桥往南，缓缓向小布政司街走去，一抬头，见那墙上贴了一张黄纸，有一尺长，七八寸宽的光景。居中写着“说鼓书”三个大字[1]，旁边一行小字是“二十四日明湖居”[2]。那纸还未十分干，心知是方才贴的，只不知道这是什么事情，别处也没有见过这样招子[3]。一路走着，一路盘算，只听得耳边有两个挑担子的说道：“明儿白妞说书，我们可以不必做生意，来听书罢。”又走到街上、听铺子里柜台上有人说道：“前次白妞说书是你告假的，明儿的书，应该我告假了。”一路行来，街谈巷议，大半都是这话，心里诧异道：“白妞是何许人？说的是何等样书，为甚一纸招贴，侵举国若狂如此[4]？”信步走来，不知不觉已到高升店口。

进得店去，茶房便来回道：“客人，用什么夜膳？”老残一一说过，就顺便问道：“你们此地说鼓书是个什么玩意儿？何以惊动这么许多的人？”茶房说：“客人，你不知道。这说鼓书本是山东乡下的土调，同一面鼓，两片梨花筒[5]，名叫‘梨花大鼓’，演说些前人的故事，本也没甚稀奇。自从王家出了这个白妞、黑妞姊妹两个，这白妞名字叫做王小玉，此人是天生的怪物[6]！他十二三岁时就学会了这说书的本事。他却嫌这乡下的调儿没什么出奇，他就常到戏园里看戏，所有什么西皮、二簧、梆子腔等唱，一听就会；甚么余三胜、程长庚、张二奎等人的调子[7]，他一听也就会唱。仗着他的喉咙，要多高有多高；他的中气要多长有多长。他又把那南方的什么昆腔、小曲，种种的腔调，他都拿来装在这大鼓书的调儿里面。不过二三年工夫，创出这个调儿，竟至无论南北高下的人，听了他唱书，无不神魂颠倒。现在已有招子，明儿就唱。你不信，去听一听就知道了。只是要听还要早去，他虽是一点钟开唱，若到十点钟去，便没有座位的。”老残听了，也不甚相信。

次日六点钟起，先到南门内看了舜井[8]。又出南门，到历山脚下，看看相传大舜昔日耕田的地方。及至回店，已有九点钟的光景，赶忙吃了饭，走到明湖居，才不过十点钟时候。那明湖居本是个大戏园子，戏台前有一百多张桌子。那知进了园门，园子里面已经坐的满满的了，只有中间七八张桌子还无人坐，桌子却都贴着“抚院定”、“学院定”等类红纸条儿。老残看了半天，无处落脚，只好袖子里送了看坐儿的二百个钱，才弄了一张短板凳，在人缝里坐下。看那戏台上，只摆了一张半桌[9]，桌子上放了一面板鼓，鼓上放了两个铁片儿，心里知道这就是所谓梨花筒了，旁边放了一个三弦子，半桌后面放了两张椅子，并无一个人在台上。偌大的个戏台，空空洞洞，别无他物，看了不觉有些好笑。园子里面，顶着篮子卖烧饼油条的有一二十个，都是为那不吃饭来的人买了充饥的。

到了十一点钟，只见门口轿子渐渐拥挤，许多官员都着了便衣，带着家人，陆续进来。不到十二点钟，前面几张空桌俱已满了，不断还有人来，看坐儿的也只是搬张短凳，在夹缝中安插。这一群人来了，彼此招呼，有打千儿的[10]，有作揖的，大半打千儿的多。

高谈阔论，说笑自如。这十几张桌子外，看来都是做生意的人；又有些像是本地读书人的样子，大家都喊喊喳喳的在那里说闲话。因为人太多了，所以说的什么话都听不清楚，也不去管他。

到了十二点半钟，看那台上，从后台帘子里面，出来一个男人，穿了一件蓝布长衫，长长的脸儿，一脸疙瘩，仿佛风干福橘皮似的，甚为丑陋，但觉得那人气味到还沉静。出得台来，并无一语，就往半桌后面左手一张椅子上坐下。慢慢的将三弦子取来，随便和了和弦，弹了一两个小调，人也不甚留神去听。后来弹了一枝大调，也不知道叫什么牌子。只是到后来，全用轮指[11]，那抑扬顿挫，入耳动心，恍若有几十根弦，几百个指头，在那里弹似的。这时台下叫好的声音不绝于耳，却也压不下那弦子去，这曲弹罢，就歇了手，旁边有人送上茶来。

停了数分钟时，帘子里面出来一个姑娘，约有十六七岁，长长鸭蛋脸儿，梳了一个抓髻，戴了一副银耳环，穿了一件蓝布外褂儿，一条蓝布裤子，都是黑布镶滚的。虽是粗布衣裳，倒十分洁净。来到半桌后面右手椅子上坐下。那弹弦子的便取了弦子，铮铮鏦鏦弹起[12]。这姑娘便立起身来，左手取了梨花简，夹在指头缝里，便丁丁当当的敲，与那弦子声音相应；右手持了鼓捶子，凝神听那弦子的节奏。忽羯鼓一声[13]，歌喉遽发，字字清脆，声声宛转，如新莺出谷，乳燕归巢，每句七字，每段数十句，或缓或急，忽高忽低；其中转腔换调之处，百变不穷，觉一切歌曲腔调俱出其下，以为观止矣[14]。

旁坐有两人，其一人低声问那人道："此想必是白妞了罢？"其一人道："不是。这人叫黑妞，是白妞的妹子。他的调门儿都是白妞教的，若比白妞，还不晓得差多远呢！他的好处人说得出，白妞的好处人说不出；他的好处人学的到，白妞的好处人学不到。你想，这几年来，好玩耍的谁不学他们的调儿呢？就是窑子里的姑娘，也人人都学，只是顶多有一两句到黑妞的地步。若白妞的好处，从没有一个人能及他十分里的一分的。"说着的时候，黑妞早唱完，后面去了。这时满园子里的人，谈心的谈心，说笑的说笑。卖瓜子、落花生、山里红、核桃仁的，高声喊叫着卖，满园子里听来都是人声。

正在热闹哄哄的时节，只见那后台里，又出来了一位姑娘，年纪约十八九岁，装束与前一个毫无分别，瓜子脸儿，白净面皮，相貌不过中人以上之姿，只觉得秀而不媚，清而不寒，半低着头出来，立在半桌后面，把梨花简丁当了几声，煞是奇怪：只是两片顽铁，到他手里，便有了五声十二律似的[15]。又将鼓捶子轻轻的点了两下，方抬起头来，向台下一盼。那双眼睛，如秋水，如寒星，如宝珠，如白水银里头养着两丸黑水银，左右一顾一看，连那坐在远远墙角子里的人，都觉得王小玉看见我了；那坐得近的，更不必说。就这一眼，满园子里便鸦雀无声，比皇帝出来还要静悄得多呢，连一根针跌在地下都听得见响！

王小玉便启朱唇，发皓齿，唱了几句书儿。声音初不甚大，只觉入耳有说不出来的妙境：五脏六腑里，像熨斗熨过，无一处不伏贴；三万六千个毛孔，像吃了人参果，无一个毛孔不畅快。唱了十数句之后，渐渐的越唱越高，忽然拔了一个尖儿，像一线钢丝抛入天际，不禁暗暗叫绝。那知他于那极高的地方，尚能回环转折。几啭之后[16]，又高一层，接连有三四叠，节节高起。恍如由傲来峰西面攀登泰山的景象：初看傲来峰削壁千仞，以为上与天通；及至翻到傲来峰顶，才见扇子崖更在傲来峰上；及至翻到扇子崖，又见南天门更在扇子崖上：愈翻愈险，愈险愈奇。

那王小玉唱到极高的三四叠后，陡然一落，又极力骋其千回百析的精神，如一条飞蛇在黄山三十六峰半中腰里盘旋穿插，顷刻之间，周匝数遍[17]。从此以后，愈唱愈低，愈低愈细，那声音渐渐的就听不见了。满园子的人都屏气凝神，不敢少动。约有两三分钟之久，仿佛有一点声音从地底下发出。这一出之后，忽又扬起，像放那东洋烟火，一个弹子上天，随化作千百道五色火光，纵横散乱。这一声飞起，即有无限声音俱来并发。那弹弦子的亦全用轮指，忽大忽小，同他那声音相和相合，有如花坞春晓[18]，好鸟乱鸣。耳朵忙不过来，不晓得听那一声的为是。正在撩乱之际，忽听霍然一声，人弦俱寂。这时台下叫好之声，轰然雷动。

停了一会，闹声稍定，只听那台下正座上，有一个少年人，不到三十岁光景，是湖南口音，说道："当年读书，见古人形容歌声的好处，有那'余音绕梁，三日不绝'的话[19]，我总不懂。空中设想，余音怎样会得绕梁呢？又怎会三日不绝呢？及至听了小玉先生说书，才知古人措辞之妙。每次听他说书之后，总有好几天耳朵里无非都是他的书，无论做什么事，总不入神，反觉得'三日不绝'，这'三日'二字下得太少，还是孔子'三月不知肉味'[20]，'三月'二字形容得透彻些！"旁边人都说道："梦湘先生论得透辟极了！'于我心有戚戚焉'[21]！"

说着，那黑妞又上来说了一段，底下便又是白妞上场。这一段，闻旁边人说，叫做"黑驴段"。听了去，不过是一个士子见一惊人，骑了一个黑驴走过去的故事。将形容那美人，先形容那黑驴怎样怎样好法，待铺叙到美人的好处，不过数语，这段书也就完了。其音节全是快板，越说越快。白香山诗云："大珠小珠落玉盘[22]。"可以尽之。其妙处，在说得极快的时候，听的人仿佛都赶不上听，他却字字清楚，无一字不送到人耳轮深处。这是他的独到，然比着前一段却未免逊了一筹了。

这时不过五点钟光景，算计王小玉应该还有一段。不知那一段又是怎样好法。

(选自《老残游记》，(清)刘鹗著，人民文学出版社，1979 年版)

注释

[1] 鼓书：即大鼓书。一般有一个人演唱，一人或数人伴奏，以鼓为主要乐器。
[2] 明湖居：戏院名，原址在今济南大明湖正西门。
[3] 招子：招贴，海报。
[4] 举国：原指全国，这里指济南全城。
[5] 梨花筒：打击乐器名。
[6] 怪物：奇人，极言非常罕见的出色人物。
[7] 余三胜、程长庚、张二奎：均为清末著名的京剧演员。
[8] 舜井：济南名胜之一，传为大舜所开凿。
[9] 半桌：用于曲艺表演相当于普通桌子一半的桌子。
[10] 打千：清代男子的一种礼节，其姿势为屈左膝，垂右手，上体稍向前俯。
[11] 轮指：弹奏乐器的一种高超技法，一手五个指头能周而复始地轮流弹拨。
[12] 铮铮锹锹(cōng)：这里形容不同的弦声。
[13] 羯鼓：乐器名，从古代羯族传来。

[14] 观止：再也没有比这更完好的了，形容事物的美好。

[15] 五声十二律：古代五声音阶名，宫、商、角、徵、羽总称五声。　十二律：古乐中十二个从低而高的半音的一种律制。

[16] 啭(zhuàn)：婉转发出的美声。

[17] 周匝：周围。

[18] 花坞：花园深凹处。

[19] 余音绕梁，三日不绝：语出自《列子·汤问》。这里引来极言演唱之美。

[20] 三月不知肉味：语出自《论语·述而》，意为听过美好的音乐，兴趣全被吸引，三个月还记不起肉的美味。

[21] 于我心有戚戚焉：语出自《孟子·梁惠王上》，意为这些话在我心里引起了强烈的共鸣。　戚戚：心动。

[22] 大珠小珠落玉盘：白居易名作《琵琶行》中的诗句，形容声音错落有致，清新美好。

刘鹗(1857—1909 年)清末小说家。原名孟鹏，字铁云，后更名鹗，号老残，别号“鸿都百炼生”，江苏丹徒(今镇江市)人。刘鹗出身官宦家庭，自幼好学，但不喜科场文字。他承袭家学，致力于数学、医学、水利、音乐、算学等实际学问，并纵览百家，喜欢收集书画碑帖、金石甲骨，在上海行医时，收藏大量甲骨，后辑成《铁云藏龟》一书，对甲骨文研究贡献巨大，自青年时期拜从太谷学派李光(龙川)之后，终生主张以“教养”为大纲，发展了以经济生产，富而后教，养民为本的太谷学说。他一生从事实业，投资教育，以实现太谷学派“教养天下”的目的。八国联军入侵时，为赈济京城灾民，刘鹗从占领军手中低价购粮，被诬私售仓粟罪，流放新疆，客死乌鲁木齐。《老残游记》是刘鹗的代表作，被称为清末四大谴责小说之一，流传甚广。小说以一位江湖郎中老残的游历为主线，对当时的社会现实和官吏残暴昏庸多有揭露，描写人情世态，风景名胜也十分出色，构思巧妙，刻画生动，语言精彩。

导读

本文描写了当时著名的鼓书艺人白妞的出色演唱，是《老残游记》中公认的最为精彩的篇章，彰显出刘鹗深谙艺术之妙的大手笔。

作者从“老残从鹊华桥往南”一路写起，运笔从容，缓缓写来，看似平淡，却烘托渲染，层层铺垫。先写一众对白妞说书的街谈巷议，人未出场，已先声夺人，吊足了读者的胃口；次写戏园盛况，听书人不但人数多，而且来得早，人声嘈杂，这一切为后面白妞说书时的鸦雀无声作了对照性的铺垫；接着写琴师出场，先抑后扬，他的相貌“甚为丑陋”，但技惊四座；再写黑妞出场，字字清脆，声声婉转，说书技艺已臻观止之境，这一切描写，为白妞出场作了十足的铺垫。白妞出场，先写容貌，不过中人以上之色，但是“把梨花筒丁当了几声”，“将鼓捶子轻轻的点了两下”，就让人顿觉出彩。“那双眼睛，如秋水，如寒星，如宝珠，如白水银里养着两丸黑水银”，左顾右盼，就摄去了众听书人的心魄，作者抓住了她这一极富特点的眼睛来写，一下子就把白妞写活了。“满园子里便鸦雀无声，比皇帝出来还要静悄得多呢，连一根针掉在地下都听得见响！”与前面描写的人声嘈杂的场面构成鲜明的对比。白妞说书的正面描写，极有层次，“初不甚大”

“越唱越高”“陡然一落”“忽又扬起”“人弦俱寂”，描写得丝丝入扣、步步入胜、节节火暴，白妞的形象呼之欲出，光彩照人。白妞演唱声音的无穷变化，美妙难以言说，作者用泰山、黄山景色加以譬况，又用众多事物和前人诗文妙喻，曲尽形容之能事。

小说层层铺垫，步步设置悬疑，构思十分巧妙，显得抑扬跌宕，艺术效果十分强烈。

感悟讨论

1. 仔细阅读课文，作者有没有直接议论的文字？为什么？

2. 作者运用了哪些方法，生动地写出了白妞声音之美？

3. 作者为什么花很大的篇幅写街谈巷议和黑妞说书？从中你能悟出哪些艺术表现的道理？

参 考 文 献

[1] 中国社科院文学研究所. 中国文学史[M]. 北京：人民文学出版社，1980.

[2] 北京大学中国文学史教研室. 先秦文学史考资料[M]. 北京：中华书局，1962.

[3] 北京大学中国文学史教研室. 两汉文学史参考资料[M]. 北京：中华书局，1962.

[4] 北京大学中国文学史教研室. 魏晋南北朝文学史参考资料[M]. 北京：中华书局，1962.

[5] 张岱年、方克立. 中国文化概论[M]. 北京：北京师范大学出版社，1994.

[6] 杨伯峻. 论语译注[M]. 北京：中华书局，2006.

[7] 赵浩如. 诗经选译[M]. 上海：上海古籍出版社，1980.

[8] 中华书局上海编辑所. 史记故事选译[M]. 北京：中华书局，1959.

[9] 中国社科院文学研究所. 唐诗选[M]. 北京：人民文学出版社，1978.

[10] 金性尧. 宋诗三百首[M]. 上海：上海古籍出版社，1995.

[11] 中国社科院文学研究所. 唐宋词选[M]. 北京：人民文学出版社，1981.

[12] 唐圭璋. 唐宋词简释[M]. 上海：上海古籍出版社，1981.

[13] 高克勤. 王安石诗文选注[M]. 上海：上海古籍出版社，1994.

[14] 张草纫. 纳兰词笺注[M]. 上海：上海古籍出版社，2003.

[15] (清)方苞. 方苞集[M]. 上海：上海古籍出版社，2008.

[16] 朱东润. 中国历代文学作品选[M]. 上海：上海古籍出版社，2003.

[17] 袁行霈. 中国文学史[M]. 北京：高等教育出版社，2005.